W0350189

Aussi loin qu'elle se souvienne, **Suzanne Wright** a toujours inventé des personnages et raconté leurs aventures. Lectrice passionnée de récits fantastiques, elle apprécie particulièrement l'œuvre de Christine Feehan, Nalini Singh ou encore Stephen King. Elle vit à Liverpool avec son mari et leurs deux enfants, et ne fait pas mystère de son incapacité totale à cuisiner quoi que ce soit, ni de son allergie à toute forme de ménage. Cela dit, elle a un répertoire sans fin d'histoires drôles et est toujours prête à partager son chocolat.

De la même autrice :

La Meute du Phénix :
1. *Trey Coleman*
2. *Dante Garcea*
3. *Nick Axton*
4. *Marcus Fuller*
5. *Ryan Conner*
6. *Tao Lukas*
7. *Patrick Hardy*
8. *Dominic Black*

La Meute Mercure :
1. *Derren Hudson*
2. *Jesse Dalton*
3. *Zander Devlin*
4. *Bracken Slater*
5. *Eli Axton*

Olympus :
1. *Alex Devereaux*

Noirs démons :
1. *Tout ce qui brûle*
2. *À feu et à sang*
3. *Des cendres en enfer*
4. *Entre deux feux*
5. *Le Feu sous la cendre*
6. *Le Feu sacré*

CE LIVRE EST ÉGALEMENT DISPONIBLE AU FORMAT NUMÉRIQUE

www.milady.fr

Suzanne Wright

Alex Devereaux

Olympus – 1

Traduit de l'anglais (Grande-Bretagne)
par Jocelyne Bourbonnière

Milady

Milady est un label des éditions Bragelonne

Titre original : *When He's Dark*
Copyright © 2020 by Suzanne Wright

© Bragelonne 2020, pour la présente traduction

ISBN : 978-2-8112-3940-4

Bragelonne – Milady
60-62, rue d'Hauteville – 75010 Paris

E-mail : info@milady.fr
Site Internet : www.milady.fr

Pour Linda et tant d'autres partis trop tôt comme elle.

Chapitre premier

C'était le lendemain d'une soirée bien arrosée et Bree Dwyer souffrait d'une horrible gueule de bois. Malheureusement, sur le chemin du travail, trois métamorphes tentèrent de lui bloquer le passage, ajoutant une contrariété à ses malheurs. Elle n'eut plus qu'une envie : se rouler en boule et se laisser mourir. Il y avait du bruit partout : des klaxons, des claquements de talons sur le trottoir, des appels d'air de voitures. Bree était au bord des larmes. Elle n'en pouvait plus du vacarme et de la lumière. Des gens aussi. Et le type devant elle, un métamorphe hyène, avait-il vraiment besoin de parler aussi fort ?

La jeune femme poussa un soupir en l'entendant continuer à bavarder, un sourire chaleureux et poli lui barrant le visage. Il semblait vouloir se donner l'apparence d'un type bien. Or Bree savait depuis longtemps que « bien » et « sympa » ne signifiaient pas du tout la même chose. Ce type ne dégageait rien de « bien ». Il avait même quelque chose de menaçant qui était loin d'être sexy. Son regard sombre rappelait celui d'un serpent et Bree se dit qu'il devait ressembler au type qu'il prétendait chercher.

L'air détendu, souriant amicalement, les trois hyènes respectaient son espace personnel. Elles devaient savoir que les commerces des deux côtés de cette rue appartenaient à Vinnie Devereaux, l'Alpha de Bree. Un seul geste de travers et elles auraient été aussitôt cernées. Bree l'aurait apprécié, mais pas les intrus.

En règle générale, les gens préféraient se tenir loin de ses semblables, une troupe de métamorphes chats de Pallas, des êtres désagréables, imprévisibles et lunatiques. Effrontés aussi.

Toutes proportions gardées, ils étaient parmi les plus forts des métamorphes. Ils avaient beau être à peine plus grands qu'un chat domestique et ressembler à de jolies petites peluches inoffensives, ils étaient connus pour leur férocité quasi démoniaque.

Pour sa part, Bree trouvait cela un tant soit peu exagéré.

Les chats de Pallas ne se lançaient jamais dans une folie meurtrière pour le plaisir. Ils n'attaquaient pas les premiers. En revanche, quand ils étaient agressés, ils ripostaient toutes griffes dehors en feulant et en crachant, ne cachant pas leur colère, ne se préoccupant pas de savoir si leurs ennemis étaient plus gros, plus forts ou mieux armés qu'eux, ou même si leurs alliés allaient venir à leur rescousse. Qu'y avait-il de mal à cela ?

La hyène bavarde poussa un soupir et se présenta, dit qu'il s'appelait John Jones, mais Bree soupçonna que ce n'était pas son vrai nom.

— Tu ne m'écoutes pas, n'est-ce pas ? lança-t-il, un éclair d'agacement traversant ses prunelles gris acier.

Bree fronça les sourcils. Avait-elle l'air d'être en état de discuter sérieusement ? Il semblait le croire. Tant mieux. Ses collègues ne remarqueraient peut-être pas qu'elle n'était pas au mieux de sa forme.

— Au début, oui, je t'écoutais, répondit-elle. Puis j'ai commencé à m'embêter parce que tu n'arrêtais pas de te répéter même si je t'avais déjà répondu.

Et puis, elle avait du mal à se concentrer. Elle avait l'impression d'avoir la tête coincée dans un étau et elle n'était pas du tout intéressée par les préoccupations de la hyène. Pas plus d'ailleurs que son chat intérieur qui était très agité et balayait tout de la queue au passage.

— Tu ne m'as pas dit la vérité, déclara la hyène. Je ne veux pas de mal à Paxton. Mais tu refuses de me dire où il se trouve.

— Non, c'est toi qui refuses de m'écouter. Je te l'ai dit : Paxton est mort.

— Comment peux-tu en être sûre ? As-tu vu son cadavre ?

— Personne n'a entendu parler de lui depuis au moins quatre ans.

Avant cela, beaucoup d'histoires avaient circulé sur son compte, sur tous les mauvais coups qu'il avait perpétrés depuis qu'il était parti vivre en solitaire. Il était devenu un tueur à gages particulièrement sadique.

Les chats de Pallas étaient peut-être des êtres impitoyables. Mais Paxton ? Lui, il était cruel, barbare et sanguinaire.

— Les gens qui tuent pour le plaisir n'arrêtent pas comme ça du jour au lendemain.

— C'est vrai, reconnut John. Mais je pense qu'il l'a fait, qu'il a changé de mode de vie pour la personne qui compte le plus pour lui : son âme sœur, toi.

Bree eut l'impression de recevoir un coup de poignard en pleine poitrine. Tous les métamorphes aspiraient à trouver leur âme sœur. C'était un grand bonheur quand cela arrivait. Personne n'était censé avoir peur de son âme sœur, ou éprouver un vif soulagement en apprenant sa mort. Personne ne s'attendait à ce que le destin lui réserve une âme sœur incapable d'aimer ou d'assurer sa sécurité.

— Si j'avais compté pour lui, il ne m'aurait pas quittée, affirma-t-elle. Paxton n'a jamais aimé personne.

— Tu étais encore une enfant quand il est devenu solitaire. Tu n'avais que onze ans. Tu étais trop jeune pour qu'il puisse te revendiquer. Quand as-tu su qu'il était ton âme sœur ?

Elle avait cinq ans à l'époque. Cette découverte l'avait profondément perturbée, ainsi que son chat intérieur. Il n'était pas nécessaire d'être une oméga pour comprendre que quelque chose clochait sérieusement en Paxton.

Il avait su aussi qu'ils étaient âmes sœurs. Bree s'était demandé comment quelqu'un d'aussi froid, d'aussi dépourvu de sentiments avait pu reconnaître son âme sœur. D'après Vinnie, c'était sans doute parce que Paxton ne connaissait pas la crainte, l'insécurité ou les incertitudes qui bloquaient parfois le désir d'union.

— Cela doit être dur pour toi d'avoir pour âme sœur un type aussi sombre, dit alors John comme elle ne répondait pas à sa question.

En fait, Paxton n'était pas sombre à l'intérieur, mais simplement vide. En tant qu'oméga, il suffisait à Bree de toucher une personne pour lire ses émotions, et elle n'avait ressenti en Paxton qu'une apathie glaciale qui l'avait dégoûtée. Elle s'était souvent demandé par la suite quel type de fille elle était pour que l'autre moitié de son âme soit aussi dépourvue d'émotions.

Ses défunts parents avaient sans doute raison de dire que la personnalité de Paxton ne transparaissait en rien chez elle ; il était juste différent ou il souffrait des séquelles d'un accouchement difficile, de drogues que sa mère avait prises pendant la grossesse. Certains de ses camarades de troupe pensaient que Bree devait partager ce côté sombre avec Paxton puisqu'elle était son âme sœur. Ses amis, elle n'en avait pas beaucoup, n'étaient pas de cet avis. C'était la seule chose qui comptait pour elle.

— Je ne révélerai pas sa cachette à qui que ce soit, je te le jure, affirma John. Tu n'as pas besoin de le protéger contre moi. Je désire simplement lui parler.

— Dans ce cas, cherche un médium capable de t'aider à communiquer avec son fantôme. Je suis très occupée, alors…

Bree tint son sac serré contre elle et passa devant les hyènes.

— Bonne journée, Mademoiselle Dwyer, lança John.

— De même, lança Bree sans même se retourner.

Elle ne voyait vraiment pas pourquoi il perdait son temps à chercher un type mort. Elle s'en foutait, à vrai dire.

Paxton Cage était mort. Bien mort.

Si elle se le répétait assez souvent, elle finirait peut-être par s'en convaincre.

Debout derrière le comptoir de la bijouterie, Bree aidait un métamorphe lion à choisir un collier pour sa compagne. Il avait passé la dernière heure à hésiter entre deux bijoux. Chaque fois qu'il avait l'air d'arrêter son choix, il finissait par demander à revoir l'autre bijou. Comme la boutique avait pour politique de ne sortir qu'un bijou à la fois, Bree était sans cesse obligée de ranger un des deux colliers dans la vitrine avant de sortir l'autre. C'était lassant à la longue.

Elle ressentait encore les effets de sa cuite de la veille et se demandait comment elle avait réussi à tenir aussi longtemps sans dormir. Elle rêvait d'aller faire une petite sieste dans le vestiaire des employés. Elle avait parfois dormi dans des lieux encore plus inconfortables. Elle avait l'intention de se barrer dès que le magasin fermerait ses portes.

Elle travaillait à *La Malle aux trésors* depuis ses dix-huit ans. C'était une boutique élégante et agréable, chaleureuse avec son éclairage d'ambiance, ses lustres en cristal, ses tentures de soie or, ses photos de bijoux, ses murs d'un blanc éclatant rehaussé d'or.

Il y avait dans les vitrines des pierres fabuleuses qui brillaient de tout leur éclat : des diamants, des saphirs, des rubis, des opales, des émeraudes… La boutique proposait à ses clients toutes sortes de bijoux, des bracelets, des boucles d'oreilles, des bagues, des boutons de manchettes et des montres. Il y avait des pièces simples et élégantes, d'autres moins chères mais très gaies, et d'autres encore, plus voyantes et luxueuses.

Il y avait aussi des bijoux dans des vitrines tournantes près de miroirs muraux, ainsi que des écharpes et des sequins que vendait Ella, sa collègue et bonne amie, l'unique fille de Vinnie Devereaux et l'instigatrice de la bonne idée de la veille : « Et si on se faisait des margaritas ? »

Jalouse de son amie qui n'avait jamais la gueule de bois, Bree salua d'un petit grognement la jolie rouquine qui interrompit sa conversation avec Greg, l'agent de sécurité de la bijouterie, le temps de lui répondre par un doigt d'honneur. Bree la toisa de son regard le plus hautain.

Il y avait également une vitrine de petites figurines de collection près de l'accueil où travaillait James Devereaux, le frère de Vinnie. Valentina, la compagne de James, gérait la boutique. Elle discutait avec un client à l'autre extrémité de la salle, un humain qui ne se doutait pas que ce commerce appartenait à des métamorphes. Les chats de Pallas s'étaient si bien intégrés au monde des humains que leur existence n'était toujours pas connue.

Les métamorphes chats de Pallas étaient assez différents de l'animal tel qu'il existait dans la nature. Ils n'avaient pas de territoire, mais les membres d'une même troupe vivaient et travaillaient dans les mêmes parages. En effet, la majorité des camarades de troupe de Bree habitaient deux immeubles et dans un lotissement situé dans une impasse qui appartenaient à Vinnie.

Le travail de Bree à la bijouterie n'était pas vraiment passionnant, mais elle aimait bien le fait de ne plus avoir à penser au boulot le soir quand elle rentrait chez elle. Elle se détendait et oubliait tout jusqu'au lendemain matin. Elle appréciait énormément la simplicité de son travail. La simplicité était selon elle une qualité qui n'était pas appréciée à sa juste valeur.

Peu de gens pouvaient se vanter d'aimer tous leurs collègues de travail, mais les Devereaux étaient vraiment très sympas. La mère de Paxton était la sœur de Vinnie et de James. Les Devereaux avaient chaleureusement accueilli Bree dès qu'il s'était avéré qu'elle était l'âme sœur de Paxton. Ils l'avaient entourée à la mort de sa mère quand elle n'avait que sept ans et à celle de son père à ses dix-huit ans. À part ses parents, Bree n'avait pas d'autre famille au sein de la troupe, mais elle n'en avait pas souffert grâce aux Devereaux.

Les yeux rivés sur le bijou devant lui, le lion se frotta la mâchoire recouverte d'une barbe de trois jours.

— Je n'arrive pas à me décider, dit-il.

Ouais, Bree avait cru le remarquer.

Le type regarda un autre collier dans le comptoir vitré.

— Pourrais-je revoir le collier d'opales ? demanda-t-il en pointant du doigt son troisième choix, le premier bijou qu'il avait regardé, puis écarté.

— Bien sûr, répondit Bree en souriant largement grâce à un gigantesque effort.

Elle rangea le collier qu'il venait de regarder avant de sortir le collier d'opales en question. La porte d'entrée s'ouvrit alors, laissant entendre les bruits de la rue.

— Hé Alex ! Content de te voir, dit Greg.

Le cœur de Bree s'emballa un peu et elle releva la tête, incapable de s'empêcher de mater le nouvel arrivant. Il avait la démarche lente, souple et contrôlée d'un cow-boy de Western, avec en plus un balancement sexy des épaules.

Aleksandr Devereaux, fils de James et de Valentina, copropriétaire de la bijouterie, entra et parla avec le calme d'un homme sûr de lui et de sa place dans le monde. Il était arrogant sans être obsédé par sa personne. Il avait conscience de sa propre valeur et il était bien dans sa peau.

Il était tellement canon qu'il donnait envie aux femmes de se jeter sur leur vibromasseur. Les piles de celui de Bree se déchargeaient d'ailleurs assez rapidement.

Alex balaya la boutique de son regard perçant. Quand ses yeux sombres, abyssaux, se posèrent sur elle, Bree se sentit littéralement fondre. Merde ! Elle souffrait beaucoup d'éprouver une telle attirance pour un type qui ne serait jamais sien.

Elle lui adressa un sourire bref et retourna toute son attention à son client concentré sur le collier d'opales. Alex ne serait pas vexé qu'elle l'ait salué si succinctement. Il n'attachait pas beaucoup d'importance aux salamalecs, aux manières, aux excuses, au bavardage et à toutes les politesses d'usage. Il était aussi direct qu'une balle de fusil et capable des pires grossièretés sans jamais s'en excuser. Bree appréciait qu'il dise ce qu'il pense et qu'il pense ce qu'il dise.

Elle entendit ses parents l'accueillir chaleureusement et s'enquérir de son voyage. Comme bien des membres de son espèce, il partait souvent vagabonder pendant plusieurs mois. Il n'était pas un chat de Pallas comme son père.

Il tenait de sa mère, une Russe. Il faisait partie d'une espèce dont les membres étaient considérés comme de véritables suppôts de Satan.

Quand il était chez lui, il venait à la boutique une fois par semaine environ, rarement plus. Quand il avait quelque chose à faire, il disparaissait dans son bureau au fond du magasin. C'était vraiment dommage parce que sa présence derrière le comptoir aurait attiré beaucoup de clientes.

Bâti tout en muscles, Alex mesurait un mètre quatre-vingt. Sa belle peau mate était ornée de plusieurs tatouages. Mâchoire carrée et pommettes saillantes. Ses cheveux lisses, courts étaient très sombres, presque noirs.

Il arborait presque tout le temps une expression neutre, parfaitement indéchiffrable et extrêmement sexy. Bree avait déjà entendu une femme déclarer que cela lui donnait encore plus envie d'essayer de percer son armure. Ouais, s'il n'avait aucun mal à attirer les femmes, il n'avait que des aventures brèves. Il ne donnait jamais de rencards et ne se liait jamais à ses conquêtes d'un soir. Plusieurs filles avaient tenté de le changer, de guérir la blessure que lui avait laissée la mort de son âme sœur sept ans plus tôt. Il n'avait pas ressenti le lien d'union avant que Freya, une fille qu'il connaissait à peine, ne meure sous ses yeux. Quelle tragédie !

Pendant longtemps, Bree l'avait considéré comme une sorte de cousin éloigné. À quatorze ans, elle avait eu un béguin pour lui. Âgé de douze ans de plus qu'elle, Alex ne l'avait pas vraiment remarquée. Les choses avaient changé depuis un petit moment, mais il ne semblait pas avoir envie de faire évoluer leur relation. *Dommage*, se dit-elle.

— J'aime bien les deux autres colliers, mais cette opale me plaît beaucoup, expliqua le lion.

— Je comprends tout à fait, dit Bree.

Elle adressa un bref sourire à Valentina venue la rejoindre derrière le comptoir et qui fouillait dans un des tiroirs.

Le lion se frotta la nuque.

— Je cherche le cadeau parfait pour ma compagne. Elle est une oméga, comme vous. Notre fille aussi d'ailleurs. Elle n'a que six ans. Elle a du mal à lever ses boucliers mentaux, mais elle fait sans cesse des progrès.

Bree se souvenait de sa perception du monde avant qu'elle n'apprenne à utiliser ses boucliers d'oméga. Elle avait l'impression d'avoir les nerfs à vif. Elle recevait une décharge d'énergie chaque fois qu'elle touchait quelqu'un. Elle ne parvenait pas à se protéger. C'était tout ou rien pour les omégas.

Les omégas étaient considérées comme le cœur de la troupe. Elles n'étaient pas des empathes, mais plutôt des guérisseuses d'émotions. Elles savaient lire et extraire les émotions des autres, mais sans les ressentir elles-mêmes, tout comme un médecin sait reconnaître les symptômes d'une maladie et la soigner sans éprouver de douleur. L'absorption d'une émotion positive était comparable à une dose de caféine pour le cerveau. En revanche, une émotion négative ressemblait à une vilaine remontée acide.

— Vous devez être la Première oméga de votre troupe, non ? observa le lion.

— Non, non, répondit Bree en secouant la tête.

— Oh ! s'exclama le lion, étonné. Je vous sens tellement forte que j'ai pensé…

— Je n'ai vraiment pas envie d'occuper ce poste, déclara Bree. C'est un travail très difficile.

— J'imagine, convint le type en regardant le collier encore une fois.

Dani, l'actuelle Première oméga, était en poste depuis bientôt dix ans. Entre autres responsabilités, elle aidait les jeunes omégas à élever leurs boucliers mentaux, à contrôler leur talent. Elle s'occupait également de la formation continue des omégas adultes, leur apprenait à aider les autres, organisait les fêtes de la troupe et rencontrait régulièrement l'Alpha pour le tenir au courant du bien-être émotionnel des membres.

En toute honnêteté, Bree se considérait comme une bien piètre oméga. Une bonne oméga, selon elle, était quelqu'un de sympa, enjoué, attentionné et diplomate, ce qu'elle n'était pas du tout. Personne n'aurait jamais dit d'elle qu'elle était réconfortante. Aucun de ses camarades de troupe ne serait venu la voir pour se faire dorloter. Ils ne s'adressaient à elle que lorsqu'ils désiraient une opinion franche, ou avaient besoin de quelqu'un pour les écouter ou bien les aider à préparer leur vengeance.

— Ma compagne adore les opales, alors je pense que je vais prendre celui-ci, dit le lion.

— Est-ce que c'est sa pierre de naissance ? s'enquit Bree.

— Non. Elle aime cette pierre, c'est tout.

Bree sentit son pouls s'accélérer en voyant Alex rejoindre Valentina derrière le comptoir. Il était si près d'elle qu'elle percevait nettement son odeur sombre faite de notes de citron, de bois chauffé et de musc. La jeune femme sentit ses hormones s'exciter.

Le lion se mordit l'intérieur de la joue.

— Est-ce que vous voulez bien essayer ce collier pour que je le voie à votre cou ?

Il n'était pas rare que les clients fassent ce genre de demandes.

— Bien sûr, répondit Bree.

— Je vais l'attacher, proposa Alex.

Ou plutôt, il le décréta. Sa voix rauque de buveur de whisky lui caressa la peau et lui excita les sens. Il avait beau ne jamais parler bien fort, il dégageait une grande puissance naturelle.

Bree lui adressa un petit sourire forcé.

— Merci, ça va, dit-elle.

Elle n'aurait pas dû croiser son regard. En effet, la tension sexuelle sous-jacente toujours présente entre eux se raviva, comme chaque fois, mais ils n'y prêtèrent pas attention, comme d'habitude.

Alex prit le collier des mains du lion, se plaça derrière Bree et écarta ses cheveux. Il lui effleura la nuque des doigts en attachant le collier. La jeune femme sentit de petites étincelles lui parcourir la peau, faisant se dresser tous les petits poils de son cou. Puis le bijou vint se poser dans le creux entre ses clavicules.

— Il est encore plus beau quand on le voit ainsi, observa le lion.

— C'est le cas de presque tous les bijoux, convint Bree.

Le lion réfléchit encore un peu et décida enfin d'acheter le collier d'opales. Bree leva les mains pour ouvrir le fermoir et retirer le bijou, mais Alex l'en empêcha doucement.

— Laisse, je m'en occupe, dit-il.

Bree sentit de nouveau les doigts du jeune homme sur sa peau. Il replaça ses cheveux et lui tendit le collier.

— Je veux te voir dans mon bureau avant que tu partes, lui chuchota-t-il ensuite à l'oreille avant de s'en aller.

Bree poussa un grognement intérieurement. Elle avait juste envie de rentrer chez elle et de s'affaler dans son canapé.

Elle eut du mal à retenir un soupir. Elle remit le collier dans sa boîte et le lion sortit sa carte de crédit de son portefeuille. Elle enregistra la transaction dans la caisse électronique et mit la boîte dans un joli sachet.

La porte se referma derrière le client et Valentina profita qu'il n'y avait plus personne dans la boutique pour parler à Bree.

— Je suis très impressionnée que tu ne te sois pas impatientée avec ce lion, dit-elle avec son fort accent russe. Les personnes indécises m'exaspèrent. Ce type était beaucoup trop faible pour un lion. Je déteste les faibles, comme tu le sais.

— Oui, on le sait, déclara James en acquiesçant d'un signe de tête. Tu nous le dis souvent.

C'était vrai.

— Il avait juste envie de trouver le cadeau idéal pour sa compagne. Je ne pouvais pas lui en tenir rigueur.

— En tout cas, je te félicite de ne pas l'avoir étranglé, intervint Ella. Tu sais admirablement bien garder ton calme.

— Je tiens cela de mon père, répondit Bree en souriant.

— Ton père, Dieu ait son âme, était loin d'être calme ! s'esclaffa James. Il avait un comportement calme en apparence et il déclarait pardonner à tous ceux qui l'irritaient. Puis il faisait des trucs déments comme tirer une balle dans la cheville de ton idiot d'ex-petit ami depuis le balcon.

— C'était un accident, protesta Bree. Il était en train de nettoyer son fusil. (Elle se tourna vers Ella.) C'est toi qui mérites les félicitations. Tu as chopé un humain aux doigts trop longs avant même que Greg ne le remarque, et tout ça en parlant au téléphone !

— Quand tu es confrontée à l'Antéchrist tous les jours depuis ta plus tendre enfance, il n'y a pas grand-chose qui puisse te déconcentrer, affirma-t-elle sérieusement.

James regarda sa nièce en soupirant.

— Damian n'est pas l'Antéchrist, affirma-t-il. Tu pourrais te montrer un peu plus affectueuse envers ton petit frère.

Ella le dévisagea, l'air impassible.

— Le mal est imperméable à l'amour. Il ne connaît que l'obscurité.

— N'importe quoi, dit James en secouant la main.

Ils fermèrent ensuite la boutique comme tous les soirs et les employés allèrent chercher leurs effets dans la salle de pause. Bree salua ses collègues et frappa à la porte du bureau d'Alex. Elle l'entendit lui dire d'entrer de sa voix rauque, ce qu'elle fit.

Le jeune homme était assis dans son fauteuil de cuir derrière son bureau, un pied posé sur son autre cuisse. Il avait l'air décontracté, parfaitement détendu et il la dévisageait avec une telle intensité qu'elle en fut perturbée.

— Tu voulais me voir ? dit-elle en haussant un sourcil.

— Ferme la porte, rétorqua-t-il.

Merde ! son ton autoritaire l'excitait terriblement.

Elle referma sans tourner la tête parce que quitter des yeux un dangereux prédateur qui vous dévisageait aurait été une véritable idiotie. Les chats de Pallas n'étaient sans doute pas des vedettes parmi les métamorphes, mais les gloutons, eux ? Ils étaient voleurs, menteurs, joueurs, et commençaient des bagarres sans véritable raison. Pourquoi ? Parce qu'ils en avaient envie.

Intrépides, ils se battaient sans relâche sans jamais abandonner la partie et étaient célèbres pour leurs colères noires. Personne n'attaquait un glouton à moins d'avoir envie de se faire tabasser à mort. Compte tenu de leur folie légendaire et de leur capacité à remporter haut la main le prix du bourreau le plus sadique, il n'était pas étonnant que Vinnie ait recours à Alex pour les interrogatoires.

Il avait rejeté la proposition que Vinnie lui avait faite de rejoindre son équipe. Il n'avait pas besoin de titre, avait-il expliqué, pour se sentir important. Alex était un électron libre, mais il obéissait à Vinnie. Jusqu'à un certain point. Bree soupçonnait qu'il n'accorderait son entière loyauté qu'à la femme qu'il choisirait pour compagne.

Elle scruta son visage pour essayer de deviner ce qu'il voulait lui dire, mais n'y parvint pas. Les yeux étaient censés être le miroir de l'âme, mais ce n'était pas le cas pour Alex. Ses prunelles brillaient parfois d'un éclair d'émotion, mais il était presque impossible d'en déterminer la nature.

Bree se demandait si ses talents d'oméga lui suffiraient pour décrypter ses émotions, tant ce type se maîtrisait. Elle ne pouvait le faire qu'avec le consentement de l'autre. Il lui fallait à tout prix éviter de violer l'intimité de ses camarades de troupe qui lui demandaient son aide, d'autant plus que, contrairement à d'autres omégas, Bree lisait aussi dans les pensées.

Ce n'était pas aussi agréable qu'il n'y paraissait à première vue. Le fait d'entendre dans sa tête la voix d'une autre personne l'irritait profondément. C'était un peu comme si quelqu'un gravait les paroles dans son cerveau avec une pointe acérée. Cela produisait un bruit si strident qu'elle s'étonnait toujours que ses oreilles ne se mettent pas à saigner.

— Mila m'a raconté que trois types t'avaient abordée devant le salon de coiffure ce matin. Qui étaient-ils ? demanda Alex en parlant de sa sœur.

— Je ne sais pas, répondit Bree. (Elle aurait voulu mettre rapidement fin à cet entretien, rentrer chez elle, enfiler son pyjama et s'écraser dans son canapé.) Celui qui m'a parlé prétendait s'appeler John Jones, mais je doute que ce soit son vrai nom. Il ne m'a pas présenté ses amis. Ils étaient tous trois des hyènes. Ils ne m'ont pas dit s'ils faisaient partie d'un clan.

— Mila me les a décrits, mais je n'ai pas l'impression de les connaître. Que voulaient-ils ?

— Savoir comment entrer en contact avec Paxton.

— Paxton ? répéta Alex en s'immobilisant.

— Ouais, dit Bree en acquiesçant d'un signe de tête. Jones n'avait pas l'air de croire à sa mort et le fait que j'ignore où il se trouve.

— Est-ce qu'ils t'ont menacée ?

— Non. Ils ne m'ont pas manqué de respect. Ils étaient insistants et énervants, c'est tout.

— Est-ce que tu en as parlé à Vinnie ?

— Non. Je vais l'appeler plus tard.

Alex tambourina des doigts sur son bureau.

— Ce n'est pas très bon signe que les hyènes veuillent voir Paxton. J'ai transmis à Greg la description que m'a donnée Mila. S'ils se pointent ici, il ne les laissera pas entrer. Appelle-moi si tu les revois.

Elle n'avait pas rêvé : il venait de lui donner un ordre !

Bree contint difficilement un soupir. Elle se demandait comment il pouvait croire qu'elle allait obtempérer. Il se comportait comme s'il ne la connaissait pas.

Elle lui obéissait en tout ce qui concernait le travail. C'était normal, il était son patron. Mais en dehors de *La Malle aux trésors* ? Non, pas question !

Les omégas félins n'étaient ni faibles ni tout au bas de la hiérarchie. Ils étaient un mélange de dominant et de soumis. Pour une raison inexplicable, personne ne pouvait leur imposer quoi que ce soit, pas même un Alpha. Alors oui, Bree était capable de tenir tête à un mâle dominant.

Elle préférait ne pas discuter avec eux. Elle regardait le type en acquiesçant d'un signe de tête, faisant semblant d'être d'accord puis elle s'en allait et agissait selon ses envies. Elle trouvait plus satisfaisant de remporter une guerre psychologique et de faire tourner le type en bourrique.

— Bien sûr ! mentit-elle éhontément en regardant Alex droit dans les yeux.

— Je suis sérieux, Bree, affirma-t-il en plissant les yeux.

— Ouais, je le sens bien. Maintenant, si tu n'as rien d'autre…

— Non, je n'ai pas fini.

Bree sentit son pouls s'accélérer quand elle le vit se lever. Le parquet de bois dur ne grinça même pas sous ses pieds tant sa démarche était souple, lente, déterminée. Debout à côté d'elle, il la dominait et elle sentit toutes ses terminaisons nerveuses s'exciter.

De toute sa vie, elle n'avait jamais éprouvé une telle attirance. Son corps ne vivait jamais aussi intensément que lorsqu'elle était près d'Alex. Très honnêtement, l'énergie sexuelle qui se libérait à chacune de leurs rencontres était absolument incroyable. Ce devait être une simple réaction chimique qui finirait par s'estomper avec le temps. Enfin, elle l'espérait.

— On m'a raconté qu'il s'était passé quelque chose entre Mateo et toi. Tout ce qu'on a pu me dire, c'est que vous vous êtes engueulés, qu'il était parti pour une semaine, et que vous ne vous parlez plus depuis. Que s'est-il passé ?

Le ventre noué, Bree s'étira les mains. Elle avait toujours considéré Mateo comme un de ses plus proches amis, mais après ce qu'il avait fait deux semaines auparavant…

Son geste n'aurait pas été considéré comme un crime dans le monde des humains, mais chez les métamorphes, Mateo était passible de bannissement. Bree n'avait rien dit à personne. Mateo aurait dû être puni, mais Bree avait pitié de lui quelque part. Elle savait combien c'était difficile de désirer une personne inaccessible, de la voir avec quelqu'un d'autre. Et combien c'était facile de se laisser aller à fantasmer, à rêver que cette personne vous désirerait un jour !

Et puis, était-ce une bonne idée de faire bannir Mateo de la troupe tandis qu'elle projetait elle-même de la quitter ? Personne n'était au courant de son projet, et encore moins Alex.

Bree avait aussi fait des erreurs, elle le reconnaissait. Elle n'avait pas perçu la profondeur des sentiments de Mateo pour elle. Il la trouvait attirante, elle le savait, mais elle n'avait pas su à quel point jusqu'à ce qu'il lui déballe amèrement son attachement. Elle s'en serait rendu compte bien avant sans son refus de lire ses émotions.

Cette situation pénible lui avait appris une bonne leçon : il valait mieux ne pas fantasmer sur une personne inaccessible parce que cela ne pouvait que mal se terminer. Elle s'était donc juré d'abandonner tout espoir de sortir un jour avec Alex. Elle ne voulait pas devenir amère, malheureuse comme Mateo.

— Cela fait très longtemps que vous êtes amis, Mateo et toi, affirma Alex. Une amitié aussi solide ne disparaît pas comme ça sans raison valable. Pourquoi vous êtes-vous disputés ?

— Demande-le-lui.

— C'est à toi que je pose la question, mais tu cherches à l'esquiver. Pourquoi ne pas me répondre tout simplement ?

Parce qu'il aurait donné une belle raclée à Mateo comme il l'avait fait avec tous les types qui l'avaient fait souffrir au fil des ans. Et puis…

— Pourquoi est-ce que je te le dirais ? On n'est même pas amis. On ne se raconte pas nos trucs.

— Non, effectivement, nous ne sommes pas amis. Nous sommes plus que ça, je te considère comme…

— Ne va surtout pas dire que tu me vois comme quelqu'un de ta famille. Ce serait un énorme mensonge. Mais peut-être es-tu trop poltron pour le reconnaître ?

Alex grinça des dents. Il n'avait pas du tout envie de discuter de cela avec Bree. C'était même le dernier sujet qu'il souhaitait aborder avec elle, bordel de merde ! Combien de fois avait-il entendu des membres de sa famille dire que Bree était des leurs. Trop de fois pour les compter, oui ! Il avait longtemps éprouvé la même chose d'ailleurs. Il ne se rappelait pas au juste quand ses sentiments pour Bree avaient changé ni si cela s'était fait petit à petit. Mais bon, il ne la voyait plus comme un membre de sa famille. Plus du tout même.

Que ressentait-il vraiment ? Cette petite chatte l'attirait, c'était plus fort que lui. Il la trouvait séduisante, attirante, excitante.

Il n'arrêtait pas de se répéter qu'elle était l'âme sœur de son cousin, qu'elle avait douze ans de moins que lui, qu'elle avait plus d'affinités avec Mateo. Mais rien n'y faisait. Ni lui ni son animal intérieur ne parvenaient à se détacher d'elle. Et son sexe se fichait bien de ses problèmes de conscience : il bandait chaque fois qu'il la voyait.

Alex doutait qu'aucun homme normalement constitué ne le lui aurait reproché. Bree Dwyer n'était pas simplement jolie, elle était étincelante comme les bijoux qu'elle vendait. Elle était sans conteste la plus belle femme qu'Alex avait vue dans sa vie. Il ne fallait pas croire pour autant que ce magnifique extérieur ne recelait pas une tête bien faite, une intelligence vive évidente dans sa manière de s'exprimer. Il avait envie de se noyer dans ses prunelles bleu électrique pendant qu'il s'enfouissait en elle. Il désirait ardemment voir sa bouche pulpeuse se refermer sur son sexe et sa magnifique chevelure noisette teintée d'or répandue sur ses cuisses. Il voulait aussi voir ses longues jambes à la peau lisse enroulées autour de son cou pendant qu'il léchait sa féminité.

Il fantasmait également sur tout ce qu'il ferait à son joli petit cul.

Il avait envie de le baiser chaque fois qu'il la voyait marcher de dos. Elle avait une démarche très assurée, elle dégageait une telle confiance en elle qu'elle paraissait inaccessible. Elle marchait la tête haute, le dos droit en balançant gracieusement les bras, les hanches oscillant lentement de gauche à droite.

Alex prit une longue inspiration et s'emplit de son odeur faite de notes de mangue, de pamplemousse et de lait de coco. Elle lui avait manqué. Il avait sans cesse envie de la retrouver.

Son animal intérieur poussa un grognement de séduction, remontant à la surface pour s'approcher de la jeune femme. D'un naturel grincheux, renfrogné, il se montrait sous son jour le plus charmeur dès qu'elle était dans les parages. Il se fichait bien de savoir qu'elle était l'âme sœur de Paxton ou que Mateo serait un meilleur compagnon pour elle. Non, l'animal voyait seulement une adulte, célibataire et disponible.

Alex se demandait bien ce qui avait pu causer cette rupture entre Bree et Mateo. Ils semblaient si bien s'entendre que certains membres de la troupe avaient imaginé qu'ils finiraient par s'imprégner. Alex s'était même préparé à cette éventualité. Il se disait qu'il le supporterait assez bien, essayant de se convaincre qu'il n'éprouvait pas la même possessivité que son animal à l'égard de Bree.

Ouais, bon, il était souvent à côté de la plaque aussi.

Alex n'était pas asocial, mais il n'avait pas énormément besoin de compagnie. Il appréciait le silence et la solitude. Il y avait quelque chose en Bree qui… l'équilibrait, en quelque sorte. Peut-être parce qu'il se sentait des affinités avec elle. Ils savaient tous deux ce que c'était de ne rien éprouver pour la personne que le destin leur avait réservée.

Freya était en visite dans sa famille au sein de la troupe au moment de son décès. Alex n'avait pas ressenti d'émotion vive en la rencontrant, ni éprouvé le besoin de la voir. Il n'avait vraiment pas soupçonné qu'elle était son âme sœur. Il l'avait trouvée attirante, mais n'avait rien tenté avec elle parce qu'ils sortaient tous les deux avec quelqu'un d'autre à l'époque.

Il n'avait pas eu autant de chagrin que sa famille et que son petit ami quand elle était morte. Il ne l'avait pas vraiment connue. Il ne lui avait guère parlé avant le soir où la voiture de Greg avait été heurtée par derrière quand ils rentraient d'une boîte pour métamorphes.

Alex s'était cogné la tête assez fort pour perdre connaissance. Quand il était revenu à lui, il avait vu Greg et un autre camarade de troupe encore dans le coaltar. Mais Freya… Elle avait presque traversé le pare-brise. Elle n'avait pas attaché sa ceinture de sécurité.

Alex s'était précipité à ses côtés. Il avait tout de suite compris qu'elle était moribonde en percevant les lents battements de son cœur et sa respiration superficielle. Elle avait réussi à ouvrir les yeux et à le regarder. Ce fut à ce moment-là précisément où, commotionné, assommé, il avait ressenti le désir d'union. Mais les yeux de Freya s'étaient éteints et le désir avait disparu tout aussi vite.

S'ils avaient été unis, Alex aurait pu lui insuffler de l'énergie par leur lien d'union et aurait peut-être même pu la sauver. Or il n'avait pu que la regarder mourir.

Était-ce normal qu'il n'éprouve rien pour Freya, compte tenu du fait qu'il ne la connaissait pas ? Sans doute. Il ne pouvait pas s'empêcher cependant de penser qu'il aurait dû détecter une petite étincelle de quelque chose, qu'il aurait dû au moins avoir eu envie d'être près d'elle. Mais rien. Bree était la seule fille qui l'attirait.

C'était une des rares personnes qu'Alex admirait. Le sort semblait s'être acharné contre elle, mais elle ne s'était jamais écroulée, ne s'était jamais laissé aller à s'apitoyer sur elle-même. Au fil des ans, il l'avait regardée gagner en maturité, en force. Cette fille avait les reins solides.

Pas le genre à se laisser faire, Bree n'avait pas le tempérament doux et avenant des omégas typiques. Elle vivait à son propre rythme et se préoccupait peu des autres. Elle se contentait de dévisager d'un regard vide quiconque essayait de lui imposer quoi que ce soit. Alex en avait souvent fait l'expérience.

Les talents d'oméga de Bree étaient très ténus quand elle était petite, mais les choses avaient changé quand elle avait atteint la puberté. Elle était même devenue plus forte que Dani, ce que la Première oméga supportait mal, avait constaté Alex. D'autant plus que les omégas continuaient à se renforcer jusque dans la trentaine. Les pouvoirs de Dani étaient à leur maximum, mais ceux de Bree allaient sans doute continuer à croître.

Toute la troupe savait que Bree aurait dû être leur Première oméga. Ses camarades de troupe venaient la consulter de plus en plus. C'était normal pour les membres de préférer s'adresser à la plus forte de leurs omégas. Or Bree ne souhaitait pas devenir la Première oméga de la troupe,

Alex le savait. Mais bon, elle n'aurait peut-être pas le choix. Son chat intérieur ne pourrait pas supporter tellement plus longtemps de recevoir des ordres d'une oméga moins forte qu'elle.

Bree poussa un long soupir.

— Ouais, je me disais bien aussi que tu refuserais de le reconnaître, dit-elle, l'air plus calme qu'elle ne l'était réellement.

Mais bon, elle était comme ça. Elle ne réagissait jamais beaucoup à quoi que ce soit. Pas du genre à crier, à lancer des objets, ou à pointer quiconque du doigt, elle parlait sur un ton neutre et dévisageait son interlocuteur, l'air de le mettre au défi de continuer à lui mettre la pression. Celui qui s'y aventurait allait devoir essuyer ses foudres.

Alex n'avait certes pas l'intention d'essayer. En tant que glouton, il était tout à fait capable d'affronter un chat de Pallas. Cela ne signifiait pas pour autant qu'il en avait envie. Ces petites bêtes étaient tellement mignonnes, mais étranges aussi quelque part. Leur abondante fourrure n'était rien d'autre qu'un déguisement qui cachait la dure réalité, à savoir que ces animaux étaient des fous furieux.

— Bon, on a fini, je pense, déclara Bree.

— Pas tant que tu ne m'auras pas dit ce que je voulais savoir. Je suis encore autant dans le vague que lorsque tu es entrée dans mon bureau.

— Je n'ai pas l'impression que ce soit mon problème, affirma-t-elle l'air très hautain.

C'était sans doute très bizarre de sa part, mais son attitude de princesse condescendante à l'égard du simple paysan qu'elle semblait voir en lui lui donna envie de la prendre sur son bureau. Il ne put s'empêcher de bander à cette idée.

Il était très énervé de la voir ainsi aussi calme tandis qu'il était pris d'un immense désir sexuel pour elle. Elle conservait tout son sang-froid. L'orgueil de son animal en prit un coup.

— Tu ne l'as jamais dit à personne, n'est-ce pas ? demanda-t-il, ayant besoin de la faire réagir.

— Jamais dit quoi à personne ? répéta-t-elle, l'air perplexe.

— Que je connais parfaitement la douce saveur de ta bouche, répondit-il en fixant ses lèvres du regard.

Chapitre 2

Bree s'immobilisa. Ce baiser remontait à plusieurs années, mais Alex ne l'avait jamais évoqué. Pas une seule fois. Ni elle non plus d'ailleurs. Il devait avoir regretté son geste, songeait-elle.

— Ah ! ça, dit-elle sur un ton détaché, déterminée à garder son calme coûte que coûte.

— Ah, ça ! répéta-t-il, perplexe.

En toute honnêteté, ce n'était pas grand-chose. Ils n'avaient pas été les seuls d'ailleurs à échanger quelques baisers à cette soirée d'anniversaire. Bree fêtait ses dix-huit ans et la plupart de ses camarades de troupe étaient éméchés. Elle avait remarqué qu'Alex l'observait. Plus il buvait, moins il était subtil. Il l'avait attirée dans un coin sombre tout de suite après qu'elle avait dansé un slow avec un autre garçon. Et là, il avait plaqué sa bouche sur la sienne.

— Pourquoi n'en as-tu jamais parlé à personne ?

Parce qu'elle avait eu terriblement honte qu'il la repousse tout de suite après comme si elle avait été une pestiférée ! Ella était au courant puisqu'elle les avait aperçus. Mais bon, Alex n'avait pas besoin de le savoir.

— Cela ne me semblait pas important, déclara Bree.

— Pas important ? répéta-t-il, vexé.

— Ce n'était qu'un baiser, dit-elle en se forçant à hausser négligemment les épaules.

— C'était beaucoup plus qu'un baiser. Tu t'es frottée sur ma cuisse jusqu'à ce que tu jouisses, je m'en souviens très bien. Ou l'as-tu oublié ?

— Non, je ne l'ai pas oublié. Je n'ai pas oublié non plus que tu t'es éclipsé très rapidement tout de suite après. Ah oui ! Et que tu m'as repoussée comme si c'était moi qui m'étais jetée sur toi !

— Tu n'avais que dix-huit ans. Tu étais beaucoup trop jeune pour ce que j'avais envie de faire. (Le ventre de Bree se noua en voyant son regard s'assombrir, traversé d'un éclair brûlant.) J'avais envie de retrousser ta petite robe, de m'enfouir en toi, de te baiser contre le mur jusqu'à ce que tu cries mon nom.

— Ce n'est pas très excitant comme fantasme !

Alex eut l'air étonné.

Quoi ? S'attendait-il à ce qu'elle rougisse, se mette à bégayer et détourne le regard ? Bree poussa un soupir.

— Écoute, on fait tous des bêtises quand on a trop bu…

— Tu penses que j'étais soûl ? Si cela avait été le cas, tu aurais passé le reste de la soirée avec ma semence en toi.

Bree aurait aimé que ses hormones ne s'excitent pas autant chaque fois qu'il tenait ce genre de propos. De sa voix rauque, beaucoup trop séduisante.

— Ouais, si j'avais laissé les choses aller jusque-là.

— Oh ! Laisse-moi te dire que c'est exactement ce qui se serait passé si j'avais trop bu ce soir-là, ma petite. Ne va surtout pas croire le contraire. Est-ce que tu couines encore aussi délicieusement juste avant de jouir ?

— Sans doute, répondit-elle en croisant les bras. Mais dis-moi, pourquoi est-ce que tu ressasses cette vieille histoire que tu as toujours préféré oublier, il me semble ? Bien sûr, je comprends tout à fait que tu aurais mieux aimé garder ce souvenir enfoui tout au fond de ta mémoire. Après tout, c'est le meilleur moyen pour toi de te convaincre que je fais partie de ta famille, n'est-ce pas ?

Alex serra les dents et baissa la tête, sa bouche s'approchant dangereusement de celle de Bree.

— Tu veux que je te le dise ? Que je te raconte que je me suis branlé un nombre incalculable de fois en rêvant que je te baisais ? (Ses narines se dilatèrent.) Je te désire. Je veux sentir ta féminité se resserrer sur mon sexe. Je veux te regarder jouir pendant que je te prends. Voilà, tu le sais maintenant.

Avec sa gueule de bois, Bree n'appréhenda pas tout de suite ce qu'il venait de dire. Quand enfin elle y parvint, elle fut ébranlée. Bordel de merde ! Cette journée avait été des plus étranges.

Elle aurait été très excitée par son aveu s'il ne lui en avait pas aussi clairement voulu d'éprouver un tel désir pour elle. Génial.

— Tu n'as pas l'intention de réaliser tes fantasmes, n'est-ce pas ?

Il serra les dents encore une fois.

— Une nuit avec toi ne me suffirait pas. J'exigerais davantage. Je prendrais plus.

Bree sentit son cœur s'emballer. « Plus » pouvait signifier tant de choses. Peut-être souhaitait-il une amie-amante ? Une aventure brève, mais intense ? Ou une relation sérieuse ? Toutes ces possibilités l'intriguaient, mais Alex ne semblait pas être sur la même longueur d'onde qu'elle.

— Tu dis ça comme si ce n'était pas une perspective agréable pour toi.

— J'ai vu comment tu es avec tes petits copains, Bree. Tu les manipules, tu les fais marcher. Tu ne le fais pas intentionnellement, je pense, mais les types te passent tout, n'est-ce pas ? Mais moi ? Je ne laisse personne me dicter ma conduite. Je ne marche pas, Bree. Tu n'es jamais sortie avec un type comme moi. Tu sais comment on est tous les deux quand on sort avec quelqu'un. Peu importe que ce soit une simple aventure ou une relation plus sérieuse. On n'est pas faciles, ni toi ni moi. Un type comme moi a énormément d'exigences… Tu n'es pas prête.

Cette remarque lui tapa sur les nerfs.

— C'est plutôt toi qui n'es pas prêt, affirma-t-elle en le regardant droit dans les yeux avant de faire demi-tour et de sortir du bureau.

Elle quitta la bijouterie et s'engagea rapidement dans la rue achalandée, passant devant des vendeurs ambulants, un abribus bondé, des ruelles étroites et de nombreux commerces appartenant à la troupe. D'habitude, elle trouvait les odeurs émanant des diverses boutiques plutôt agréables, et plus particulièrement celles des gâteaux, des fleurs et du café. Mais pas ce jour-là, elle était trop énervée.

Cela l'horripilait terriblement en effet qu'on veuille lui imposer des limites. Qu'Alex ose lui dire qu'elle n'était pas prête à vivre ce qu'il avait envie de lui faire… eh bien, elle regrettait de ne pas l'avoir giflé !

Il n'avait pas exagéré en disant que les gloutons étaient très exigeants en amour. C'était des êtres plutôt compliqués, indiscrets, autoritaires, jaloux et dominateurs avec leur conjoint. Un glouton n'était pas un associé facile en affaires, mais il était carrément impossible en amour.

Plutôt nomades de nature, les gloutons ne restaient jamais bien longtemps au même endroit ni ne passaient beaucoup de temps avec leur petite amie. Seule leur âme sœur était capable de les stabiliser.

Ils se donnaient tout entiers à elle. Le rêve, pourrait-on penser, jusqu'à ce que l'on comprenne exactement ce que cela signifiait d'être le point de repère d'un glouton. Ils ne supportaient pas d'être séparés de leur âme sœur. Hyper protecteurs, en adoration devant leur conjoint, ils ne les quittaient pas d'une semelle et les rendaient fous.

En règle générale, les gloutons s'entendaient bien avec des personnes plutôt sociables. Or le père de Bree lui avait souvent dit en grommelant qu'elle n'était pas née pour faire plaisir aux autres. Ni pour assumer les problèmes des autres. Il était donc hors de question pour elle d'endosser ceux d'Alex. Il se retenait avec elle parce qu'il ne se sentait pas prêt à s'engager dans une relation sérieuse. Ce n'était pas étonnant, les gloutons tendant en effet à les éviter. Ils n'aimaient pas se sentir bridés.

Ce qu'il s'était passé avec Freya avait peut-être même exacerbé son désir de liberté, songea Bree. Cependant, elle ne le saurait jamais parce qu'il avait dit bien clairement qu'il n'avait pas l'intention de sortir avec elle. Tant pis pour lui, se dit la jeune femme, trop énervée pour s'en préoccuper.

Les bruits de la circulation s'estompèrent quand elle entra dans la paisible voie sans issue où elle habitait. D'habitude, quand elle apercevait sa maison avec ses tourelles, son toit pentu en acier, son joli porche, et ses fenêtres ornées de vitraux, elle se sentait tout de suite mieux. Mais pas ce jour-là parce qu'elle vit Benny, un de ses camarades de meute, qui l'attendait devant chez elle pour lui parler. C'était le rôle d'une oméga.

Bree poussa un grognement intérieur. Non qu'elle n'avait pas envie d'aider Benny. Ce n'était pas ça. Seulement, elle ne pensait pas vraiment être capable de le faire. Et puis, elle n'aimait pas devoir baisser ses boucliers mentaux.

Certains de ses camarades de troupe venaient la consulter toutes les semaines, la considérant comme une sorte de thérapeute. D'autres ne venaient la voir qu'à l'occasion. Quelques-uns lui demandaient aussi d'utiliser ses autres dons. Ce qui la distinguait des autres omégas ne résidait pas uniquement en sa capacité de lire dans les pensées. La majorité des autres omégas ne pouvaient pas faire plus qu'extraire de l'énergie des personnes venues les consulter, mais Bree était capable de leur insuffler des ondes calmantes leur procurant ainsi une sensation de paix. La majorité de ses camarades de troupe se méfiaient un peu cependant, craignant qu'elle leur transmette des énergies négatives.

Pendant très longtemps, la plupart de ses camarades s'étaient adressés à Dani ou à une autre des quatre omégas. Or ils étaient de plus en plus nombreux à venir la consulter. Cela agaçait profondément la Première oméga, mais ni l'une ni l'autre n'y pouvaient rien. Bree était incapable de refuser son aide, elle n'était pas une garce après tout. Enfin, pas tout le temps.

Elle mit ses préoccupations concernant Alex de côté et invita Benny à entrer chez elle, le guidant vers sa cuisine. Une bonne oméga comme Dani lui aurait proposé des cookies, l'aurait installé dans son canapé, aurait mis de la musique douce et l'aurait dorloté comme une mère avec son enfant.

Bree sortit sa bouteille de tequila, la posa sur le comptoir, invita Benny à prendre place à l'îlot central et servit deux verres. Ouais, elle en avait bien besoin aussi. Ces demandes d'aide et de réconfort la rendaient terriblement nerveuse, plus que n'importe quoi d'autre.

— Alors, quoi de neuf, Benny ? demanda-t-elle.

Mal à l'aise, il se tortilla sur son siège avant de répondre.

— Je n'ai jamais consulté d'oméga avant. J'ai toujours pensé que c'était un signe de faiblesse de se faire retirer ses émotions au lieu de les affronter.

— On ne sait pas toujours ce qu'on ressent. Nos perceptions sont parfois déformées par la colère ou une autre émotion forte. En ôtant cette énergie négative, je procure aux gens une plus grande clarté d'esprit. Ces émotions reviennent quand elles sont importantes. Mais pas toujours parce que la perception des gens n'est plus entachée par la négativité et ils peuvent se libérer plus facilement l'esprit. Je ne suis pas obligée de lire tes émotions ou de te les retirer. On peut aussi juste discuter, tu sais. Et prendre un coup. C'est important pour moi. Tout ce que tu me diras demeurera confidentiel, bien entendu.

— Tu n'en parleras pas aux autres omégas non plus ?

— Si c'est ce que tu me demandes, je ne le ferai pas, non.

— Très bien, dit-il, manifestement soulagé.

— D'accord, dit-elle. Dis-moi ce qui t'amène, pourquoi tu es venu ruiner ma soirée calme à la maison ?

Benny éclata d'un rire nerveux et avala son *shot*.

— Voilà : j'ai rompu avec Renée.

Bree n'était pas étonnée. Ce type était un dragueur invétéré. Très attentionné, il respectait les femmes, les inondant de cadeaux. Mais il rompait sans hésitation dès que les sentiments s'en mêlaient.

— Je ne voulais pas le faire, mais ça ne m'a pas empêché, poursuivit-il en reposant son verre sur le comptoir. On s'est disputés et elle m'a dit des choses… blessantes, tu vois ? Son père me cherche maintenant et je risque de perdre mon boulot. Je travaille pour sa grand-mère. Je ne suis pas un mec bien, j'en conviens. Elle prétend que j'ai peur de m'engager avec une fille et c'est faux. Enfin, je le pense. Qu'en dis-tu ?

Il n'avait pas l'air très sûr de lui.

Il n'était pas nécessaire d'être psychologue pour comprendre son problème, mais il arrivait souvent que les gens ne perçoivent pas ce qui semblait pourtant évident aux autres.

— Je peux te donner mon avis, mais si tu n'as pas les idées claires, tu auras peut-être du mal à comprendre mon point de vue. Tu risques de te mettre sur la défensive et de te barrer.

— Vas-y. Fais ce qu'il faut pour que j'aie les idées claires.

— En es-tu sûr ? demanda Bree en posant la main sur celle de Benny.

Il acquiesça d'un signe de tête et la jeune femme abaissa ses boucliers. Elle perçut immédiatement toute une gamme d'énergies émotionnelles.

Une grande confusion. Du découragement. De l'apitoiement sur soi-même. De l'irritation.

Elle grinça des dents en sentant toutes les émotions de Benny l'envahir, lui causant des élancements sur le côté gauche de la poitrine, une sensation de brûlure à la gorge et un goût acide dans la bouche. Le pire était ces bribes de phrases qui pénétraient dans son cerveau : « *… je déteste être obligé de faire ça…* », « *… j'ai besoin d'un autre* shot*…* », « *… je me demande si ça marche…* »

La sensation d'indigestion qu'avait éprouvée Bree s'estompa et elle put remonter ses boucliers, n'osant pas trop s'aventurer plus profondément dans les émotions de Benny. Ce pouvait être dangereux pour elle en effet parce qu'elle risquait de ressentir l'énergie maximale de chacune des émotions de son client. Les vibrations de ces énergies l'atteindraient alors comme un choc électrique si puissant qu'il pouvait mener à un infarctus. Non merci !

Les rides qui avaient barré le front de Benny disparurent. Il roula les épaules et inspira profondément pour se calmer.

— Tu vas mieux ? demanda Bree.

Benny dit « oui » de la tête.

— J'ai l'impression de me sentir moins débordé.

Super. Il serait plus ouvert à ses conseils.

— Tu veux savoir ce que je pense vraiment ou préfères-tu que je te rassure en te disant que tout finira par s'arranger un jour ? Réfléchis bien avant de me répondre.

— Je veux une opinion franche. C'est pour cela que je suis venu te voir.

— Très bien, dit Bree en remplissant les verres de tequila. Je pense que tu as raison, que tu n'as pas peur de t'engager. En revanche, tu as peur de le faire avec la mauvaise personne, comme ton oncle. Il a failli s'imprégner avec une femme qui l'a trahi et lui a brisé le cœur. Ça l'a bouffé, il s'est endurci et il est devenu très méfiant.

» Il a rencontré d'autres femmes, mais il ne s'est rapproché d'aucune d'elles. Il a une compagne, mais ils ne se sont pas imprégnés. On voit bien qu'il s'est accommodé de la situation, qu'il est dans une relation de convenance. Lui et sa compagne préfèrent cette relation précaire à la solitude. Tu ne voudrais pas vivre la même chose, n'est-ce pas ?

— Ouais, convint Benny. La femme avec laquelle il a failli s'imprégner… a bousillé sa vie.

— Pas complètement. Elle lui a fait du mal, c'est vrai. Mais ce n'est pas elle qui l'a obligé à se retirer du monde. Il a donc bousillé sa propre vie, en fait. La fille n'a pas été sympa, c'est vrai. Mais ton oncle est responsable de ses actes. Revenons un peu à toi. Tu ne laisseras jamais une fille se rapprocher de toi tant que tu craindras de faire un mauvais choix. C'est ce que je constate. Si tu continues comme ça et que tu ne prends jamais de risques, tu vieilliras dans la solitude. Ou bien alors tu feras l'erreur que tu veux éviter à tout prix : tu t'accommoderas d'une femme que tu n'aimes pas juste pour éviter de te retrouver seul.

— Ouais, dit Benny avant de se taire.

— En d'autres termes, il est temps que tu te sortes les doigts du cul et que tu te ressaisisses, dit-elle avant de grimacer. Désolée, ce n'est pas exactement cela que je voulais dire. En fait…

— Non, tu as raison, dit-il avant d'avaler le deuxième *shot* de tequila et de se lever. Entièrement raison en fait. (Il lui adressa un bref sourire.) Merci, Bree.

Il partit tout de suite après.

Bree soupira. Elle avait envie de se donner une baffe. « *Il est temps que tu te sortes les doigts du cul et que tu te ressaisisses…* », avait-elle dit… Comment avait-elle osé lui dire cela ?

— *Je suis une mauvaise oméga,* songea-t-elle en secouant la tête.

Elle avala son deuxième verre de tequila et s'en versa un troisième. Pourquoi pas après tout ?

Le carillon au-dessus de la porte tinta quand sa grand-mère paternelle l'ouvrit. La boutique d'antiquités avait fermé vingt minutes plus tôt, mais Alex se doutait bien qu'Ingrid serait encore là. En entrant, il reconnut des dizaines d'odeurs, dont celle de la cire à bois, du cuir de qualité, de tissus anciens. Sans oublier le parfum d'ambiance à la citronnelle.

Son animal s'ébroua, frétillant d'agacement. Comme Alex lui-même, il était encore irrité de la dernière remarque de Bree.

Il avait sans doute blessé son orgueil quand il avait affirmé qu'elle n'était pas prête pour le genre de relations qu'il désirait avoir avec elle. Mais c'était vrai. Elle n'avait que vingt-quatre ans. Elle avait eu plusieurs relations brèves, superficielles, mais ce n'était pas cela qu'il souhaitait avec elle. D'ici à quelques années en revanche…

Mais bon, s'il attendait trop longtemps, elle risquait de se retrouver en couple avec un autre type, se disait-il.

Il refusait d'envisager cette possibilité.

Ingrid lui adressa un grand sourire.

— Ah, voilà mon petit-fils préféré ! s'exclama-t-elle.

Il referma la porte derrière lui et le bruit de la rue se tut au profit d'un morceau de musique vieillotte, la sonnerie d'un téléphone et le tic-tac d'horloges non synchronisées.

— Viens embrasser ta grand-mère, dit Ingrid.

Pas très affectueux de nature, Alex n'aimait pas les contacts physiques, ce qui était assez inhabituel pour un métamorphe. Il faisait une exception cependant pour sa grand-mère. Avec ses vêtements *vintage*, ses bijoux anciens, et son chignon, elle cadrait parfaitement avec cette boutique d'antiquités qu'elle gérait pour son fils, Vinnie, préférant ne pas prêter attention au fait que ce dernier se servait des antiquités pour blanchir de l'argent.

— Tu dis ça à tous tes petits-enfants, observa Alex en s'écartant d'elle.

— C'est parce que vous êtes vraiment tous mes préférés, mais j'ai un véritable faible pour toi.

— Ça aussi tu nous le dis à tous !

Ingrid ricana et lui tapota le bras.

— Je suppose que tu es venu voir Vinnie ? Il est à l'étage avec Luke et Tate, dit-elle, en parlant des deux fils aînés de l'Alpha. Tu peux monter les rejoindre.

Alex emprunta une allée étroite, passant devant quelques meubles anciens, des tableaux, des miroirs dorés, et une vieille pendule. Il y avait aussi beaucoup de petits objets : de la vaisselle, des poupées de porcelaine, des vieilles lampes, des boîtes à cigares.

Il escalada rapidement le petit escalier menant à l'appartement que Vinnie avait partagé autrefois avec sa famille. Malheureusement, sa compagne était décédée plusieurs années auparavant. C'était rare qu'un métamorphe survive à la perte de son âme sœur, mais l'Alpha avait réussi et Alex ne l'en respectait que plus.

Ses enfants, Tate, Luke et Ella avaient tous pris des appartements dans un des immeubles appartenant à la troupe. Seul Damian, le cadet, vivait encore avec son père.

Alex suivit les bruits de voix et se dirigea vers la cuisine. Vinnie et Luke, installés à la table, et Tate, debout, appuyé contre le comptoir, se tournèrent vers Alex quand il entra dans la pièce.

— J'avais entendu dire que tu étais revenu, dit Vinnie en lui faisant signe de venir s'asseoir en face de lui. Tu as fait bon voyage ?

— Oui, merci, répondit Alex en prenant place.

— Allez, raconte-moi un peu ce que tu as fait, insista Vinnie. Mais tout d'abord, dis-moi, pourquoi voulais-tu me voir ?

— Je voulais te parler de hyènes.

— Ah ? dit l'Alpha, étonné.

— J'en conclus que Bree ne t'a pas encore appelé. Trois hyènes l'ont abordée dans la rue ce matin. (Il commençait à s'énerver, il le sentit, comme chaque fois qu'il y repensait.) Ces types ne lui ont pas dit de quel clan ils étaient. Un d'entre eux s'est présenté, il a dit qu'il s'appelait John Jones, mais je doute que ce soit son vrai nom. À moins que tu connaisses une hyène qui porte ce nom ?

De la tête, Vinnie fit signe que « non », les lèvres serrées.

— Je vais donner quelques coups de fil et voir ce que je peux trouver comme informations. Est-ce que Bree t'a donné leur description ?

— Non, mais Mila l'a fait. (Il lui relata ce que lui avait dit sa sœur.) Est-ce que tu les connais ?

— Non, pas du tout. Et vous ? demanda-t-il en se tournant vers ses fils.

— Non, je ne les connais pas, répondit Luke, le Premier lieutenant de la troupe.

Tate, le Beta de la troupe, secoua la tête en signe de dénégation.

— Mais je serai très vigilant pour le cas où ils se pointeraient de nouveau ici. Qu'est-ce qu'ils voulaient ? demanda Vinnie à Alex.

— Parler à Paxton, apparemment, répondit-il.

Vinnie haussa les sourcils.

— Bree leur a dit qu'il était mort, je suppose, non ?

— Oui, affirma Alex.

Alex ne savait pas si elle le pensait réellement ou si c'était ce qu'elle avait envie de croire. Merde ! Il espérait pour sa part que le type était vraiment mort. Ce serait tellement plus facile pour Bree si c'était le cas.

L'enfoiré ne lui ferait pas de mal, songea Alex. Elle était sans doute la seule personne au monde qui ne risquait rien avec lui. En revanche, elle méritait mieux que ce type. Beaucoup mieux même. Et personne ne devrait être en charge de l'équilibre mental d'un enfoiré comme Paxton.

Les gens changeaient quand ils se mettaient en couple. Ils se calmaient, s'adoucissaient, se stabilisaient. Alex l'avait souvent remarqué. Il avait vu des hommes terriblement froids trouver la paix et commencer à ressentir des émotions qu'il ne les aurait jamais crus capables d'éprouver. Mais Paxton n'avait pas été façonné par ses expériences. Non, il n'avait jamais été normal. Il avait simplement appris à faire semblant.

Alex avait du mal à imaginer le traumatisme que cela avait dû être pour Bree de découvrir que son âme sœur, la personne censée l'aimer et la compléter, était un tel enfoiré de malade. Bree aurait pu devenir très amère, aigrie, cynique. Elle aurait pu passer sa vie à pester contre le destin. Mais elle ne l'avait pas fait. Elle avait refusé de laisser ce coup du sort la définir.

— Les hyènes semblent persuadées qu'il est en vie, poursuivit Alex. Je doute donc qu'elles s'évanouissent dans la nature. Tout dépend à quel point elles tiennent à le trouver.

— De toute manière, si quelqu'un cherche à contacter Paxton, on peut être sûrs que ce n'est pas pour quelque chose de bien, déclara Vinnie. C'est un être foncièrement mauvais à qui il a toujours manqué quelque chose. Ça se voyait, même quand il était petit. Il ne jouait jamais, il ne riait pas. Il observait tout en silence. Bree a-t-elle une idée de la raison pour laquelle les hyènes le cherchaient ?

— Ils ne le lui ont pas dit. Il se peut, j'imagine, qu'il leur ait fait du tort, ou alors qu'ils voulaient l'embaucher pour supprimer quelqu'un. Il était très doué dans ce domaine.

Vinnie se frotta la mâchoire.

— Penses-tu que Paxton est encore en vie quelque part ?

Alex haussa les épaules.

— Je ne vois pas pourquoi il aurait choisi de disparaître. Il a besoin d'argent pour vivre. Il me semble qu'on en aurait eu des échos s'il était encore en vie.

— Les solitaires sont vulnérables aux attaques, intervint Tate. Paxton a toujours eu un instinct de conservation très développé. Qu'en penses-tu, toi ? demanda-t-il à son frère.

Luke haussa les épaules à son tour.

— On l'aurait su s'il avait refait surface. Même si c'était seulement pour contacter Bree, ses parents, ou sa fratrie.

— On ne sait pas s'il a contacté sa famille ou non, observa Alex. Il aurait très bien pu le faire et leur demander de ne rien dire à personne. En revanche, cela n'aurait pas empêché Bree de parler. Elle ne supporte pas Paxton.

Luke acquiesça d'un signe de tête.

— On pourrait demander aux Cage s'ils ont été contactés par des hyènes. Il aurait été logique que ces types s'adressent aussi à la famille de Paxton.

— Je tiens à être prévenu immédiatement si ces hyènes se repointent ici, dit Alex à son oncle. J'ai dit à Bree de m'appeler si elle les voyait, mais elle a tellement l'esprit de contradiction que je pense qu'elle t'appellera plutôt que moi.

— Elle est capable de s'occuper d'elle-même, tu le sais ça, non ? demanda Vinnie à Alex, l'air interrogateur. Ni Bree ni son chat intérieur n'ont jamais perdu une bataille. Ce sont d'excellents bagarreurs. Elle connaît aussi quelques bons trucs d'oméga.

Effectivement. Les omégas étaient non seulement capables d'extraire des émotions négatives responsables de douleurs émotionnelles, mais elles pouvaient aussi les amplifier, causant une souffrance psychique intolérable. En revanche, elles ne pouvaient utiliser cette faculté que pour se défendre.

— Cela ne change pas le fait qu'elle est sous ma protection, déclara Alex. Alors si elle ou une autre personne t'informe qu'elle a vu les hyènes, je te demande de me le faire savoir.

Vinnie l'observa longuement en silence.

— D'accord, dit-il enfin. Mais tu peux être rassuré : on va la protéger. On la considère comme un membre de notre famille. Elle veille sur Ella, elle lui évite la prison. J'ai besoin d'elle, ne serait-ce que pour cette raison.

L'air satisfait, Alex acquiesça d'un signe de tête.

— Sais-tu ce qu'il s'est passé entre Mateo et Bree ? Pourquoi ils ne se parlent plus ?

Vinnie dit « non » de la tête.

— Bree n'en a parlé à personne, même pas à Ella. J'ai insisté, mais elle a refusé de me le dire.

— Elle n'a pas voulu m'en parler non plus.

— Bien honnêtement, elle n'est pas obligée de nous le dire. J'ai beau être son Alpha, cela ne me donne pas le droit de connaître tous les détails de sa vie. Et toi, tu es le cousin de son âme sœur qu'elle ne revendiquera jamais. Alors cela ne te regarde pas plus que moi.

L'animal intérieur d'Alex ne put retenir un grognement en entendant Vinnie. Le jeune homme sentit un petit muscle se contracter dans sa joue. Son oncle le dévisagea, le mettant au défi de reconnaître que Bree comptait énormément pour lui. Vinnie était très perspicace. C'était d'ailleurs une des qualités qui faisaient de lui un excellent Alpha.

Alex refusa de jouer le jeu et de donner à son oncle la réponse qu'il attendait.

— N'oublie pas de me faire signe si les hyènes se pointent, dit-il en se levant.

Il ne tint pas compte des regards scrutateurs de ses cousins en traversant la cuisine. Puis il descendit et sortit de la boutique.

Il marcha dans la rue bondée, se dirigea vers le salon de coiffure et perçut bientôt le parfum épicé de l'après-rasage. Ce commerce restait ouvert plus tard que ses voisins, mais il s'apprêtait aussi à fermer.

Alex regarda par la grande vitrine et aperçut sa sœur qui faisait le ménage de son poste de travail tandis qu'Archie, son patron, discutait avec nul autre que Mateo.

Mila leva la tête dès qu'Alex poussa la porte et entra.

— Waouh ! s'exclama-t-elle en apercevant son frère. Tu as enfin respecté mon désir. Tu es venu me rendre visite comme une personne normale plutôt que de t'insinuer dans ma chambre à coucher en pleine nuit juste pour me faire flipper. Fais attention, je risque de commencer à penser que tu commences à bien m'aimer !

— Tu as essayé de me tuer quand on était encore dans le ventre de notre mère. Comment peux-tu encore espérer que je t'aime ?

— Je me demande comment tu peux continuer à déclarer cela ! dit-elle en serrant les mâchoires. On n'était que des bébés !

— Maman a dit que j'étais sorti de son ventre couvert d'hématomes. Je la crois.

— Même si je t'avais fait mal, ce qui est fort peu vraisemblable, cela ne signifie pas pour autant que j'ai essayé de te buter, protesta Mila, les mains sur les hanches.

— Comme tu veux, maigrichonne, rétorqua Alex en haussant les épaules.

— Arrête de me dire ça !

— Arrête de jeûner alors ! Comment une fille qui a eu des jumeaux peut-elle être aussi maigre ? Je ne comprends pas.

— Tu voulais me demander quelque chose, tête de nœud ? lâcha-t-elle, les narines dilatées.

— Oui : que la veine dans ta tête éclate !

Un grand blond sortit de l'arrière-boutique à ce moment-là. C'était Dominic, le compagnon de Mila.

— Hé ! Alex, le salua-t-il avec son grand sourire habituel.

Alex lui répondit par un petit signe de tête. Dominic, un loup-garou, avait été un grand séducteur jusqu'à ce qu'il rencontre Mila. Allez savoir pourquoi, il avait pour habitude de draguer toutes les filles en couple qu'il croisait. Il se réservait maintenant pour sa compagne.

Très asocial de nature, Alex appréciait néanmoins son beau-frère.

Deux enfants apparurent alors derrière leur père en se chamaillant. La petite fille siffla au visage de son frère qui lui répondit par un grognement.

— Oh là ! Quel spectacle réjouissant ! lâcha Alex.

Emilia se retourna vers lui, tellement vite que ses boucles volèrent autour de sa tête.

— Tonton Alex ! cria-t-elle en écarquillant les yeux.

Elle se rua dans ses bras et il la souleva de terre.

Alex n'aimait pas beaucoup les enfants, mais il faisait une exception pour son neveu et sa nièce.

— Pourquoi est-ce que tu as du sucre dans les cheveux ?

— C'est une longue histoire, répondit le chaton de Pallas.

Sa façon de lui faire comprendre qu'elle n'allait pas le lui dire.

Alex baissa la tête pour regarder son neveu qui tenait une tablette à la main.

— J'aime bien ta nouvelle coupe de cheveux, Dillon.

— Il vaudrait mieux que tu la reposes par terre si tu ne veux pas te faire mordre. Ou bien tu peux demander au véto de l'euthanasier, lui conseilla le louveteau.

Emilia poussa un sifflement.

— Papa ! Le corniaud dit qu'il faut m'euthanasier !

— Allons, dis-moi ce que tu as fait depuis la dernière fois qu'on s'est vus, intervint Alex pour mettre fin aux chamailleries.

— J'ai fait tourner mon frère en bourrique, répondit-elle.

— C'est bien de se fixer des objectifs dans la vie, déclara Alex.

— Alex ! protesta Mila.

Le glouton leva les yeux au ciel, mais s'adressa à sa nièce avec beaucoup de sérieux.

— Tu devrais être gentille avec ton frère. Et toi, Dillon, tu devrais faire attention à ta sœur, déclara Alex avant de regarder Mila, l'air de lui dire : « Voilà, contente ? ».

— Mais toi, tu n'es pas gentil avec maman !

— Ce n'est pas pareil. Elle a essayé de me tuer quand on était encore dans le ventre de votre grand-mère.

— Même pas vrai ! protesta Mila.

— Une fois, tu as essayé de l'enterrer vivant, lui lança Dillon. C'est mon oncle Isaak qui me l'a raconté, ajouta-t-il en parlant d'un des frères de Valentina.

Mila inspira longuement et regarda ses enfants tour à tour, le visage placide.

— Quelle est la leçon la plus importante que vous a apprise votre mère pour survivre dans cette famille ?

— Que tous les gloutons sont des menteurs ! crièrent-ils d'une même voix.

Elle les regarda avec un grand sourire.

— Très bien, dit-elle, avant de se retourner vers son frère, son sourire s'estompant. Est-ce que tu avais une raison particulière pour venir me voir, à part m'asticoter ?

Alex reposa par terre la petite Emilia qui avait commencé à gigoter. La fillette alla alors escalader Evander comme s'il était un arbre.

— J'ai pensé que tu voudrais savoir pourquoi les hyènes ont abordé Bree.

Il lui relata ce que lui avait raconté la jeune femme dans son bureau.

— J'aurais dû sortir pour les faire fuir, regretta Mila.

— Cela n'aurait rien changé, répondit Alex avant de se tourner vers Dominic et de lui décrire les trois types. Tu les connais ?

Le loup-garou dit « non » de la tête.

— Je n'ai jamais rencontré de hyène qui dit s'appeler John Jones. Je vais transmettre l'information à ma meute et voir si un de mes camarades sait quelque chose.

Voyant que Mateo discutait avec Archie, Alex se pencha vers sa sœur et lui posa une question que seul Dominic put entendre.

— Avez-vous réussi à découvrir pourquoi Mateo et Bree se sont engueulés ?

— Il n'a rien voulu dire, chuchota Mila. Il est demeuré très discret, soupira-t-elle. Il a l'air si triste, tu ne trouves pas ?

En effet. Même les jumeaux, de vrais clowns, ne parvenaient pas à le dérider. Il avait beau essayer de sourire, il avait l'air de se forcer et ses rires sonnaient faux.

— Je ne sais pas si je devrais avoir pitié de lui, dit Mila. Je n'aime pas le voir si malheureux, mais Bree ne lui aurait pas tourné le dos sans raison. Alors je me demande ce qu'il lui a fait.

Ouais, qu'est-ce qu'il avait bien pu faire ? Si c'était vraiment très grave, Alex n'hésiterait pas à le tabasser.

— J'ai parlé à Bree un peu plus tôt et ton nom a été mentionné, dit Alex à Mateo quand le jeune homme vint leur dire « au revoir ».

Une lueur, d'inquiétude peut-être, traversa le regard du jeune homme.

— Ouais, je lui ai demandé pourquoi elle ne voulait plus te voir, mais elle a refusé de me répondre.

Mateo a l'air plutôt soulagé de l'apprendre, songea Alex.

— Tu devrais essayer de lui parler, lui conseilla Mila.

— Elle ne prend pas mes appels, expliqua Mateo en baissant les yeux au sol.

— Alors va la voir, suggéra Mila. Tu sais où elle habite.

— C'est une bonne idée, déclara Mateo en esquissant un autre pâle sourire avant de sortir précipitamment du salon de coiffure.

— Quelque chose le chiffonne, soupira Archie avant de se tourner vers Alex. Tu pourrais peut-être parler à Bree et essayer de savoir ce qu'il s'est passé.

— Je l'ai déjà fait, mais elle ne veut rien me dire, répondit Alex.

— Je ne comprends pas pourquoi ils refusent tous deux de dire ce qui est arrivé, dit Archie.

Alex non plus.

— Tu es une tocarde ! cria Dillon à sa sœur qui s'empara de sa tablette et partit en courant et en riant comme une baleine.

Dillon lança un cri de guerre digne d'un *Highlander* et la poursuivit jusque dans la salle de pause des employés.

Mila poussa un long soupir.

— Ça n'arrête jamais, dit-elle. Jamais.

— Ne stresse pas, bébé, dit Dominic en enroulant un bras autour de sa compagne et en l'attirant contre lui. Sur une tout autre question : trouves-tu que ma langue a un drôle de goût ?

Mila poussa un grognement.

— Sérieusement, est-ce que tu vas toujours sortir des trucs bizarres comme ça ?

— Sans doute, oui, répondit Dominic. Allez, ne fronce pas les sourcils comme ça. J'ai un jeu à te proposer pour plus tard. Il te remonterait le moral, c'est sûr. C'est le jeu du tigre et du dompteur. Tu n'as qu'à ouvrir la bouche et moi je m'enfouis dedans… Ce sera sympa, je te le promets.

Mila posa la main à plat sur le visage de son compagnon et le repoussa.

Dominic éclata de rire et la plaqua contre lui.

— J'ai une meilleure idée de ce qu'on pourrait faire ce soir.

Puis il lui chuchota des choses à l'oreille et elle rougit.

— C'est hors de question, beau gosse, dit-elle.

— Allez, tu n'as qu'à te dire que c'est un soin spécial pour les cheveux.

— Tu es un cas désespéré. Vraiment.

— Ouais, je sais.

Quand les portes de l'ascenseur s'ouvrirent à son étage, Alex soupira en reconnaissant la silhouette familière assise devant sa porte. Il avait souvent été accueilli de la même manière à son retour de voyage. Merde ! Cela ne faisait que quelques heures qu'il était rentré et elle était déjà là. Il en avait vraiment marre.

Émaciée, l'air très fragile, elle se leva. Les couches de maquillage ne masquaient pas complètement ses yeux cernés et les rides de tristesse qui marquaient son visage.

— Salut, Alex, dit-elle. J'ai entendu dire que tu étais revenu.

Il s'approcha d'elle et poussa un nouveau soupir.

— Tu ne devrais pas être là, Drina.

— Je voulais juste te voir.

Non, elle voulait que quelqu'un la soulage de l'immense solitude dont elle souffrait. Il ne pouvait pas le lui reprocher, mais il ne pouvait pas non plus résoudre son problème.

Ils avaient eu une brève aventure neuf mois plus tôt. Elle lui avait réclamé davantage et il avait décidé de rompre. Il l'avait prévenu qu'il le ferait, qu'il ne cherchait pas une relation sérieuse. Peu après, elle avait commencé à sortir avec Giles, un de leurs camarades de meute. Ils étaient bien ensemble et avaient même commencé à s'imprégner au bout de deux mois. Cela arrivait parfois.

L'imprégnation était un processus imprévisible et mal compris. Certains pensaient qu'il commençait quand il y avait une bonne relation à la base, de la confiance, un instinct de protection, de la tendresse, et de la loyauté. Le processus démarrait parfois assez rapidement, au bout de quelques semaines à peine. Mais cela pouvait également prendre plus de temps.

Contrairement aux autres liens d'union, les liens de l'imprégnation n'étaient pas irrévocables. Le processus avait à peine démarré entre Drina et Giles qu'il s'était mis à se déliter pour une raison qu'aucun des deux n'avait voulu donner. Et puis leur lien partiel s'était définitivement rompu.

Comme tous les couples dans la même situation, Drina et Giles avaient souffert de maux de tête et de dépression. Drina s'était souvent pointée chez Alex. Elle voulait entrer chez lui, discuter avec lui. Baiser, quoi. Il l'avait chaque fois éconduite, mais rien n'y faisait.

— Je t'ai demandé de ne pas revenir, lui rappela-t-il.

— Je veux juste parler avec toi.

— Non, c'est faux. Et si tu voulais vraiment parler, je serais la dernière personne que tu viendrais voir.

Alex n'était pas exactement accueillant. La délicatesse et l'empathie n'étaient pas ses plus grandes qualités.

— C'est faux. Tu sais bien écouter. Tu ne juges pas les autres.

Elle se trompait, il jugeait les autres. Il était même un véritable trouduc.

— Si tu as vraiment besoin de parler à quelqu'un, va voir une des omégas.

Elle fronça les sourcils.

— Je ne cherche pas la pitié. Je ne veux pas qu'on me tapote la tête en me disant que tout ira bien, que ce n'est qu'une question de temps.

— Elles ne sont pas toutes comme ça.

Elle éclata d'un rire ronflant.

— Je n'ai aucune intention d'aller consulter Bree, pour le cas où c'était à elle que tu pensais. Tout le monde sait qu'on ne peut pas lui faire confiance.

Alex contint un grognement et son animal intérieur sortit les griffes. Certains membres de la meute n'avaient pas confiance en Bree, persuadés que l'âme sœur d'un enfoiré comme Paxton devait forcément lui ressembler un peu. C'étaient des bêtises. Tout le monde savait que les âmes sœurs s'équilibraient. Paxton ne ressentait rien, et Bree ressentait trop.

Alex sortit ses clés de sa poche.

— Rentre chez toi, dit-il.

Drina continua de lui bloquer le passage.

— Laisse-moi juste entrer un peu chez toi.

— Pour que je te baise ? Pour oublier ?

Drina sursauta.

— Tu dis ça comme si je voulais me servir de toi, comme si tu ne comptais pas pour moi. Mais c'est faux et tu le sais.

Une raison de plus pour ne pas la laisser entrer. Elle cherchait le moyen de combler un vide en elle. Il ne lui faudrait pas grand-chose pour s'attacher.

— Va-t'en, Drina.

— Je te demande juste un peu de sexe, c'est tout.

Elle ne s'arrêterait pas là, il le savait. Elle désirait désespérément avoir une famille à elle. Chez les métamorphes, la plupart des filles se casaient entre vingt-cinq et trente ans. Drina en avait trente-cinq. Elle commençait à paniquer, à craindre qu'elle ne rencontrerait jamais son âme sœur ou un autre type avec qui elle pourrait s'imprégner complètement.

— Allez, je t'offre ce que tu veux : une relation sexuelle sans attaches, dit-elle d'une voix amère. On était bien ensemble. C'est vrai, tu ne peux pas le nier. Pourquoi est-ce qu'on ne recommencerait pas ?

Merde ! C'était comme ce film, *Un jour sans fin* ! Ils avaient déjà eu exactement la même conversation un nombre incalculable de fois. Elle ne l'écoutait pas.

Alex la regarda droit dans les yeux.

— C'est la dernière fois que je te le dis, Drina : on ne va pas baiser ensemble chaque fois que tu en as envie, ni même passer une seule nuit ensemble en souvenir du passé. Va chercher ailleurs ce dont tu as besoin. Je ne peux pas t'aider. Je n'en ai pas envie. Si tu reviens ici, je vais passer devant toi comme si je ne te voyais pas.

Il ne rigolait pas.

Alex la repoussa gentiment, déverrouilla la porte, entra chez lui et repoussa le battant du pied. Son animal se calma et s'ébroua.

Alex retira sa veste et la jeta sur le canapé. Sa sœur et sa mère avaient décoré son appartement pour lui. Elles ne voulaient pas que son intérieur ressemble à un antre de célibataire endurci meublé de bric et de broc. Il leur avait donné carte blanche pour la déco parce qu'il n'y attachait pas d'importance. Elles avaient fait du bon boulot. Moderne et stylé, son appartement était décoré dans des teintes de rouge, de noir et de gris. Il y avait beaucoup de surfaces vernies, du cuir et du marbre.

Il se dirigea vers sa cuisine, prépara sa cafetière et l'alluma. Il sortit un mug du placard et s'immobilisa en remarquant qu'il s'agissait de celui que lui avait offert Bree à Noël. Il y avait dessus la photo d'un glouton et cette phrase : « Je suis l'animal totem de Satan. »

Il se rappela ce qu'elle lui avait dit : « C'est toi qui n'es pas prêt. »

Il retint un juron et remit le mug dans le placard, referma violemment la porte et éteignit la cafetière. Il alla à la salle de bains. Il avait bien besoin d'une douche, bordel de merde !

Chapitre 3

Le soir suivant, Bree tenait difficilement en place à la réunion des omégas, qui tirait heureusement à sa fin. Elle espérait rentrer chez elle à dix-huit heures parce qu'elle avait rendez-vous avec Ella. Bree avait réussi à convaincre son amie de l'aider à redécorer sa chambre.

Les omégas se retrouvaient deux fois par mois à la crèche de la troupe que dirigeait Dani. Elles s'installaient autour d'une table ronde avec un thé ou un café. Le lieu n'était pas vraiment propice à ce genre de réunions, estimait Bree. Et pas seulement parce que la salle était petite et meublée de chaises en plastique, les plus inconfortables que Bree n'ait jamais vues. La crèche ne fermait qu'à 19 h 30 et les murs laissaient passer les pleurs et les cris des enfants qui se chamaillaient ou jouaient avec des jeux électroniques bruyants dans une pièce voisine. Pas vraiment un environnement calme et professionnel.

Ces réunions leur permettaient d'aborder des problèmes, d'exprimer leurs inquiétudes concernant des gens qui ne sollicitaient pas leur aide et de discuter de l'organisation de divers événements. Les omégas en profitaient également pour faire part à Dani des plaintes de membres de la troupe pour que la Première oméga les transmette à Vinnie.

Ces rencontres permettaient à la Première oméga de vérifier le bien-être des autres omégas. Les énergies négatives qu'elles absorbaient constamment n'étaient pas sans conséquences pour elles. Elles laissaient des traces douloureuses, un peu comme des blessures qu'elles se seraient elles-mêmes infligées. Ces lésions finissaient toujours par cicatriser ou guérir et les omégas s'en remettaient assez bien, mais ces atteintes quotidiennes finissaient malheureusement par laisser des stigmates.

Il arrivait aussi parfois que des omégas soient dépassées par leur don, qu'elles fassent un *burn-out* ou souffrent d'anxiété, de stress, voire de dépression. Leurs boucliers mentaux étaient alors grandement fragilisés.

Certaines omégas devenaient accros à quelque chose, d'autres devenaient agoraphobes ou elles s'isolaient, se coupant de tout le monde, et même de leur famille. Le risque était qu'un jour une petite fille de sept ans découvre le corps de sa mère, une oméga, pendue à un arbre, ce qui était arrivé à Bree.

Charity Dwyer avait été une oméga extraordinaire. Forte, patiente, empathique. Comme Bree, elle avait le don d'entendre des bribes de pensées des gens dont elle lisait les émotions. Certains prétendaient que c'était ce qui avait entraîné sa « chute », comme ils disaient. Ces mêmes personnes prédisaient que Bree allait finir comme sa mère.

Son père avait eu du mal à survivre à la rupture du lien d'union, mais il avait lutté, pour Bree. Peu après son dix-huitième anniversaire, la santé de son père avait commencé à décliner et il était mort dans son sommeil une semaine plus tard.

— Planète Terre à Bree, lança Dani. Hé, est-ce que tu es encore avec nous, ma belle ?

Surprise, Bree émergea de ses rêveries en clignant des yeux. Tout le monde la regardait, constata-t-elle.

— Désolée, j'étais perdue dans mes pensées.

Dani arqua un sourcil impérieux. Son style rappelait celui des femmes de Stepford : elle était toujours impeccablement mise avec ses cheveux blonds parfaitement lissés et coiffés, son maquillage irréprochable, ses ongles manucurés et son élégance naturelle.

La Première oméga avait toujours été en désaccord avec l'approche de Bree, estimant que son franc-parler ne cadrait pas avec le rôle d'une oméga. Elle avait laissé Bree se former toute seule et elle était rapidement devenue très forte. Même si Bree avait toujours proclamé haut et fort qu'elle ne souhaitait pas prendre la place de Dani, la Première oméga ne se sentait pas moins menacée. Elle lui cherchait constamment des poux, la rabaissait, la prenait de haut. Le chat intérieur de Bree ne la supportait pas.

Bree pensait que la majorité des gens avaient sans doute eu un jour un chef se prétendant omniscient, pratiquant la microgestion et déterminé à saper la confiance de ses subalternes. Une place devait leur être réservée en enfer.

— J'ai entendu dire que Quinn était venu te consulter la semaine dernière, dit Dani sur un ton un peu pincé.

Bordel de merde ! Le type en question avait été le petit ami de la Première oméga jusqu'à deux mois auparavant. Bree s'était bien doutée que Dani serait furieuse d'apprendre qu'il avait demandé conseil à une autre oméga. Elle ne semblait pas capable d'imaginer qu'il puisse ne pas se sentir assez à l'aise avec son ex pour se confier à elle parce qu'il n'y avait plus aucune intimité émotionnelle entre eux.

— Oui, c'est vrai, répondit Bree.

— Quel était son problème ?

— Il vaudrait mieux que tu le lui demandes.

Le regard de Dani se durcit, mais elle esquissa un sourire forcé.

— Pardon ?

— Il m'a demandé de ne pas répéter ses confidences à qui que ce soit.

Dani se lécha les incisives.

— Ouais. Mais bon, je doute fort qu'il souhaite que je ne sois pas au courant de son problème. Tu me le diras plus tard.

Bree dit « non » de la tête.

— Je suis désolée, mais je ne pourrai rien te dire. Je comprends que tu t'inquiètes pour lui, mais je refuse de trahir sa confiance.

Dani posa les mains à plat sur la table et se pencha vers Bree.

— Ce n'était pas une demande, c'était un ordre, cracha Dani.

Le chat intérieur de Bree feula.

— S'il avait voulu que tu le saches, c'est toi qu'il serait allé consulter.

Les joues rouges, Dani prit une longue inspiration.

— Dois-je te rappeler qui est la Première oméga ici ?

Bree eut du mal à s'empêcher de lever les yeux au ciel.

— Dois-je te rappeler qu'une de nos plus anciennes règles est de respecter le désir de nos clients quand ils nous demandent de garder le secret ? Si tu veux, je peux appeler Quinn et lui demander s'il accepte que je t'informe du contenu de notre séance. S'il répond par l'affirmative, je le ferai. Mais je ne le ferai pas sans son consentement. N'insiste pas.

Dani se rassit dans son siège, le dos très droit.

— On va parler, toi et moi, après la réunion.

Bree ne put s'empêcher de se hérisser. Dani lui avait parlé comme une institutrice à une écolière désobéissante. Elle serra les poings sous la table. Elle n'allait pas péter un câble. Non. Son père lui avait appris à toujours contrôler ses émotions.

Et à ne pas tolérer les conneries.

Jim aurait passé beaucoup de temps sur son balcon à surveiller les environs après avoir été informé de l'incident avec les hyènes. Il aurait astiqué son arme en prévision de leur éventuel retour. Bree avait informé Vinnie de sa rencontre avec les trois hyènes après le départ de Benny la veille, mais Alex l'avait déjà mis au courant. Ce glouton était trop bavard. Toute la troupe était maintenant au courant.

Une fois la réunion terminée et les autres omégas parties, Dani vint rejoindre Bree.

— Tu as un problème avec l'autorité et il faut absolument que tu le surmontes. Je suis ta Première oméga, Bree. Si je te demande quelque chose concernant nos activités, tu dois me répondre. Tu n'as pas le droit de ne pas en tenir compte, de me contredire, ou de saper mon autorité devant les autres.

Le chat intérieur de Bree montra un croc et agita la queue.

— Je ne manque jamais à la parole donnée, tu le sais. Alors tu savais pertinemment que je ne te dirais pas ce que m'a confié Quinn. Es-tu sûre que tu n'as pas insisté sur ce point uniquement pour avoir une excuse pour m'imposer ton autorité de Première oméga ?

— Je n'ai pas d'autre choix que d'être dure avec toi, Bree. Je t'ai appris comment conseiller et guider les gens, comme je l'ai fait avec toutes les autres omégas. Elles suivent mes conseils. Toi, non. Ta manière d'aider les autres est complètement inappropriée.

— Ah oui ? Ou peut-être est-elle simplement différente de la tienne ? Je suis la première à reconnaître que je ne suis peut-être pas une oméga géniale…

Dani s'esclaffa d'un rire tonitruant teinté de condescendance.

— C'est un euphémisme, non, tu ne trouves pas ?

— Ce que je pense, c'est que, si Vinnie t'avait vue à l'œuvre, il t'aurait sermonnée d'avoir ainsi abusé de ton autorité et d'avoir essayé de soumettre une oméga à ta volonté.

Dani s'amusait beaucoup moins maintenant.

— Parce que tu vas te précipiter chez Vinnie pour tout lui raconter, c'est ça ?

— Oui, si cela se reproduit. J'en ai marre de tes bêtises. Comme tu te plais si souvent à me le rappeler, oui, tu es la Première oméga de la troupe, alors comporte-toi comme telle au lieu de me punir pour quelque chose qui ne relève pas de mon contrôle.

Ayant vidé son sac, Bree se leva et partit.

Abasourdie, Ella faillit laisser tomber son rouleau à peinture.

Elle regarda Bree bouche bée.

— Il t'a parlé du fameux baiser ? De votre baiser ? Il a reconnu que vous vous étiez embrassés ?

— Ouaip ! dit Bree en déroulant de haut en bas une jolie peinture bleue sur son mur.

Elle avait promis à son amie de lui raconter quelque chose de palpitant en échange d'un coup de main. Ella accordait rarement son aide gratuitement.

— Je n'arrive pas à croire que tu as attendu tout ce temps avant de me le dire. En fait, non, je le crois. Tu es aussi secrète qu'une tombe. C'est énervant. Allez, dis-moi que ça ne s'arrête pas là.

— En effet, ce n'est pas tout. Il m'a rappelé que j'avais joui sur sa cuisse. Alors je lui ai dit que je n'avais pas oublié qu'il m'avait repoussée brutalement tout de suite après. Et puis…

Elle s'interrompit, hésitant à poursuivre, craignant que son amie n'accorde à ses propos une importance qu'ils ne méritaient pas.

— Allez, dit Ella en pointant un doigt vers son amie. Tu ne peux pas t'arrêter là, Dwyer. Dis-moi tout.

— Eh bien, je l'ai taquiné, je lui ai dit que j'avais remarqué qu'il semblait préférer nier l'attirance qu'il y avait entre nous. Il est devenu tout… étrange.

— Comment ça, étrange?

Bree poussa un soupir.

— Je n'ai pas envie d'en parler.

— Allez, merde, sois sympa! Je veux savoir.

— Il a reconnu qu'il me trouvait attirante. Il me l'a dit. Non, non, ne t'excite pas. Je n'ai pas fini. Il a ajouté que je n'étais pas prête à lui donner ce qu'il allait exiger de moi.

Alex n'était pas retourné à la boutique depuis ce jour-là. Cela valait mieux, parce que Bree et son chat intérieur étaient en rogne.

— Lui, un type allergique aux relations sérieuses, il t'a dit ça? Incroyable. Est-ce que tu lui as dit que tu prévoyais de faire quelque chose de très grave et que je risquais de ne jamais m'en remettre?

Les lèvres de Bree se tordirent légèrement.

— Non, je ne lui ai pas dit que j'avais l'intention de quitter la troupe. Cela ne le regarde pas.

Elle glissa son rouleau dans le bac de peinture.

— Il ne va pas aimer ça. Pas du tout.

— Ce n'est pas mon problème.

Ella poussa un soupir.

— Je ne sais pas comment te convaincre de ne pas t'en aller. Rien de ce que je t'ai dit jusque-là n'a infléchi ta décision. J'ai l'impression que Mateo m'a compliqué la tâche, même si je ne sais pas ce qu'il t'a fait. (Elle regarda Bree de côté.) J'imagine, connaissant la curiosité d'Alex, qu'il a essayé de te pousser à lui raconter ce qu'il s'était passé entre toi et Mateo ? Est-ce que tu le lui as dit ? demanda-t-elle sur un ton plus sérieux.

Son amie allait s'énerver si elle lui répondait par l'affirmative, Bree en était persuadée.

— Non. Je t'ai promis que tu serais la première à qui je le raconterais quand je serais prête.

— J'y compte bien, dit la rouquine avant de se lécher les lèvres. Il a fait quelque chose de très mal, n'est-ce pas ? demanda-t-elle d'une voix douce et triste. Je te connais. Tu n'es pas le genre de fille à tourner le dos à un ami à moins qu'il ne le mérite. Qu'est-ce qu'il t'a fait ?

Bree déglutit bruyamment.

— Quelque chose d'impardonnable. (Elle passa le rouleau sur une traînée de peinture pour la lisser.) On aurait eu besoin d'une autre personne pour nous aider à repeindre cette pièce.

Elle avait ajouté cela sur un ton un peu plus gai.

Ella plissa les yeux.

— Tu changes de sujet, c'est ça ? D'accord, je…

Les deux amies s'immobilisèrent en entendant sonner à la porte.

Ella sourit et baissa les bras.

— Enfin ! Une excuse pour faire une pause.

Bree ricana et posa son rouleau sur le bac de peinture.

— Petite nature, dit-elle.

Elle descendit, Ella sur les talons. Bree ouvrit la porte et se retrouva nez à nez avec les parents de Paxton et son frère jumeau qui lui adressaient de grands sourires.

— Bonjour ma chérie, lança Bernadette. On voulait juste voir comment tu te débrouilles avec tes travaux.

Ils étaient déjà venus lui proposer leur aide, mais Bree avait refusé poliment. La famille Cage n'arrêtait pas de lui dire ce que Paxton aurait voulu ou aimé. Bernadette croyait fermement que son fils était encore en vie et qu'il avait l'intention de revenir.

— Tout va bien, merci, répondit Bree en s'écartant pour les laisser passer.

Agacé, son chat intérieur poussa un feulement.

— Ravi de l'entendre, réagit Ruben, le père de Paxton.

Calvin entra le dernier, un éclair brillant dans ses yeux couleur d'ambre. Il avait beau être le jumeau identique de Paxton, ils étaient très différents, de tempérament surtout. Contrairement à Paxton, Calvin était un vrai boute-en-train. Il mettait de l'ambiance partout où il était invité. C'était un charmeur, un beau parleur. Il était aimable, sociable, mais le chat de Bree n'aimait pas être trop près de lui parce qu'il avait la même odeur que Paxton et qu'il ne le supportait pas.

Les deux frères n'avaient pas les mêmes goûts non plus sur le plan vestimentaire. Calvin appréciait les tenues modernes et les jolies chaussures de luxe. Il portait la moustache et avait une petite barbe bien taillée. Ses cheveux étaient très courts d'un côté et longs de l'autre, renvoyés sur le côté ras. Ses bras étaient couverts de tatouages et donnaient à son look professionnel décontracté un genre un peu mauvais garçon qui lui allait très bien.

Pour sa part, Paxton n'avait jamais cherché à impressionner avec ses vêtements. Il avait adopté un style relâché, pas du tout chic. Il ne portait pas non plus la barbe. Ses cheveux couleur bronze étaient assez courts sur la nuque, avec des pics sur le dessus de la tête. Il était beaucoup plus musclé que Calvin qui était moins baraqué et taillé en athlète.

Calvin l'embrassa sur la joue.

— Salut, beauté, dit-il.

— Désolée pour ma tenue, dit Bree en refermant la porte.

Elle était couverte d'éclaboussures de peinture. Elle en avait même dans les cheveux.

— Moira serait bien venue, mais elle était trop occupée, expliqua Bernadette.

Bree eut du mal à ne pas s'esclaffer. Moira la détestait. Contrairement à ses parents, elle était consciente de la cruauté de Paxton, mais elle l'aimait quand même. Elle tenait Bree pour responsable de ses défauts.

« *Tu as hérité de toute la lumière quand vos âmes se sont séparées et il ne lui restait plus que l'ombre. Est-ce que tu trouves cela juste ?* », avait-elle craché à Bree une fois.

Quand la famille Cage eut salué Ella, Bernadette se rendit immédiatement à la cuisine très moderne de Bree.

— Qui veut du café ? lança-t-elle.

Le petit groupe s'installa autour de l'îlot central, chacun avec un mug de café chaud. Bernadette monopolisait la conversation. Il n'était pas nécessaire de parler quand elle était là. Elle adorait être sur le devant de la scène. Malheureusement, et ce n'était pas exceptionnel, la conversation portait essentiellement sur Paxton.

— Regarde ce que je t'ai apporté, dit-elle à Bree en lui tendant un petit paquet rectangulaire de la taille d'un livre qu'elle avait sorti de son sac. J'ai pensé que ça te plairait. Quelque chose pour ta nouvelle déco.

Bree lui adressa un grand sourire.

— Merci, dit-elle.

Mais sa gratitude fut de courte durée. Elle disparut même entièrement quand elle découvrit le contenu du paquet : une photo de Paxton dans un cadre.

— Il ne peut pas encore être avec toi en personne, expliqua Bernadette. Alors je voulais qu'il y ait quelque chose de lui chez toi. J'ai remarqué que tu n'avais pas de photo de lui nulle part. Il va adorer ta maison, n'est-ce pas, Ruben ?

— C'est sûr, confirma le père de Paxton avec un sourire forcé.

Il ne croyait pas que son fils était encore en vie, Bree le sentait. Elle doutait cependant qu'il ait fait part de ses doutes à sa compagne.

Était-ce une source d'irritation pour Bree que la mère de Paxton refuse de reconnaître que son fils était un monstre infâme ? Oui, mais elle ne pouvait pas lui reprocher de chercher à voir le bien en son fils et de ne pas cesser d'espérer.

Cela étant dit, Bernadette était insupportable. Quand elle regardait Bree, ce n'était pas elle qu'elle voyait, mais un lien vivant avec son fils. Alors elle s'accrochait à la jeune femme.

Calvin tapota Bree du coude pour attirer son attention avant de désigner sa mère d'un geste du menton.

— Désolée, Bernadette, je n'ai pas compris ce que tu viens de dire, dit Bree en clignant des yeux.

— Je disais que j'ai reçu un appel de Vinnie ce matin. Il voulait savoir si on avait été contactés au sujet de Paxton, de l'endroit où il se terre. Mais non. Est-ce que c'est vrai que des hyènes sont venues te demander si tu savais comment communiquer avec lui ?

— Oui, c'est vrai, répondit Bree. Mais bon, ces types n'ont pas semblé croire que Paxton ne m'a jamais contactée.

— C'est étrange qu'il ne l'ait pas fait, affirma Bernadette. Mais ça viendra, j'en suis persuadée. Tu as du mal à croire qu'il est toujours en vie, je le vois bien, mais c'est le cas, je le sens.

Calvin poussa un soupir.

— Il est parti il y a plus de douze ans, maman. S'il avait eu l'intention de revenir, il me semble qu'il l'aurait déjà fait, non ?

Bernadette le fusilla du regard.

— Il donne à Bree le temps d'attendre la maturité, c'est tout.

« Maturité », ouais ! Elle avait utilisé le même mot quand elle lui avait offert un pendentif ayant la forme d'une moitié de cœur quelques jours après le départ de Paxton.

« *Paxton m'a demandé de te remettre ceci,* avait-elle dit. *Il a l'autre moitié. Quand tu seras assez grande, il reviendra te revendiquer.* »

Bree n'avait jamais cru que ce collier venait de Paxton. Non, Bernadette lui avait raconté ce mensonge pour l'aider à survivre à son départ, croyant, mais à tort, que Bree se sentait abandonnée et qu'elle avait le cœur brisé. C'était certes sympa de sa part, mais parfaitement inutile.

— Tu ne trouves pas cela étrange qu'il n'ait jamais contacté aucun d'entre nous ? lui demanda Bree sur un ton aimable.

Les traits de Bernadette se durcirent.

— Je ne sais pas si c'est ce que tu penses, mais moi, je ne crois pas qu'il soit mort, déclara-t-elle. Un homme comme Paxton… a parfois besoin de suivre son propre chemin pendant un moment.

— Tu penses vraiment qu'il voudra se mettre en couple avec Bree s'il revient ? intervint Ella. Ils ont beau être âmes sœurs, il ne l'a jamais traitée comme si elle comptait pour lui. Il l'a quittée, ne l'a jamais contactée, ne lui a jamais dit qu'il reviendrait. Cela ne témoigne pas d'un grand désir de se mettre en couple, à mon avis.

— Rassure-moi, dis-moi que tu ne penses pas ça aussi, que tu ne vas pas le laisser tomber, lança Bernadette en se tournant vers Bree.

La jeune femme poussa un soupir.

— Tu es son âme sœur, Bree, l'autre moitié de son âme. Il a besoin de toi, plus que tu ne le sauras jamais, affirma Bernadette. (Elle n'irait jamais plus loin que ce qu'elle venait d'affirmer, elle était incapable de reconnaître que Paxton n'était pas normal.) Tu ne peux pas renoncer à lui, vivre comme s'il ne faisait pas partie de ta vie.

— Si les rôles étaient inversés, si je l'avais quitté en lui disant que je n'allais pas revenir, est-ce que vous lui demanderiez de mettre sa vie sur pause pour m'attendre ?

— Il est en vie, il n'est pas loin.

Bree sentit l'impatience la gagner.

— Alors, qu'est-ce qu'il attend ? Pourquoi se cache-t-il ? lança-t-elle. Il est parti, Bernadette. Je ne dis pas qu'il est mort, mais je ne crois pas qu'il souhaite revenir, ni même qu'il a l'intention de le faire. En ce qui me concerne, je ne veux pas rester seule uniquement parce que tu préfères me voir célibataire. Est-ce que tu veux vraiment m'imposer cela ? M'obliger à vieillir seule ?

Bernadette la dévisagea en haletant. Puis, furieuse, elle se leva et s'en alla.

L'air malheureux, dépassé, Ruben haussa les épaules et suivit sa compagne.

Calvin traîna un peu.

— J'espère que tu ne te sens pas coupable de lui avoir livré le fond de ta pensée. Ce n'est pas ta faute si elle ne l'a pas apprécié, ajouta-t-il en lui serrant brièvement l'épaule pour lui témoigner son soutien. Allez, prends bien soin de toi.

Il salua Ella d'un signe de tête avant de sortir de la maison et referma derrière lui.

Ella lâcha un long soupir.

— Cela n'a pas été facile !

— Ça m'a vidée, dit Bree en passant la main dans ses cheveux. J'ai besoin d'un gin, d'un pink gin de préférence.

Ella attrapa deux verres dans le placard.

— Je suis d'accord avec Calvin : tu as eu raison de dire ce que tu penses.

Bree prit la bouteille de gin dans le casier à bouteilles.

— Je n'aurais pas dû m'impatienter avec elle. Je lui ai fait de la peine.

— Elle délire. J'adore ma tante, mais j'en ai marre de l'entendre radoter, que la vie sera merveilleuse quand son fils chéri rentrera...

Ella mit des glaçons dans les verres qu'elle avait posés sur le comptoir.

— Cela me met sérieusement mal à l'aise de la voir vivre comme ça dans le déni.

Bree prit des fraises dans le frigo.

— Paxton a tout fait pour être le préféré de ses parents. Il est devenu tout ce qu'ils souhaitaient et plus encore. Il leur a donné l'impression d'être de bons parents. Il a fait en sorte qu'ils ne le croient jamais capable de faire du mal à qui que ce soit pour son plaisir. S'il s'agissait de mon enfant, je ne voudrais pas non plus le croire capable d'une telle cruauté.

— Je ne reproche pas à Bernadette de s'accrocher à l'espoir qu'il soit encore en vie ou de se faire des illusions et de penser qu'il est normal. Mais de là à s'attendre à ce que tu restes seule parce qu'il n'est pas là pour partager ta vie ? C'est du grand n'importe quoi. Elle n'aime pas que tu aies des aventures d'un soir. Elle ne dit rien parce que les métamorphes ont besoin de contacts sexuels et sociaux. Mais si tu avais une histoire plus sérieuse avec un type, elle péterait un câble.

— Sans doute.

C'était une autre des raisons pour lesquelles Bree avait décidé de quitter la troupe.

— Ruben et Calvin croient sans doute que Paxton est mort, dit-elle tout en coupant des fraises. Mais tant que Bernadette pensera qu'il est encore vivant, elle ne va pas accepter que je fasse ma vie avec quelqu'un d'autre. Ni Moira d'ailleurs.

— Elles ne voudront pas non plus que tu sortes avec Calvin, alors j'espère qu'il ne va pas essayer de te draguer. Tu lui plais, c'est évident, mais bon, cela compliquerait davantage ta situation.

— Je lui plais, tu crois ? lança Bree en fronçant les sourcils tout en mettant des morceaux de fraises dans les verres. Mais il fait du charme à tout le monde.

Ella secoua la tête en signe de dénégation.

— Quand tu ne le regardes pas, il te dévisage avec une lueur d'avidité dans les yeux. C'est dommage que Paxton, ton âme sœur, ne s'intéressait pas du tout à toi, au contraire de Calvin.

— Je ne suis pas persuadée que je lui plais. Enfin…

Ella jeta un coup d'œil à la photo de Paxton dans son cadre qui était restée sur l'îlot central.

— Qu'est-ce que tu vas faire de cette photo ?

Mal à l'aise, Bree la regarda en versant le pink gin d'abord dans le verre d'Ella puis dans le sien.

— Est-ce que j'ai tort d'avoir envie de la mettre dans le seau de peinture ?

— Non, pas du tout. Ce serait la meilleure solution. Hé ! qu'est-ce que tu ferais si…

demanda Ella en levant son verre.

— Si quoi ? voulut savoir Bree après avoir bu une gorgée de son gin.

— Je pense sincèrement que Paxton est mort. Mais, mettons qu'il soit encore en vie, qu'il revienne et tente de te revendiquer. Qu'est-ce que tu ferais ?

— Cela n'arrivera jamais. Pas seulement parce que Paxton n'éprouve rien pour moi, mais parce qu'il considère le lien d'union comme une sorte de piège. Il ne voudrait pas risquer de ressentir le désir d'union, ce qui nous ôterait la possibilité de choisir. Le peu de temps qu'on a passé ensemble, j'étais trop jeune pour que le désir d'union se déclenche. Maintenant que je suis adulte, il suffirait que nos regards se croisent pour démarrer le processus.

Le désir d'union avait la réputation d'être une envie de baiser si intense que ceux qui l'éprouvaient perdaient le contrôle. Le désir ne s'estompait qu'après l'accouplement.

— Si cela se produisait, je resterais avec mon désir pour le reste de mes jours parce qu'il est hors de question que je laisse ce type me revendiquer. Et pourquoi est-ce qu'on parle de ça, merde ?

Ella haussa les épaules et but une petite gorgée de son verre.

— C'était le seul sujet garanti de te faire oublier la peinture et de me donner un petit répit ! J'ai mal aux bras.

— Petite, petite nature ! lança Bree en levant les yeux au ciel.

— C'est la faute à l'Antéchrist ! déclara Ella. Je te le jure ! Il utilise les sombres pouvoirs que lui a donnés son vrai père pour me voler toutes mes forces petit à petit pendant que lui se renforce. J'ai beau manger et faire du sport, ma forme ne s'améliore pas. Je te dis, il me bouffe toutes mes énergies.

— Parfois, j'ai l'impression que tu blagues quand tu dis que Damian est l'Antéchrist. Mais il arrive aussi que je me demande si tu penses vraiment qu'il est…

— Un réceptacle qui abrite la personnification du mal ? Je n'ai aucune raison d'en douter. Et toi ?

Ouais, mais bon Bree était normale. Plus ou moins.

— Non, répondit-elle en sirotant sa boisson.

— Alors prions pour que l'Apocalypse ne se produise pas avant que notre génération ait vécu parce que, selon la prophétie, toute vie disparaîtra de la Terre. Ce n'est pas bien gai, enfin, je ne trouve pas.

Bree se contenta de ricaner.

Chapitre 4

— Je ne vous ai pas demandé de venir ! Sortez tous de chez moi ! Allez, ouste !

— On va rester tant que tu ne te seras pas calmé, Devlin, déclara Tate.

— Je suis venue t'aider, intervint Dani, d'une voix apaisante.

— Je ne veux pas de ton aide, espèce de garce ! grogna Devlin.

Bree grimaça, cachée derrière la porte de l'appartement de son camarade de troupe. Elle essayait de comprendre ce qu'il se passait. Elle était installée confortablement dans son canapé, en pyjama, et luttait pour rester éveillée devant la télé quand elle avait reçu un appel de la vieille voisine de Devlin. La dame lui avait expliqué qu'elle avait accueilli la compagne et les enfants de Devlin parce qu'il avait pété un câble.

— Tu te fous complètement de ce que je ressens, Dani ! cria le jeune homme. Tu cherches juste à me mater avec ton vaudou d'oméga.

— Tu fais peur à tes enfants, Devlin, dit calmement la Première oméga. Ta compagne se fait du souci pour toi.

— Tu vois ? Tu ne penses qu'à leurs sentiments à eux.

— Non, c'est faux. J'essaie juste de te rappeler que, même si tu as reçu une très mauvaise nouvelle aujourd'hui, il y a encore des choses bien dans ta vie. Ta famille a besoin de toi.

— Je les ai déçus, dit Devlin, très amer. Pourquoi auraient-ils besoin de moi ? Tate te dira que je ne serai jamais un bon lieutenant. Après tout, c'est lui qui a décidé que je n'avais pas le niveau.

Bree comprit enfin. Les frères aînés de Devlin et son père étaient tous lieutenants et il venait de se faire recaler pour la troisième fois. Il devait en souffrir profondément. Son orgueil avait dû en prendre un coup. Devlin n'aimait pas se faire dorloter. Il réagissait même très mal à toute tentative en ce sens. Il était beaucoup trop fier. Dani aurait dû le savoir.

Soucieuse pour Devlin, Bree entra dans l'appartement et suivit les bruits de voix jusqu'à la cuisine. Toutes les têtes se tournèrent vers elle quand elle entra dans la pièce. Devlin était debout à côté de l'évier, une bouteille de whisky à la main. Tate, Dani et Luke étaient de l'autre côté de la pièce, loin de lui. Ils voulaient éviter qu'il se sente envahi ou piégé ce qui aurait rendu son chat intérieur complètement fou.

L'air franchement contrarié, Bree croisa les bras.

— Qu'est-ce qui te prend, bordel de merde ? lâcha-t-elle.

Dani sursauta et voulut aller rejoindre Bree, mais Tate l'en empêcha.

— Ah ! on ne t'a pas dit ? demanda Devlin avec un sourire forcé. Je ne serai pas lieutenant, voilà !

J'ai été recalé encore une fois. Je n'ai pas le niveau, apparemment.

— C'est tout ? s'enquit Bree en clignant des yeux.

— C'est tout ? répéta Devlin, en arrêtant à mi-parcours la bouteille qu'il s'apprêtait à boire.

— Écoute, je comprends, c'est nul à chier. Mon père aussi a échoué, est-ce que tu le savais ? Il n'a pas retenté le coup. Son orgueil avait trop souffert, je pense. J'ai beaucoup de respect pour toi, tu n'as pas abandonné, tu as retenté le coup plusieurs fois. Je ne dis pas ça pour te flatter. Je le crois sincèrement. Beaucoup de mâles dominants auraient laissé tomber plutôt que de s'accrocher comme tu l'as fait.

Devlin baissa lentement sa bouteille, mais ne dit rien.

— Je me souviens du soir où mon père a appris qu'il n'aurait pas le poste. Il était très en colère quand il est rentré. Je ne l'avais jamais vu dans cet état. Il s'est soûlé, il a fracassé une bouteille contre le mur. Ma mère a paniqué. Elle lui a dit de se barrer et de rentrer quand il aurait accepté une chose toute simple.

— Quoi ? demanda Devlin, perplexe.

— Elle était arrivée à la conclusion qu'il avait échoué parce qu'il ne s'était pas complètement investi dans sa formation, qu'il avait seulement voulu devenir lieutenant parce que c'était ce qu'on attendait de lui dans la famille.

Devlin détourna légèrement le regard.

— T'es-tu demandé si c'était vraiment ce que tu désirais ? Est-ce que ce ne serait pas là la raison pour laquelle tu n'as pas tout sacrifié à ta formation ? Je me trompe peut-être pour ce que j'en sais. Si tu désires sincèrement devenir lieutenant, tu ne dois pas abandonner. Tu peux aussi, bien entendu, te réfugier dans l'alcool, pleurnicher comme une mauviette, et perdre le respect de ta famille. C'est une des nombreuses possibilités qui s'offrent à toi. Ou alors, tourne la page et passe à autre chose. Ou bien encore, demande à Tate quels sont tes points faibles, essaie de progresser dans ces domaines et reprends ta formation. C'est à toi de voir. Je vais te laisser réfléchir. (Bree se retourna, prête à s'en aller.) Je serai curieuse de voir ce que tu vas faire.

Elle n'eut que le temps de faire trois pas qu'elle entendit Devlin l'appeler.

— Bree ? lança-t-il.

— Oui ? répondit-elle en tournant la tête pour le regarder.

Devlin se frotta la nuque.

— Est-ce que tu veux bien aller parler à ma femme et à mes enfants ? Je pense que je les ai un peu perturbés.

— Non, dit Bree. Mais je veux bien t'accompagner si tu veux aller les voir.

— Je ne suis pas en état, protesta-t-il en grimaçant.

— Si tu veux, je peux t'aider à remettre de l'ordre dans tes idées pour trouver ce que tu as vraiment envie de faire. Tu ne pourras pas faire grand-chose dans cet état et ta compagne sera malheureuse si elle a l'impression de ne pas pouvoir te réconforter. Ne le fais pas pour toi, mais pour les tiens, pour ta femme et tes enfants.

Devlin poussa un soupir et regarda fixement la bouteille qu'il tenait encore à la main comme s'il ne comprenait pas d'où elle venait.

— J'ai passablement de choses à faire, alors si tu veux que je t'accompagne, il faut y aller maintenant.

Il soupira encore une fois et reposa la bouteille sur le comptoir.

— D'accord, marmonna-t-il.

Bree se retourna pour lui faire face et posa la main sur son bras.

— Tu es d'accord pour que je lise tes émotions ? demanda-t-elle.

— Oui, répondit-il succinctement.

Bree baissa ses boucliers d'oméga et découvrit de la colère, de la honte, de l'amertume, de la culpabilité ainsi que de l'autoflagellation. Toutes ces émotions l'agressèrent et elle eut l'impression de recevoir un grand coup en pleine poitrine. Elle grinça des dents et endura cette douleur semblable à une remontée acide tandis que des bribes des pensées de Devlin envahissaient son cerveau : « … *je les ai déçus* », « … *j'aurais dû faire plus d'efforts…* », « … *je ne sais pas ce que je vais faire après…* »

Quand la douleur commença à s'estomper, elle remonta ses boucliers et vit Devlin prendre une longue inspiration hachée.

— Je peux t'insuffler un peu de sérénité, si tu veux, lui proposa-t-elle.

Il fronça les sourcils.

— Je ne le mérite pas après ce que je viens de faire.

— Le fait que tu le crois montre que oui, au contraire. Mais c'est à toi de voir. Si tu changes d'avis, tu sais où me trouver. (Ce n'était pas le moment de lui mettre la pression pour qu'il prenne une décision concernant la formation de lieutenant.) Allons voir ta compagne et tes enfants.

— Je vais t'aider, proposa Dani, le visage étrangement inexpressif. Bree a assez travaillé.

— On peut aussi y aller ensemble, suggéra Bree.

Dani accepta, à sa grande surprise.

Ils se rendirent donc tous les trois chez la voisine de Devlin. Ils parlèrent avec la compagne et les enfants de Devlin et rassurèrent tout le monde. Les omégas partirent une heure plus tard. Bree souffrait d'une épouvantable migraine. Elle aurait besoin de se poser chez elle, mais rien ne garantissait que la douleur disparaîtrait. Le fait d'extraire des émotions négatives lui donnait toujours mal à la tête.

En descendant l'escalier, les membres lourds et les épaules basses, Bree se dit qu'elle avait bien travaillé avec Dani, que son approche directe et les méthodes plus douces de la Première oméga étaient très complémentaires. Plus qu'aucune des deux ne l'aurait jamais imaginé. Elles faisaient une bonne équipe.

— Tu as fait du bon boulot avec Devlin ce soir, dit Dani une fois qu'elles furent arrivées dans le parking.

— Merci. Toi aussi.

Impatiente de rentrer chez elle, de prendre un antalgique et de s'écrouler dans son lit, Bree s'apprêtait à lui souhaiter « bonne nuit ! » quand la Première oméga prit de nouveau la parole.

— Écoute, Mateo est venu me voir et il m'a dit pourquoi vous vous étiez disputés.

Instantanément, la satisfaction du travail bien fait qu'avait éprouvée Bree se dissipa.

— Ah ? dit-elle.

— Il regrette ce qu'il t'a dit. Il veut réparer son erreur. (Dani se tut un instant.) Et si je vous recevais tous les deux en consultation ? Vous pourriez régler votre conflit une fois pour toutes.

Jamais de la vie !

— Je lui pardonnerai peut-être un jour, dit Bree en se frottant la tête. (Elle avait l'impression d'avoir le crâne emprisonné dans un étau.) Mais pas maintenant.

Dani s'impatienta.

— Tu manques de maturité, Bree. Cela ne sert à rien de lui en vouloir. Notre rôle, en tant qu'omégas, c'est de veiller à la paix au sein de la troupe. Tu dois faire ta part.

Mais bon, elle était un chat de Pallas et cette espèce était rancunière de nature.

— Tu perds ton temps. Oublie ça.

— Tu devrais montrer un peu plus de compassion, tu ne penses pas ? Mateo est malheureux. On a tous connu le rejet. On sait ce que c'est. Il n'a même plus sa meilleure amie pour lui remonter le moral parce que c'est elle qui l'a rejeté et refuse de lui parler.

— Tu me demandes de faire preuve d'un peu de générosité, si j'ai bien compris, mais n'est-ce pas toi justement qui m'as traitée d'égoïste ?

Dani serra les lèvres.

— N'essaie pas de changer de sujet. C'est de Mateo qu'il est question ici. Il t'a blessée, je comprends. Mais on dit tous parfois, sous le coup de la colère, des choses qui dépassent notre pensée. Tu le sais.

— Je constate qu'il ne t'a pas tout dit. Cela ne m'étonne pas. Il a toujours été lâche.

— En fait, oui, il m'a tout dit. Cela ne lui a pas été facile, mais il a fini par le faire.

Bree ferma les yeux et se pinça l'arête du nez. Elle n'avait vraiment pas assez d'énergie ni d'indulgence pour parler de ces conneries.

— Non, je ne te crois pas. Il t'a manipulée. Il a essayé de se servir de toi pour m'obliger à accepter de le revoir. Alors il t'en a dit juste assez pour obtenir ta sympathie. Et son plan a bien fonctionné.

— Je l'aurais senti s'il m'avait manipulée, affirma Dani en relevant le menton.

— Est-ce qu'il t'a laissée lire ses émotions ?

— Il a dit que cela le mettrait mal à l'aise.

Bree ricana.

— Ouais, j'imagine.

Dani posa les mains sur ses hanches.

— Crois-le ou non, j'essaie de t'aider. Je n'aime pas te voir privée d'un de tes meilleurs amis. Si quelque chose lui arrivait, tu regretterais d'avoir refusé d'écouter ses explications. Il souffre, Bree. Est-ce que cela ne t'émeut pas ? Cela ne te fait vraiment rien de penser que tu pourrais soulager ses souffrances rien qu'en lui parlant ?

— C'est toi la Première oméga. Si quelqu'un peut le soulager, c'est bien toi.

Et si quelqu'un pouvait soulager sa migraine qui s'était étendue jusque derrière un de ses yeux lui donnant l'horrible impression qu'on le lui transperçait, elle lui baiserait les pieds.

— Il ne veut pas que je l'aide comme ça.

— Demande-toi pourquoi. Encore mieux, Dani, demande-lui ce qu'il m'a fait. S'il te dit la vérité, je lui parlerai. Mais je suis prête à parier tout ce que je possède qu'il ne le fera pas.

— Il m'a déjà dit tout ce qu'il t'avait dit.

— Mais pas ce qu'il a fait.

Le regard noir de Dani se calma un peu et elle baissa les bras.

— Qu'est-ce qu'il a fait ? demanda-t-elle d'une voix plus douce. Allez, dis-le-moi.

— Je préfère ne pas en parler.

Ses yeux brillèrent d'une lueur qu'elle aurait voulu pouvoir interpréter comme de la compassion, mais Bree n'y crut pas un instant.

— Tu peux me le dire, insista Dani en lui caressant brièvement le bras.

— Je te l'ai déjà dit : tu devras le demander à Mateo.

— Qu'il aille se faire pendre. S'il t'a fait du mal, je veux le savoir. Qu'est-ce qu'il t'a fait ? Tu peux me faire confiance, tu le sais.

Bree eut du mal à retenir un éclat de rire.

— C'est bien triste, mais non, je ne le sais pas.

Puis Bree s'éloigna avant que la Première oméga ait le temps de réagir. Son mal de tête lancinant semblait s'aggraver à chacun de ses pas jusqu'à ce qu'elle ait réellement l'impression qu'on lui attaquait le crâne à coups de marteau-piqueur tout en lui transperçant l'œil avec un pic à glace.

Elle mit une main sur sa tête et exerça une légère pression, mais il n'y eut pas d'amélioration.

Elle n'avait pas allumé en arrivant, la lumière aurait exacerbé la douleur. Elle se rendit à la cuisine où elle avala quelques comprimés d'antalgique, retira ses chaussures, et sortit pieds nus sur la terrasse.

Son jardin était joli avec ses rosiers sauvages, ses pots décoratifs, ses jolies jardinières, sa petite allée sinueuse de dalles de pierre et sa rocaille dans un coin. Bree n'était malheureusement pas en état d'apprécier la vue tant elle avait mal.

Trop fatiguée pour rester debout, elle alla s'asseoir sur l'herbe et posa sa tête sur ses genoux qu'elle avait repliés. Elle n'avait aucun mal à se libérer des diverses énergies qu'elle avait emmagasinées. Son corps les éjecta dans le sol, comme si elle les expirait toutes dans un grand souffle. Elle se sentit immédiatement plus légère, plus calme. La migraine persistait cependant, comme elle l'avait craint.

Ouille!

Elle rentra chez elle et se dirigea vers sa chambre. Elle ne prit même pas la peine de se déshabiller. Elle s'allongea sur les couvertures, se roula en boule, ferma les yeux et eut envie de mourir. Il lui faudrait sans doute un peu de temps pour trouver le sommeil avec cette migraine, mais elle était si fatiguée qu'elle espérait que ce ne serait pas trop long.

Elle ne sut pas depuis combien de temps elle s'était assoupie quand elle sentit une présence dans sa chambre. Elle n'eut pas peur, ayant reconnu l'odeur d'Alex.

— Va-t'en, grommela-t-elle sans même prendre la peine d'ouvrir les yeux.

S'agissant de n'importe qui d'autre, elle aurait été abasourdie qu'il réussisse à s'introduire chez elle. Elle aurait exigé qu'il lui dise comment il avait réussi cet exploit. Mais un glouton était capable d'entrer partout. Les métamorphes de cette espèce pénétraient souvent chez les gens sans y être invités et vidaient leur réfrigérateur et leur garde-manger. Ce comportement, bien qu'agaçant, était normal pour eux.

Bree avait peu vu Alex ces derniers temps. Il était passé quelques fois à la bijouterie, mais ne lui avait pas beaucoup parlé. En revanche, il l'avait bien observée. Un peu trop, même. Chaque fois qu'elle avait croisé son regard pensif et beaucoup trop intime, elle avait senti ses terminaisons nerveuses s'activer.

Le matelas se creusa à côté d'elle et une main vint lui caresser tendrement les cheveux. Elle sursauta presque d'étonnement. Alex la touchait si rarement. Et toujours fugacement, de manière impersonnelle. Ce n'était jamais délibéré de sa part, il ne cherchait pas à la réconforter. Elle ne le croyait pas capable de cela. Ni même qu'il en ait envie.

— J'ai entendu dire que tu avais l'air de souffrir quand tu es partie de chez Devlin, murmura-t-il. J'ai voulu voir comment tu allais. Tu as la migraine ?

— Ça va, répondit-elle.

Elle était tout de même perplexe qu'il soit venu s'enquérir de sa santé. Il ne l'avait jamais fait auparavant.

— Menteuse, dit-il tendrement. Est-ce que tu as pris la tisane que te donne maman ? Celle qui sent les pieds ?

Elle avait mauvais goût aussi.

— J'étais trop fatiguée pour m'en préparer une, dit-elle en plissant le nez.

Alex sortit du lit sans mot dire. Il revint quelques instants plus tard, son odeur masquée par celle, horrible, de la tisane en question.

— Allez, redresse-toi et bois ça, lui dit-il ou, plutôt, lui ordonna-t-il. Je sais que tu n'aimes pas ça, mais ça te fera du bien.

Bree ne put s'empêcher de le traiter d'enfoiré et de petit dictateur, mais elle s'assit mollement et avala la tisane d'un coup, ayant du mal à s'empêcher de la régurgiter aussitôt.

— Bravo.

— Va te faire voir, rétorqua-t-elle.

Il éclata d'un rire ronflant. Elle se laissa retomber sur le matelas et se roula de nouveau en boule. Elle pensait qu'il allait s'en aller. Or il ne le fit pas. Il s'allongea à côté d'elle, s'installa le coude sur un oreiller, la tête dans la main.

Bree fronça les sourcils.

— Qu'est-ce que tu…

— Chut, dit-il.

Il posa la main sur ses cheveux et lui massa le cuir chevelu du bout des doigts exactement comme il le fallait.

— Détends-toi, chuchota-t-il.

C'était tellement étrange. Où était passé l'homme rude et asocial qu'elle connaissait ? Elle ne le reconnaissait pas.

— Écoute-moi, femme, arrête de penser et détends-toi.

Voilà, elle retrouvait l'Alex qu'elle connaissait.

— Je suis étonnée de te voir. Tu ne t'intéresses jamais aux autres, à moins d'être directement concerné.

Il poussa un grognement rauque.

— Je te déteste beaucoup moins que la majorité des autres gens.

Bree sentit ses lèvres esquisser un demi-sourire.

— Arrête, mon cœur s'emballe !

Il éclata de nouveau de son rire ronflant.

— Je n'aime pas te voir aussi épuisée. Et qu'aucune des autres omégas ne soit venue te rendre visite. Ce sont des idiotes.

Bree aurait haussé une épaule nonchalante si elle en avait eu la force.

— Je sais très bien m'occuper de moi-même.

— Peut-être. Mais tu ne devrais pas être toujours obligée de le faire, grogna-t-il. Allez, détends-toi.

Cela ne lui était pas facile. Mais elle se concentra sur ses doigts lui massant la tête. Cela ne la soulageait pas tellement, mais cette sensation lui procurait une agréable distraction. Elle ne pensa plus qu'à ses doigts lui massant le cuir chevelu en cercles, dans un sens puis dans l'autre, lui pétrissant la tête, la lui effleurant et la lui caressant.

Elle finit par s'endormir.

Alex était parti quand elle se réveilla le lendemain matin.

Enfilant sa petite robe bustier noire plus tard le même jour, Bree s'examina dans le grand miroir. Son ombre à paupières fumée était tout à fait assortie à sa robe et à ses talons aiguilles lacés. Elle avait utilisé le fer à friser sur ses cheveux pour leur donner un peu de « peps » comme disait Ella.

Bree allait la retrouver dans dix minutes à *La Taverne*, le lieu de prédilection des membres de la troupe. Le bar était à une minute à pied de la maison de Bree, alors elle n'aurait pas besoin d'un taxi pour rentrer.

Elle était plutôt fatiguée après toute une journée passée à vernir des portes, des chambranles, et des plinthes. Ella lui avait encore une fois donné un coup de main, mais c'était à condition qu'elle la retrouve le soir à *La Taverne*. Impossible donc de lui faire faux bond, même épuisée.

Prête à sortir, Bree prit son sac et descendit l'escalier. Elle fronça les sourcils en apercevant une enveloppe de papier kraft par terre près de la porte d'entrée. Elle la ramassa et fut réellement perplexe. Pas d'adresse ni de timbre. Il n'y avait même pas son nom dessus.

Curieuse, elle l'ouvrit et regarda à l'intérieur. Elle ne contenait pas de lettre, seulement un tout petit objet.

Bree la retourna et examina le contenu dans le creux de sa main. Son ventre se noua instantanément. Une immense colère succéda au choc. Putain de Bernadette !

Grinçant des dents, Bree referma la main sur le petit bijou, tentée de l'envoyer valdinguer contre le mur. Elle s'était toujours demandé ce que Bernadette avait fait de l'autre moitié du pendentif qui venait de Paxton, avait-elle prétendu. Elle l'avait gardée, c'était évident. Et elle le remettait maintenant à Bree.

Était-ce sa manière de la punir d'avoir renoncé à son fils ? Et n'était-ce pas aussi sa façon de lui confirmer que ce n'était pas Paxton, tout compte fait, qui lui avait offert ce pendentif ? Pensait-elle vraiment peiner Bree en lui remettant ce bijou ? Ou la surprendre ? Ou bien espérait-elle que Bree croie que c'était un cadeau de Paxton et qu'il était toujours en vie ? Bree ricana. Elle ne le croyait pas, non, pas plus d'ailleurs qu'elle croyait que le pendentif en question venait bien de Paxton.

Quand ils étaient encore enfants, il lui avait offert quelques cadeaux dans des occasions spéciales. Uniquement parce que tout le monde s'attendait à ce qu'il le fasse. Il avait l'air de se moquer que ses cadeaux lui plaisent ou non et Bree s'était souvent demandé s'il comptait sur sa mère pour les choisir.

Bernadette avait sans doute aussi choisi les cartes. C'était lui qui les signait, toujours de la même manière : « Pour mon petit chat », jamais « Pour Bree ». Il utilisait rarement son nom quand il lui parlait. Il l'appelait presque toujours « mon petit chat ». Les gens croyaient que c'était le petit nom affectueux qu'il lui donnait. Mais c'était plutôt parce qu'il évitait soigneusement de l'appeler par son prénom. Comme si c'était une barrière entre eux.

Bree ne croyait pas que Paxton n'ait jamais éprouvé le moindre sentiment pour elle. Qu'en était-il de son chat intérieur ? Bree ne l'avait jamais vu et elle s'était souvent demandé s'il n'avait pas été endommagé par son côté humain et si son chat aurait voulu se rapprocher d'elle.

Paxton ne l'aurait pas apprécié. Il lui en aurait voulu. Il préférait sans doute conserver un gouffre émotionnel entre elle et son animal.

Même si le chat intérieur de Bree avait senti que Paxton était son âme sœur, il n'aimait pas être proche de lui parce qu'il ne croyait pas Bree en sécurité avec lui. Mais si le félin de Paxton avait rencontré le chat de Bree et tissé des liens avec lui, même superficiels, ils auraient eu du mal à vivre loin l'un de l'autre. Peut-être Paxton était-il arrivé à la même conclusion qu'elle et avait-il donc volontairement évité de lui présenter son animal intérieur.

Bree ouvrit la main et regarda le collier. Soit Bernadette voulait lui faire passer un message, soit elle la cherchait. Bree avait très envie d'aller l'affronter, mais Bernadette serait trop contente de constater qu'elle avait réussi à l'énerver. Et elle n'en aurait que plus envie de lui refaire ce genre de coup.

Bree remit le collier dans l'enveloppe et alla la jeter dans la poubelle de son séjour. Voilà. Terminé. Elle avait vraiment besoin d'un verre.

Chapitre 5

Confortablement installée au bar sur un tabouret, Bree balaya l'endroit du regard. Elle était à *La Taverne*, qui appartenait à la troupe Olympus comme plusieurs autres commerces situés dans cette rue. Ce n'était pas un simple bar, ni un restaurant ou une salle de billard, mais les trois à la fois. L'établissement proposait des plats appétissants, il y avait un très long zinc et des matchs étaient diffusés sur les nombreux écrans muraux. Il y avait même une salle de jeux vidéo et une petite pièce dédiée aux jeux de cartes, essentiellement du poker.

Des groupes de métamorphes se produisaient sur scène certains soirs, ainsi que des comédiens ou des hypnotiseurs. *La Taverne* organisait aussi des soirées karaoké.

Bree aimait bien l'atmosphère du lieu avec ses coussins bordeaux, ses boxes confortables et ses gros fauteuils. Elle appréciait les articles de sport qui ornaient les murs, ainsi que l'odeur de la bière, des plats chauds, du cuir et du bois ciré.

— Voici vos cocktails, les filles, dit Gérard, le barman, en posant deux cosmopolitan devant les amies.

— Merci, Gégé, dit Ella en adressant son plus beau sourire à leur camarade de troupe. Mmm, j'avais presque oublié comme c'est bon ! Bree, on connaît ces deux filles là-bas, non ? (Elle désignait deux femmes installées dans un box un peu plus loin.) Elles étaient peut-être dans notre cours de *pole dance* ?

— Je ne suis pas sûre, répondit Bree.

Gérard cligna des yeux.

— Vous avez pris des cours de *pole dance* ? lança-t-il, étonné.

— Pour le plaisir, uniquement, dit Bree en faisant un geste lent de la main. Détends-toi, allez, on n'a pas du tout envie de jouer les effeuilleuses. On est beaucoup trop flemmardes pour ça.

— C'est vrai, convint Ella.

Gérard s'éloigna en gloussant.

— Il y a foule ce soir, même pour un samedi, observa Ella en s'éventant avec un sous-verre.

Bree hocha la tête. Il y avait beaucoup de monde et de bruit. Les clients mangeaient, bavardaient, riaient, et criaient leurs commentaires sur le match à la télé. Des cloches et des sirènes retentissaient des machines à sous ; des fléchettes volaient vers les cibles ; les billes de billard s'entrechoquaient et roulaient vers les poches.

La clientèle était composée essentiellement de membres de la troupe Olympus. Presque toutes les places aux tables et dans les boxes étaient prises. Les clients gardaient le regard rivé sur les télés au mur. Les serveuses zigzaguaient entre les tables, prenaient les commandes et débarrassaient les bouteilles et les verres vides, les assiettes sales et les serviettes chiffonnées.

— Oh, oh ! observa Ella. Moira vient d'arriver.

Merde ! Le chat intérieur de Bree se redressa et montra les crocs.

— Super ! réagit Bree.

Son chat détestait cette garce, qui la fusillait du regard chaque fois qu'elle la croisait. Comme ce soir-là, justement.

Bree lui répondit par un large sourire. La fille releva le menton et se dirigea vers une table de l'autre côté de la salle.

— Est-ce que tu lui as montré que tu l'avais vu ? s'enquit Ella.

Bree sirota son cosmopolitan.

— Si c'est de Mateo que tu parles, alors non. Cela ne ferait que l'encourager à venir nous rejoindre et ça se terminerait très mal pour lui.

Il jouait au billard avec Alex, Vinnie et d'autres camarades de troupe depuis plusieurs heures déjà.

— Et puis j'étais trop occupée à lancer des regards noirs à Alex, l'andouille.

Il avait été sympa avec elle la nuit où elle avait aidé Devlin. Jamais personne n'était venu prendre de ses nouvelles après une intervention difficile comme il l'avait fait. Elle n'avait jamais été dorlotée, on ne le lui avait jamais massé la tête jusqu'à ce qu'elle s'endorme. Elle se sentait donc bien disposée à son égard, jusqu'à ce qu'il fasse fuir un type qui voulait lui offrir un verre. Bon, d'accord, il s'agissait d'un mec à la réputation sulfureuse, mais cela ne lui donnait pas pour autant le droit de s'immiscer dans sa vie.

Si elle n'avait pas une telle horreur des scènes, elle aurait balancé un coup de poing au visage de cet enfoiré de glouton. Au lieu de quoi, elle s'était contentée de cracher dans son assiette en passant à côté de sa table alors qu'elle allait aux toilettes et en s'assurant qu'il l'avait vue faire. Ce n'était pas très distingué, elle en convenait, mais les gloutons adoraient manger, et ce qu'elle venait de faire était pour lui la pire des insultes. Le regard sombre qu'il lui avait adressé en réaction aurait fait trembler n'importe quelle autre femme.

Bree jeta un coup d'œil vers lui en le voyant poser une grosse liasse de billets sur la table. Il était très fort au billard et il pariait comme un joueur professionnel.

Ella le fusilla du regard, mais il avait le dos tourné.

— J'adore mon cousin, mais c'est un tel enfoiré ! Il y a peu de chance que tu chopes un mec ici ce soir. Hé ! On pourrait aller à *L'Enigma,* proposa Ella faisant allusion au bar pour métamorphes où les clients avaient le droit de baiser sur la piste de danse. J'adore cet endroit. Ça te dit ? On va se défoncer ce soir, je le sens !

— Est-ce que c'est une bonne idée, tu crois ? La dernière fois qu'on a trop bu, je me suis réveillée avec des piercings aux tétons.

— Mais tu en es contente, tu ne peux pas le nier.

Effectivement, mais elle avait beaucoup souffert au début.

Le regard de Bree fut involontairement attiré une nouvelle fois vers Alex. Son ventre se noua. Il était adossé contre le mur, une queue de billard à la main, et il parlait à un de ses amis tout en la dévisageant fixement.

Ha ! S'il pensait réussir à la faire rougir ou à détourner les yeux, il se trompait. Bree arqua un sourcil et lui adressa un regard noir avant de se retourner vers sa copine.

Les clients qui regardaient le match à la télé poussèrent un cri de joie. Bree regarda tout autour d'elle. Elle était toujours en alerte dans ce genre de situations, parce qu'il n'était pas rare que des bagarres éclatent entre métamorphes. Elle aperçut alors…

— Moira vient vers nous, dit-elle à Ella.

— Beurk, quelle horreur ! répondit son amie en resserrant les doigts sur son verre.

Ella n'hésiterait pas à le fracasser sur la tête de cette garce si la situation dégénérait. Elles avaient beau être cousines, Ella ne l'avait jamais supportée ni respectée.

Le chat de Bree releva la lèvre supérieure et battit de la queue en la voyant arriver à leur table. Il n'aimait vraiment pas cette fille.

Moira s'approcha du bar et adressa son plus beau sourire à Gérard.

— Un mojito, s'il te plaît, mon chéri, commanda-t-elle avant de se tourner vers Bree et de lui adresser un regard glacial. Tu peux te féliciter d'avoir brisé le cœur de ma mère, si c'est ce que tu voulais.

Bree soupira intérieurement. Ellc avait imaginé qu'elle lui tiendrait ce genre de propos.

— Moira, je n'ai vraiment pas envie d'écouter tes pleurnicheries et je me fous complètement de ton opinion.

— Tu sais quoi ? Je pense que tu n'aimerais pas que Gérard apprenne comment tu as trahi mon frère ! (Elle se tourna vers le barman.) Elle a dit à ma mère qu'elle était si convaincue que Paxton n'allait pas revenir qu'elle avait décidé de faire sa vie sans lui. Elle a l'air de se ficher complètement de sa réaction quand il reviendra et la trouvera en couple avec un autre type. C'est bien ce que tu as l'intention de faire, il me semble.

— C'est ça, ou vieillir seule, dit Bree, se demandant si Moira était au courant que Bernadette lui avait envoyé ce collier. Je ne veux pas rester célibataire jusqu'à la fin de mes jours et je ne laisserai ni ta famille ni qui que ce soit d'autre essayer de me faire sentir coupable. Je mérite d'être heureuse, comme tout le monde.

Moira devint toute rouge.

— Je t'interdis de dire ça ! C'est ta faute si Paxton est comme il est. Ce n'est que juste que tu en paies le prix.

Bree leva brièvement les yeux au ciel. *Dieu me vienne en aide!* songea-t-elle.

— Tu te répètes, Moira. Tu pourrais te renouveler un peu.

La garce s'approcha d'elle, mais inclina rapidement la tête sur le côté en sentant une main l'agripper au bras. C'était Alex.

— Dégage! grogna-t-il à Moira, l'air menaçant, hargneux.

La jeune femme déglutit bruyamment.

— Ça ne te regarde pas, protesta-t-elle.

— Tu te trompes. Bree est sous ma protection. Si tu la cherches, tu me trouves. C'est simple.

— Allez, allez, intervint Vinnie en s'approchant. On se calme. On sait tous que Gérard a horreur de devoir nettoyer des taches de sang.

Alex relâcha Moira et elle se frotta le bras.

— Aucun d'entre vous ne s'intéresse à ce que fait cette fille?

— Qu'est-ce que je fais de si terrible? lança Bree.

— Tu as rejeté mon frère, ton âme sœur! cracha Moira.

Consciente que les bruits ambiants s'estompaient, Bree haussa une épaule.

— Il s'en fiche complètement. S'il est encore en vie, bien entendu.

Moira s'immobilisa et regarda Bree, l'air interrogateur.

— Tu crois vraiment qu'il est mort?

— Qu'il le soit ou non, cela ne fait pas réellement de différence, répondit Bree. Il ne reviendra jamais ici.

— Tu te trompes, affirma Moira. Laisse-moi te dire au moins une chose: quand Paxton était petit, il ne partageait jamais rien. Il ne va peut-être pas te revendiquer, mais il ne laissera personne d'autre le faire.

Alex éloigna Moira du bar.

— C'est bon, tu as terminé, déclara-t-il.

— Entièrement d'accord, affirma Ella en se laissant glisser de son tabouret.

— Écoute-moi bien, Bree cria Moira tandis qu'Alex et Ella l'escortaient vers la sortie. Si tu sors avec un autre mec, tu signes son arrêt de mort. Paxton te surveille, il saura…

Mais la porte se referma derrière elle et Bree n'entendit pas sa menace jusqu'au bout.

Bree poussa un long soupir et ne prêta pas attention aux regards tournés vers elle. Son chat feula en apercevant Mateo qui s'approchait prudemment. Non, non, c'était une très mauvaise idée.

Vinnie tapota du bout des doigts sur le comptoir pour attirer l'attention de Bree puis fit un geste, derrière Gérard.

— Allez, va te reposer un instant dans la salle des employés.

Il n'eut pas besoin de réitérer son invitation.

Bree descendit de son tabouret et disparut derrière le bar. Elle ne se rendit pas cependant à la salle des employés, préférant se diriger vers la sortie arrière. Elle poussa la lourde porte et se retrouva dans la ruelle sombre.

Elle soupira en sentant l'air frais caresser sa peau et ébouriffer ses cheveux. Elle s'assit sur une marche et appuya la tête contre la porte. Cela faisait des années maintenant qu'elle supportait les bêtises de Moira. Ce n'était pas tant ses paroles qui l'irritaient que le fait qu'elle cherchait toujours à faire des scènes.

Moira aimait beaucoup se donner en spectacle. Elle cherchait constamment l'attention, contrairement à Bree qui n'aimait pas déballer son linge sale en public.

Elle entendit la porte latérale s'ouvrir et se refermer doucement et des bruits de pas se diriger vers elle. Était-ce

Ella qui venait la rejoindre ? Peut-être. Ou bien Alex. Elle espérait que ce ne soit pas lui. Si c'était Mateo, elle risquait de péter un câble.

Une bourrasque souffla sur elle, transportant des odeurs de pourriture, de carton humide, et de quelque chose d'autre qui n'aurait pas dû être là : un renard.

Bree ouvrit les yeux et redressa la tête. Elle sursauta en sentant deux pointes acérées pénétrer dans ses chairs et ne put retenir un cri de douleur. Furieux, son chat intérieur se mit en alerte et remonta à la surface. Il voulait émerger et affronter le danger.

Bree baissa les yeux et aperçut deux fléchettes, une dans son bras et l'autre dans sa cuisse. L'odeur métallique d'une drogue se répandit ensuite dans l'air ambiant. Bordel de merde !

Un chauve, baraqué et moustachu, émergea de l'ombre, un pistolet tranquillisant à la main. Elle l'avait remarqué dans un coin tranquille de *La Taverne*.

Putain de bordel de merde ! Ce n'était pas la peine d'appeler à l'aide. Il y avait beaucoup trop de bruit dans l'établissement pour que quiconque l'entende crier.

Bree se sentit envahie par une sorte de légèreté, une sensation qu'elle aurait eu du mal à décrire. Putain de drogue ! Elle serait bientôt dans le coaltar, elle le sentait. Mais pas avant d'avoir buté ce connard.

— Je ne vais pas te faire de mal, dit-il. J'ai juste besoin de…

Elle se jeta sur lui, se transformant dans les airs.

Les oreilles baissées, le petit chat poussa un grognement hargneux et s'agrippa au bras du renard, celui qui tenait le pistolet. Il le mordit profondément, déchirant des artères et des muscles au passage, goûtant son sang. Le type hurla et laissa tomber le pistolet qui heurta le sol dans un bruit de métal.

Le métamorphe secoua le bras pour se débarrasser du chat. Mais l'animal s'agrippait solidement des dents et des griffes tout en le mordant et le griffant, en feulant et en grognant. Quelques lambeaux de vêtements étaient restés accrochés au chat, mais il ne laissait rien entraver ses mouvements.

Un poing s'abattit sur sa tête une fois, puis deux, et même trois. Le chat planta les dents encore plus profondément dans le bras du renard et toucha les os. Le type hurla de douleur, ce qui ne fit qu'encourager le félin à continuer à se battre.

Le renard essaya alors de lui écarter les mâchoires. Le chat se laissa faire puis remonta le long du bras du type, s'agrippa à sa tête et enroula solidement sa queue annelée de noir autour de son cou.

La vision du chat s'obscurcit de colère et il poussa un grognement sourd en s'attaquant au visage du renard, en le déchiquetant littéralement et en lui arrachant de grands lambeaux de cuir chevelu. L'épaisse fourrure gris argent du chat étouffa ses hurlements et ses injures. Il vacilla, secouant vivement la tête, mais le chat ne relâchait pas sa proie.

L'air s'emplit de sifflements, de feulements, de grognements et de cris d'agonie. Le chat savourait les cris de douleur et d'angoisse du renard, le goût de son sang dans sa bouche.

Le type attrapa le chat des deux mains et tenta de lui faire lâcher prise. En vain.

Il lui martela également le corps de coups de poing, mais rien n'y fit.

Bree sentait l'adrénaline circuler en elle, mais aussi la drogue qui lui avait été injectée. Sa vision commença à se flouter et ses membres s'alourdirent. Elle flanchait, elle le sentait. Son chat faiblissait inéluctablement.

Elle aurait voulu que le type se transforme. Son animal n'était pas très gros et elle n'aurait eu aucun mal à le vaincre. Mais le type conservait sa forme humaine.

Il gigota et se projeta contre le mur pour assommer le chat de Bree. Il recommença plusieurs fois. Le félin planta ses griffes encore plus profondément dans ses chairs et le type hurla de plus belle.

Il se débattit avec force. Il lui donna des coups à la tête et à la gorge. Il lui lacéra les flancs et le dos de ses griffes pointues. Le pauvre chat souffrit terriblement, mais son cuir épais et sa fourrure dense le protégeaient bien.

Le félin ne prêtait aucune attention à la douleur. Il continua à attaquer le type même s'il se sentait faiblir. Mais le renard lui tordit brusquement la patte arrière et le chat sentit une douleur fulgurante lui remonter jusque dans l'échine. Le chat hurla et relâcha un peu son étreinte.

Le renard en profita pour se libérer de son étreinte, poussa un cri de rage et le balança contre le mur, lui fracassant le crâne sur la brique. Le chat éprouva une forte douleur à la tête et vit des étoiles.

Il atterrit sur ses pattes, mais affaibli par la drogue, il vacilla et faillit s'écrouler.

Faible, épuisé, le chat ne perdit pas sa proie de vue. Il feula, se ramassa et sauta à la vitesse de l'éclair.

L'homme tomba en arrière et heurta violemment le sol. Il cria quand le chat planta une nouvelle fois les crocs et les griffes dans son visage. Puis il le mordit et…

Le chat sentit quelque chose de froid et dur contre son flanc. Le pistolet, merde ! Le type tira, encore et encore.

En retournant à *La Taverne*, Alex s'étonna de ne pas y voir Bree. Elle n'attachait sans doute aucune importance à Moira qui continuait de se défouler sur Ella à l'extérieur. En revanche, elle se sentait probablement mal à l'aise d'avoir attiré toute cette attention. Il avait envie de la voir, de s'assurer qu'elle allait bien.

Il alla jusqu'au bar et tapa des deux mains sur le comptoir pour attirer l'attention du barman.

— Où est-elle ? demanda-t-il.

— Dans la salle de pause des employés, répondit Gérard, l'air d'en avoir marre. Vinnie lui a conseillé de s'isoler un peu le temps de se remettre.

Alex passa derrière le zinc et suivit l'odeur de la jeune femme dans le couloir, mais elle le mena vers la sortie.

— Où vas-tu ? lui lança Gérard qui l'avait suivi.

Alex ouvrit la porte et fut assailli par toutes sortes d'effluves : celle d'un renard, d'une drogue, du sang, de la douleur et de la peur.

Il fut pris d'une colère noire en apercevant un grand type, le visage et le bras lacérés, en sang, tirant sur le sol un chat de Pallas qui se débattait. Putain d'enfoiré !

Gérard hurla le nom de Vinnie en retournant à l'intérieur, mais Alex l'entendit à peine tant son glouton intérieur criait en lui. L'animal remonta à la surface et émergea d'office.

Le glouton plissa ses petits yeux perçants et fusilla du regard le type qui avait osé s'en prendre à son chat. Le poil sur son dos se dressa, il montra les crocs et sa queue se hérissa. Un long grognement sourd lui remonta à la gorge.

— Oh merde ! réagit le renard en tentant de s'enfuir.

Le glouton le chargea, ses pattes palmées martelant le sol. Le renard était certes rapide, mais pas assez. La bête se rua sur lui, atterrit sur son dos et le fit chuter lourdement au sol.

Poussant des grognements gutturaux, le glouton attaqua sauvagement sa proie, plantant ses longues griffes pointues dans le dos du renard, lacérant ses vêtements et sa peau à plusieurs reprises et lui assenant de si grands coups dans le dos qu'il lui brisa quelques os.

Le sang gicla des nombreuses blessures du type et le glouton s'emplit les poumons de ses relents cuivrés qui exacerbèrent sa colère, l'incitant à attaquer encore et encore.

Le renard rua, tentant de se débarrasser du glouton, mais son agresseur était trop costaud, trop lourd. Le type balança un bras en arrière, visant la tête du glouton qui lui agrippa le bras entre ses mâchoires puissantes qu'il referma, cassant les os et faisant jaillir le sang dont il se régala. Les craquements sonores furent étouffés par les cris du renard.

Des bruits de pas résonnèrent. Le glouton relâcha le bras brisé, déchiqueté du renard et grogna en regardant les nouveaux arrivants. Ils ralentirent, mais ne s'arrêtèrent pas. Quand l'un d'entre eux s'approcha un peu trop du chat de Pallas endormi, le glouton claqua des dents en signe d'avertissement. La femelle s'arrêta, haletante.

— Ne tue pas le renard, demanda l'homme qui était devant les autres, son Alpha.

Le glouton poussa un grognement pour toute réponse.

Vinnie Devereaux regarda l'animal de son neveu avec énormément de circonspection. Il n'y avait pas grand-chose qui perturbait l'Alpha. Il était né impassible, d'après sa mère. Mais le cri du glouton ? Ce hurlement capable de faire trembler le plus vaillant des guerriers, qu'il n'avait jamais entendu ailleurs que dans des films de loups-garous ou des films d'horreur ? Ouais, ce cri était capable d'effrayer quiconque l'entendait.

Les gloutons avaient peut-être l'air d'oursons dans leur forme animale, mais c'étaient de véritables machines à tuer avec leurs mâchoires puissantes comme des étaux d'acier, capables de briser des os, et leurs griffes recourbées et pointues, idéales pour retenir leur proie, lacérer les chairs et creuser. En outre, leur peau épaisse, résistante, leur servait d'armure en cas d'attaque. Ils étaient capables de se battre très longtemps.

En somme, ils étaient difficiles à blesser et encore plus à tuer.

— Non, Ella, dit Vinnie à sa fille, sentant qu'elle voulait s'approcher du chat de Bree allongé au sol, inconscient. (Il avait compris que le pistolet tranquillisant par terre non loin du chat avait fait son œuvre.) Il ne va pas laisser qui que ce soit s'approcher de Bree.

Ella le fusilla du regard.

— Mais... protesta-t-elle.

— On entend son cœur. Il bat normalement. Elle va bien.

— Elle a été droguée, c'est tout, observa sèchement Mateo. Je sens le produit qui lui a été injecté. Elle est blessée aussi.

Du sang maculait son épaisse et magnifique fourrure grise à pointes blanches, lui donnant une apparence argentée.

— Je ne pense pas que ce soit uniquement son sang à elle.

Ella serra les poings.

— Laisse-moi m'approcher d'elle, papa, supplia Ella.

— Ne te fais pas de souci pour elle. J'ai demandé à Gérard d'appeler Helena, expliqua Vinnie à sa fille pour la rassurer. (Helena était la guérisseuse de la troupe.) Elle va venir guérir le pauvre chat de Bree.

Les petits yeux du glouton s'étrécirent davantage tandis qu'il balayait l'assemblée du regard. Il était couvert de sang : son museau sombre, ses pattes et la fourrure crème sur son visage en étaient maculés. Sa fourrure dense était marron très sombre avec une bande crème sur les flancs et sur le dessus de la queue.

Vinnie jeta un coup d'œil vers le type qui gémissait, cloué au sol par le glouton. Son corps massacré tremblait de douleur et de terreur. D'après le sang qu'il crachait en toussant, il souffrait sans doute d'une hémorragie interne. Non, il ne survivrait pas à ses blessures. Vinnie allait devoir l'interroger sans plus tarder. Or, ce ne serait pas évident d'obtenir du glouton qu'il relâche sa proie.

Mateo s'approcha du chat de Pallas et le glouton poussa un grand rugissement.

— Recule, Mateo, ordonna Vinnie.

— Il doit savoir pourtant que jamais je ne lui ferais de mal.

— Il ne sait qu'une chose : le chat de Bree est blessé, vulnérable. Il ne veut pas que tu le touches et tu seras vraiment bête de le défier.

Vinnie avait connu plusieurs gloutons dans sa vie, mais celui d'Alex était sans conteste le plus féroce d'entre eux. Il avait beau ne peser que vingt kilos, l'animal était sanguinaire et si agressif qu'aucun être sensé ne courrait le risque de le mettre en colère. Même s'il ne mesurait que soixante-quinze centimètres au garrot, le glouton était une machine à tuer capable de massacrer n'importe qui et sans beaucoup de provocation. Il pouvait ensuite retourner à ses activités, pas plus affecté en apparence que s'il avait simplement regardé passer une mouche un peu bruyante.

En revanche, cette situation était un peu différente. Quelqu'un qui était sous la protection du glouton avait été blessé. Il n'allait pas laisser Vinnie ou qui que ce soit d'autre exécuter l'agresseur de Bree. Vinnie ne lui reprocherait pas de massacrer le renard, mais ce n'était pas un spectacle très réjouissant de regarder un glouton bouffer sa victime.

— Ne tue pas tout de suite le renard, demanda l'Alpha, comptant sur Alex pour transmettre le message au glouton. On voudrait l'interroger, savoir ce qu'il voulait à Bree.

L'animal rejeta la tête en arrière et poussa un long rugissement. Ouais, message reçu ! Il n'aimait pas cependant l'idée de relâcher son nouveau jouet.

Vinnie entendit grincer les charnières de la porte et reconnut le bruit des pas de la guérisseuse.

— Helena est arrivée, dit Luke.

Le glouton braqua les yeux vers elle et la regarda s'approcher de Vinnie.

— Elle est venue guérir Bree, expliqua l'Alpha au glouton, sachant que l'animal reconnaîtrait la guérisseuse de la troupe. Il faut que tu la laisses s'approcher de Bree et que tu recules un peu pour qu'on puisse interroger le renard. Mais peut-être n'es-tu pas curieux de savoir s'il y a d'autres menaces qui planent sur Bree ?

L'animal le dévisagea fixement.

— Tu peux rester à côté d'Helena, le temps qu'elle guérisse le chat, si tu veux. Mais pas trop près tout de même. Tu dois choisir entre tuer le renard et surveiller le chat de Bree.

Le glouton haleta d'énervement. Son regard alla du chat au renard à plusieurs reprises. Puis il s'éloigna du renard, mais pas avant de lui avoir lacéré le dos des griffes une dernière fois.

Luke grimaça.

— Oh ! Il a dû souffrir, lança-t-il, semblant s'en réjouir.

Le glouton se lécha le museau puis alla retrouver le chat inconscient et se tint à ses côtés telle une sentinelle. Il regarda attentivement Helena qui s'approchait et lui montra ses crocs, comme pour la prévenir qu'il la surveillait. Il ne chercha pas cependant à l'empêcher de se pencher sur le chat et de le toucher pour lui insuffler de l'énergie bienfaisante.

Tate s'accroupit à côté du renard et le regarda.

— Il respire encore, mais plus pour longtemps, je pense.

— Ouais, je le vois bien, déclara Vinnie en s'approchant de son fils aîné. Retourne l'enfoiré, veux-tu ?

Tate obtempéra sans ménagement. Le renard poussa un hurlement déchirant qui se transforma bientôt en gémissement pitoyable.

Tate glissa les doigts dans une des blessures profondes du renard qui grogna rageusement.

— Tu dois avoir mal, non ? Soit tu réponds à mes questions, soit j'aggrave ta douleur, à toi de choisir.

— Pourquoi t'en es-tu pris à Bree ? demanda Vinnie au renard.

À l'article de la mort, le visage massacré, le type leva les yeux vers lui.

— Je vais mourir de toute manière, fais ce que tu veux, lâcha-t-il, un éclair de défiance dans le regard.

— Je peux demander à notre guérisseuse de te soigner. Ne te méprends pas cependant, il ne s'agit pas d'une proposition amicale. Je ne vais pas non plus la laisser te guérir en échange d'informations. Je dis simplement que tu es à l'article de la mort, mais qu'on peut intervenir. Je pourrais tout à fait te faire guérir et te torturer ensuite. Tu n'as pas besoin d'avoir l'air aussi horrifié.

— En venant ici tenter de kidnapper un membre de notre troupe, tu savais que tu risquais la mort si tu étais capturé, intervint Luke. Tu ignorais peut-être cependant que Bree était sous la protection d'un métamorphe glouton. Cette espèce est un peu comme la progéniture du diable, n'est-ce pas ?

Le type jeta un coup d'œil effrayé vers l'animal qui poussa un grognement.

Vinnie s'accroupit alors à côté du renard.

— Je n'ai pas besoin de te dire à quel point ce glouton est énervé, je pense, déclara l'Alpha. Il veut se jeter sur toi. Et tu peux me faire confiance si je te dis qu'il ne va pas simplement refermer les mâchoires sur ta gorge jusqu'à ce que tu ne puisses plus respirer. Non, tu ne vas pas mourir tout de suite. Tu vas te faire tabasser comme jamais auparavant, jusqu'à ce que le glouton se lasse, ce qui pourrait être très, très long. Il aime voir son dîner crier et trembler d'effroi. Personnellement, je n'en vois pas l'intérêt. (Vinnie haussa les épaules, l'air perplexe.) Mais bon, les goûts et les couleurs… n'est-ce pas ?

Tate contourna alors l'agresseur de Bree.

— Le glouton ne va pas se contenter de prendre une seule bouchée de ta chair, tu sais ? Non, il va s'installer confortablement et te bouffer complètement. Ces animaux sont capables de se goinfrer toute la journée. Ils sont insatiables. Savais-tu qu'ils dévorent tout ? La peau, les os et même les dents. Cet animal ne laisse jamais rien. Alors, tu veux bien nous dire qui tu es maintenant ?

Tremblant de tout son corps, le renard lécha sa lèvre tuméfiée et grimaça.

— Je m'appelle Augustin.

— Augustin, répéta Vinnie en esquissant un sourire neutre. On n'entend pas souvent ce nom. Eh bien, Augustin, pourquoi voulais-tu kidnapper notre Bree ?

— C'était juste un boulot, répondit le type, la voix un peu chevrotante. Mon chef m'a envoyé la chercher. J'ai reçu les ordres stricts de ne pas lui faire de mal, juste de la récupérer.

Vinnie serra la mâchoire.

— La récupérer ? (Comme si elle n'était qu'un objet.) Qui est ton chef et pourquoi voulait-il un de mes chats ?

— Ce n'est pas pour lui, c'est pour un client.

— Peux-tu m'en dire plus ? demanda Vinnie en se redressant de toute sa taille.

— Je travaille pour une agence de recouvrement. Mon chef est un métamorphe solitaire. Comme tous mes collègues d'ailleurs. Les clients s'adressent à lui quand ils cherchent quelque chose ou qu'ils veulent récupérer quelque chose. Je ne sais pas ce que lui veut le client.

— Comment s'appelle le client ?

Augustin dit « non » de la tête.

— Je ne sais pas. Mais mon chef le connaît.

— Et qui est ton chef ?

— Giuseppe Marino.

Vinnie n'avait jamais entendu ce nom auparavant. Il regarda ses fils, l'air interrogateur, mais ils secouèrent légèrement la tête en signe de dénégation.

— Giuseppe ne voulait pas trop accepter ce contrat, ajouta rapidement Augustin. Il hésitait à se mettre ta troupe à dos. Enfin, c'est ce qu'il a dit. Mais le client lui a proposé quarante mille dollars.

Vinnie laissa échapper un sifflement.

— Quarante briques ! Un montant pareil inciterait n'importe qui à prendre des risques. Tu nous as été très utile, Augustin. C'est vrai, non, les garçons ?

Tate acquiesça d'un signe de tête.

— Oui, oui, dit-il.

— On n'a même pas été obligés de le torturer pour le forcer à parler, dit Luke.

Vinnie se frotta la mâchoire.

— Je devrais le remercier en lui offrant une mort rapide, je suppose. Il l'a bien mérité en répondant aussi aimablement à nos questions. En revanche, il est responsable des nombreuses blessures du chat de notre chère Bree.

— Mais ce chat m'a massacré le visage ! s'écria Augustin, les yeux écarquillés.

— Tu lui as injecté des drogues, observa Tate. À quoi est-ce que tu t'attendais ?

— Elle était censée sombrer immédiatement dans l'inconscience, protesta le renard. Mon chef m'a dit que deux fléchettes suffiraient amplement. Je ne m'attendais pas à devoir me battre contre elle.

— Toi et ton chef, vous êtes des nazes ! affirma Vinnie. Les chats de Pallas sont très résistants.

Augustin tenta de se lever, mais il souffrait trop.

— Je ne lui voulais aucun mal, dit-il à Vinnie. Je me suis défendu, c'est tout. Je ne l'aurais jamais blessée si elle ne m'avait pas attaqué.

Vinnie se pencha vers lui.

— Je m'en fous.

Il adressa un signe de tête au glouton qui ne lâchait pas le renard des yeux.

— Je te le laisse, dit l'Alpha.

Le glouton poussa un autre rugissement cauchemardesque et s'approcha lentement de sa proie. Quelques instants plus tard à peine, des cris d'agonie se firent entendre dans la ruelle.

Chapitre 6

Bree se réveilla nauséeuse et avec un mal de tête lancinant. C'était franchement désagréable. Elle avait aussi la bouche sèche et pâteuse, et tellement soif qu'elle en avait mal à la gorge. Super.

Quelques souvenirs remontèrent à son esprit embrumé : la ruelle derrière *La Taverne*, le renard, les fléchettes de tranquillisant.

Bree était très fâchée, mais elle n'avait pas assez d'énergie pour piquer une colère. Ce serait pour plus tard. Pour l'heure, son chat était assez furieux pour deux.

Bree sut sans même ouvrir les yeux qu'Alex était dans sa chambre. Son odeur s'était mêlée à celle de sa literie fraîche, d'un léger parfum et d'un produit de nettoyage à la lavande. Elle percevait également l'odeur ténue et familière de ses amis : Ella, Vinnie, Valentina, James et d'autres camarades encore.

Son chat se hérissa. Il était très énervé de constater que tous ces gens l'avaient entouré pendant qu'il était inconscient et, par conséquent, vulnérable.

Bree s'obligea à relever les paupières et grimaça en percevant la lumière du jour qui lui transperça les yeux et exacerba son mal de tête. Pas une très bonne idée. Simplement, elle ne s'était pas attendue à ce qu'il fasse déjà jour. Elle ne pensait pas avoir dormi toute la nuit. Mais bon, elle n'aurait peut-être pas dû s'étonner. Elle avait été touchée par deux fléchettes de tranquillisant après tout, merde ! Elle avait mis beaucoup de temps à réagir à la drogue, mais elle avait fini par en ressentir les effets.

Elle ouvrit un peu plus grand les yeux et aperçut Alex assis sur la chaise à côté de son lit, son regard sombre, attentif, posé sur elle. Un souvenir un peu flou de lui chargeant le renard et le faisant facilement chuter lui revint en tête. Mmm, elle lui devait toute sa reconnaissance d'avoir empêché son kidnapping.

Elle déglutit et fronça les sourcils en sentant sa langue claquer contre son palais.

— Hé, dit-elle d'une petite voix rauque.

— Comment te sens-tu ? s'enquit Alex d'un ton neutre.

— Comme une fille qui a été droguée. Quelle heure est-il ?

— Sept heures passées. Tu es restée très longtemps inconsciente, mais tu t'es réveillée une fois.

Bree se frotta les yeux et remarqua qu'elle était nue sous les couvertures.

— Ah oui ? dit-elle.

— Oui. Environ une heure après avoir repris forme humaine en dormant. Tu t'es réveillée et tu as ordonné à tout le monde de dégager, de te laisser tranquille. Tu marmonnais, mais le message était très clair. Tes amis ont été soulagés de te voir ainsi, fidèle à toi-même, et n'ont donc pas hésité à rentrer chez eux.

— Pourquoi n'es-tu pas parti en même temps que les autres ?

— Je n'en avais pas envie.

Typique d'un glouton de faire une réponse aussi foireuse. Bree n'insista pas, elle avait des questions plus importantes à lui poser.

— Qui était ce renard ? Pourquoi voulait-il me kidnapper ?

— Il a été payé pour t'enlever.

Elle écouta Alex lui raconter ce qu'il savait de ce type et de l'agence de recouvrement.

— C'est une meilleure façon pour un solitaire de gagner sa vie que de buter des gens, je suppose, dit Bree. Dommage qu'ils aient décidé d'ajouter le kidnapping à leurs autres activités.

— Vinnie a ordonné des recherches sur ce Giuseppe Marino. Il a l'intention de lui rendre visite aujourd'hui et d'obtenir le nom du client. Il y a de bonnes chances pour que ce soit John Jones, la hyène.

— Mais pourquoi ?

— Il souhaitait peut-être simplement t'interroger et t'obliger à lui révéler où se trouve la planque de Paxton. Tu as bien dit que la hyène semblait persuadée qu'il était encore en vie.

Putain de Paxton ! Même mort, il continuait à lui pourrir la vie.

— Le renard est-il encore en vie ? voulut savoir Bree.

Si la réponse était négative, elle se ferait un plaisir d'y remédier.

— Mon animal l'a tué.

Le chat de la jeune femme ne put réprimer un sursaut de jalousie. Il aurait tant aimé buter lui-même ce connard.

— Alors j'imagine que sa mort n'a pas été très douce. Super.

Elle plaqua les couvertures contre sa poitrine et s'assit dans le lit.

— Tu devrais te reposer, lui conseilla Alex en fronçant les sourcils.

— Je me sens plus vaseuse que fatiguée. J'ai besoin d'un café.

N'oubliant pas qu'elle était à poil, elle hésita à se lever. Pas que sa nudité lui posait problème. Elle était une métamorphe après tout et elle avait l'habitude de se dévêtir devant les autres. Mais bon, elle ne voulait pas qu'il pense qu'elle avait envie de se pavaner nue devant lui.

— Je suis à poil, tu le sais, non ?

— Tu n'as rien d'autre que je n'ai jamais vu avant, observa-t-il en tournant son regard de braise vers elle tout en arquant un sourcil. Ne me dis pas que tu es timide ?

Il la défiait, elle l'entendait bien à son ton de voix. Eh bien, s'il croyait qu'elle allait être troublée de se montrer en tenue d'Ève, il se trompait.

Elle glissa hors du lit et ne prêta pas attention au regard de braise insistant d'Alex. Elle prit une culotte et un grand tee-shirt dans un tiroir et les enfila avant de se retourner pour lui faire face. Il la fixait, une lueur brûlante, résolue dans ses grands yeux de prédateur. Bree en eut le souffle coupé. Cette lueur avait été si fugace cependant que la jeune femme se demanda si elle ne l'avait pas imaginée.

— Merci pour ton aide hier soir. Tu peux t'en aller maintenant, dit-elle, devinant qu'il avait sans doute hâte de partir. Tout va bien maintenant.

Elle se dirigea vers la salle de bains et referma la porte derrière elle. Elle eut du mal à retenir un gémissement quand elle aperçut son reflet dans la glace : un désastre ! Ses yeux étaient bouffis, son visage, beaucoup trop pâle et ses cheveux tout emmêlés. Super. Vraiment génial !

Alex agrippa les accoudoirs de son fauteuil. Il dut lutter contre la tentation d'aller la sortir de force de la salle de bains, de la jeter sur le lit et de s'enfouir en elle pour se rassurer de la manière la plus primaire qui soit qu'elle était bien en vie.

Peu importait qu'elle soit en sécurité. Il n'arrêtait pas de repenser au moment où, parti à sa recherche dans la ruelle, il avait vu un type traîner son petit chat sur le sol. Ce souvenir lui glaçait chaque fois le sang.

Il se rappelait comment le petit félin avait tourné vers lui ses grands yeux couleur ambre aux pupilles étrangement rondes comme celles des humains juste avant qu'il ne sombre dans l'inconscience. Il avait eu le temps d'apercevoir un éclair de douleur, de colère et de panique.

Alex se passa une main sur le visage. Il éprouvait la même colère envers lui-même qu'envers celui qui avait envoyé le renard kidnapper Bree. Il s'était bien planté. Vraiment. Il aurait dû prendre plus de précautions dès le moment où elle lui avait dit que des hyènes l'avaient abordée. Il aurait dû mieux la protéger. Or, il n'avait rien fait. Il s'était fié à Vinnie et à ses fils, et Bree avait failli être kidnappée. Rien que d'y penser, il en avait presque le souffle coupé.

Les muscles de son glouton intérieur frémissaient d'impatience. Il voulait émerger, partir traquer ceux qui avaient voulu enlever Bree et les éliminer. L'animal s'était un peu calmé depuis que la jeune femme avait évacué la drogue de son corps. Il ne supportait pas de sentir le danger continuer à planer sur elle. Il voulait l'en débarrasser au plus vite.

Il entendit son téléphone sonner et le sortit de sa poche. C'était Mateo. Il laissa l'appel aller sur messagerie. Il n'avait pas envie de rassurer ce type pour la millième fois au moins sur l'état de santé de Bree.

Ella lui avait dit de dégager la veille. Elle ne voulait pas le laisser entrer chez Bree. Elle était même furieuse qu'il souhaite le faire. Elle ne semblait pas connaître la cause de la rupture entre Bree et Mateo, mais elle soupçonnait ce dernier d'avoir fait quelque chose d'impardonnable.

Alex avait beaucoup de mal à imaginer Mateo faire du mal à Bree soit par des paroles, soit par des actes. Il avait supplié Alex de le laisser la voir, mais ce dernier lui avait dit de rentrer chez lui et lui avait promis de le tenir au courant de son état. Les amis de Bree n'estimaient pas avoir le droit de laisser entrer chez elle un type en qui elle n'avait plus confiance, et encore moins à un moment où elle était très vulnérable.

La porte de la salle de bains s'ouvrit et Bree en émergea, l'air un peu plus alerte. Elle fronça les sourcils en apercevant Alex.

— Tu n'as pas besoin de rester. Je serai en sécurité toute seule.

— Je n'ai jamais prétendu le contraire.

Bree le dévisagea, pianota des doigts sur sa cuisse et haussa nonchalamment les épaules.

— Comme tu veux, dit-elle.

C'était trop facile. Alex s'en inquiéta.

Encore bien affaiblie, Bree enfila une robe de chambre soyeuse et sortit. Elle l'aurait remballé, il le savait, s'il lui avait proposé son aide.

Il la suivit au rez-de-chaussée et l'observa attentivement. Elle prépara lentement la cafetière et sortit un seul mug du placard, signifiant ainsi clairement son désir de rester seule. Alex sourit intérieurement. Elle aurait dû se douter pourtant qu'elle ne réussirait pas aussi facilement à se débarrasser de lui.

En attendant son café, elle but un verre d'eau qu'elle savoura comme si elle provenait de la fontaine de jouvence.

Alex la vit se frotter les tempes et il fouilla dans ses placards jusqu'à ce qu'il trouve ses antalgiques.

— Allez, prends ça, lui dit-il en lui tendant deux comprimés.

Elle lui adressa un regard dubitatif, mais les prit en marmonnant.

— Merci, dit-elle.

Elle avala les comprimés avec l'eau qui restait dans son verre.

— Je ne sais pas comment te poser cette question sans avoir l'air trop agressive. Mais bon, pourquoi es-tu encore là ?

— J'attends ma mère, répondit-il en prenant un mug dans le placard et en le plaçant à côté du sien sur le comptoir. Le café est prêt, pour ton information.

— Ta mère va venir ici ?

Alex versa du café dans les deux mugs et lui en offrit un.

— Oui. Elle sera bientôt là. Elle veut voir comment tu vas. Je ne veux pas que tu restes seule tant que tu n'auras pas entièrement récupéré.

Bree se hérissa et sentit même ses narines se dilater. Elle n'aimait pas qu'il se comporte comme s'il était responsable d'elle.

— Cela ne sera pas nécessaire. Je me débrouillerai très bien toute seule.

— Tu me connais. Tu sais comment je réagis. Penses-tu vraiment que je serais capable de continuer à faire comme si de rien n'était alors qu'une personne que je protège a été victime d'une tentative d'enlèvement ?

Non, bien sûr, elle était à peu près certaine qu'il… Puis elle comprit.

— Tu as l'intention d'aller à l'agence avec Vinnie, c'est ça ?

— Oui. Il faut que je répare mon erreur.

— Quelle erreur ? demanda Bree, l'air perplexe.

— J'aurais dû te surveiller plus étroitement. Je n'ai pas été assez vigilant et tu as failli payer le prix de ma négligence. Cela ne se reproduira pas.

— Tu n'es pas responsable. Vinnie et ses fils vont se charger de la suite des événements. Il va me procurer des gardes du corps. Il y en a sans doute déjà deux dehors, je suis prête à le parier. Il va trouver ce Marino et découvrir l'identité de son client.

— C'est ce qu'on espère tous. Si le client en question est intelligent, il assumera sa défaite, prendra ses distances et fera profil bas pour échapper à Vinnie. Dans le cas contraire, et c'est ce que je crois compte tenu du fait qu'il s'en est pris à une troupe de chats de Pallas, il essaiera de t'atteindre autrement. Je ne veux pas que tu restes seule tant que tu n'auras pas complètement récupéré.

Bree avait envie de le contredire, mais c'était perdu d'avance, elle s'en doutait. Alex ne l'écouterait pas. Il prendrait sa « voix de glouton » comme disait James : un ton ferme, froid, déterminé, inflexible.

James ne se donnait même pas la peine de discuter avec Valentina ou Alex quand ils prenaient ce ton. Il ne réussirait jamais à les faire changer d'avis, il le savait. Il se contentait la plupart du temps de lever les bras en signe de reddition et de s'éloigner.

Ils entendirent cogner fortement à la porte.

— C'est ma mère, supposa Alex. Tu es fatiguée, nerveuse, je sais, mais laisse-la te chouchouter un peu. C'est comme cela qu'elle exprime ses sentiments.

Comme si Bree aurait pu l'en empêcher.

Valentina était une véritable force de la nature.

Alex alla ouvrir et Bree en profita pour lui mater le cul. Il n'y avait pas de mal à simplement regarder, non ?

Elle sirota son café et entendit Valentina entrer en trombe et marmonner quelque chose en russe à son fils. Le claquement de ses talons résonna ensuite dans le couloir et la mère d'Alex entra dans la cuisine, emplissant la pièce de sa forte présence.

— Ah, te voilà ! James pensait que tu dormais peut-être encore. Mais je lui ai dit que « non », que Bree était forte et qu'elle serait réveillée. Tu vas bien maintenant, n'est-ce pas ? demanda-t-elle en lui caressant la joue.

— Oui, répondit Bree en souriant.

— Très bien. Vous buvez du café ? s'exclama-t-elle en regardant dédaigneusement les tasses. Je vais faire du thé noir. J'ai apporté des *syrniki*, des blinis au fromage blanc. Tu as besoin de protéines et de nutriments pour recharger tes batteries. Alex, il faut que tu manges quelque chose aussi avant de partir. J'insiste.

— Oh Valentina ! Je me fais du souci pour toi quand je te vois te faire violence comme ça pour t'affirmer, ironisa Bree en se laissant glisser en bas de son tabouret.

Valentina fit semblant de se vexer. Elle vida le contenu de ses sacs sur le comptoir et prépara le repas.

— J'ai appelé Vinnie. Il m'a juré qu'il découvrirait qui avait embauché ce renard et je lui ai dit clairement qu'il perdrait un doigt s'il n'y arrivait pas.

— Trouves-tu que c'est une bonne idée de toujours menacer notre Alpha comme ça ? demanda Alex à sa mère.

— C'est juste pour l'inciter à se hâter un peu, répondit Valentina. Je ne vais pas lui faire de mal.

Bree ricana. L'inciter, oui… Valentina n'hésiterait pas à engueuler Vinnie si les choses n'allaient pas comme elle voulait. Les gloutons ne craignaient rien ni personne.

— J'entendais Ella crier derrière. Elle veut nous aider à traquer le renard, mais Vinnie n'est pas d'accord.

Il y avait peu de chances alors pour que Vinnie laisse Bree les accompagner. C'était normal après tout, elle n'était pas lieutenante. Elle devrait se fier aux compétences de son Alpha. Elle aurait tellement aimé pourtant voir ce client à genoux devant elle.

Elle pourrait aussi faire quelques recherches de son côté, bien sûr, mais elle ne trouverait pas grand-chose toute seule. Elle n'était pas férue d'informatique et n'avait pas de sources capables de la renseigner. Elle n'avait donc aucun moyen de découvrir l'identité des hyènes ni de retrouver Marino. Mais si elle suppliait Vinnie, il la laisserait peut-être donner le coup de grâce au client. Elle devrait…

— Tu es en train de tramer quelque chose, observa Alex en plissant les yeux.

— Comme d'habitude, répondit-elle.

Elle était très tentée de partir sur une autre piste et d'exercer sa propre vengeance, mais ce n'était pas une très bonne idée. D'autant plus qu'elle n'avait pas encore complètement récupéré, comme l'avait remarqué Alex.

Valentina servit bientôt le petit-déjeuner. Fidèle à eux-mêmes, les gloutons avalèrent très vite leur repas. Bree avait à peine commencé qu'Alex se levait, prêt à partir.

— Appelle-moi si tu as besoin de quoi que ce soit, lui dit-il avant de s'éclipser.

Valentina leva sa tasse de thé en observant Bree.

— Tu n'aimes pas beaucoup qu'il soit si protecteur avec toi, observa-t-elle.

C'était vrai, mais elle était très ambivalente à ce sujet.

— Je n'aime pas qu'il se sente responsable de ce qu'il s'est passé avec le renard, expliqua-t-elle.

— Mon fils a la vilaine habitude de se sentir coupable pour des choses qui ne sont pas sa faute, affirma Valentina en levant les yeux au ciel. Il se sent même coupable du décès de Freya. Tu dois trouver cela idiot. C'est vrai. Il se dit qu'il aurait dû pouvoir se servir de leur lien d'union pour lui transmettre de la force, le temps d'alerter une guérisseuse.

— On m'a dit que ses blessures étaient beaucoup trop graves.

— C'est vrai. Il n'aurait pas pu la sauver même s'ils avaient été unis. Malheureusement, il continue à penser qu'il n'a pas été capable de l'aider au moment où elle avait le plus besoin de lui. Tout comme il croit qu'il aurait dû mieux te protéger. Son instinct de protection t'irrite, je le vois bien. Mais sois patiente avec lui, d'accord ? Alex prend son rôle de protecteur très au sérieux alors laisse-le t'aider. Il se sentira mieux et toi, tu seras plus en sécurité. C'est gagnant-gagnant comme ça, tu vois ?

Bree ne put retenir un soupir.

— Tu es très convaincante, tu sais ça ? Tu sais toujours quoi dire pour obtenir ce que tu veux. C'est impressionnant, d'autant plus que tu ne t'exprimes même pas dans ta langue maternelle.

— Mon espèce est assez rusée, en effet, constata Valentina en reposant sa tasse sur le comptoir. J'ai entendu dire que Moira t'avait affrontée hier soir. Et que Bernadette t'en voulait. Pourquoi ?

— Elle n'est pas contente que j'aie officiellement renoncé à Paxton.

— Bof ! lâcha Valentina. Il n'aurait pas été bon pour toi. Bernadette le sait au fond de son cœur. Mais elle ne veut pas reconnaître que son fils est… comment dit-on ?

— Un con ?

Valentin ricana.

— Ça me va, convint-elle. Cette femme fait l'autruche. Mateo est comme elle. Il a senti que tu ne le voyais que comme un ami, mais il a préféré croire ce qui l'arrangeait. Mais toi, c'est mon fils qui te plaît, non ?

Bree sentit sa mâchoire en tomber.

— Pourquoi es-tu si étonnée que j'ai vu ce que tu éprouvais ? Je vois tout, tu le sais pourtant.

Bree esquissa un petit sourire, pâle, mais sincère. Cette femme était formidable.

— En revanche, Alex ne partage pas mes sentiments, alors je fais aussi un peu l'autruche.

— J'ignore ce que mon fils ressent pour toi. Je ne crois pas cependant que tu le laisses indifférent. Il n'aime pas être loin de toi, affirma-t-elle en sirotant son thé. Savais-tu qu'il m'appelle pour prendre de tes nouvelles quand il part en vadrouille ?

Bree redressa la tête.

— On m'a dit qu'il restait sous le radar, qu'il n'utilisait pas son portable ni Internet ou quoi que ce soit qui permettrait de découvrir où il se trouve.

— C'était le cas avant. Mais il a changé. Il doit vérifier sa messagerie parce qu'il nous a demandé de lui laisser un message si jamais tu avais des soucis. Tu comprends ce que cela signifie, non ?

Bree poussa un long soupir.

— Mais cela ne change rien, non ? Il ne va rien faire pour changer la donne. Il me l'a dit clairement.

— Bof ! dit Valentina, levant la main comme pour dire que cela avait peu d'importance.

Bree esquissa un large sourire. Les « bof » de Valentina avaient toujours cet effet sur elle.

— Ne renonce pas tout de suite à lui, d'accord ? Mais je comprendrais si tu avais l'impression de perdre ton temps en l'attendant. Il a eu l'occasion de faire le bon choix et il n'en a pas profité, soupira Valentina. C'est triste pour une mère de constater qu'elle a élevé un idiot.

— Alex n'est pas idiot ! protesta Bree en souriant.

— C'est le cas ! Contrairement à Mila, mon fils a toujours appris durement ses leçons. Je me demande bien pourquoi.

Bree ramassa la vaisselle.

— Merci pour ce délicieux petit déjeuner, Valentina.

La jeune femme déposa les assiettes et les couverts dans l'évier et aperçut alors le putain de collier sur le bord de la fenêtre. Elle en eut le souffle coupé.

Quelqu'un l'avait sorti de la poubelle où elle l'avait jeté. Peut-être qu'un de ses visiteurs de la veille l'avait vu et l'avait récupéré, croyant qu'il avait été jeté par mégarde. Ou bien c'était Bernadette qui l'avait fait. Elle n'aurait pas eu de mal à deviner que Bree, ayant officiellement renoncé à Paxton, avait jeté le collier. C'était possible, non ? Elle pouvait aussi se tromper.

— Combien de temps est-ce que Bernadette a passé ici hier ? demanda-t-elle à Valentina, en faisant très attention de poser la question de manière décontractée.

— Elle n'est pas venue, répondit la mère d'Alex en la rejoignant à l'évier. Mais Ruben et Calvin étaient là.

Bon, l'un d'entre eux aurait pu avoir repêché le collier dans la poubelle. Elle envisagea de demander à Valentina si quelqu'un avait mentionné avoir trouvé un collier. Elle préféra s'en abstenir parce que, si cela n'avait pas été le cas, Valentina aurait voulu savoir de quoi il s'agissait et Bree préférait ne pas en parler. D'autant plus que la mère d'Alex n'aurait pas hésité un seul instant à affronter Bernadette à ce propos sans tenir compte des désirs de Bree.

— Allez, on va faire la vaisselle, déclara Valentina. Et puis on va chercher ensemble le moyen de bien pourrir la vie de Moira.

— Je suis partante !

Il leur fallut un peu plus de deux heures pour parvenir à l'agence. Situé dans un quartier délabré, négligé, entouré de commerces, le petit bâtiment était à peine plus grand que le salon de coiffure où travaillait Mila.

Tate gara le SUV sept places au bord de la route et Vinnie fit rapidement part de son plan d'attaque à ses fils, à Alex et aux trois lieutenants qui les accompagnaient : entrer, dire qu'ils désiraient parler à Marino et s'occuper du reste.

C'était très simple en fait.

Le petit groupe pénétra dans une pièce dépouillée et ne vit personne au grand comptoir de l'accueil recouvert d'un fouillis indescriptible. Personne ne vint non plus à leur rencontre. Ils reconnurent alors l'odeur métallique caractéristique du sang mêlée à celle de l'eau de Javel.

Alex échangea un regard avec Vinnie.

Tate prit les devants comme d'habitude pour protéger l'Alpha et le petit groupe suivit les relents jusque dans une pièce fermée où ils trouvèrent Marino et une jolie rousse allongés tous deux sur la moquette grise élimée. Morts.

Marino avait été tabassé, lacéré à coups de griffes et achevé d'une balle en plein front. La réceptionniste avait subi un sort semblable. Le plus étrange de ce spectacle dégoûtant ? Eh bien, à l'exception des trous laissés par les balles, les blessures des victimes n'avaient presque pas saigné. Alex en tira une conclusion qui n'était pas sans importance.

— Ils étaient déjà morts quand ils ont reçu les coups de griffes, affirma-t-il. Ils sont morts des coups de feu.

— J'ai pensé la même chose en les voyant, convint Vinnie. Mais c'est insensé. Pourquoi est-ce que l'assassin les aurait tués avant de les attaquer à coups de griffes ?

Luke haussa les épaules.

— C'est peut-être sa façon de prendre son pied, dit-il. Ou alors, il avait envie de transmettre un message aux premiers arrivés sur la scène du crime. (Il poussa un long soupir.) Pensez-vous que c'est leur fameux client qui les a punis ainsi pour ne pas avoir réussi à lui ramener Bree ?

Alex avait déjà envisagé brièvement cette possibilité.

— Si le client a appris aussi vite l'échec du renard, c'est qu'il fait suivre Bree. Cela ne me plaît pas du tout.

Son animal intérieur était vraiment furieux.

— Personnellement, si je payais des types grassement pour un boulot, je les ferais suivre pour m'assurer que le travail est bien fait. Je voudrais être immédiatement prévenu s'ils échouaient afin de couvrir mes traces.

Luke désigna du doigt les papiers qui jonchaient le sol. Quelqu'un avait tout sorti des classeurs.

— Qu'est-ce qu'il cherchait, à votre avis ?

— Si c'était le client, son propre dossier, j'imagine, répondit Vinnie. Il savait qu'on allait venir tenter de découvrir son identité. Il a tué les seules personnes capables de le confondre et il voulait récupérer son dossier.

Les lieutenants examinèrent les documents et les cadavres au sol en faisant très attention de ne laisser aucune empreinte digitale. *Ils cherchaient des indices, mais n'en trouveraient sûrement pas,* se dit Alex. Le tueur avait souhaité faire disparaître toute trace de son rôle dans cette affaire. Il avait même emporté les disques durs des ordinateurs.

Tate fouilla rapidement les poches des victimes et poussa un soupir.

— Pas de portable, constata-t-il. L'enfoiré a dû les emporter.

— On peut parler aux autres agents de Marino. On trouvera leurs coordonnées quelque part, suggéra Luke. Peut-être que l'un d'entre eux connaît l'identité du client.

— Ça vaut la peine d'essayer, déclara Vinnie en jetant un coup d'œil vers Alex. Tu pourras nous être utile.

Alex aimait bien interroger les suspects et les effrayer. Vinnie lui avait proposé de devenir l'un de ses lieutenants, mais Alex ne désirait ni donner des ordres ni obéir. Il n'avait pas besoin d'un poste d'autorité pour se sentir puissant.

— On va aller tous les voir aujourd'hui même, annonça Vinnie. Cela nous prendra sans doute pas mal de temps, mais c'est essentiel. Ce serait intéressant aussi de découvrir si quelqu'un d'autre avait des raisons de buter Marino. Il ne faut pas écarter la possibilité qu'il y ait une autre explication à sa mort. Je tiens à m'en assurer.

— D'accord, convint Luke. Personnellement, je continue à penser que l'assassin de Marino et de sa réceptionniste est le même qui cherche à s'en prendre à Bree. Sur une tout autre question : pourquoi pensez-vous qu'ils ont répandu de l'eau de Javel partout ? Ils ne l'ont pas utilisée pour nettoyer quoi que ce soit, mais en ont simplement répandu çà et là en grandes quantités, comme si c'était de l'essence et qu'ils voulaient mettre le feu. Pourquoi ?

— Pour masquer leur odeur, répondit Alex qui avait une théorie sur la question. Ils ne voulaient pas qu'on puisse détecter leur odeur pour les traquer. (Ses oncles russes avaient utilisé ce subterfuge dans le passé et les résultats étaient probants.) Les relents d'eau de Javel mélangés à l'odeur du sang et de la mort masquent complètement la leur.

Vinnie poussa un long soupir et se frotta la nuque.

— Cela signifie que si je n'obtiens aucune info des autres employés de Marino, je devrai retourner au territoire de la troupe et dire à la meilleure amie de ma fille que je ne suis pas en mesure de lui fournir les réponses qu'elle attend désespérément.

— Je me charge de parler à Bree, déclara Alex. Je te laisse le soin de prévenir Valentina.

Vinnie fronça les sourcils.

— Qu'est-ce que tu peux être cruel, Alex !

Chapitre 7

Installée confortablement dans un fauteuil dans son coin de lecture, Bree leva brièvement les yeux du livre dans lequel elle était plongée pour siroter son chocolat chaud. Elle n'avait habituellement aucun mal à suivre le fil, mais elle ne réussissait pas bien à se concentrer ce jour-là. Elle n'était pas non plus parvenue à se détendre dans son bain ni avec une séance de yoga, qui avait tout de même eu un effet bénéfique sur son corps, c'était déjà ça.

Certains se plaignaient que le yoga les épuisait, mais Bree avait toujours trouvé que cette discipline décontractait ses muscles et lui donnait une impression de bonne fatigue. Elle en avait eu besoin pour ses épaules et ses bras après avoir passé une bonne partie de l'après-midi à repeindre ses murs.

Valentina était restée avec elle un petit moment même si, dès midi, elle s'était sentie complètement remise des drogues qu'on lui avait injectées. La mère d'Alex avait tenu à garder un œil sur elle et Bree ne s'en plaignit pas, devinant que cela partait d'une bonne intention.

Elle était ravie d'être enfin seule chez elle. Elle avait reçu de nombreux messages, coups de fil et visites de ses camarades de troupe. Elle leur était reconnaissante de leur sollicitude, mais il lui tardait de se retrouver seule. Malheureusement, la solitude ne l'avait pas aidée à se calmer. Il y avait trop de choses qui se bousculaient dans sa tête et…

Ses terminaisons nerveuses s'excitèrent. Elle leva la tête et son ventre se noua, ce qui l'irritait toujours énormément. Son chat intérieur, complètement détendu, se mit en alerte en moins d'une seconde.

Alex était là.

Elle réprima fermement son excitation.

— Dis-moi, comment est-ce que tu réagirais si je m'introduisais chez toi sans y être invitée ? demanda-t-elle.

— Si c'était toi qui le faisais, je ne serais pas fâché, déclara-t-il, étonné, en s'appuyant contre le chambranle.

Qu'entendait-il par « si c'était toi » ?

Il l'examina longuement des pieds à la tête, remarquant au passage son pyjama de soie noire et ses pieds nus. Bree sentit son pouls s'accélérer et ses tétons durcir sous son intense regard de braise. Merde !

Son chat s'étira, tout alangui comme un idiot, appréciant cette attention.

Bree tira sur la manette de son fauteuil pour le redresser.

— Alors ? Vous êtes passés chez Marino à l'agence ?

Elle avait réussi à poser la question sur un ton très calme en dépit de la tension sexuelle qu'elle sentait monter en elle.

Les yeux brillant d'une lueur qui la perturba profondément, Alex plongea son regard dans le sien.

— Oui, répondit-il, en humant l'air. Tu as fait de la peinture, non ? As-tu terminé la troisième chambre ?

Comment savait-il qu'elle rénovait sa maison ? se demanda-t-elle en reposant son livre sur l'accoudoir de son fauteuil.

— Tu as fait le tour de la maison hier soir, c'est ça ?

— Il fallait bien que je m'occupe pendant que tu dormais. J'ai été étonné par la collection de jouets pour le moins « intéressants » que tu gardes dans ta table de chevet.

Puis il s'écarta du chambranle et avança dans le couloir.

Luttant contre le rouge qu'elle sentait envahir ses joues, Bree le suivit à la cuisine, une pièce moderne, agréable. Elle soupira en voyant Alex fouiller dans ses placards.

— Je suppose que tu es venu me raconter ce que Marino t'a dit ?

— As-tu faim ? demanda-t-il.

— Quoi ? Non.

Alex jeta un sachet de bœuf séché sur l'îlot central avant de s'installer sur un tabouret.

— J'avais ça chez moi ? demanda Bree, étonnée.

Alex poussa un grognement.

— Tu as l'air beaucoup plus en forme que la dernière fois que je t'ai vue.

— Je me sens mieux, c'est sûr. Alors, Marino ?

Alex déchira le sachet des dents.

— Il n'a rien pu nous dire. Il était déjà mort quand on est arrivés.

— Mort ? répéta-t-elle, interloquée.

— Oui.

Tout en mâchant des morceaux de bœuf, Alex lui raconta ce qu'il avait vu avec ses collègues à l'agence.

— Après, on a rendu visite à tous les employés de l'agence. Aucun d'entre eux ne connaissait l'identité du client mystère. On n'a donc pas pu confirmer qu'il s'agissait de la hyène. En revanche, c'est tout à fait plausible que ce soit lui. Et probable aussi qu'il essaie une nouvelle fois de te kidnapper.

— Merde ! s'exclama Bree avant de passer une main dans ses cheveux.

— Ouais, convint Alex en la dévisageant.

Il se leva alors de son tabouret, jeta le sachet vide dans les poubelles et commença à fouiller dans le frigo.

— Je te remercie d'être passé m'informer de tout ça, dit Bree.

Elle n'ajouta pas : « Tu peux t'en aller maintenant », mais c'était implicite dans son ton de voix. Alex s'en alla-t-il ? Non. Cela n'arrangeait pas du tout Bree parce qu'elle était incapable de passer du temps avec lui sans se mettre à fantasmer.

Ce n'était pas bon pour son équilibre de le voir ainsi chez elle comme s'il s'agissait d'une visite tout à fait normale. Ce type prenait toute la place et il était beaucoup trop attirant pour son bien. Elle ne pouvait pas s'empêcher d'être excitée par les phéromones et les vibrations de dominant qu'il dégageait.

— Bon, dit-elle. Tu devrais peut-être…

Elle fut interrompue par des coups martelés à sa porte. Super, songea t elle.

Elle soupira, alla regarder par le judas et reconnut Calvin.

— Salut ! dit-elle, souriante, en lui ouvrant.

Il lui adressa son sourire le plus charmeur.

— Bonjour ! Je voulais voir comment tu te sentais.

— Merci, répondit-elle en s'écartant pour le laisser passer.

— J'étais là hier soir, mais tu étais inconsciente.

Bree haussa les épaules.

— Que veux-tu, avec les tranquillisants…

Le sourire de Calvin s'élargit.

— C'est sûr, dit-il. Mais tu as bonne mine pour une fille…

À peine entré, il s'immobilisa et se tut en apercevant Alex appuyé contre le comptoir, le téléphone dans une main et une brique de jus d'orange dans l'autre, l'air tout à fait à l'aise.

Calvin serra les lèvres.

— Alex, dit-il.

Sa voix se faisait toujours un peu dure quand il parlait au glouton, ou qu'on lui parlait de lui. Ces deux-là ne s'étaient jamais bien entendus, nul ne savait pourquoi.

Alex leva brièvement la tête de son téléphone et adressa un bref grognement au visiteur.

Les deux cousins se saluaient toujours ainsi, sans aucune amabilité.

— Veux-tu du café ? demanda Bree à Calvin.

— Non, je ne vais pas rester longtemps. Je voulais juste prendre de tes nouvelles. Et te tenir un peu compagnie, si tu en avais besoin. Mais je vois que tu n'es pas seule.

Il se tourna vers Alex et son regard se durcit, mais le glouton continuait à boire du jus d'orange et à lire quelque chose sur son téléphone sans prêter la moindre attention à Calvin.

Or, il ne fallait pas se fier aux apparences. En effet, Alex n'avait peut-être pas l'air d'observer Calvin, mais il était parfaitement conscient de chacun de ses gestes et de tout ce qu'il disait, devina Bree.

— J'ai su pour Moira, dit-il en se tournant vers elle, l'air préoccupé. Je suis désolé, Bree. Elle voulait juste…

— Tu n'as pas besoin de t'excuser pour elle.

— Au contraire !

— Ce n'est pas comme si je n'avais pas l'habitude qu'elle me fasse des scènes.

— Justement. Ce n'est pas normal que tu en aies l'habitude, grommela Alex, les yeux toujours rivés sur l'écran de son portable. Elle devrait te laisser vivre ta vie.

Calvin se racla la gorge.

— Ouais, mais bon… Elle a été profondément bouleversée quand elle a appris que tu avais officiellement renoncé à Paxton, expliqua-t-il avant de pousser un soupir. Et puis Bernadette se fait du souci pour toi après ce qui t'est arrivé hier soir.

Pas suffisamment en tout cas pour lui envoyer un SMS, songea Bree. Enfin…

— Tu pourras la rassurer, lui dire que je vais bien.

Un silence pesant s'abattit sur eux. Personne ne trouva quoi que ce soit à ajouter. Bree aurait pu lui parler du collier qu'elle avait jeté dans le puits décoratif de son jardin, mais elle préféra ne pas aborder cette question devant Alex.

— Allez, je vais te laisser te reposer. Alex, dit-il alors simplement pour saluer son cousin, son sourire s'estompant quand il se tourna vers lui.

Le glouton lui répondit d'un bref grognement sans même le regarder.

Bree retourna à la cuisine après le départ de Calvin.

— Tu as été très impoli, dit-elle à Alex.

— Je sais.

— Tu n'es pas sympa.

— Je m'en fiche.

— Ouais, je l'avais deviné. Pourquoi y a-t-il tellement de tension entre vous ?

Un peu plus décontracté depuis le départ de Calvin, Alex rempocha son téléphone avant d'accorder toute son attention à Bree.

— On n'est pas sur la même longueur d'onde lui et moi, expliqua-t-il en haussant les épaules. Ce sont des choses qui arrivent.

Les cousins désiraient tous deux Bree et ils le savaient. Ils ne se supportaient donc pas. Pire encore, l'animal d'Alex détestait viscéralement cet enfoiré de Calvin.

— Qu'est-ce que tu vas faire ?

— À propos de quoi ? voulut savoir Bree.

— De Calvin. Il te veut. Maintenant que tu as déclaré ouvertement que tu n'attends pas Paxton, il va te draguer.

— Tu es sérieux ? demanda Bree, interloquée.

— On ne peut plus sérieux !

Alex était même surpris que Bree ne s'en soit pas rendu compte.

— Mais je suis l'âme sœur de son frère jumeau ! Tu ne penses pas qu'il trouverait ça un peu trop bizarre ?

— Sans doute.

Mais bon, cela valait un peu aussi pour Alex. Après tout, Bree était l'âme sœur de son cousin. Mais cela n'allait pas l'empêcher de lui faire la cour.

— *C'est plutôt toi qui n'es pas prêt*, avait-elle dit.

Merde ! Elle avait tout à fait raison. Simplement, il n'avait pas été capable de le reconnaître jusque-là.

— Bernadette le tuerait s'il me draguait, affirma Bree.

Alex hocha la tête et but les dernières gouttes de la brique de jus d'orange qu'il avait gardée à la main.

— Elle considérerait cela comme une violation des droits de son fils. Je ne pense pas que ça plairait beaucoup à Ruben non plus. Je ne sais pas cependant si leur désapprobation suffira à empêcher Calvin de te draguer, ajouta-t-il en jetant la brique de jus à la poubelle. Vas-tu accepter ses avances ?

Alex ne put s'empêcher de déceler le ton menaçant à peine contrôlé de ses propos. Il ne fut donc pas étonné de voir Bree se raidir.

— Mais c'est le frère de Paxton ! s'exclama-t-elle.

— Tu ne réponds pas à ma question, dit Alex en s'approchant, appréciant de sentir son pouls s'exciter. Vas-tu répondre à ses avances ?

— Ai-je besoin de te rappeler que cela ne te regarde pas ? demanda-t-elle en relevant le menton.

Alex sentit un grognement lui remonter à la gorge. Il s'était attendu à ce genre de remarque. Il posa une main sur sa mâchoire et l'attira à lui.

— Tout ce que tu fais me regarde, bébé, lui susurra-t-il en regardant son pouce caresser sa jolie lèvre inférieure pulpeuse.

Il releva ensuite les yeux juste à temps pour voir ses pupilles se dilater avant de percevoir l'odeur de son désir qui montait entre eux, embaumant l'air ambiant.

Ces relents le ramenaient loin dans le passé, à une autre époque et en un autre lieu. Il se souvint de la caresse de sa langue sur la sienne, de ses dents lui raclant la lèvre, de ses ongles lui lacérant les épaules, de la chaleur de sa féminité sur sa cuisse, ainsi que du petit couinement qu'elle avait poussé avant de jouir. Merde !

Elle avala sa salive et recula, l'obligeant à retirer la main.

— On ne sera jamais d'accord à cet égard. Il faudra bien que tu l'acceptes un jour.

Irrité qu'elle se soit éloignée de lui, l'animal d'Alex émit un grognement. Il incita le jeune homme à se jeter sur elle, à la soumettre, à la dominer, à prendre ce qu'il désirait. Exactement ce que souhaitait Alex.

Il serra les poings, archiconscient de la proximité de Bree, de la facilité qu'il aurait à satisfaire le désir qui le taraudait depuis si longtemps. Il était obsédé par elle, elle le titillait, le tentait.

— Bon, je te remercie d'être venu en personne m'informer de ce qu'il s'était passé à l'agence. Je te suis très reconnaissante, dit-elle avant de désigner la porte.

Il était hors de question qu'il s'en aille, merde !

— As-tu parlé à Mateo aujourd'hui ?

— Non, soupira-t-elle.

— Il avait envie de venir te voir hier soir. Il est malheureux de s'être fait rembarrer. Il a beaucoup d'affection pour toi. Depuis toujours.

— Je suis désolée s'il souffre de savoir que je n'éprouve pas pour lui les mêmes sentiments, mais je n'y peux rien.

— Alors vous avez fini par parler de son béguin pour toi et les choses ont dégénéré, c'est ça ?

— Plus ou moins. Au risque de me répéter, Alex, je te remercie d'être passé me mettre au courant…

— Pourquoi as-tu si hâte de te débarrasser de moi ?

Dépitée par la réaction de son corps chaque fois qu'elle voyait ce type, Bree lui adressa un vague sourire.

— J'ai peut-être envie d'aller jouer avec mes engins en silicone dans ma chambre, pour ce que tu en sais, et tu es un empêcheur de danser en rond ! (Il la fusilla du regard et elle frémit.) Comme hier soir à *La Taverne*, lui rappela-t-elle.

— J'ai fait ça, moi ?

— Tu as fait fuir Freddie. Tu n'as pas été correct. Tu as fait une connerie. Tu n'avais aucune raison de te comporter ainsi.

— Au contraire ! Ce type est le pire des profiteurs ! Il considère toutes les femmes comme des objets. Il ne t'aurait pas fait de bien.

Il n'avait pas tort, mais…

— C'est moi qui décide, pas toi. Qu'est-ce que tu lui as dit ? Il s'est enfui comme s'il avait eu le feu au cul.

— Je lui ai simplement dit qu'il devait bien te traiter s'il désirait avoir la vie sauve. Tu peux considérer cela comme un test de sa force et de son courage. Il a échoué lamentablement. Il n'aurait pas été un bon compagnon pour toi.

— Parce que tu crois que j'allais à *La Taverne* hier soir pour chercher un compagnon ?

Alex baissa les paupières et poussa un grognement sourd.

— Tu avais juste envie de baiser, c'est ça ? marmonna-t-il. Rien d'autre ?

Il y eut alors comme une étincelle entre eux. L'air se fit lourd, brûlant, comme avant l'orage. Bree tendit les doigts et inspira longuement.

— Les filles ont aussi des besoins, tu sais.

Le regard d'Alex changea brutalement. Il cessa de masquer ses sentiments et posa sur elle ses yeux traversés de lueurs d'un désir si sauvage qu'elle en fut retournée jusque dans son âme. Une véritable décharge électrique lui traversa le corps et son cœur s'emballa.

Elle sentit son corps s'éveiller à la vie. Ses hormones s'activèrent, ses terminaisons nerveuses devinrent hyper sensibles. Sa respiration se fit haletante et elle fut parcourue de picotements d'énergie sexuelle.

Il baissa les yeux, les posa sur sa bouche puis un peu plus bas, et plus bas encore. Comme s'il la déshabillait. Elle avait l'impression qu'il la baisait des yeux, intensément, violemment et méthodiquement. C'était une véritable torture, mais aussi un plaisir et elle mouilla sa culotte. Elle se sentit à la fois vulnérable, nerveuse et excitée.

Son chat intérieur remonta à la surface, désirant se frotter contre lui. Alex devait le sentir, songea Bree, parce qu'un grognement remonta dans son torse.

Il ne s'écarta pas d'elle. Il demeura étrangement immobile, braquant son regard dans le sien et l'entraînant avec lui dans sa passion, écartant tous ses remparts, s'ouvrant complètement à elle. Ses yeux trahirent ses émotions, un mélange de réticence, de frustration, et de désir. C'était à la fois intime et terriblement sexy. Bree sentit son cerveau se liquéfier.

L'air grésillait de leur impatience. La tension augmenta, s'exacerba et titilla ses terminaisons nerveuses. Bree craignit d'exploser littéralement. Elle s'en irrita. Ce n'était pas ce qu'elle avait envie de ressentir pour Alex, un homme inaccessible pour elle.

Elle se concentra sur sa colère, espérant l'utiliser pour mieux contrôler le désir violent qui s'était emparé d'elle. Mais rien n'y fit. Son désir s'exacerba même. Comme si toutes ces émotions s'amplifiaient au contact les unes des autres.

La mâchoire serrée, Alex réduisit encore l'espace qui les séparait l'un de l'autre.

— Qui désirais-tu hier soir, Bree ? lâcha-t-il dans un murmure létal qui lui fit courir des frissons le long de son échine et lui donna la chair de poule. Qui ?

Son dernier mot avait claqué comme un coup de fouet.

Mmm, elle n'était peut-être pas la seule à être en colère. Tant mieux !

— Qui, Bree ?

— Est-ce que c'est important ? cracha-t-elle.

Une lueur indéchiffrable traversa le regard d'Alex.

— Oui, pour moi, ça l'est, grogna-t-il.

— Je ne vois pas en quoi…

— Je t'ai posé une question toute simple. Réponds-moi.

— Comment peux-tu te comporter comme si je te devais quoi que ce soit ? lâcha-t-elle en posant les mains sur les hanches.

— Qui voulais-tu ? grogna-t-il de colère et de désir. (Son haleine chaude lui chatouilla la bouche tellement il se tenait près d'elle.) Allez, dis-le.

Il était tenace, l'enfoiré !

— Merde ! Alex, personne en particulier ! s'écria-t-elle.

— Ah ? Tu voulais juste baiser ? C'est tout ?

— J'ai des besoins, c'est tout. Je te l'ai déjà dit, merde !

Il plaqua sa bouche sur la sienne et glissa sa langue entre ses lèvres. Bree sentit son corps prendre feu. Sa colère céda la place à un besoin primaire incontrôlable.

Alex la savoura. Cela faisait six longues années qu'il était hanté par ce souvenir. Il la lécha, la mordilla, la dégusta. Il lui prit la bouche dans un baiser tellement charnel qu'ils auraient tout aussi bien pu être en train de faire l'amour.

Elle lui rendit son baiser sans aucune retenue. Elle éprouvait le même besoin, la même avidité que lui. Elle se retint à ses épaules et s'arqua contre lui, se frottant contre son sexe. Ils étaient aussi fous de désir l'un que l'autre.

Elle agrippa l'ourlet de son tee-shirt et commença à le soulever. Il l'aida à le lui retirer et lui arracha ensuite son haut de pyjama en soie. Bree lui caressa le torse de ses mains douces et il aurait pu jurer qu'il sentait ses caresses jusque sous sa peau. Puis elle baissa la main et saisit son sexe à travers son jean.

Alex grogna, incapable de contrôler son désir. Il souleva Bree dans l'intention de la porter jusqu'à l'étage. Il sentit la chaleur moite de sa féminité contre son sexe à travers leurs vêtements, le titillant, l'invitant. Non, il n'allait pas pouvoir se rendre jusqu'à la chambre.

Continuant à lui dévorer la bouche, il la fit basculer sur le plancher, et poussa des grognements avides étouffés par ses baisers. Son sexe était si dur qu'il en était douloureux. Il se frotta contre son clito, perdu dans un désir si puissant, si viscéral qu'aucun des deux n'aurait été capable de le refréner.

Il allait la prendre là, tout de suite et de toutes les manières possibles.

Il l'embrassa, lui lécha le cou et descendit jusqu'à ses douces courbes. Il dégrafa son soutien-gorge et libéra ses seins avant de s'immobiliser devant ses jolis tétons roses, tout durs et… leurs piercings ! Il ne pourrait plus se retenir bien longtemps.

Il plaqua la bouche sur son sein et aspira un de ses tétons tout en jouant avec l'autre de sa main restée libre. Bree prit une brusque inspiration. Elle passa la main dans ses cheveux, s'arqua contre lui. Elle avait terriblement besoin de le sentir en elle. Tellement qu'elle n'avait jamais auparavant éprouvé un désir aussi pressant.

Alex passa à son autre sein, pinça ses tétons et les titilla des doigts. Il tira sur ses piercings avec ses dents et les chatouilla de la langue. Chacune de ses caresses déclenchait des décharges de plaisir en Bree.

Elle se sentait terriblement vide. Brûlante de désir. Désespérée même. Mais Alex refusait de se hâter. Il le manifesta clairement en ne prêtant aucune attention à ses requêtes. Il faisait comme si elle ne lui demandait rien.

Il grogna, glissa une main dans sa culotte et inséra deux doigts en elle.

— Je veux emplir ta féminité de ma semence.

Bree gémit et couina tout le temps qu'il caressa son intimité des doigts, la titillant, la cajolant. Dieu du ciel ! C'était comme s'il avait pris un cours intensif sur la meilleure manière de lui faire plaisir. En effet, il faisait exactement tout ce qu'elle aimait, comme s'il le savait déjà.

Il accéléra le rythme, heurtant son clitoris à chaque passage de ses doigts.

— C'est ça ! gémit-il. Prends bien mes doigts. Je veux entendre ce petit couinement que tu fais avant de jouir.

Il recourba les doigts et trouva sa zone érogène qu'il caressa encore et encore. Bree en eut le souffle coupé.

Elle explosa dans un cri étouffé et il sentit son intimité se refermer sur ses doigts. Avant même qu'elle n'ait le temps de récupérer, il lui avait retiré son bas de pyjama et sa culotte.

— Je veux te goûter, déclara-t-il.

Il lui empoigna les hanches, les lui releva et passa la langue entre ses doux replis.

— Merde ! C'est trop bon, s'écria-t-il.

Il plaqua les lèvres sur son intimité en poussa un petit grognement. Il la savoura, la lécha, la mordilla et inséra la langue profondément en elle.

Envahie par les endorphines, se sentant presque soûle, Bree se mit à trembler et arqua le dos. Alex inséra de nouveau deux doigts en elle tout en suçant son clitoris et sentit son intimité trembler. Bree jouit une nouvelle fois. Brutalement. Longuement. Haut et fort.

Alex se lécha les lèvres. Il avait envie de continuer à la savourer, mais il avait aussi besoin de s'enfouir en elle. Elle se laissa retomber sur le sol, pantelante, tremblante. Il défit sa braguette et libéra son sexe dur. Il s'allongea doucement sur elle et plaça son gland contre son intimité.

— Regarde-moi, dit-il.

Une paire de prunelles bleu électrique légèrement hébétées se posèrent sur lui, lui adressant un regard si sexy, si charnel qu'il craignit de jouir immédiatement.

— Baise-moi, dit-elle.

Il gémit et lui assena un grand coup de reins, mais elle était si étroite qu'il ne put s'enfouir complètement en elle à la première tentative. Il lui souleva une jambe et se redressa.

— Tu vas tout prendre cette fois.

Puis il donna un véritable coup de boutoir et la pénétra si brutalement qu'elle en eut le souffle coupé.

Son intimité brûlante se referma fermement sur son sexe et il laissa échapper un gémissement.

— Je ne peux pas être doux, là tout de suite.

— Ce n'est pas ce que je cherche.

Tant mieux. Il la baisa brutalement. Il la pénétrait profondément à chaque coup de reins. Impitoyablement. Sans relâche. Il était allé la voir chez elle ce soir-là dans ce but. Il le savait. Il l'avait accepté.

— Je rêve de ça depuis tellement d'années.

Il accéléra la cadence, appréciant ses petits gémissements, sa respiration entrecoupée, la piqûre de ses oncles acérés, sa manière de s'arquer contre lui.

Il allait bientôt jouir, il le sentit. Il ne serait pas capable de se retenir beaucoup plus longtemps parce qu'il se sentait plus possessif avec elle qu'il ne l'avait jamais été avec aucune autre femme.

Il grogna contre sa bouche.

— Je n'ai jamais baisé de féminité aussi douce, aussi avide. Regarde comme elle me prend bien tout entier.

Bree avait terriblement besoin de jouir. Tellement qu'elle se sentait horriblement tendue. Elle planta les doigts dans le dos d'Alex en faisant très attention de ne pas le blesser. Elle avait du mal à contrôler ses gestes toutefois avec ses grands coups de reins débridés qui faisaient passer et repasser son sexe massif sur ses zones érogènes hypersensibles.

Aucun autre mec ne l'avait prise comme ça, avec une telle agressivité sexuelle. Elle ne s'était jamais auparavant sentie à ce point… dominée. Elle ne trouvait pas d'autre mot pour décrire ce qu'elle éprouvait.

Elle s'était perdue en lui et elle le savait. Oui, elle était toute retournée. Brûlante. Ébranlée.

Il changea légèrement de position, il trouva une autre de ses zones érogènes et recommença à lui assener des coups de boutoir.

— Est-ce que tu aimes ça, Bree ? Est-ce que tu en veux encore ?

— Oh, oui ! siffla-t-elle.

Il lui donna ce qu'elle voulait. La friction exacerba la tension jusqu'à ce qu'elle soit prête à exploser. Son intimité frémit, se resserra, s'échauffa. Elle sentit son long sexe massif s'épaissir davantage.

— Prends-moi, bébé. Prends jusqu'à la dernière goutte de ma semence.

Peut-être était-ce à cause de qu'il lui avait demandé, ou bien son pouce caressant son clito, ou encore son grognement aux notes autoritaires… mais le corps de Bree fut violemment secoué par un orgasme fulgurant. Elle fut assaillie par des vagues successives de plaisir qui la traversèrent littéralement et son cri s'étouffa dans sa gorge. Elle s'arqua, sa tête retomba en arrière et son intimité frémit.

Il planta les doigts si profondément dans sa cuisse qu'elle s'étonna qu'il ne lui lacère pas les chairs. La bouche contre son cou, il jura en lui assenant des coups de reins de plus en plus rapides, violents, sauvages et incontrôlés. Son sexe s'épaissit davantage, il donna un dernier grand coup et explosa dans un grognement, déversant jet après jet sa semence en elle.

Ramollis, repus, ils restèrent allongés par terre un bon moment. Puis Alex se laissa retomber à côté d'elle. Bree allait se relever quand il l'en empêcha d'une main posée sur son ventre.

— Non, ce n'est pas la peine d'aller te laver. Je vais recommencer tout de suite et j'ai envie de sentir ma semence en toi.

Bree arqua les sourcils d'étonnement. Eh ben, dis donc !

Chapitre 8

Assise au comptoir devant la vitrine du bistrot, Ella dévisageait Bree, interloquée.

— Tu es sérieuse ? Vous avez fait la bête à deux dos ? Ouh là ! Bravo ! s'exclama-t-elle, les yeux brillants.

— Il ne s'est rien passé d'extraordinaire et il est parti au milieu de la nuit.

Bree l'avait entendu sortir du lit. Il était impossible de s'éclipser en douce quand on était avec un chat de Pallas. Elle avait fait semblant de ne pas se réveiller et Alex avait fait mine de croire qu'elle dormait encore. Cela leur avait semblé plus facile ou moins gênant.

— Je suis déçue, affirma Ella en baissant les épaules.

Ouais, bon… Bree mordit dans son sandwich baguette et les saveurs mêlées de rosbif, de salade, du piment et de mayonnaise explosèrent dans sa bouche. Les copines déjeunaient parfois ensemble au bistrot. Il y avait toujours du monde. Une longue file de clients attendaient leur tour pour commander leur sandwich préféré.

Ce n'était pas l'endroit préféré du chat de Bree. Il y avait trop de monde pour lui et il n'aimait pas être enfermé. En revanche, Bree s'y était habituée. Le brouhaha des voix, les bips du micro-ondes et du four ne la faisaient pas souffrir. Elle aimait bien sentir les délicieuses odeurs de pain frais, de piment, de mayonnaise, de charcuterie et de café.

— Tu n'as pas dû apprécier qu'il s'en aille comme ça.

— J'ai été vexée, je ne te le cacherai pas.

Son chat surtout. Son orgueil en avait pris un coup et il n'allait pas pardonner à Alex de sitôt.

— Je n'ai pas beaucoup aimé non plus qu'il n'ait envie que d'une brève aventure avec moi. Cependant, je ne suis pas très étonnée qu'il se soit barré. Il n'est pas prêt à aller plus loin avec une fille. Je ne m'attendais pas à ce qu'il reste avec moi. J'avais seulement envie de sexe, brutal, sauvage, passionné, intense. Qu'il me baise partout dans la maison.

Il ne l'avait pas déçue et il avait même recommencé, encore et encore.

Après l'avoir prise sur le plancher de la cuisine, il avait voulu la baiser dans sa chambre. Mais ils n'avaient pas eu le temps de s'y rendre. Ils avaient fait ça dans l'escalier. Puis ils étaient allés prendre une douche. Il l'avait mangée contre le mur et l'avait prise sous le jet d'eau. Ils s'étaient séchés, s'étaient écroulés dans le lit, et, repus, ils s'étaient endormis. Deux heures plus tard à peine, il l'avait réveillée en léchant son intimité. Puis il s'était calé contre la tête de son lit tandis qu'elle le chevauchait.

— Est-ce qu'il t'a téléphoné aujourd'hui ? s'informa Ella.

— Je l'ai vu de loin ce matin en me rendant au travail. Il m'a dévisagée un bon moment, mais rien de plus, expliqua-t-elle avant de mordre dans son sandwich. Il va sans doute m'éviter maintenant comme il l'a fait après le fameux baiser il y a six ans, enfin je présume. C'est sa manière de me montrer qu'il n'attache aucune d'importance à ce qu'il s'est passé.

— C'est bon signe s'il t'évite.

— Quoi ? demanda Bree, étonnée.

— Oui. Cela veut dire qu'il a peur de dire quelque chose d'inapproprié, comme : « Est-ce que tu sens encore mon sexe en toi ? ».

Bree s'esclaffa et faillit s'étrangler sur son sandwich.

— Pourquoi est-ce qu'il me dirait un truc comme ça ?

— Je ne sais pas. J'ai lu ça dans un roman d'amour. Ça m'a titillée, expliqua Ella en dévissant le bouchon de sa bouteille de soda. Honnêtement, je ne suis pas très surprise que vous ayez baisé tous les deux. As-tu remarqué que son humeur affecte la tienne ?

— Je ne suis pas sûre de comprendre ce que tu entends par là.

— C'est difficile à expliquer, dit Ella en se tortillant sur son siège. Quand tu es malheureuse, il se replie sur lui-même et cherche des solutions à tes problèmes. Et quand tu es heureuse, il est de meilleure humeur. Quand tu t'emballes à propos de quelque chose, il semble plus dynamique, si on peut dire cela à propos d'Alex. Tu ne l'avais jamais remarqué ?

Bree secoua la tête en signe de dénégation tout en continuant à manger.

— C'est évident, pourtant. En revanche, je n'étais pas sûre qu'il finirait par te draguer même si je soupçonnais qu'il en avait très envie. J'avais raison. Je suis tellement contente ! Tu sais combien j'adore avoir raison !

— Promets-moi de ne rien dire à personne, Ella. Les Cage réagiraient très mal s'ils l'apprenaient. Je n'ai pas besoin qu'ils viennent me faire une scène.

— Je ne dirai rien, je te le jure. Cela ne regarde personne. Penses-tu qu'il voudra recommencer ?

— Non. Il préférera faire comme s'il ne s'était rien passé entre nous. (Bree essuya du pouce la mayonnaise qu'elle avait au coin de la bouche.) Il s'en veut probablement de ne pas avoir eu assez de self-control pour partir de chez moi. Le contrôle est quelque chose qui compte beaucoup pour Alex.

— Aurais-tu préféré qu'il s'en aille ?

Bree soupira et secoua la tête.

— Il aurait mieux valu, mais bon… Il voulait sans doute faire passer son envie de moi.

Comment aurait-elle pu souhaiter qu'il n'y ait rien eu entre eux ? Elle avait vécu quelque chose d'extraordinaire. Elle avait encore mal à certains endroits très intéressants de son anatomie.

Il ne l'avait pas mordue ni éraflée, mais il lui avait laissé beaucoup d'ecchymoses. Des marques de doigts principalement. Tellement qu'elle s'était demandé s'il l'avait fait exprès.

Non.

— Est-ce que l'attirance que tu éprouves pour lui a disparu ?

— Non. Pas en ce qui me concerne à tout le moins. Mes terminaisons nerveuses se sont allumées comme un sapin de Noël quand je l'ai aperçu.

Ella prit une serviette en papier pour s'essuyer les doigts maculés de moutarde et de miettes de pain.

— Est-ce qu'il avait l'air du type qui a pécho ?

— Non, il avait plutôt l'air mal à l'aise. Il était tout raide.

Ella ne put retenir un sourire.

— Alors j'en déduis que la nuit avec toi ne lui a pas suffi. Parce que, si c'était le cas, il aurait eu l'air satisfait, détendu. C'est bien. (Elle chiffonna sa serviette.) Tu ne sembles pas d'accord. Tu n'as vraiment aucun espoir qu'il recommence, c'est ça ?

Bree haussa les épaules.

— Je n'ai aucun espoir le concernant, point barre.

Ayant terminé son repas, elle ramassa ses restes et s'essuya les doigts. Le carillon de la porte tinta et…

— Oh non ! chuchota Ella.

— Quoi ? demanda Bree en levant la tête.

Elle reconnut un parfum familier au moment même où elle entendit quelqu'un se racler la gorge derrière elle. Son chat intérieur faillit péter un câble : il feula, donna des coups de patte et tenta d'émerger pour faire dégager le type. Tellement que Bree eut ses yeux de félin.

— Euh… Bree ? dit Mateo.

La jeune femme sentit la colère monter en elle. Elle prit une longue inspiration pour se calmer, se contrôler et résister à la tentation de lui balancer son poing dans la figure. Encore une fois. Parce que le son de sa voix, si douce et hésitante, lui rappelait leur dernière rencontre, quand il avait été amer, cruel et méchant.

Consciente que le bruit des conversations s'était estompé (leurs camarades de troupe tendant l'oreille), Bree tourna lentement la tête et croisa le regard de Mateo. Elle ne fut pas du tout émue par le chagrin qu'elle y lut.

— Dégage, cracha-t-elle.

Elle n'était pas encore prête à le revoir. Elle refuserait de lui parler tant qu'elle ne serait pas capable de le faire sans s'énerver et crier. Elle était terriblement contrariée qu'il l'ait abordée en public, sachant à quel point elle détestait les scènes. Il espérait en profiter pour lui parler sans qu'elle s'impatiente.

Elle avait déjà reçu ses excuses, immédiatement après qu'il avait commis une faute impardonnable pour un métamorphe, quelque chose de tabou pour eux. Elle n'avait pas eu envie d'entendre ses excuses ce soir-là et n'avait toujours pas envie de l'écouter.

Mateo se frotta la nuque.

— Est-ce qu'on peut parler ? S'il te plaît. Je veux juste…

— Je te préviens : si tu ne t'en vas pas tout de suite, je refuse d'assumer la responsabilité de la réaction de mon chat intérieur.

Mateo leva les mains en signe de reddition.

— D'accord. Mais… s'il te plaît ! Décroche quand je t'appelle, d'accord ?

Il partit avant qu'elle ait eu le temps de lui répondre, mais son chat ne se calma pas. Il était beaucoup trop irrité.

Bree se retourna vers Ella qui la dévisageait de son regard toujours aussi perspicace.

— Ton chat lui en veut terriblement, constata-t-elle. Qu'est-ce qu'il t'a fait, Bree ? Il ne t'a pas frappée au moins ?

Bree éclata d'un rire ronflant.

— Il aurait besoin d'un respirateur si c'était le cas.

— Je pensais que tu refusais d'en parler parce que tu n'étais pas encore prête. Mais ce n'est pas le cas, n'est-ce pas ? Tu le protèges. Ce qu'il t'a fait… il mériterait d'être puni, c'est ça ?

— Il a fait la même erreur que moi, Ella. Il est tombé amoureux, mais ce n'est pas réciproque.

— Il t'a draguée ?

— Ouais. Et quand je lui ai indiqué clairement que je ne souhaitais pas transformer notre belle amitié en autre chose, il l'a mal pris. Il a même semblé choqué par ma réaction.

— Bree… dis-moi ce qu'il t'a fait, insista Ella en lui serrant la main. Je te promets de ne jamais en parler, ni de chercher à te venger. Ton chat me tuerait si je le faisais à sa place. Allez, dis-moi.

Alors Bree obtempéra et Ella eut du mal à s'empêcher de péter un câble.

— Oui, Fenris, je sais à quel point tu détestes faire du shopping. Si tu n'avais pas laissé tomber ma nouvelle liseuse dans le bain…

— C'était un accident !

— … tu n'aurais pas été obligé de venir dans une bijouterie aujourd'hui pour m'offrir des boucles d'oreille neuves pour te faire pardonner ta stupidité. Alors prend ton mal en patience et fait un homme de toi.

Mateo ayant gâché son après-midi, Bree ne s'attendait pas à trouver des raisons de sourire quelques heures plus tard. Elle avait du mal à s'empêcher de rire en suivant depuis l'autre côté de son comptoir la discussion entre une métamorphe corbeau et son compagnon loup-garou.

Elle avait déjà rencontré Riley et Tao, des camarades de meute de Mila. Les membres de la meute du Phénix étaient souvent invités aux fêtes de la troupe Olympus et inversement.

Le pauvre type avait l'air d'avoir envie d'être n'importe où sauf dans cette bijouterie. Riley ne prêtait aucune attention à l'inconfort de son compagnon, trop attirée par toutes ces jolies parures brillantes, une réaction typique de corbeau.

Riley tapota des ongles sur le comptoir vitré et désigna des boucles d'oreille en or blanc.

— Celles-ci sont un peu chères, je sais, mais elles sont parfaitement assorties à mon collier, dit-elle en indiquant son médaillon. Tu vois ?

C'était très vrai.

— Veux-tu les voir ?

— Oui, s'il te plaît.

Les clés de Bree tintèrent quand elle déverrouilla le présentoir et sortit les bijoux en question.

Riley les prit tout de suite dans ses mains et s'extasia.

— Je les adore ! Qu'en penses-tu, Tao ? Elles me vont bien, non ?

Le loup-garou se frotta la nuque.

— Elles sont très jolies, c'est vrai. Mais il y en a d'autres plus jolies encore dans la boutique. Et celles-là ? dit-il en posant le doigt sur le comptoir vitré en y laissant une trace. Elles t'iraient beaucoup mieux avec ton teint et tes traits.

Il commençait à bafouiller.

Riley serra les lèvres et releva le menton.

— Tu me montres celles-là parce qu'elles sont moins chères.

— Mais non, dit-il précipitamment.

— Espèce de radin.

Bree se mordit la lèvre pour s'empêcher de sourire.

— Je ne pensais pas au prix, dit Tao. C'est juste que… Alex !

Il salua d'un signe de tête le glouton qu'il venait d'apercevoir derrière Bree.

La jeune femme sentit son ventre se nouer. Alex était arrivé une demi-heure plus tôt. Occupée avec un client, Bree lui avait juste adressé un petit sourire impersonnel. Il avait disparu dans son bureau et elle ne l'avait plus revu. Jusque-là.

Elle ne l'entendit pas se déplacer, mais elle le sentit se glisser derrière le comptoir. Elle discerna son parfum sombre, familier, juste avant qu'il ne pose une main sur le comptoir de chaque côté d'elle, l'emprisonnant. Elle sentit son cœur cogner dans sa poitrine.

— Ça va ici ? demanda-t-il de sa voix grave.

Bree se sentit enveloppée par la chaleur de son corps. Elle se raidit.

— Tout va bien.

Elle lui avait répondu d'une voix posée, ce qui lui avait demandé un effort énorme. Elle se concentra ensuite de nouveau sur Riley, qui continuait à s'extasier sur les boucles d'oreille.

Alex et Tao se mirent à parler de sport. De temps à autre, Alex frottait sa joue recouverte d'une barbe de trois jours sur l'épaule de Bree. Ses hormones s'excitèrent et la jeune femme avait du mal à les contrôler.

Son chat intérieur feula. Le félin n'avait pas apprécié qu'il s'éclipse subrepticement. Bree non plus d'ailleurs. Or, cela n'empêcha pas le désir de monter en elle.

— Je prends celles-ci, Fenris, déclara alors Riley en désignant délicatement les boucles d'oreille choisies du doigt.

Tao ne protesta pas. Il se contenta de sortir sa carte de crédit. Ce loup-garou était un sage.

Le carillon de la porte tinta quand Farrell, un camarade de la troupe Olympus, entra dans la bijouterie.

— Bree, Fritz m'a demandé de venir te chercher. On a un problème qui nécessite l'intervention d'une oméga.

La jeune femme leva intérieurement les yeux au ciel. Son rôle ne présentait pas que des avantages.

— Je vais m'occuper de Riley et de Tao, intervint James en passant derrière le comptoir. Vas-y. On va garder la boutique.

Sans laisser paraître sa réticence, Bree contourna le comptoir et adressa un sourire forcé à Farrell.

— Je te suis, dit-elle.

Très curieux, Alex leur emboîta le pas. Concentrée sur la situation qui nécessitait sa présence, Bree ne prit même pas la peine de houspiller le glouton.

Farrell la mena vers le parking d'un immeuble d'appartements appartenant à la troupe. La foule amassée devant se scinda pour les laisser passer. Fritz et son fils, un adolescent à la mine renfrognée, étaient debout à côté d'une voiture vandalisée. Ils engueulaient la belle-sœur de Fritz et son fils adolescent.

Dani faisait son possible pour gérer la situation.

— S'il te plaît, Fritz, laisse-moi vous aider, dit-elle d'une voix douce et rassurante.

— Non. Tu vas juste dire ce qu'il faut pour calmer tout le monde. Elle dira la vérité, déclara-t-il d'une voix dure en se tournant vers Bree.

Consciente qu'Alex se tenait derrière elle comme une sentinelle, Bree croisa les bras.

— Quel est le problème ? s'enquit-elle.

— Fritz accuse mon fils d'avoir vandalisé la voiture de Junior, expliqua Harriet, sa belle-sœur. Mais ce n'est pas le genre de Parker.

— Pose la main sur lui, dit Fritz à Bree. Touche Parker. Lis ses émotions.

Parker se raidit.

— Les omégas ne détectent pas les mensonges, protesta-t-il.

— Mais on détecte les émotions liées au mensonge, comme la culpabilité et la honte, affirma Bree. Je pourrais également t'insuffler un peu de culpabilité pour te donner envie d'avouer. Mais bon, cela risquerait de t'inciter à révéler plein d'autres choses.

— Bree ! s'écria Dani.

Parker secoua la tête en signe de dénégation.

— Tu ne ferais jamais ça sans mon autorisation.

— C'est vrai, convint Bree. Mais pourquoi est-ce que tu me la refuserais puisque je pourrais t'aider à prouver ton innocence ? Ce n'est pas ce que tu veux ?

L'ado ferma les yeux. Quelques secondes d'un silence tendu suivirent.

— D'accord. C'est vrai, c'est moi qui l'ai fait.

Harriet se retourna violemment vers lui.

— Quoi ? cria-t-elle.

— Oui, c'est vrai. Mais c'est parce qu'il a massacré ma Harley, affirma Parker en désignant Junior du doigt.

Fritz se retourna vers son fils.

— C'est vrai ça ? Tu as fait ça ? demanda-t-il d'une voix forte.

Junior écarquilla les yeux.

— Pourquoi t'énerves-tu après moi ? cria-t-il.

— Je te connais, mon fils, répondit Fritz. Tu as été surpris à peindre des trucs à la bombe plusieurs fois. Et tu lui as déjà fait le coup avant. Je l'ai vu moi-même. J'estime donc être en droit de te poser la question : est-ce que tu as fait ça ?

Junior ne répondit pas, se contentant de dévisager son père.

— Bree, lis ses émotions, lança Fritz.

Bree haussa les épaules et s'approcha de l'adolescent. Honnêtement, elle ne le ferait pas sans son autorisation. Son sens moral l'en empêcherait. Mais il n'avait pas besoin de le savoir.

Junior recula.

— Non, pas question ! hurla-t-il.

— Ne t'avise surtout pas de faire ça, Bree ! intervint Dani.

— N'as-tu pas envie de prouver ton innocence ? demanda Bree à Junior sans prêter attention à Dani.

— Il a intérêt à le faire, décréta Fritz. Parce qu'il sait que, s'il aggrave son cas, sa punition va durer très longtemps !

Junior baissa les épaules et il ouvrit et referma la bouche plusieurs fois avant de parler.

— Parker a dit la vérité, marmonna-t-il.

Fritz poussa un grognement.

— Je l'avais compris il y a cinq minutes déjà, espèce d'idiot. Pourquoi est-ce que tu n'es pas venu nous en parler ? demanda-t-il à son neveu.

— Parce que je ne suis pas une balance, répondit Parker, l'air malheureux.

Dieu du ciel ! C'était incroyable ! Ce gamin avait préféré vandaliser une voiture et risquer de s'attirer des ennuis plutôt que de parler !

— Bon, la solution est simple : chacun va payer pour les dommages qu'il a causés. Que ce soit bien clair aussi que ce ne sont pas vos parents qui vont payer. Il ne faudrait pas que vous pensiez qu'il y aura toujours quelqu'un pour réparer vos bêtises à votre place. Vous m'avez comprise ?

Harriet lissa son pull.

— Ce n'est que justice, déclara-t-elle.

— C'est lui qui va payer. Il est hors de question que je paie pour ça.

— Très bien, déclara Bree. Le garagiste préparera un devis. Bon, les garçons, j'espère que vous ne ferez plus de bêtises. Je n'ai pas envie d'être obligée de revenir régler vos conflits. J'ai mieux à faire.

Farrell s'esclaffa.

— Merci pour ton aide, Bree.

La jeune femme le salua d'un signe de tête et s'éloigna.

— Tu as fait… commença Alex en la rejoignant.

— À quoi pensais-tu, Bree ? Qu'est-ce que tu as fait là ? l'interrompit Dani en se hâtant pour les rattraper, ses talons claquant sur le bitume.

— J'ai réglé un problème, répondit-elle en haussant les épaules sans ralentir le pas.

Dani se planta devant elle, l'obligeant à s'arrêter.

— Tu as menacé d'insuffler une émotion à ce garçon.

— Je sais.

— Tu ne trouves rien de répréhensible à ça ?

— Ce n'est pas comme si je l'avais fait.

— N'as-tu pas d'éthique ?

— J'en ai un peu, mais elle est plutôt discrète.

Dani secoua la tête.

— Je ne comprendrai jamais pourquoi le destin t'a accordé des pouvoirs d'oméga. Tu mériterais d'être démise de tes fonctions avec ce genre de comportement.

Alex grogna une injure en russe.

— Tu devrais aller t'occuper de tes responsabilités de Première oméga plutôt que de t'en prendre à Bree. Profite bien de ton poste pendant qu'il est encore tien. On sait tous que tu ne l'occuperas plus très longtemps.

Dani lui adressa un regard assassin de ses yeux brillant d'une lueur dure comme le diamant.

Bree dut s'empêcher de sourire. Alex se comportait parfois en enfoiré, mais elle n'avait pas l'intention de s'en plaindre. Pas du tout !

— Dégage, cracha-t-il à Dani.

Elle eut l'intelligence de s'écarter. Bree et Alex se remirent alors en route.

La jeune femme se laissa aller à sourire.

— Tu as été méchant avec elle, mec.

— Je m'en fous.

Bree s'en fichait aussi. Tant pis si c'était une preuve de malveillance de sa part.

Alex se tut jusqu'à ce qu'ils aient traversé la rue.

— Ce qui l'a énervée, et je pense que tu t'en doutes, c'est que tu aies employé une approche peu orthodoxe pour régler le conflit entre Junior et Parker. Elle n'a pas apprécié que tu aies obtenu de bons résultats et que Fritz se soit adressé à toi plutôt qu'à elle.

Bree haussa les épaules.

— Je ne fais jamais rien de bon, d'après Dani. Alors je ne cherche pas à faire les choses comme elle voudrait. Ce serait parfaitement inutile.

En arrivant au magasin, Bree se força à adresser un sourire à Greg qui leur ouvrit la porte.

— Merci, dit-elle.

Elle fut accueillie par l'odeur familière du parfum d'ambiance aux notes de coton frais qui réconforta son chat intérieur et la calma. Alex retourna à son bureau et Bree reprit son poste derrière le comptoir.

Bien sûr, Ella, Valentina et James vinrent lui demander pourquoi Farrell était venu la chercher. Bree leur narra les événements.

— Est-ce que Dani t'a engueulée après ? s'enquit Ella. Elle devait t'en vouloir d'avoir réussi à régler ce conflit. Je parie que oui. C'est une vraie garce.

Bree poussa un soupir.

— Ce n'est pas ça. C'est juste que… depuis qu'elle est toute petite, on lui dit qu'elle va devenir Première oméga tant elle est forte. C'est devenu son unique ambition, son seul objectif dans la vie. En règle générale, les Premières omégas exercent pendant une quarantaine d'années avant de se retirer. C'est le temps qu'il faut pour qu'une nouvelle oméga plus puissante apparaisse. Or Dani occupe son poste depuis à peine dix ans. Ce n'est donc pas étonnant qu'elle ne se sente pas prête à démissionner.

Valentina prit un air hautain.

— Cela n'excuse en rien son comportement. Certaines personnes s'accrochent au pouvoir. Elles le laissent les définir. Elles ne sont pas satisfaites de l'image que leur renvoie leur glace si elles ne détiennent pas le pouvoir. C'est un signe de faiblesse et tout le monde sait à quel point je déteste les faibles.

James acquiesça d'un signe de tête.

— Oui, on le sait. Alors je me demande pourquoi tu rends encore visite à Skeletor et à son esclave.

Valentina le fusilla du regard.

— James Devereaux, je t'interdis d'appeler ma mère comme ça ! Et mon père n'est pas son esclave !

— Sa marionnette alors ? Sérieusement, ne les trouves-tu pas faibles tous les deux ? Elle a besoin de tyranniser son compagnon pour se sentir bien, et lui, il se laisse faire. Ils ont une drôle de relation.

— Ils sont heureux.

— C'est un couple dysfonctionnel.

— Mais heureux. C'est bien, non ?

— Non. Et pas seulement parce qu'elle lui file une dose de chloroforme pour l'endormir quand le bruit de sa respiration la gêne.

Bree échangea un regard entendu avec Ella pendant que le couple se chamaillait. Elle ne pouvait pas imaginer un travail plus sympa.

Pendant les quelques heures qui suivirent, les clients continuèrent à défiler. Bree répondit à leurs questions, encaissa les ventes et nettoya les traces de doigts sur les vitrines.

Peu avant la fermeture, elle concluait une transaction avec un humain quand la porte s'ouvrit devant Vinnie, suivi de Tate et de Luke. Ils saluèrent brièvement Ella, James et Valentina avant de se diriger vers le comptoir.

Vinnie attendit que l'humain soit parti pour prendre la parole.

— Comment vas-tu, ma chérie ? demanda-t-il alors à Bree.

Son attitude décontractée la mit mal à l'aise. Elle sentit son ventre se nouer.

— Quelqu'un a vu les hyènes ?

— Non, je ne suis pas venu te voir à leur sujet. Est-ce qu'on peut se parler en tête à tête ? demanda-t-il après avoir balayé la boutique du regard et aperçu quelques clients.

— Bien sûr, répondit Bree.

Elle le guida jusqu'à la salle de pause et referma la porte derrière eux.

— Qu'est-ce qu'il y a ?

— Rien de spécial. Simplement je ne voulais pas discuter des affaires de la troupe devant des étrangers. J'ai vu Farrell. Il m'a raconté ce qui était arrivé avec Fritz et Harriet. Il m'a dit que Dani n'avait rien pu faire, mais que tu avais très bien réglé le conflit. J'ai appris aussi que Dani t'avait reproché tes méthodes.

— Elle a raison sur un point : j'ai menacé Parker de lui insuffler une émotion.

— Elle devait se douter que tu ne le ferais pas. Mais dis-moi : comment est-ce que ton chat intérieur réagit quand tu reçois des ordres d'une oméga moins puissante que toi ?

— Ça va, mentit Bree en plissant les yeux.

— Tu vas devoir prendre le poste de Première oméga un de ces jours.

— Ça ne m'intéresse pas, répondit Bree, en détachant bien chaque syllabe parce que personne ne semblait la croire. Je ne suis pas une bonne oméga et je serais une terrible Première oméga.

— Au contraire, tu fais un excellent travail.

— Sur le plan social, je suis un véritable cauchemar, et mon seuil de tolérance est excessivement bas.

— Il n'est pas nécessaire d'être sympa et câline pour être une bonne oméga. Il y a des gens qui n'aiment pas être chouchoutés et qui préfèrent te consulter pour cette raison.

— Cela dit, la Première oméga doit être très diplomate, et moi, je ne le suis pas. Dani est plus douée que moi pour ça. Elle est parfaite dans son rôle.

— Cela ne signifie pas pour autant qu'elle est la meilleure Première oméga. En outre, tu as des talents qu'elle n'a pas, ni elle ni les autres omégas de la troupe.

Cela lui faisait d'ailleurs plus de tort qu'autre chose, d'après certains.

— La troupe ne voudrait pas de moi comme Première oméga. La majorité ne me fait pas confiance. Plusieurs de nos camarades me soupçonnent de partager le côté sombre de Paxton. Ils trouvent cela étrange que je lise dans les pensées et que je puisse leur insuffler de l'énergie émotionnelle. Ils sont persuadés que je vais finir par décliner comme ma mère ou bien par mal tourner.

Cela se produisait parfois quand une oméga était dépassée par ses dons. Elle finissait par s'isoler à l'intérieur de ses boucliers mentaux et devenait apathique. Elle se mettait alors à retirer les émotions saines de ses camarades plutôt que les négatives, juste pour éprouver quelque chose.

Une oméga qui se retrouvait dans cette situation n'agissait pas uniquement pour avoir sa dose d'énergie, mais elle le faisait pour rendre quelqu'un d'autre aussi malheureux qu'elle ou bien pour se venger d'un affront. Elle pouvait aussi mal employer ses dons et amplifier les émotions de ses camarades, faisant basculer dans la colère une personne irritée ou dans une dépression grave une personne triste.

— Tu ne vas pas décliner comme ta mère, ni mal tourner, j'en suis persuadé. Toutes les personnes qui te connaissent bien partagent mon avis, c'est sûr, soupira Vinnie. C'est difficile pour toi, je m'en doute. En tant qu'Alpha, je pourrais ordonner à Dani de démissionner et te mettre à son poste, mais la troupe ne le comprendrait pas. Nos camarades doivent être sûrs que tu désires ce poste, c'est très important. Il faut qu'ils voient que tu le prendras par la force au besoin.

— Je refuse de me battre en duel pour un poste que je ne veux pas.

En revanche, le chat intérieur de Bree n'était pas contre cette idée parce qu'il commençait à en avoir vraiment marre de Dani.

— Espérons qu'on n'en vienne pas à cette extrémité. En revanche, demande-toi une chose : si Dani fait si bien son travail de Première oméga, alors pourquoi est-elle venue me voir pour me dire qu'elle s'inquiétait à ton sujet, qu'elle trouvait que tu ne faisais pas bien ton travail et me demander de répartir tes responsabilités entre les autres omégas et elle ?

Le chat de Bree sortit les griffes. Ce genre de traîtrise était inadmissible.

» Je ne suis pas d'accord avec son appréciation de ton travail et je le lui ai dit. Le vrai problème est que son chat et elle se sentent menacés par toi. Leur instinct les pousse à chercher à t'écraser. Ne te laisse pas faire, lança Vinnie en se retournant avant de se diriger vers la porte. Prends bien soin de toi, ma chérie. Et merci.

— Pourquoi ? demanda-t-elle, perplexe.

Vinnie ouvrit la porte et tourna la tête vers elle.

— Parce qu'une autre journée se termine sans que ma fille soit en prison. Ce sera plus compliqué pour moi quand tu auras quitté la troupe.

— Qu'est-ce que tu dis ? tonna une voix rauque venant de l'extérieur de la pièce.

Oh merde !

Vinnie tourna brusquement la tête.

— Alex…

— Répète un peu ce que tu as dit ?

L'Alpha ne répondit pas et ouvrit un peu plus grand la porte.

— C'est avec Bree que tu dois parler de ça, déclara-t-il.

Quelle lâcheté !

— Tu sais quoi ? C'est exactement ce que je vais faire.

Alex entra dans la pièce, referma violemment la porte et la verrouilla.

— Écoute-moi, Alex…

Elle n'eut pas le temps d'en dire plus qu'il l'avait déjà rejointe, la repoussait contre le mur et posait une main de chaque côté de sa tête.

— Tu t'en vas ?

Il avait chuchoté cela d'une voix si rauque que Bree déglutit bruyamment. Incapable de contrôler ses instincts, elle s'immobilisa.

— Euh…

— Tu t'en vas ? répéta-t-il.

— C'est la meilleure solution.

Ses prunelles sombres brillèrent d'une lueur sauvage et dangereuse et un grognement sourd lui remontait à la gorge. Elle s'immobilisa, une réaction instinctive qu'elle ne contrôlait pas. Merde ! Il émanait une telle colère de lui, si intense et brûlante, qu'elle envahissait l'air ambiant. Elle l'avait déjà vu fâché, mais jamais comme ça, comme s'il allait péter un câble.

Bree s'enorgueillissait de ne perdre que rarement ses moyens. En voyant Alex ainsi, tellement plus grand qu'elle, avec son air de prédateur, un peu comme un tigre prêt à bondir, elle sentit la peur lui comprimer les poumons.

Son chat intérieur sortit les griffes, déterminé à l'écorcher vif s'il faisait un faux mouvement. Cela expliquait sans doute que le glouton d'Alex était remonté à la surface, suffisamment pour que Bree le sente. Il était aussi en colère qu'Alex.

Merde ! Bree n'avait vraiment pas envie de s'occuper d'un glouton agité. Ni maintenant ni jamais.

— Quand allais-tu me le dire ? grogna Alex, la mâchoire serrée.

— Je ne voyais pas l'intérêt d'en parler à tout le monde avant de savoir où j'irais. Vinnie s'est renseigné auprès d'autres troupes pour savoir si l'une d'entre elles cherchait une oméga. Ce n'est pas évident parce qu'il faut que la Première oméga soit plus forte que moi, ou alors je risque de me retrouver dans la même situation qu'ici avec Dani.

— C'est ça le problème, n'est-ce pas ? Tu vas laisser cette garce t'éloigner de ta troupe.

— Ce n'est pas elle qui m'oblige à m'éloigner. C'est moi qui l'ai décidé. Pour plusieurs raisons. Dani n'en est qu'une parmi d'autres.

— Et que fais-tu des gens que tu vas laisser ?

— Mes parents sont morts. Je n'ai pas de famille. Il y a des gens que j'aime et à qui je vais manquer, mais aucun d'entre eux n'a réellement besoin de moi. Ils ont tous leur propre vie à vivre et moi, je traîne en périphérie de la leur. Je n'ai pas pris cette décision à la légère, tu sais. Au contraire, je l'ai mûrement réfléchie.

— Mais, tous tes travaux de rénovation… Ah ! Tu les fais pour les prochains résidents de ta maison. (Il poussa un juron en russe.) Pourquoi ne m'en as-tu pas parlé ?

— Parce que cela ne te regarde pas, bien honnêtement, rétorqua-t-elle en fronçant les sourcils.

Il poussa un grognement sauvage qui résonna dans sa poitrine. Son glouton se manifestait. Bree sentit comme un vent glacial lui caresser la peau et tous ses petits poils se hérissèrent.

Nerveux, son chat feula et arqua le dos.

— Tu te trompes, Bree. Tout ce qui te concerne, jusqu'au dernier petit centimètre carré de ta peau, me regarde, affirma-t-il d'une voix grave, sensuelle.

Tout aussi interloquée que son chat, Bree le dévisagea.

— Tu as fumé ou quoi ?

— Tu ne partiras pas.

— Alex…

— Tu ne vas nulle part, déclara-t-il en détachant chaque syllabe.

Son glouton remonta à la surface et Alex la regarda avec les yeux de son animal, audacieux, impassible, furieux. Bree devait reculer, elle le comprit. Elle avait perçu dans les prunelles du glouton une lueur qui lui chatouilla les terminaisons nerveuses et lui coupa le souffle : c'était de la possessivité pure et simple.

Puis Alex cligna des yeux et retrouva son regard habituel.

— Tu vas me donner les raisons qui t'ont poussée à prendre cette décision et je vais régler tes problèmes. Comme ça, tu pourras rester ici. As-tu compris, Bree ? Dis-moi que tu as compris.

— Non, je ne comprends pas pourquoi ça te dérange autant. Je m'attendais à ce que tu te réjouisses au moins un petit peu de mon départ. Une fois que nous serons éloignés l'un de l'autre, cette attirance dont tu veux te débarrasser va s'estomper, et, la prochaine fois qu'on se verra, peut-être serai-je même en couple et…

Incapable de se retenir, Alex lui enserra la gorge d'une main. Son animal sortit les griffes et grogna à l'idée qu'un autre mâle… C'en était trop pour lui.

Il avait l'impression que son corps tout entier vibrait de colère. Il avait été obligé de faire appel à toute sa maîtrise de lui-même pour empêcher son animal d'émerger. Son glouton voulait la mordre, la marquer, exiger sa soumission.

— Fais attention, Bree. Fais très, très attention.

Bree ne recula pas, ni ne montra aucune crainte. Elle se contenta de le regarder droit dans les yeux, sûre d'elle, solide. Ouais, elle était forte.

— Pourquoi ? demanda-t-elle. Pourquoi est-ce si important pour toi ?

— As-tu déjà oublié la nuit dernière ?

— Tu dis ça comme s'il y avait plus que du sexe entre nous.

— Merde ! Est-ce que tu crois vraiment que je te baiserais, toi l'âme sœur de mon cousin, si tu n'étais pas importante pour moi ?

Bree entrouvrit les lèvres et secoua la tête comme si elle devait faire un effort pour le comprendre.

— Tu m'as baisée pour te débarrasser de l'attirance que tu éprouves pour moi.

— Ce n'est seulement qu'une fois enfoui en toi que j'ai compris que j'étais allé chez toi hier soir dans l'intention de te baiser enfin.

Il en avait tellement marre de lutter contre son désir irrépressible, de la voir tout le temps et ne pas avoir le droit de la toucher.

— Je savais que je ne pourrais pas me contenter d'une seule fois, que j'en voudrais davantage, reprit-il. Je t'ai prise quand même et je vais le refaire.

Il voulait retrouver cette saveur dont il avait conservé le souvenir pendant six longues années. Il voulait tout ce qu'il pourrait obtenir d'elle. Il allait cesser de lutter contre cette attirance qu'il éprouvait pour Bree. Cela n'avait rien donné.

Il avait pris la décision d'explorer ce qu'il y avait entre eux… et il découvrait qu'elle avait secrètement décidé de s'en aller !

Alex et son glouton furent assaillis par une nouvelle vague de colère. Il grinça des dents et inspira longuement par le nez pour se calmer.

— Davantage ? dit-elle en lui agrippant le poignet des doigts et en tirant fort.

Il ne la libéra pas. Il resserra même son étreinte sur sa gorge.

— Je te tenais comme ça hier soir pendant que tu me chevauchais, tu t'en souviens ? Je t'enserrais la gorge et j'ai resserré un tout petit peu mon étreinte juste au moment où tu allais jouir. Et tu as littéralement explosé. (Il serra un peu la main et ses pupilles se dilatèrent.) Ma petite chérie aime les jeux un peu brutaux, non ?

Elle plissa les yeux, l'air un peu agité, mais une note de désir vint parfumer son odeur. Le glouton d'Alex grogna de satisfaction.

Alex glissa la main sur le côté du cou de Bree.

— Tu vas rester et on va voir où on va.

— Où on va ? Tu veux dire que tu vas me baiser jusqu'à ce que nous ne soyons plus attirés l'un par l'autre, c'est ça ? C'est tout ce que je suis pour toi, n'est-ce pas ? Quelque chose dont tu veux te débarrasser, comme une écharde ?

— Une écharde ? répéta-t-il en serrant les lèvres. Ouais, si tu veux. Je t'ai dans la peau comme une écharde que je n'arrive pas à enlever. Plus j'essaie de t'extirper, plus tu t'enfonces en moi.

Bree déglutit bruyamment, jurant intérieurement parce que ses paroles avaient pénétré ses défenses et l'avaient touchée profondément.

— Alors pourquoi est-ce que tu en veux davantage ?

— J'ai décidé que j'aimais bien t'avoir dans la peau. C'est une bonne sensation. Je te porte en moi depuis toujours d'ailleurs.

Il passa le pouce sur sa mâchoire dans une douce caresse à l'opposé de la violence retenue de ses muscles bandés.

— Peut-être que ce qu'il y a entre nous comptera, mais peut-être aussi que ça ne mènera nulle part. Prenons le temps de voir, d'accord ?

Bree se frotta la tempe.

— Écoute, je ne suis pas sûre si…

— Arrête de lutter, Bree, chuchota-t-il en lui caressant la gorge du pouce. Cela ne sert à rien.

— J'ai besoin de temps pour réfléchir. De temps et d'espace.

Une lueur d'amusement traversa le regard d'Alex.

— Ah ouais ? dit-il d'une voix douce, calme et pleine de pitié.

Comme si elle était une pauvre idiote et qu'il ne pouvait pas faire autrement qu'avoir pitié d'elle.

— Oui, insista-t-elle d'une voix sèche.

— Ma chère, si tu avais voulu un type obéissant, il fallait choisir un chat de Pallas. Mais tu ne l'as pas fait, là était ton erreur. Maintenant, tu dois apprendre à composer avec moi.

— Attends…

— J'ai essayé de rester loin de toi. Ça n'a pas marché. Ça n'aurait jamais pu marcher. Je ne vois pas l'intérêt d'essayer de nouveau. Je ne veux plus perdre mon temps. C'était tout ce que je faisais, Bree. Je perdais mon temps et le tien. C'est fini. On ne peut rien faire d'autre qu'explorer ce qu'il y a entre nous. C'est tout ce que n'importe quel couple peut faire. Peux-tu me regarder en face et me dire en toute sincérité que tu ne le souhaites pas ?

Bree se mordilla la joue. Ce ne serait pas si difficile d'accepter s'il ne détenait pas le pouvoir de la faire souffrir. Si elle prenait ce risque, si les choses se terminaient mal entre eux, elle serait foutue. Mais si elle ne faisait rien, si la peur l'empêchait d'accepter sa proposition, elle le regretterait éternellement.

Était-ce une mauvaise idée de prendre ce risque ? Si ça ne marchait pas entre eux, elle pourrait partir comme elle en avait l'intention, et commencer une nouvelle vie ailleurs, libérée d'Alex et de son souvenir. Cela lui semblait préférable que vivre sa vie en se demandant ce qui aurait pu être.

— Allez, Bree, arrête d'hésiter. Prends le risque.

Elle se lécha la lèvre inférieure.

— D'accord, on va prendre les choses comme elles viennent. Mais laisse-moi te prévenir : si jamais tu t'éclipses de chez moi en douce en pleine nuit comme si j'étais une fille que tu viens de pécho dans un bar, tu partiras avec les rotules pétées et au moins un fémur disloqué. Est-ce bien compris ?

Une brève lueur traversa le regard sombre d'Alex.

— Compris.

Il lui prit la bouche. Il la savoura, la lécha, la titilla. Elle sentit ses genoux fléchir et en voulut plus. Mais ce ne fut que beaucoup plus tard, après qu'il l'eut raccompagnée et dîné chez elle, qu'il la prit dans son lit et lui donna davantage.

Il passa ensuite toute la nuit à ses côtés.

Chapitre 9

Sirotant son café à l'îlot central de sa cuisine le lendemain matin, Bree regardait Alex prendre une viennoiserie dans son placard de cuisine. Les gloutons avaient vraiment bon appétit, il fallait le reconnaître ! Alex avait déjà mangé une pile de *pancakes* et tenté de lui en piquer quelques-uns dans son assiette. Se sentant trop bien pour le sermonner, Bree lui avait simplement tapé la main.

Elle avait été réveillée par la langue d'Alex s'insinuant entre les doux replis de son intimité. Elle avait donc démarré la journée de bien bonne humeur. D'autant plus qu'Alex l'avait léchée jusqu'à ce qu'elle jouisse avant de la prendre dans la douche. Ouais, Bree était tout à fait satisfaite.

Si Alex trouvait cela étrange de passer la matinée chez elle, il ne le montra pas. Il avait l'air tellement à l'aise que c'était comme s'il avait toujours habité là.

— Je vais t'accompagner jusqu'à la bijouterie, mais je ne vais pas y rester, dit-il. J'ai des choses à faire au grill.

Alex était copropriétaire avec Vinnie d'un excellent restaurant où Bree était venue à plusieurs reprises.

— Tu diras au chef de remettre les profiteroles au menu, lança-t-elle.

— Est-ce que tu n'en as pas déjà envoyé à la tête de Moira ?

— Moi ? Gaspiller des profiteroles ? Jamais de la vie. C'était Ella, expliqua-t-elle avant de finir son café.

— J'aurais dû le deviner, marmonna Alex.

— Es-tu sûr de vouloir aller plus loin avec moi ? demanda-t-elle en l'observant étroitement.

— Pourquoi ne serais-je pas sûr ? demanda-t-il, perplexe.

— Tu n'as jamais eu de relation sérieuse avec une fille avant et tu n'as pas l'habitude de laisser qui que ce soit s'immiscer dans ta vie. Ce n'est peut-être pas aussi facile que tu as l'air de le croire.

Bree se demandait si le fait d'avoir appris qu'elle voulait quitter la troupe ne l'avait pas poussé à prendre une décision prématurée.

Alex haussa les épaules.

— Cela ne signifie pas que je ne suis pas capable de m'attacher. Je n'en avais jamais eu envie avant, c'est tout. Je te l'ai déjà dit et je te le répète : je te déteste beaucoup moins que d'autres. Quand je suis avec toi, je n'ai pas envie de te balancer des trucs.

La jeune femme ne put retenir un sourire. Pas très câlin de nature, Alex n'était pas du genre à la gratifier de jolis compliments ou de gestes romantiques. Mais, à sa manière, il ne la laisserait jamais douter de lui.

— Pour toi, je me retiendrais même de péter, déclara-t-elle.

— Tout est dit, alors, fit-il, une lueur amusée dans le regard.

— C'est vrai, non ? Notre relation commence sur une base très solide.

— Tout à fait. Je dirais qu'on a de bonnes chances pour que ça marche entre nous. Et on va tout faire pour. Alors arrête de me poser des questions stupides. C'est l'heure d'y aller.

Un peu plus tard le même jour, Alex se dirigeait vers l'ascenseur de son immeuble en consultant l'heure sur son portable. Il allait devoir se hâter pour rattraper Bree avant la fermeture de *La Malle aux trésors*. Il avait l'intention de la raccompagner et de passer encore une fois la soirée avec elle.

Dans l'ascenseur, il appuya sur le bouton du rez-de-chaussée. Son glouton intérieur était agité, il lui tardait de retrouver Bree. L'animal était de fort méchante humeur depuis le matin quand Bree l'avait quitté.

Alex avait accompagné la jeune femme jusqu'à la bijouterie. Une fois sur place, il lui avait donné un petit baiser. Personne n'avait fait de commentaire, mais sa mère lui avait témoigné son approbation d'un signe de tête. Ella et son père eurent l'air contents.

Les Cage, et plus particulièrement Bernadette, n'accepteraient pas aussi bien que Bree sorte avec lui. Mais Alex n'avait pas l'intention de se cacher. La famille de Paxton préférerait sans doute croire à une aventure sans lendemain. Ils n'auraient pas peur qu'Alex la prenne à Paxton, mais ils risquaient de penser que Bree trompait son âme sœur. Ils seraient très en colère quand ils comprendraient que ce n'était pas qu'une passade.

Alex s'en fichait, mais il n'aimerait pas qu'ils s'en prennent à Bree.

L'ascenseur s'arrêta deux étages plus bas. Quand les portes s'ouvrirent, Alex ne put retenir un juron en voyant nulle autre que Drina. Son glouton intérieur poussa un grognement irrité.

— Salut ! dit-elle en clignant des yeux.

Alex ne répondit pas.

Drina pénétra prudemment dans la cabine et se retourna.

Elle adressa un regard en biais à Alex quand les portes se refermèrent.

— Écoute, je suis désolée pour hier. J'étais soûle. Ce n'est pas une excuse, j'en conviens, mais bon… s'empressa-t-elle d'ajouter.

Elle avait raison. Rien ne pouvait excuser son comportement de la veille. Elle avait martelé sa porte d'entrée de coups de poing en criant son nom à tue-tête. Or, Alex n'était même pas chez lui. Il dînait avec Bree quand son voisin l'avait appelé pour lui dire ce qu'il se passait. Apparemment, la mère de Drina avait fini par aller chercher sa fille.

— Cela ne se reproduira pas, déclara-t-elle.

Alex ne dit rien. Il se concentra sur les numéros des étages qui défilaient. Il avait prévenu Vinnie du problème de comportement de Drina. L'Alpha était censé lui parler. Ce genre d'agissement était inadmissible et cette fille avait besoin d'aide. Il était grand temps que quelqu'un intervienne.

— Ça ne va pas trop dans ma tête en ce moment, j'en ai conscience. J'ai pas mal de choses à régler et je vais le faire, je te le promets. Je vais arrêter de venir te voir pour chercher de… la compagnie. Mais j'ai vraiment besoin d'un ami. Pas d'un ami-amant, ne t'inquiète pas. Juste un ami qui ne serait pas proche de Giles. Ce n'est pas évident dans la troupe.

— Je te l'ai déjà dit, Drina. Si tu veux parler à quelqu'un, adresse-toi à une des omégas.

L'ascenseur s'arrêta sans heurt au rez-de-chaussée. Alex sortit sans dire un mot de plus à Drina et se dirigea vers la sortie.

Drina lui courut après.

— Je n'ai pas envie de parler de mes problèmes à un presque inconnu. Tu ne m'as jamais demandé pourquoi on ne s'est pas imprégnés, Giles et moi, ajouta-t-elle après une courte pause.

— Cela ne me regarde pas.

— Il avait une théorie.

Affichant son indifférence, Alex ne lui demanda pas d'explication. Il se contenta de pousser la porte et de sortir.

Drina se précipita derrière lui, le doubla et le contourna. Puis elle s'arrêta et lui bloqua le passage.

— Écoute-moi un instant. S'il te plaît.

— Drina, je n'ai pas de temps à perdre avec tes conneries.

— Giles croyait que c'était ma faute si on ne s'imprégnait pas. Il m'a accusée d'avoir des sentiments pour toi et que c'était cela qui empêchait notre lien d'union de se mettre en place. Et si c'était vrai, Alex ? Et si je ne pouvais pas me lier à lui pour la même raison que tu ne t'es jamais mis en couple ? Peut-être que c'est parce qu'on a vraiment des sentiments l'un pour l'autre.

— *Quoi ? Bordel de merde !* réagit intérieurement Alex.

— Je te l'ai déjà dit : je n'ai aucun sentiment pour toi, affirma-t-il calmement.

— Je ne te crois pas, rétorqua-t-elle en relevant le menton.

Alex ne fut pas étonné. Drina semblait en effet très déterminée à ne croire qu'en ses propres théories.

— Je t'aime, Alex.

Cette déclaration l'irrita profondément.

— Tu ne me connais même pas, putain !

— C'est faux, protesta-t-elle en fronçant les sourcils. On a passé un mois ensemble…

— On a baisé pendant un mois, la corrigea-t-il. C'est tout. Tu ne sais rien de moi. (Très peu de gens en dehors de son cercle familial pouvaient se vanter de le connaître, à part Bree, bien entendu.) Tu ne m'aimes pas Drina. Et je ne t'aime pas. Il faut que tu l'acceptes. Que tu tournes la page. Allez, on n'a plus rien à se dire.

Alex fit le tour de la jeune femme et s'éloigna rapidement.

Il regarda l'heure sur son téléphone. Merde. Bree avait habituellement quitté la bijouterie à cette heure-là. Elle serait sans doute déjà partie. Il poussa un juron et accéléra le pas.

Bree n'avait jamais été suivie auparavant. C'était une sensation vraiment très étrange.

Elle avait commencé par croire que ses instincts la trompaient et que son félin était agité parce qu'il était un peu parano. Qui aurait osé suivre un chat de Pallas sur son propre territoire alors qu'il était entouré de dizaines des siens ?

Les lieutenants étaient très discrets. Ils patrouillaient dans la rue en se fondant dans la foule, mais il devait bien y en avoir quelques-uns qui voyaient ce qu'il se passait.

Son suiveur était à trois mètres au moins derrière elle vers le milieu de la rue. Elle l'avait aperçu brièvement quand elle s'était excusée auprès d'un inconnu qu'elle avait heurté exprès pour avoir une raison de se retourner. Il était grand, plutôt rond, rasé de près. L'air banal. Son chat aurait adoré lui lacérer le visage à coups de griffes.

Dès que Bree ralentissait, il faisait de même. Quand elle accélérait aussi. Elle eut donc la confirmation que ses instincts ne la trompaient pas. Il y avait bel et bien un type qui la suivait. Le moment était venu de se débarrasser de lui.

Elle s'arrêta à l'angle d'une ruelle et se mit à fouiller dans son sac comme si elle cherchait quelque chose. Elle sentit le type s'approcher et détecta une légère odeur de loup, mais continua à se concentrer sur le contenu de son sac.

Il avança jusqu'à elle et se racla la gorge.

— Excusez-moi…

Elle leva la tête et fronça les sourcils en regardant le téléphone portable qu'il lui tendait.

— Quelqu'un veut vous parler, dit le loup d'une voix polie et rassurante. Il a dit que vous le connaissiez sous le nom de John Jones.

Bree s'immobilisa et son chat poussa un long sifflement.

— Ah oui ?

— Cela ne vous prendra qu'une minute.

La curiosité eut raison de ses réticences. Elle était un félin après tout.

— D'accord, dit-elle.

Elle leva les mains comme pour calmer le type, mais c'était un code pour prévenir les lieutenants qu'elle ne voulait pas qu'ils interviennent tout de suite.

Bree prit le portable, un modèle très ancien qu'elle n'avait pas vu depuis une éternité, et le posa contre son oreille.

— Allô ?

— Ah, Mademoiselle Dwyer, fit la voix qu'elle reconnaissait. J'avais espéré vous rencontrer en personne. Mais, après avoir entendu parler de l'agression dont vous avez été victime, j'ai soupçonné que vos camarades de troupe vous entoureraient en un instant si je m'approchais de nouveau de vous, même si je ne vous veux aucun mal.

Bree avait beaucoup de mal à le croire.

— Pour le cas où vous voudriez me reposer les mêmes questions…

— J'ai des informations qui sont susceptibles de vous intéresser, lui dit-il en la coupant.

Bree sentit ses sourcils se rapprocher.

— Des informations à quel sujet ?

— Venez me retrouver, donnez-moi les réponses que je cherche et je vous le dirai. Mon ami Frasier vous mènera jusqu'à moi. On va discuter un peu tous les deux et il vous raccompagnera chez vous après.

— Comment est-ce que je peux savoir que vous dites la vérité, que vous avez vraiment des informations pour moi ?

— Vous avez ma parole, Mademoiselle Dwyer. J'ai des informations que vous désirez avoir. Je vous donne également ma parole que vous serez ramenée chez vous saine et sauve.

Ce qui était très peu vraisemblable, merde !

— D'accord, dit-elle.

— Super, dit son interlocuteur, l'air content de lui. J'ai très hâte de vous voir.

Il serait bien déçu. La communication fut coupée et Bree rendit le téléphone au loup.

Il lui désigna une Honda Civic garée de l'autre côté de la rue.

— Ma voiture est juste là.

Bree croisa les bras.

— Oh ! Mais je ne vais nulle part.

Les traits du type se durcirent.

— Je crains que cette réponse soit inacceptable. J'ai reçu l'ordre de vous ramener…

Ce que Bree avait soupçonné.

— Vous n'avez qu'à m'attraper alors !

Elle fila dans la ruelle, persuadée qu'il la suivrait. Ce fut le cas, le type pensant sans doute qu'il n'aurait aucun mal à lui mettre la main dessus.

Parvenue au fond de la ruelle, elle pivota pour lui faire face.

L'enfoiré sortit alors un flingue qu'il pointa sur elle. Un petit « clic » révéla qu'il venait de retirer le cran de sécurité.

— Je ne veux pas utiliser une arme, mais vous ne me…

Les SDF autour d'eux s'activèrent, se relevant rapidement et entourant le loup tellement vite qu'il n'eut pas le temps de réagir. Il eut beau se débattre, ses efforts demeurèrent vains. Deux lieutenants sous couverture lui arrachèrent son arme et le poussèrent vers la porte de l'arrière-boutique que Vinnie avait transformée en salle d'interrogatoire.

Bree les suivit dans la pièce sombre et humide aux odeurs de renfermé et de moisissure si fortes qu'elle plissa le nez de dégoût.

Les lieutenants repoussèrent le loup contre le mur et l'y maintinrent tel un papillon épinglé sur une planche sans tenir compte de ses protestations et de ses supplications. Ils le dévisagèrent comme s'ils faisaient cela tous les jours.

Bree remercia ses camarades de troupe d'un petit geste de la tête et s'approcha du loup qui haletait, les yeux écarquillés.

— Tu as cru pouvoir me piéger, dit-elle. Mais je t'ai bien eu.

Tate lui avait fait répéter ce plan à plusieurs reprises, l'idée étant de ramener son éventuel suiveur dans cette ruelle. Le Beta de la troupe était persuadé en effet que les hyènes ne tarderaient pas à retenter de l'enlever.

Elle poussa un soupir en entendant des bruits de pas et les voix étouffées de Vinnie, Tate et Luke.

— Dommage qu'on n'ait pas plus de temps pour discuter toi et moi, clébard.

L'Alpha et ses fils allaient prendre le relais et Bree serait obligée de reculer et de se contenter d'observer. Mais avant toute chose…

Elle lui balança son poing dans la mâchoire, si violemment que sa tête partit sur le côté.

— Ça, c'est pour te punir de m'avoir braqué ton flingue dans la figure, enfoiré.

— Les chats de Pallas sont tellement impitoyables, n'est-ce pas ? observa Vinnie en entrant dans la pièce et en dévisageant le loup. Eh ben dis donc, mais c'est Frasier Banks ! Ça fait un bail ! Vous ne vous souvenez peut-être pas de lui, les garçons, mais ce type est non seulement un loup-garou solitaire qui se faisait passer pour un humain et travaillait dans les forces de police, mais il a aussi été à la solde de la mafia.

Bree plissa le front. Vinnie avait suffisamment fréquenté ce milieu pour être au courant.

Tate inclina la tête de côté, fixant Frasier du regard.

— Tu aimes vivre dangereusement, toi, n'est-ce pas ?

— Je me demande vraiment ce qu'est venu faire sur mon territoire un ancien flic ripou qui ne s'est jamais auparavant intéressé aux métamorphes, intervint Vinnie.

— Cela ne te concerne pas, déclara Frasier dont la peau était visiblement moite. Je voulais la fille.

— Pourquoi ? s'enquit Vinnie.

— Parce qu'il y a des gens qui vont me rendre la vie très dure si je ne la leur ramène pas. Ils souhaitent l'interroger.

— Ah ? dit l'Alpha. Des gens puissants, alors. Des mafieux, peut-être ?

Frasier secoua la tête en signe de dénégation.

— Ce sont des métamorphes.

— Tu bosses pour eux ?

— Non. Ils m'ont promis de me protéger si je leur rendais service à l'occasion. Les solitaires comme moi ne survivent pas bien longtemps sans protection.

— Qui sont-ils ? demanda Vinnie en soupirant longuement devant le silence du loup-garou. Allez, fais quelque chose de nouveau, sois sympa pour une fois et donne-nous les informations qu'on te demande. Si tu persistes à garder le silence, je devrais te confier à un type qui trouvera le moyen de te donner envie de parler et, personnellement, je ne trouve pas ça très agréable de regarder un glouton bouffer un prisonnier.

— Tu peux aussi te dire que tu vas mourir à cause d'eux, dit Luke au prisonnier. Ça ne te fait rien de penser qu'ils continueront à vivre quand, toi, tu seras six pieds sous terre ?

— Vous voulez me tuer ? réagit Frasier en ouvrant grand les yeux. Mais je ne lui ai rien fait à la fille. Je ne l'ai même pas touchée.

— Tu as braqué une arme sur elle, lui rappela Luke.

— Je voulais juste l'effrayer pour qu'elle me suive, c'est tout, affirma le loup en se tournant vers l'Alpha. Je ne fais pas de mal aux femmes, Vinnie. Jamais.

— Je ne suis pas certaine de le croire, Vinnie, dit Bree.

— Il a la réputation d'être un menteur, affirma l'Alpha. Mais tu ne me mentirais pas à moi, n'est-ce pas, Frasier ?

— Non, bien sûr que non. Écoute-moi, je vais te dire tout ce que tu veux savoir. Vraiment. Mais promets-moi de me laisser partir après.

Vinnie se tourna vers les murs et plissa les yeux avant de hocher la tête.

— Très bien. Je te promets de ne pas te tuer si tu réponds à mes questions.

Les épaules basses, Frasier ferma les yeux.

— Merci. L'Alpha des hyènes s'appelle Dale Bray. Il ne m'a jamais présenté son Beta ni son Premier lieutenant. Ils sont du clan Silva. Je ne sais pas où se trouve leur territoire et je ne connais personne qui en connaisse l'emplacement.

Ils gardent le secret exprès. Je sais juste que c'est un lieu souterrain.

Bree n'avait jamais entendu parler de ce clan. Vinnie conservait un visage inexpressif et il était impossible de deviner s'il connaissait leur existence.

— Quelles informations cherchent-ils à obtenir de Bree ? demanda-t-il en étrécissant les yeux.

— Ils ne me l'ont pas dit, répondit Frasier. Ils m'ont seulement expliqué qu'ils détenaient des renseignements intéressants pour elle. Ils semblent vouloir l'aider avec un truc, mais je ne sais pas ce que c'est.

— Où vous rencontrez-vous d'habitude ?

— Il n'y a pas d'endroit précis. Ils me contactent quand ils veulent quelque chose. Ils me remettent un téléphone prépayé pour chaque boulot qu'ils me confient. Ils ne me donnent jamais le même numéro pour les appeler. Je suppose qu'ils utilisent aussi des prépayés, mais je ne le sais pas vraiment.

— Est-ce qu'ils t'ont parlé de Paxton Cage ?

Frasier fit signe que « non ».

— Tu n'as rien d'autre à me dire ?

— Non, rien, répondit Frasier, des gouttes de sueur roulant sur ses tempes. Ils veulent juste lui parler. Ils m'ont donné leur parole qu'aucun mal ne lui serait fait. Je n'aurais pas obéi à leurs ordres s'ils lui voulaient du mal.

— Tu mens, affirma Bree qui avait senti que le loup ne disait pas la vérité.

Vinnie hocha la tête en signe d'assentiment.

— Tu as raison, il ment. Tu ne t'es jamais préoccupé de la possibilité que ces types fassent du mal à un de mes chats, Frasier. Tu te fichais bien de penser que tu serais peut-être obligé de faire usage de ton arme pour qu'elle te suive. Tu ne pensais qu'à obéir aux ordres pour être sûr de continuer à bénéficier de la protection de ces types. Tu as sans doute fait bien pire pour eux dans le passé et j'imagine que tu aurais été prêt à buter Bree s'ils te l'avaient demandé.

Frasier cligna des yeux à plusieurs reprises et il secoua la tête.

— C'est faux, déclara-t-il. Je vous ai dit ce que vous vouliez savoir. Tu m'as promis de me laisser partir si je le faisais.

— Pas tout à fait. Je t'ai promis que je ne te tuerais pas. Et je ne le ferai pas. C'est elle qui va le faire, ajouta-t-il en désignant Bree du menton.

Furieux, le chat de Bree était remonté à la surface. Bree s'approcha du loup et sortit les griffes. Ce type avait non seulement braqué une arme sur elle, mais il avait aussi tenté de l'obliger à l'accompagner pour aller retrouver une bande de hyènes qui lui voulaient sans doute beaucoup de mal. Le loup se fichait complètement d'elle. Il méritait un châtiment pire que celui qu'elle allait lui infliger. Heureusement pour lui, Bree n'était pas une sadique. En revanche, son chat l'était bien un peu et il ne voulait pas que le type meure trop vite.

Le loup regarda les griffes acérées de Bree et elle vit sa pomme d'Adam monter et descendre.

— Je n'ai fait qu'obéir aux ordres.

— Ce n'est pas la peine d'essayer de susciter ma sympathie, clébard. Je n'en éprouve aucune pour toi. Les chats de Pallas sont passablement rancuniers de nature, tu le sais. Et puis j'ai un message à transmettre à tes amies les hyènes. Je ne peux donc pas te laisser la vie sauve, tu comprends ?

Bree planta alors les griffes dans la gorge de l'enfoiré et tourna la main pour trancher les artères et les tendons de son cou, comme son chat l'avait souhaité. Bree demeura immobile jusqu'à ce que toute lueur de vie disparaisse de son regard. Son chat ne se calma qu'une fois que tout fut terminé.

Les lieutenants vinrent ensuite allonger le cadavre par terre.

— Ça va ? demanda Vinnie à Bree en se tournant vers elle.

Bree rentra les griffes et dit « oui » de la tête.

— J'ai eu un bref échange sur le portable prépayé du loup avec Dale Bray, alias John Jones, dit-elle. Bien honnêtement, je préfère son faux nom.

— Qu'est-ce qu'il t'a…

Vinnie s'interrompit en entendant des bruits de pas rapides et sonores.

Alex entra dans la pièce, le corps raide, le menton relevé, la mâchoire serrée, dégageant une onde menaçante qui emplit l'atmosphère. Il alla tout de suite rejoindre Bree, posant sur elle son regard glacial, dur, brillant de quelque chose de sombre. Il cherchait sans doute à s'assurer qu'elle n'avait pas été blessée.

— Ça va ? lui demanda-t-il en posant une main sur sa gorge.

Elle l'agrippa par les bras et perçut une grande colère contenue dans ses muscles.

— Je vais bien. Mon suiveur n'a pas fait long feu comme tu peux le constater, ajouta-t-elle en désignant le cadavre du loup du doigt.

— Qui était ce type ? demanda Alex à Vinnie.

L'Alpha regarda Alex et Bree tour à tour.

— Cela veut-il dire que tu ne quittes pas la troupe, ma chérie ?

— Oui, répondit Alex à sa place. Allez, dites-moi : qui était ce type ?

— Frasier Banks, répondit Vinnie. Un métamorphe solitaire latent, ancien policier ripou dans une autre vie. Des lieutenants ont remarqué qu'il suivait Bree. Ils voulaient l'intercepter tout de suite et le mener vers la ruelle, mais Bree leur a fait signe d'attendre un peu avant d'intervenir.

Alex se retourna vers Bree.

— Quoi ? Tu as fait ça ?

— Oui, répondit-elle en relevant le menton. Le type m'a tendu un téléphone portable prépayé en me disant que John Jones voulait me parler.

Alex poussa un grognement.

— Même s'il t'avait dit que Dieu en personne voulait te parler, tu aurais dû laisser les lieutenants intervenir immédiatement.

— Eh ben dis donc ! tu te prends pour qui pour me juger comme ça ?

— Il aurait pu te mentir, Bree. Il était tout à fait possible qu'il n'y ait personne au bout de la ligne. Cela aurait pu être un piège, une manière de détourner ton attention pour…

— Si je ne m'étais pas sentie capable de gérer la situation, je ne leur aurais pas donné le signal d'attendre un peu.

Vinnie leva la main avant qu'Alex ait le temps de revenir à la charge.

— Un instant, j'aimerais que Bree me raconte ce qu'il s'est passé.

La jeune femme lui narra les événements depuis le moment où elle avait commencé à se sentir suivie.

— Bref, les hyènes ne laissent pas tomber.

L'air encore furieux, Alex se tourna vers Vinnie.

— Il a tenté de l'attirer en lui disant qu'il avait des informations intéressantes pour elle. Il ne pouvait pas s'approcher d'elle, alors il a tenté de la faire venir à lui.

Vinnie hocha la tête en signe d'assentiment.

— Trouve tout ce que tu peux sur Dale Bray et le clan Silva, dit-il à Luke. Y compris les rumeurs sur le lieu de leur territoire souterrain.

— Je m'en charge, déclara Luke en hochant la tête.

— À compter d'aujourd'hui, je te raccompagne chez toi tous les soirs, dit Alex à Bree. Écoute-moi un peu avant de rouspéter. Je n'essaie pas de discréditer la troupe et je ne pense pas un seul instant que tu n'es pas capable de te protéger toi-même. Simplement, je ne veux pas que tu te retrouves dans une situation où tu serais obligée de le faire. Je veux être là pour dissuader quiconque de s'en prendre à toi.

— J'allais proposer que tu sois raccompagnée chez toi tous les soirs, intervint Tate. Les hyènes vont tenter autre chose, Bree. Il vaut mieux que tu ne sois pas seule quand elles le feront.

— Tu souhaiterais la même chose pour Ella si c'était elle qui était visée, dit Luke. Tout le monde a un talon d'Achille, même les plus forts d'entre nous.

Vinnie acquiesça d'un signe de tête.

— Il y a aussi le fait que les hyènes…

— Oh mon Dieu ! Arrêtez de vous liguer contre moi. C'est bon, j'accepte d'être raccompagnée, s'écria Bree.

Après tout, Alex la raccompagnait déjà presque tous les jours. C'était juste logique. Luke avait raison : elle aurait souhaité la même chose pour Ella.

Alex lui caressa le dos et il sentit sa tension s'estomper un peu.

— Très bien. Partons. J'ai quelqu'un à voir.

Alex lisait quelque chose sur l'écran de son portable quand la porte de la salle de bains attenante s'ouvrit.

Revêtus uniquement de serviettes et gloussants comme des enfants, Mila et Dominic entrèrent dans la chambre.

Le visage de Mila se durcit dès qu'elle aperçut son frère confortablement installé dans un fauteuil.

— Putain, Alex ! s'exclama-t-elle. Tu ne pourrais pas frapper à la porte comme tout le monde ? Ou même téléphoner pour prévenir de ta visite ?

— Bien sûr, répondit Alex.

Mais il ne le ferait pas. Il aimait trop pénétrer subrepticement sur le territoire de la meute du Phénix et se frayer un chemin dans les galeries de l'habitation troglodytique sans être détecté à moins qu'il n'ait choisi de l'être. Et puis il adorait faire bisquer sa sœur.

Dominic le regarda et secoua la tête.

— Comment est-ce que tu fais pour déjouer notre système de sécurité et venir te balader tranquillement chez nous ?

— Combien de fois est-ce que je serai obligé de te le dire ? s'enquit Alex en fronçant les sourcils. Je suis un glouton et personne ne peut m'empêcher d'aller là où je veux.

Le loup mit les mains sur ses hanches.

— Mais chaque fois que tu nous as signalé une faiblesse dans notre système de sécurité, on l'a corrigée.

— Tu dis ça comme si tu croyais que ton système pouvait m'arrêter.

— Qu'est-ce que tu es venu faire ici ? demanda Mila, qui eut du mal à s'empêcher de taper du pied tellement elle était agacée.

— Je voulais parler à ton compagnon, répondit Alex en se carrant dans son siège. As-tu déjà entendu parler du clan Silva ?

Dominic serra les lèvres.

— Non, ça ne me dit rien. Pourquoi ?

— Les hyènes qui ont attaqué Bree sont membres de ce clan. Leur Alpha s'appelle Dale Bray.

— Je ne le connais pas. Dois-je en déduire qu'ils ont fait une nouvelle tentative ?

— Oui, d'une certaine manière, répondit Alex avant de les mettre au courant de l'incident avec Frasier Banks.

— Comment va Bree ? demanda Mila.

— Très bien. Elle n'était perturbée jamais bien longtemps. (Alex en était très fier.) Mais bon, je ne veux pas qu'elle soit obligée de vivre avec une épée de Damoclès suspendue au-dessus de sa tête et je ne pourrai pas l'en débarrasser tant que je ne saurai pas où se trouve le territoire de ce clan. Saviez-vous qu'elle comptait quitter la troupe ?

Interloquée, Mila écarquilla les yeux.

— Ah bon ? Mais pourquoi est-ce qu'elle voudrait… est-ce à cause de Dani ?

— En partie. Je la comprends. Cette garce est allée voir Vinnie hier pour lui demander de lui retirer ses responsabilités d'oméga.

Mila serra la mâchoire.

— Dani va dépasser les limites un de ces jours et elle le regrettera. Tu as dit que Bree avait l'intention de partir. Est-elle revenue sur sa décision ?

— Elle ne part plus, affirma catégoriquement Alex.

Mila ne put retenir un sourire.

— Ah, je vois ! Il était grand temps que tu te manifestes, dit-elle en plissant les yeux. C'est sérieux entre vous, ou bien c'est juste une aventure ?

— C'est plus que ça, répondit Alex.

— Est-ce qu'elle le sait ?

— Ouais. Elle est d'accord pour prendre les choses comme elles viennent et voir où cela nous mène.

— Ha ! s'exclama Mila. Ce n'est pas ta nature de prendre les choses comme elles viennent. Tu as plutôt tendance à décider de l'orientation à leur donner. (Mila secoua la tête.) Cette pauvre fille ne sait pas dans quoi elle s'embarque, n'est-ce pas ?

— Je ne sais pas ce que tu veux dire.

— Je pense que si, insista Mila en levant un doigt vers lui. Tu n'es pas très loquace, mais tu es très convaincant quand tu veux. Tu sais quoi dire pour obtenir ce que tu désires. Cette pauvre Bree croit pouvoir influer le cours des événements, mais on sait tous les deux que si elle ne veut pas la même chose que toi, tu auras tôt fait de te servir de ton charme pour lui faire tourner la tête et la pousser dans la direction que tu as choisie.

— Ouais, mais elle ne le sait pas encore, déclara Alex en levant les épaules. Est-ce mal de lui laisser croire qu'elle a la situation bien en main ?

— Non, je ne le pense pas, répondit Dominic. C'est très attentionné de ta part, même.

— C'est aussi mon avis, affirma Alex en hochant la tête.

Mila leur adressa un regard furibond.

— Ce n'est pas attentionné ! C'est de la manipulation ! protesta-t-elle.

— C'est un truc de glouton, signala Dominic. Bree est solide, elle saura gérer.

Mila souffla fort.

— C'est vrai. J'ai beaucoup d'admiration pour elle. Cette fille a traversé de nombreuses épreuves. Je suis étonnée que tu l'aies laissée, Alex. Elle n'est pas seule, j'espère ?

— Non. Taryn est avec elle.

— Vraiment ? Taryn, ma femelle Alpha ? Attends, rassure-moi, tu n'as pas amené Bree ici avec toi ?

— C'était ça ou la laisser seule, répondit Alex en haussant les épaules.

— Tu ne pouvais pas entrer par le portail comme tout le monde ?

— Ça ne m'aurait pas amusé.

— Tu as dit tout ce que tu avais à dire, dit Mila, agacée. Dégage maintenant.

— Je me sens mal aimé quand tu me parles comme ça.

— Et moi, je n'en ai rien à cirer.

Chapitre 10

Quelques jours plus tard, Alex leva les yeux vers l'horloge murale et lança un mini bretzel dans sa bouche. La bijouterie allait fermer dans dix minutes. Il restait un seul client qui prenait son temps, ce qui agaçait Bree et Ella, toutes deux s'en occupant, histoire d'accélérer un peu le processus.

Alex échangea un regard de frustration avec Greg, se tourna vers la vitrine et regarda longuement la rue. Il avait accompagné Bree tous les jours matin et soir depuis l'incident avec Frasier Banks.

Heureusement, il n'y avait pas eu d'autre rencontre fâcheuse depuis.

En revanche, Vinnie n'avait pas réussi à retrouver les hyènes pour leur régler leur compte. Il n'avait pu glaner aucune information sur Dale Bray et son clan.

Certaines sources de Vinnie lui avaient donné des tuyaux sur l'emplacement possible du territoire des hyènes. Alex avait accompagné l'Alpha pour vérifier les lieux, mais ils étaient rentrés chaque fois bredouilles.

Alex savait que Bree n'appréciait pas du tout que Vinnie ait refusé sa proposition de les accompagner pour ces repérages. C'était dur pour elle de garder ses distances et de laisser les autres s'occuper de cette affaire. Mais bon, l'Alpha avait bien raison : il valait mieux qu'elle reste avec ses camarades de troupe. Quel intérêt y aurait-il à faciliter la tâche des hyènes en l'exposant inutilement ?

Acquiesçant de la tête à tout ce que disait le client, Bree se mordilla la lèvre inférieure. Alex ne put s'empêcher de penser combien il aimait la lui sucer et l'aspirer entre ses dents. Il l'avait d'ailleurs mordue profondément la veille au soir. La marque de ses dents avait disparu, mais il y remédierait plus tard. Il adorait la mordre, c'était même devenu une de ses activités préférées.

— Tu vas continuer à la regarder en faisant semblant de m'écouter ? demanda Greg.

Alex le fusilla du regard en mangeant un autre bretzel.

— J'ai entendu dire que Mateo l'avait abordée chez le traiteur la semaine dernière et qu'il avait tenté de lui parler. La rumeur veut qu'elle lui ait signifié clairement son refus de discuter avec lui.

Bree en avait parlé à Alex sans lui révéler ce que Mateo avait fait et causé leur rupture. Alex ne pouvait qu'en conclure que Mateo, furieux, avait dû lui dire quelque chose d'extrêmement blessant après qu'elle l'eut rejeté.

— C'est triste de les voir se regarder comme des chiens de faïence, observa Greg. Il a sans doute appris qu'elle sortait avec toi maintenant. Il doit être malheureux. Il s'en réjouira plus tard, quand il aura fini par l'accepter. Mateo est un chic type. Comment est-ce que les Cage ont réagi ?

— Je pensais qu'ils allaient nous créer des problèmes, dit Alex en plongeant la main dans le sachet de bretzels. Mais ils ne m'ont pas contacté depuis que tout le monde sait que je sors avec Bree.

Toujours aussi élégante et impérieuse, Valentina les rejoignit alors.

— Pourquoi ce rictus ? demanda-t-elle à son fils d'une voix lente, mais non moins sévère. Cela fait plusieurs jours maintenant que tu as cette expression de colère sur le visage.

Alex roula les épaules.

— J'ai des soucis.

— Alors va les ruminer ailleurs. Tu fais peur aux clients.

— Je ne rumine pas, protesta Alex en fronçant les sourcils.

— Tous les métamorphes dominants le font, déclara-t-elle en levant les yeux au ciel. Mais ils refusent de le reconnaître. Et toi, mon fils, tu es le champion de la rumination.

— Je suis inquiet, c'est tout, expliqua-t-il en prenant le dernier bretzel avant de chiffonner le sachet. Les hyènes vont tout faire pour enlever Bree et elles ne vont pas laisser tomber.

Valentina poussa un soupir.

— Je sais, dit-elle. Mais je sais aussi que tu vas la protéger. C'est bien, parce que Vinnie est un incompétent.

Alex poussa un long soupir. Valentina aurait traité l'Alpha d'incompétent même s'il savait marcher sur l'eau. Tout ça parce qu'il n'était pas assez rapide à son goût.

— Ce n'est pas sa faute si on n'arrive pas à retrouver les hyènes, tu le sais bien.

Détectant un mouvement sur le côté, Alex tourna la tête et vit l'humain s'éloigner du comptoir. Ce n'était pas trop tôt, merde ! Le type s'en alla et tout le monde s'activa pour fermer la boutique. Chacun alla ensuite récupérer ses affaires au vestiaire.

— Prête ? demanda Alex à Bree en arquant un sourcil.

— Oui. Tu ne m'as pas gardé de bretzels ? demanda-t-elle.

— Tu pourras en avoir à la maison. Tu en avais plusieurs sachets quand j'ai regardé un peu plus tôt.

— Moi ? J'ai des bretzels à la maison ? Où ça ? demanda-t-elle, perplexe.

— Dans un de tes placards de cuisine.

— Dans lequel ?

— Le blanc, répondit-il en posant une main sur sa taille, en sortant de la boutique.

— Mais ils sont tous blancs !

Il demeura à ses côtés pendant tout le trajet, la protégeant contre les autres piétons. Une des camarades de meute de Mila sortit du café devant eux en fusillant du regard un type qui se trouvait derrière elle et qui avait une grande tache marron sur son jean.

Apercevant Bree et Alex, la louve leur adressa un grand sourire.

— Salut ! lança-t-elle. Comment allez-vous ?

— Je vais bien, et toi ? répondit Bree.

— Ça va, répondit Makenna en secouant la main.

Alex échangea un regard avec Ryan, un loup-garou, un lieutenant, un type grand et baraqué plutôt taciturne. Il communiquait essentiellement par grognements que sa compagne était persuadée de savoir décrypter.

— Que s'est-il passé ? s'enquit Bree en regardant la tache sur le jean de Ryan.

— C'est sa faute, expliqua Makenna. Je l'avais prévenu ce matin que ça portait malheur de mettre des chaussures neuves sur la table et il ne m'a pas écoutée. Après ça, il s'étonne de renverser du café bouillant sur son pantalon.

Le lieutenant grinça des dents et se tourna vers sa compagne.

— Si cette femme dans le café ne m'avait pas bousculé, cela ne serait pas arrivé. C'était une simple maladresse, pas de la malchance.

Makenna posa ses mains sur ses hanches.

— Et la flaque dans laquelle tu as marché jusqu'aux chevilles ? Et tes lunettes de soleil toutes neuves que tu as cassées ? Sans oublier les quarante dollars que tu as perdus. Allez mec, ne viens pas me dire que tu ne vois toujours pas le rapport.

— Ce ne sont que des coïncidences, rétorqua Ryan en la fusillant du regard.

— Les coïncidences n'existent pas, décréta Makenna d'une voix mystérieuse.

Ryan avait réellement l'air prêt à exploser. Mais il se contenta de pousser un grognement.

Makenna sursauta.

— Ah ! c'est comme ça ? s'écria-t-elle avant de renifler et de se tourner vers Bree et Alex. Malheureusement, on ne peut pas continuer à bavarder avec vous. Croc Blanc a besoin de changer de pantalon. J'espère qu'on vous verra bientôt. Au revoir !

— Prenez soin de vous ! lança Bree avant de les saluer d'un geste de la main.

Alex reposa la main sur sa taille et la dirigea vers l'impasse.

— Tu aurais pu au moins leur dire « au revoir », lança Bree.

Alex se contenta de hausser les épaules.

— Ce n'est pas très compliqué pourtant de saluer les gens, insista-t-elle.

— Je sais.

Bree poussa un soupir.

Ils arrivèrent à destination, entrèrent dans la maison et Alex referma la porte derrière eux. Bree déclara qu'elle avait besoin de café et se dirigea vers la cuisine. Puis… Alex ne comprit pas ce qu'il arrivait. Ce fut comme si une force invisible était rentrée dedans Bree et lui avait coupé le souffle parce qu'elle stoppa brusquement et sentit ses jambes vaciller.

Alex l'attrapa rapidement par la taille, craignant qu'elle ne tombe, avant de voir ce qui l'avait choquée à ce point : un tas de colliers en or éparpillés sur le comptoir de la cuisine, étincelant dans les rayons du soleil qui entraient par la fenêtre.

Il se raidit et sentit tous ses muscles se tendre. Ces bijoux n'étaient pas là quand ils étaient partis le matin. Quelqu'un avait réussi à s'introduire dans la maison, à déjouer la surveillance des lieutenants chargés de sa protection, et pour faire quoi ? Pour mettre des colliers sur son comptoir.

Malgré son envie de sortir Bree de là pour fouiller toute la maison, Alex huma l'air à la recherche d'odeurs. Il reconnut celles du café, de la nourriture, des produits de nettoyage, de fines herbes et de fleurs provenant de l'extérieur par une fenêtre ouverte qui avait été fermée quand ils étaient partis.

Le jeune homme repéra également l'odeur d'une personne faite de notes de pomme amère, de bois fumé et de poivre noir.

— Calvin, déclara Alex en proférant un juron, sentant son sang se retourner. (L'odeur du chat était ténue, mais bien présente.) Ce putain d'enfoiré est entré chez toi par effraction pour te laisser un paquet de colliers en or. Est-ce qu'il considère cela comme une forme de rituel de séduction ?

Il retourna Bree pour la regarder en face et lui dire de l'attendre sur le porche pendant qu'il fouillait la maison. Il s'immobilisa en la voyant toute pâle, les yeux vitreux, le regard aussi fixe que celui d'une poupée.

Le cuir chevelu parcouru de picotements, il posa une main sur sa joue et lui caressa la pommette du pouce.

— Ne t'inquiète pas, ma chérie. On va s'occuper de lui. Va t'asseoir sur le porche pendant que je vérifie le reste de la maison pour m'assurer qu'il est bien parti.

Bree cligna des yeux et son regard retrouva un peu de vie, se mettant même à briller d'une lueur sombre, impitoyable. Elle se redressa et s'écarta.

— Va voir en haut, je m'occupe du rez-de-chaussée, dit-elle.

— Bree… dit Alex en se raidissant.

Elle ne lui prêta pas attention et commença à regarder partout. Ne voulant pas la laisser seule, Alex l'accompagna. Ils vérifièrent d'abord le rez-de-chaussée avant de monter à l'étage. Ils ne virent pas Calvin.

Alex sortit son téléphone de sa poche et appela Luke.

— Envoie les lieutenants chercher Calvin. Il s'est introduit chez Bree et lui a laissé ce qu'on pourrait considérer comme un cadeau. Il sait ce qu'il a fait. Appelle-moi quand tu l'auras appréhendé, je veux venir discuter avec lui.

Il raccrocha sans avoir donné le temps au Premier lieutenant de répondre et suivit Bree à la cuisine.

Debout devant le comptoir, elle regardait fixement les bijoux, les yeux dans le vague.

— Je me demande bien pourquoi il joue à ça, dit-elle à voix basse comme si elle avait oublié la présence d'Alex.

— Tu crois qu'il joue ? demanda Alex, perplexe. Il t'a déjà fait le coup ?

— Je pensais que c'était Bernadette, que c'était elle la plus susceptible de faire ça.

Très agité, Alex s'approcha de Bree.

— Quel genre de coup ? s'enquit-il.

— Il n'a pas trouvé le pendentif que j'ai jeté, alors il a acheté… ceux-là.

Alex poussa un grognement.

— Je ne sais pas de quoi tu parles, ma chérie. Qu'est-ce qu'il se passe ?

Une note d'autorité sombre se dégageait de sa voix et toucha Bree qui émergea de ses pensées. Elle se caressa la gorge distraitement, repensant au moment où elle avait aperçu les colliers en entrant dans la cuisine. Le choc avait été tellement brutal qu'elle n'avait plus été capable de réfléchir, d'appréhender ce qu'elle voyait. Comme si un brouillard avait envahi son esprit et l'avait aveuglée.

Elle en était ensuite sortie avec une seule idée en tête : trouver le connard qui lui avait fait ça. Calvin.

Même si le choc s'était estompé et qu'elle était de nouveau capable de penser, elle fut prise d'un grand frisson. Elle ne parvenait pas à comprendre les motivations de Calvin.

Bree prit une des chaînes dans sa main.

— Quand Paxton est parti, Bernadette m'a offert un collier exactement comme celui-ci. Elle m'a dit que c'était un cadeau de sa part, qu'il conservait l'autre moitié du cœur. Elle mentait, c'est elle qui l'avait gardée.

— Elle pensait peut-être que cela te réconforterait de penser qu'il t'avait offert quelque chose ?

Bree acquiesça d'un signe de tête.

— Peu après que j'ai informé les Cage que je renonçais à Paxton, l'un d'entre eux a glissé une enveloppe anonyme sous ma porte avec un collier identique à l'intérieur. J'ai pensé que Bernadette me donnait l'autre moitié du cœur pour me faire comprendre que ce n'était pas lui qui m'avait offert ce cadeau. (Elle se lécha les lèvres.) Je l'ai balancé à la poubelle. Mais quelqu'un l'a récupéré et posé sur le bord de la fenêtre le soir où on m'a injecté des tranquillisants. Je l'ai jeté dans le puits décoratif dans le jardin. Et voilà que…

— Tu veux dire qu'il est possible qu'un membre de la famille Cage te fasse des coups et que tu n'as pas pensé à m'en parler avant ? dit Alex d'une voix posée, mais néanmoins empreinte de colère.

Bree lui adressa un regard sombre.

— Cela ne te concerne pas, Alex. Mets-toi en colère si tu veux, mais va le faire ailleurs si tu n'as pas l'intention de m'aider à comprendre ce qu'il se passe ici.

Alex ne dit rien pendant quelques secondes et Bree se sentit de plus en plus irritée.

— D'accord, finit-il par grogner. On en reparlera plus tard. Commence plutôt par me dire ce que tu as fait du collier que Bernadette t'a donné quand tu étais encore une enfant.

— Je l'ai jeté dans une bouche d'égout le jour même où elle me l'a donné, expliqua Bree en se frottant le front. Je ne comprends pas pourquoi Calvin a fait ça. À moins qu'il n'aime pas me voir avec toi et qu'il ne veut pas que j'oublie que j'ai une âme sœur. Mais bon, cela ne me semble pas trop plausible parce que ces colliers ont commencé à apparaître chez moi avant qu'on commence à sortir ensemble toi et moi.

Bree balaya la cuisine du regard comme si elle cherchait une réponse à ses questions. Mais il n'y avait rien pour l'éclairer. Elle se tourna vers Alex dont l'expression demeurait indéchiffrable, comme d'habitude.

— Qu'en penses-tu ?

— Je trouve cela étrange que Calvin fasse quelque chose qui t'effraie ou te fasse souffrir si vraiment il te veut pour lui. Il est probablement aussi paumé que son jumeau. Ou bien il veut que tu saches qu'il est déterminé à prendre la place de son frère, supputa-t-il en se léchant les dents. Mais, tout compte fait, ce n'est peut-être pas du côté de Calvin qu'on devrait chercher.

— Mais j'ai reconnu son odeur !

— C'est peut-être celle de Paxton, tu sais. Ils ont la même.

Bree sentit une douleur lancinante dans sa poitrine.

— Mais il est mort, affirma-t-elle.

— Je ne vais rien t'apprendre, Bree. On n'en est absolument pas sûrs. (Il jeta un coup d'œil sur les colliers.)

» C'est peut-être lui qui t'a fait le coup. Ce serait une façon pour lui de te montrer qu'il est là. En revanche, je ne sais pas pourquoi il ne se manifeste pas.

— Ce n'est pas Paxton. Il n'a aucune raison de revenir ici.

— Faux, il en a une : toi ! Tu es la seule chose qui compte pour lui.

— Je ne suis pas d'accord. Personne n'a jamais compté pour Paxton. Il n'était pas normal déjà quand on était petits. Il était sympa, oui. Il faisait les courses pour sa mère. Il était généreux, de bon conseil. Il rendait des services, mais c'était du cinéma. Il gagnait la confiance des gens pour qu'ils ne soupçonnent pas ce qu'il était vraiment : un mythomane sadique.

— Il était bien tordu en effet, mais il ne t'aurait jamais fait de mal.

Bree referma le poing sur un des colliers.

— Il est venu me voir la veille de son départ. Il m'a dit que s'il avait été sensé, il m'aurait tuée.

Alex vacilla presque.

— Il a parlé de te tuer ? grogna-t-il. Il ne le pensait sans doute pas.

— Si, au contraire. Il ne me considérait pas comme son âme sœur. Il ne voyait pas la personne que j'étais. Il me voyait comme une faiblesse dont il voulait à tout prix se débarrasser, mais il ne m'a pas tuée et il est parti.

Alex poussa un juron.

— Tu aurais dû m'en parler, dit-il.

Son téléphone sonna. Il le sortit de sa poche, tapota l'écran du pouce et le rempocha.

— Je viens de recevoir un SMS de Luke. Il a appréhendé Calvin et l'a enfermé dans la chambre d'amis de Vinnie.

— Super. Je veux lui parler.

— Bree…

— Je n'ai pas besoin de ta permission, Alex.

— Il vaudrait mieux que tu restes ici, Bree. Je vais appeler Ella et lui demander de venir te tenir compagnie.

Bree poussa un soupir et joignit les mains.

— Écoute-moi bien, Alex. Le moment est venu pour nous de discuter de ce qu'il faudrait que tu fasses quand l'envie te prendra de me donner des ordres. Premièrement : réfléchis avant de jouer au mec macho ; deuxièmement : réfléchis de nouveau et rappelle-toi que cela ne servira vraiment à rien d'essayer de m'imposer quoi que ce soit ; troisièmement, si ça ne marche pas, va jouer à la roulette russe avec une arme chargée à bloc, ce qui m'épargnera la nécessité de te flinguer.

Sidéré, Alex dévisagca Bree sans dire un mot. Il expira ensuite longuement.

— Très bien, on va y aller ensemble. Mais je te demande de tenir compte de ceci : si c'est Calvin qui a fait le coup, il ne le reconnaîtra pas. Il va mentir. Et sa meilleure défense sera d'accuser la personne qui a la même odeur que lui.

» Il va le proclamer à qui veut l'entendre jusqu'à ce que tout le monde finisse par le croire et se mette à chuchoter que Paxton est revenu, ce qui va perturber ses parents. En d'autres termes, ce sera le bordel. Ce ne serait pas une mauvaise idée que tu te reposes ici pendant cet épisode pour prendre des forces et te préparer pour la suite des événements.

Bree croisa les bras et dévisagea calmement Alex.

— Ouais, peut-être, mais je t'accompagne quand même.

Il lui adressa un bref signe de tête.

— Très bien. On va aller ensemble interroger Calvin. Mais je voudrais que tu te prépares à l'éventualité que Paxton soit de retour, même si cela ne te plaît pas. (Il lui serra le cou.) Je ne vais pas le laisser te faire du mal. Tu le sais, non ?

— Je sais. Et je ne vais pas non plus le laisser me faire du mal.

Une lueur d'approbation brilla dans le regard d'Alex.

— Je te crois, affirma-t-il.

Ils arrivèrent chez Vinnie un peu plus tard et rejoignirent l'Alpha dans son séjour. L'oncle et le neveu se saluèrent d'un simple signe de tête. Vinnie n'arborait pas son habituel sourire charmeur qui mettait tout le monde à l'aise. Il était en mode Alpha impitoyable. L'animal d'Alex l'apprécia, il avait très hâte que cette histoire soit réglée une bonne fois pour toutes.

— Calvin est dans la chambre d'amis avec Luke, dit Vinnie, allant droit au but.

— Est-ce qu'il a été interrogé ? s'enquit Alex.

— Pas encore, répondit Vinnie en croisant les bras. Tu pourrais peut-être m'expliquer ce qu'il se passe au juste.

Bree desserra le poing et montra le collier à l'Alpha.

— Il y a de ça un bon moment, Bernadette m'a offert un collier exactement comme celui-ci…

Alex garda le silence le temps qu'elle raconte toute l'histoire à Vinnie, inquiet que l'Alpha lui reproche de ne pas lui en avoir parlé plus tôt. Ouais, bon d'accord, il ne s'était pas passé grand-chose. Bernadette avait mal agi.

Mais bon, Vinnie n'appréciait pas de ne pas avoir été mis au courant.

Il prit le collier et l'examina.

— Tu penses que c'est Calvin qui a fait le coup ?

— J'ai détecté son odeur dans ma cuisine, expliqua Bree. Et il était chez moi la veille du jour où j'ai découvert le collier sur le bord de ma fenêtre.

— Tu es sûre que ce n'est pas un coup de Paxton ? demanda Vinnie avec énormément de circonspection. Tu ne penses pas qu'il y ait la moindre possibilité que ce soit lui ?

Bree serra les lèvres.

— Il y a une toute petite possibilité, je le reconnais. Mais ce n'est pas très plausible. Pourquoi est-ce que Paxton resterait dans l'ombre ?

— Parce qu'il sait que je ne l'autoriserais pas à réintégrer la troupe avec tout ce qu'il a fait depuis son départ. Il sait que je le bannirais officiellement et que tous nos camarades de troupe le traqueraient s'il se pointait. Ce ne serait pas une bonne idée pour lui de se montrer au grand jour. Je ne dis pas qu'il le fera. Simplement, c'est une éventualité qui mérite d'être prise en compte.

— Très bien. Admettons que tu aies raison. Pourquoi est-ce qu'il se manifesterait maintenant ?

— Tu as renoncé publiquement à lui, intervint Alex. Cela ne lui a sans doute pas plu, qu'il veuille te garder pour lui ou non. Tout le monde sait qu'on sort ensemble maintenant et il ne doit pas l'apprécier. Moira te l'a dit : Paxton n'aime pas partager. Il veut peut-être que tu comprennes qu'il est toujours en vie et te faire suffisamment peur pour que tu ne sortes pas avec un autre homme.

Bree secoua la tête.

— Je te l'ai déjà dit : Paxton n'a aucun sentiment pour moi. Il préférerait que je sois morte.

— Que tu sois morte ? répéta Vinnie, songeur. Non, je doute que ce soit le cas.

Alex indiqua son oncle d'un signe de menton.

— Allez, Bree, dis-le-lui. Il a le droit de savoir.

Bree baissa les épaules et raconta à Vinnie ce que Paxton lui avait dit la veille de son départ.

Vinnie poussa un juron en rougissant de colère.

— Pourquoi ne m'en as-tu pas parlé avant ?

Bree haussa les épaules.

— J'étais contente qu'il soit parti. Ne pourrait-on pas aller interroger Calvin maintenant ?

— Je pense qu'il est grand temps que l'on obtienne quelques réponses, dit Alex en tendant la main à Vinnie qui lui rendit le collier. Qui de nous deux va diriger l'interrogatoire ?

Alex se chargeait habituellement de cette tâche, mais Vinnie aimait bien aussi employer la technique du bon flic et du méchant flic.

— Je vais commencer, dit Vinnie. Puis tu prendras la relève. Mais je ne veux pas que tu le tabasses pour le faire parler. Pas tant qu'on a un doute quant à sa responsabilité. On n'a aucune raison de penser qu'il aurait pu faire ça. C'est un chic type.

Bree roula des épaules.

— Je veux assister à son interrogatoire, affirma-t-elle.

— Il vaut mieux que tu restes ici avec Tate pour commencer. Alex et moi, on va lui poser des questions auxquelles il ne voudra pas répondre en ta présence.

Bree grinça des dents.

— Je n'aurais qu'à le toucher une seule fois et…

— Il y a peu de chances pour qu'il accepte que tu lises ses sentiments, dit Vinnie. Si je le croyais coupable, je te dirais de le faire même sans son autorisation, mais on sait bien tous deux que tu n'iras pas à l'encontre de tes principes. Si je ne suis pas satisfait de ses réponses, je t'appellerai et tu pourras lui parler.

Bree souffla.

— Très bien, finit-elle par dire.

Alex lui serra la nuque et suivit Vinnie à travers l'appartement jusqu'à la petite chambre très sobrement meublée. Dos au mur, Luke surveillait le chat enragé assis sur une chaise en bois.

L'animal intérieur d'Alex ne put retenir un grognement en retrouvant la même odeur que dans la cuisine de Bree. Il était encore en colère. Son glouton n'allait pas se calmer de sitôt.

Le regard dur de Calvin alla de Vinnie à Alex.

— J'espère que quelqu'un va enfin me dire ce qu'il se passe. Luke m'a amené ici de force, mais il ne veut rien me dire.

Calvin fit mine de se lever, mais, d'un geste de la main, Vinnie lui intima de ne pas bouger.

L'Alpha s'installa sur l'unique autre chaise de la pièce en face de Calvin.

— Je comprends que tu te sentes frustré, dit-il en allongeant les jambes devant lui et en croisant les chevilles. Mais il s'est passé quelque chose et on espère que tu pourras nous éclairer. (Il inclina la tête sur le côté.) Je suis curieux de savoir depuis combien de temps tu t'intéresses à l'âme sœur de ton jumeau ?

Une lueur traversa le regard de Calvin, mais il garda le silence.

— Tu as envie d'elle, n'est-ce pas ? Je doute que ta mère se réjouisse de l'apprendre. Elle espère encore que Paxton reviendra revendiquer Bree. Comment Paxton réagirait s'il savait que tu as le béguin pour son âme sœur ?

— On s'en fout, non ? Et puis elle est avec Alex maintenant. Il y a peu de chances pour que Paxton revienne.

— Tu sembles bien sûr.

Calvin poussa un soupir.

— Cela fait douze ans qu'on ne l'a plus vu. Je pense que c'est assez évident qu'il ne va pas revenir. Si vous voulez mon avis, il est mort.

— Mort ?

— On n'a aucune nouvelle de lui depuis quatre ans. Il me semble que c'est clair.

Vinnie se tordit les lèvres.

— Je ne peux pas m'empêcher de constater que tu n'as pas l'air particulièrement malheureux à l'idée que ton jumeau soit mort.

Calvin haussa une épaule.

— Je m'y suis habitué depuis le temps.

— Est-ce qu'il t'a contacté depuis son départ ?

— Non, ni moi, ni aucun autre membre de ma famille.

— Tu en es bien sûr ?

— Oui. Les autres n'auraient aucune raison de ne pas en parler, surtout pas à moi. Ils seraient trop contents pour garder le secret. Mais pourquoi toutes ces questions ? Qu'est-ce qu'il se passe ? Pourquoi vous intéressez-vous autant à un mort ? Qu'est-ce que je fais ici ?

Alex s'approcha de lui et apprécia d'entendre le pouls de Calvin s'accélérer.

— Tu as l'air bien sûr qu'il n'est plus de ce monde ?

Quelque chose qui ressemblait à de l'amertume brilla un instant dans le regard de Calvin.

— Disons que c'est l'instinct du jumeau.

— Quoi ? Tu as senti quelque chose quand il est mort ? s'enquit Alex, une note de dérision dans la voix.

Calvin serra les lèvres.

— C'est plutôt que je ne le sens plus, déclara-t-il.

— Je vois. Est-ce que tu reconnais ceci ? demanda Alex en lui présentant le collier.

— Je devrais ? s'enquit-il sans changer d'expression.

— Tu n'as pas répondu à ma question, insista Alex.

— Non, je ne reconnais pas ce bijou, déclara alors Calvin.

— C'est la copie d'un collier que Paxton aurait offert à Bree. Enfin, selon ta mère. Bree pense que Bernadette le lui a donné pour la réconforter après le départ de Paxton. Ta mère a toujours dit que Paxton possédait l'autre moitié de ce cœur. Mais Bree pense que Bernadette l'a conservé.

— Cela ne m'étonnerait pas d'elle, effectivement.

— Bree a balancé son collier il y a plusieurs années. Mais l'autre moitié a réapparu dernièrement. Quelqu'un l'a glissée dans sa boîte aux lettres dans une enveloppe anonyme. Bree a mis ce collier à la poubelle. Il a refait son apparition et elle l'a balancé une nouvelle fois. Et puis aujourd'hui, elle est rentrée chez elle et elle a trouvé un tas de ces colliers sur son comptoir de cuisine. Comment as-tu réussi à tromper la vigilance des lieutenants ? demanda Alex en faisant osciller le collier.

Les yeux de Calvin lui sortirent presque de la tête.

— Vous pensez que c'est moi qui ai fait ça ? cria-t-il.

— Est-ce que c'était la première fois que tu entrais chez elle sans son autorisation ? Ça t'excite ?

— Attends un instant ! Je ne suis pas entré chez elle. Je n'aurais jamais laissé des colliers chez elle comme ça. Pourquoi aurais-je fait ça ?

— À toi de nous le dire, rétorqua Alex en s'approchant de lui. Tu pourrais commencer par nous expliquer pourquoi il y avait ton odeur dans sa cuisine ?

— Je n'ai rien à voir avec ça ! s'écria Calvin en sautant sur ses pieds.

— Assieds-toi, ordonna Alex d'une voix sèche.

Calvin lui obéit à contrecœur, c'était évident.

— Ce n'est pas moi, je vous le jure. Je n'ai pas fait ça. Je ne suis même pas sorti de chez moi aujourd'hui, merde !

— Quelqu'un peut le confirmer ?

— Non, j'étais seul. Je te le jure, Vinnie, dit-il en se tournant vers l'Alpha. Je n'ai rien à voir avec ça. Je ne ferais pas ce genre de chose.

— Alors pourquoi a-t-on trouvé ton odeur dans la cuisine de Bree ?

— Je ne sais pas. Ce n'était pas moi… commença-t-il avant de s'interrompre, son visage se décomposant. Ce doit être Paxton. On a la même odeur.

— Tu as dit qu'il était mort !

Calvin se lécha les lèvres.

— Je ne peux manifestement pas en être sûr.

— Tu étais catégorique, pourtant. Tu nous as parlé de l'instinct du jumeau.

— À moins que vous puissiez trouver autre chose pour expliquer la présence de cette odeur dans la cuisine de Bree, il faut que ce soit lui parce que ce n'était certes pas moi. Je ne ferais jamais rien pour troubler Bree. J'ai trop d'affection pour elle.

Alex sentit son glouton remonter à la surface, désireux de donner un bon coup de patte à ce chat pour le faire tomber de sa chaise.

— Elle ne partage pas tes sentiments, dit Alex d'une voix posée, mais froide en se penchant pour se mettre pratiquement nez à nez avec Calvin. Bree est mienne, alors je te laisse imaginer à quel point je vais adorer te fracasser le crâne contre le mur si tu essaies de lui faire du mal.

— Ce n'était pas moi ! cria de nouveau Calvin en levant vers Vinnie des yeux un peu fous. C'est vrai, Vinnie, je te le jure !

L'Alpha adressa un signe de tête presque imperceptible à Alex. Le temps était venu de faire intervenir Bree.

Alex retourna au séjour où il trouva Bree en compagnie d'Ella.

— Il a dit quelque chose ? demanda Bree.

— Exactement ce qu'on avait prévu, répondit Alex. Il prétend que ce n'était pas lui, que ce devait être Paxton. Veux-tu essayer de le faire parler ?

— Et comment ! s'exclama-t-elle en se levant promptement, le regard dur.

— Alors allons-y.

Alex la mena vers la chambre où était retenu Calvin.

— Ah, Bree ! dit Vinnie en l'apercevant. Je suis ravi que tu aies pu te joindre à nous.

Calvin la regarda et secoua la tête.

— Bree, je veux que tu saches que ce n'est pas moi. Est-ce que tu me crois capable de faire quelque chose comme ça ?

— Non, cela ne te ressemble pas, répondit-elle. Mais j'ai reconnu ton odeur dans ma cuisine.

— Alors ce devait être Paxton. Il est très fort à ce genre de jeux. Il est comme ça. Il est le maître de l'embrouille. C'est vrai, Bree, ce n'était pas moi. Alors tu dois faire attention parce qu'on ne sait pas ce qu'il fera après.

— Tu ne trouves pas ça un peu gros de jeter le blâme sur un mort ? s'enquit Alex.

— Ce n'était pas moi, déclara Calvin, visiblement en colère, en détachant toutes les syllabes.

Bree serra les lèvres.

— Je peux t'aider à prouver ton innocence, si tu veux.

L'air blessé, Calvin se redressa sur son siège.

— Ah, j'ai compris ! Tu veux m'insuffler un sentiment de culpabilité. Tu me crois coupable, n'est-ce pas ? Et tu espères me pousser à tout avouer, affirma-t-il en balayant la pièce du regard. Vous pensez tous que c'est moi qui ai fait ça, non ?

— Pas vraiment, affirma Vinnie. Aide-nous à rayer ton nom de la liste des suspects et accepte la proposition de Bree.

Calvin fronça les sourcils.

— Bree ne peut pas m'aider, affirma-t-il. Pas plus qu'aucun d'entre vous. Je ne mentirai pas, cela m'afflige de voir que mes camarades de troupe, dont certains sont des membres de ma famille, sont prêts à me déclarer coupable jusqu'à preuve du contraire. Ce devrait être l'inverse, non ? Je devrais au moins jouir du bénéfice du doute de la part de gens qui se considèrent comme mes amis. C'est de la folie, merde ! Et vous savez quoi ? Allez tous vous faire voir !

Vinnie poussa un soupir.

— Calvin…

— Si vous voulez me croire coupable, tant pis… Pensez ce que vous voulez. Tu n'es pas l'homme que je croyais et manifestement, l'inverse vaut aussi. Parce que les gens qui me connaissent savent que je ne suis pas capable de ce genre de choses, affirma-t-il en serrant la mâchoire. Je l'ai dit et je le répète : allez tous vous faire voir !

Chapitre 11

Alex et Bree ne rentrèrent à la maison de l'impasse qu'à 21 heures passées. James et Valentina s'étaient précipités chez Vinnie pour prendre des nouvelles de la jeune femme dès qu'ils avaient été informés de ce qu'il était arrivé. Alex n'avait pas été étonné que sa mère prépare à dîner pour tout le monde. C'était sa manière de veiller sur les autres. *En revanche, elle ne devait pas avoir beaucoup apprécié de faire la cuisine pour leur Alpha,* songea Alex.

Tate avait raccompagné Calvin chez lui plusieurs heures plus tôt. Vinnie l'avait interrogé à plusieurs reprises, mais le chat lui avait toujours donné exactement les mêmes réponses. Il n'avait ajouté aucune nouvelle information et avait refusé systématiquement l'aide que lui proposait Bree.

Assise à côté d'Alex au dîner, la jeune femme n'avait pas dit grand-chose et avait souvent eu l'air absente, mais personne ne lui en avait fait la remarque. Les autres lui avaient laissé le temps de digérer les événements tout en l'entourant pour lui rappeler qu'elle n'était pas seule.

Alex avait essayé de la convaincre de passer la nuit chez lui, mais Bree avait refusé, déclarant qu'elle ne laisserait jamais personne l'effrayer au point de vouloir s'enfuir de chez elle. Alex avait donc décidé de rester avec elle. Il était hors de question de la laisser seule.

Ils arrivaient chez elle quand un lieutenant sortit de l'ombre et s'avança vers eux.

— Bree, Alex, je dois faire le tour de la maison avant de vous laisser entrer. Ce sont les ordres de Tate.

Bree sortit ses clés de la poche de sa veste et les remit au type qui entra chez elle. Il revint quelques minutes plus tard à peine et leur dit que tout semblait en ordre.

— Merci, lui dit Bree en reprenant ses clés.

Le type lui adressa un bref signe de tête et disparut.

Alex la suivit à l'intérieur et referma derrière lui.

— Vas-y, monte, dit-il à Bree qui avait l'air épuisée. Je vais juste m'assurer que tout est bien fermé.

Il s'était un peu attendu à ce qu'elle rouspète, mais elle avait obtempéré. Il s'en inquiéta, mais en déduisit que c'était la preuve qu'elle commençait à lui faire confiance. Ce n'était pas rien pour une fille comme Bree d'accepter de confier sa sécurité à une autre personne.

Alex fit le tour de la maison et vérifia que toutes les portes et les fenêtres étaient bien fermées. Les colliers n'étaient plus sur le comptoir comme le lui avait assuré Vinnie.

Alex monta ensuite rejoindre Bree dans la chambre. Il la trouva assise au bord du lit, le regard perdu dans le vague. Il s'accroupit entre ses jambes écartées et lui frotta les mollets.

— Reviens-moi, Bree.

— Je suis là, chuchota-t-elle d'une voix morne.

— Non, tu n'es pas là, tu es à des milliers de kilomètres. C'est plus facile à dire qu'à faire, je sais, mais il va falloir que tu oublies tout ça si tu veux dormir un peu, dit-il avant de l'embrasser tendrement. Reviens-moi.

Elle baissa les paupières et inspira longuement. Quand elle rouvrit les yeux, elle n'avait plus l'air aussi sonnée.

— Bravo ! dit Alex.

Déterminé à la distraire et à lui changer les idées, il s'agenouilla et défit le bouton du haut de son top.

— J'ai envie de faire ça depuis que je t'ai vue t'habiller ce matin.

Bree sentit son ventre se nouer quand il défit le bouton suivant et qu'il continua, le regard rivé sur la peau qu'il mettait à nu peu à peu.

Il prenait tout son temps, il gardait le contrôle. Il n'avait manifestement pas l'intention de se hâter. Il allait la prendre doucement et tendrement, comprit Bree. Il devait penser que c'était la meilleure manière de l'aider à se détendre. Mais il se trompait. Elle aurait souhaité qu'il la baise rapidement, avec fougue et vigueur. Elle ne le lui dit pas cependant parce qu'il aurait fait le contraire, pour rigoler. L'enfoiré !

Il baissa son top, le lui glissa sur les épaules et les bras avant de planter un baiser sur la marque qu'il lui avait faite à la clavicule.

— J'aime voir ma marque sur toi, dit-il avant d'effleurer ses taches de rousseur du bout des doigts. Je me suis toujours demandé jusqu'où elles allaient.

Il l'embrassa dans le cou et défit son soutien-gorge.

— C'est comme si on t'avait saupoudré la poitrine de cannelle et j'adore ça.

Il lui retira son soutien-gorge et lui empoigna les seins.

— Mais je préfère encore tes seins.

Elle s'arqua contre lui.

— Embrasse-moi, dit-elle.

Il se contenta de lui lécher la lèvre inférieure du bout de la langue.

— Tu as la plus douce des bouches, déclara-t-il.

Il lui serra les seins juste comme elle aimait et elle ne put retenir un gémissement.

— Mais ta féminité a meilleur goût encore. Elle est toute mouillée. Pour moi, je la sens.

— Alex…

Elle écarta les lèvres et sursauta quand il lui pinça le téton avant d'insérer la langue dans sa bouche. Il l'embrassa alors, si goulûment et si profondément qu'elle en eut le souffle coupé. Ses idées s'embrouillèrent et sa libido s'éveilla.

Elle perdit son calme. Elle lui agrippa la tête et lui rendit son baiser. Les caresses qu'il lui prodiguait de la langue la firent plonger dans un monde de sensations pures.

Il gémit en s'écartant d'elle avant de lui mordiller la lèvre.

— Je reconnaîtrais ta saveur n'importe où, affirma-t-il.

Il pencha la tête et aspira son téton dans sa bouche. Il suça fort. Elle sentit sa féminité se resserrer. Elle souffrit de ne pas l'avoir en elle. Elle était brûlante, elle avait besoin de lui.

Elle gémit et s'arqua contre lui pendant qu'il se concentrait sur ses seins. Il la léchait, la titillait, lui raclait la peau des dents et la mordillait. Il la serrait et la pinçait. Elle sentait chacune de ses caresses jusqu'au plus profond de son être.

Moite et brûlante, sa féminité le réclamait. Bree désirait ardemment le grand bonheur qu'Alex allait lui faire connaître. Elle souffrait de devoir attendre.

Il posa une main sur son ventre et la repoussa doucement.

— Allonge-toi, dit-il.

Il le lui avait ordonné avec suffisamment de dominance dans la voix pour que le chat intérieur de Bree en frissonne involontairement. Elle se débarrassa de son haut et de son soutien-gorge et obtempéra. Encore sur les genoux, Alex lui retira ses chaussures, son pantalon et sa culotte.

Il écarta ses doux replis de ses pouces chauds et elle sentit la caresse de l'air frais.

— Tu es déjà toute mouillée, constata-t-il.

Il l'agrippa par les hanches, approcha sa féminité de sa bouche et inséra la langue profondément en elle.

Bree se retint aux draps tout le temps qu'il explora son intimité de la langue, la titillant, la taquinant de plus en plus vite. Parfois, il arrêtait de la lécher pour lui sucer le clitoris avant de glisser de nouveau la langue en elle.

Elle sentit la tension monter en elle jusqu'à ce que ses cuisses se mettent à frémir et son intimité se resserra. Elle inspira un grand coup, se sentant au bord de l'explosion.

— Oh mon Dieu ! gémit-elle en s'arquant.

Puis elle grogna, tout son corps fut pris de tremblements et elle jouit.

Haletante, elle se laissa retomber mollement sur le matelas, repue.

Alex se redressa et se lécha les lèvres.

— J'adore te regarder jouir. Je devrais faire une vidéo, comme ça je pourrais la regarder quand je veux.

Il pouvait toujours rêver ! Alex retira son tee-shirt et Bree en aurait presque salivé en le voyant avec ses muscles bien définis, ses multiples tatouages vraiment cool et ses belles tablettes de chocolat.

Il la caressa du bout des doigts comme s'il découvrait ses courbes et ses creux pour la première fois. Les terminaisons nerveuses de Bree étaient si sensibles que chaque caresse était une brûlure. Elle tremblait presque du besoin impérieux de le sentir s'enfouir profondément en elle.

— Baise-moi. Maintenant.

Alex se serait sans doute rebiffé si l'ordre que Bree venait de lui donner n'avait pas autant ressemblé à une supplication. Il voulait la voir ainsi, désespérée, tellement assaillie par le désir qu'elle en oubliait ses soucis et ses préoccupations.

Il enregistra dans sa mémoire cette image d'elle avec les cheveux étalés autour de la tête, les tétons durcis, la féminité toute mouillée et la peau empourprée. Elle était tellement belle ainsi. Il avait pensé à elle toute la journée, il avait eu envie d'elle, de l'étreinte brûlante de sa féminité et de sa saveur, merde!... Il ne connaissait rien de plus envoûtant.

Il défit sa braguette et baissa son jean. Son ventre se noua en voyant le regard troublé de Bree rivé sur son sexe qu'il empoigna et massa langoureusement.

— Je vais te prendre, Bree. Tu peux choisir la position, mais fais vite.

Elle s'immobilisa un court instant avant de se mettre rapidement à quatre pattes, aussi souple qu'un chat.

Alex soupira de satisfaction.

— Un bon choix, commenta-t-il.

Il s'agenouilla derrière elle sur le matelas et lui caressa le dos. Elle s'arqua comme un chaton, mais poussa un gémissement de femme impatiente.

Il agrippa ses cheveux.

— Tu as faim de mon sexe?

— Oui.

— Alors prépare-toi à le recevoir.

Bree sursauta en sentant son gland massif pénétrer en elle.

— Va plus vite, Alex, je...

Il tira sa tête en arrière et s'enfouit en elle d'un seul coup, si profondément qu'elle ne put s'empêcher de l'injurier.

— C'est ce que tu voulais, non?

Il se retira lentement tout en souplesse et la pénétra ensuite profondément dans un grand coup de reins.

— Oui! s'écria-t-elle en fermant les yeux, se sentant enfin comblée avec son sexe massif en elle. Baise-moi.

Il n'obtempéra pas. Il lui relâcha les cheveux et appuya sur son dos. Elle posa ses coudes sur le matelas et mit sa joue sur l'oreiller.

Il marmonna son approbation et la retint par les épaules.

— Bonne fille, dit-il.

Bree allait rouspéter qu'elle était tout sauf cela, mais il commença à lui assener de véritables coups de boutoir, si profonds qu'elle en eut mal, mais c'était une douleur agréable. Elle poussait les hanches à sa rencontre adorant la sensation de son membre glissant en elle.

La pièce fut bientôt emplie de leurs cris, gémissements et grognements ainsi que des claquements de leur peau moite. Bree était tellement excitée qu'elle se sentit bientôt au bord de l'explosion. La moindre caresse à son clitoris la déclencherait.

— J'adore être en toi, dit Alex.

Il grinça des dents en sentant son intimité se resserrer sur son sexe et sa douceur le baigner. Il aimait regarder ses jolies hanches et voir son sexe la pénétrer. Elle était sienne, chaque petit centimètre carré de Bree lui appartenait.

Il grogna en sentant sa féminité brûlante se refermer sur lui.

— Tu es prête à jouir. Je le sens. Je veux que tu jouisses pour moi.

Il glissa la main sur son ventre et effleura son clitoris. Bree explosa littéralement. Son intimité se resserra de plus en plus sur son sexe.

Il planta les dents dans son épaule. Elle ne se contrôla plus. Elle cria, s'arqua, agrippa les draps des deux mains. Alex rugit et lui assena de grands coups de reins en sentant la féminité de Bree l'attirer vers son propre orgasme. Il fut bientôt assailli à son tour par de grandes vagues de plaisir rapides, violentes. Il fut aveuglé et il explosa littéralement en elle, l'emplissant jet après jet de sa semence.

Il s'écrasa sur elle, complètement vidé, repu et satisfait. Il détestait se retirer d'elle, mais il finit par s'allonger sur le dos à ses côtés, haletant, la bouche sèche. Les yeux fermés, le corps parcouru de petits frémissements, Bree restait sur le ventre.

— Ça va ? lui demanda-t-il. J'ai été un peu rude.

— Je te l'aurais dit si je n'avais pas aimé ça, répondit-elle en entrouvrant ses yeux ensommeillés.

— Merci, pour tout à l'heure. Je risquais de m'évanouir, à cause du choc.

— Je doute que ça te soit arrivé. Tu es très forte. J'ai toujours admiré ta force. Beaucoup de gens à ta place auraient pété un câble. Mais pas toi. Je ne t'ai d'ailleurs jamais entendue râler contre le destin qui t'a donné Paxton pour âme sœur.

— Mon père m'a dit je ne sais combien de fois qu'il ne suffisait pas de trouver son âme sœur pour être heureux. Il avait raison. Je connais beaucoup de couples imprégnés très heureux. Comme Mila et Dominic, par exemple. C'est un couple très uni.

C'était vrai. C'en était d'ailleurs agaçant.

— Mes grands-parents maternels se sont imprégnés aussi. C'était une union arrangée dans leur cas. Ça ne marche pas toujours, mais ils sont devenus très unis même s'ils sont un couple assez dysfonctionnel, enfin je trouve.

— Ma grand-mère pense que les liens d'imprégnation sont plus spéciaux que ceux qui unissent les âmes sœurs parce que les conjoints se choisissent. Ce n'est pas le destin qui les unit. La décision leur appartient. Dans un couple imprégné, les conjoints comptent plus l'un pour l'autre que leur âme sœur.

— Oui, c'est très spécial, convint Alex.

— Riley m'a dit une fois que, même si les corbeaux croient au destin, ils ne pensent pas que l'avenir d'une personne soit nécessairement lié à son âme sœur. Ils croient plutôt que lorsqu'un métamorphe tombe amoureux il doit suivre son cœur. Je suis entièrement d'accord. Je n'ai jamais cru que j'allais faire ma vie avec Paxton.

Enroulant un bras autour de Bree, Alex l'attira à lui.

— Super ! Parce que tu n'es pas sienne et tu ne le seras jamais, déclara-t-il avant de l'embrasser longuement. Allez, dors maintenant. Ce ne sera pas bien long avant que je te réveille pour te baiser de nouveau.

— Je ne m'en plains pas.

— Pour la centième fois et dernière fois, je refuse que tu me donnes de l'argent pour les courses, affirma Bree en refermant violemment la porte de son casier dans le vestiaire pour ponctuer sa déclaration.

— Mais bébé, je mange beaucoup plus que toi, rétorqua Alex. Je prends mon petit déjeuner et mon dîner chez toi tous les jours. Je n'arrête pas de grignoter et j'ai bien l'intention de continuer. C'est une grosse charge de nourrir un glouton.

— Je refuse quand même que tu paies pour les courses.

— Je vais payer, il faudra bien que tu l'acceptes.

— Je refuse que tu me dictes ma conduite chez moi, dans ma cuisine, avec ma bouffe.

— Je vais la payer ! Bon Dieu de bon sang ! Bree, je ne te demande pas de rénover ta cuisine. Je veux simplement payer pour ma part de bouffe, répéta-t-il en secouant la tête. Pourquoi est-ce qu'on se bagarre ?

— On ne se bagarre pas, on discute !

— Quelle est la différence ?

— Je n'ai pas sorti les griffes et tu ne saignes pas. Pas encore.

Les coins de la bouche d'Alex frémirent.

— Tu es tellement sexy quand tu t'énerves !

— N'essaie pas de changer de sujet, dit-elle en inspirant profondément pour se calmer. Bon d'accord, sur une échelle de zéro à dix, quelle importance accordes-tu à cette question ?

— Un milliard.

— Sérieusement ? demanda-t-elle en poussant un soupir d'impatience.

— Oui, confirma-t-il en l'embrassant goulûment. Alors c'est réglé. Je suis bien content.

— Mais non, protesta-t-elle, on…

— Il faut que j'aille au garage, dit-il en parlant d'un des autres commerces dont il était copropriétaire avec Vinnie. Je ne serai pas long. Appelle-moi si tu as besoin de moi.

Il quitta ensuite la salle des employés.

Bree serra les poings. Cet homme l'énervait vraiment.

Elle se rendit aux toilettes avant de prendre son service. Elle se lava les mains et soupira en regardant son reflet dans la glace. Elle avait l'air tendue, constata-t-elle. Ce n'était pas étonnant avec toutes ces idées qui s'entrechoquaient dans sa tête comme des billes de billard.

Était-ce Calvin qui avait laissé les colliers pour elle ? Est-ce qu'il était déjà entré par effraction chez elle ? Lui ou un autre intrus. Est-ce qu'elle découvrirait tout à l'heure en rentrant que quelqu'un s'était encore introduit chez elle pour lui apporter des « cadeaux » ?

Idéalement, chacun devrait se sentir en sécurité chez soi. Le fait de savoir qu'un intrus avait pu aussi facilement déjouer toutes les mesures de sécurité mises en place pour la protéger… lui donnait l'impression que son intimité avait été violée. Alors oui, son chat intérieur était furieux. D'ailleurs, il était très jaloux de son territoire, comme tous les métamorphes.

Bree s'essuya les mains avec une serviette en papier, sortit des toilettes et entra dans la boutique. Elle venait à peine d'arriver à sa place derrière le comptoir que le carillon de la porte tinta. Elle leva la tête et jura intérieurement en voyant entrer Bernadette, Ruben et Moira.

Ils n'avaient pas du tout l'air agressifs et c'était sans doute la raison pour laquelle Greg ne leur avait pas interdit l'entrée. Le lieutenant les observait attentivement cependant et Bree savait qu'il n'hésiterait pas à les expulser au besoin.

Alex passait la plus grande partie de ses journées à la boutique quand Bree travaillait. La jeune femme ne put s'empêcher de trouver que c'était vraiment une très grande coïncidence que la famille Cage se pointe justement au moment où il était absent.

— Ouh là ! murmura Ella en allant rejoindre Bree derrière le comptoir pour la soutenir.

James et Valentina ne changèrent pas de place, mais ils ne lâchaient pas des yeux les nouveaux arrivants qui s'approchèrent de Bree.

Bernadette regarda Bree avec sur le visage un sourire à la fois hésitant et calme.

— Tu me crois maintenant, non ? Je t'ai dit que Paxton était encore en vie, mais tu ne voulais pas m'écouter.

Bree ne put retenir un soupir. Dieu du ciel !

— Bernadette…

— Ne va surtout pas dire que c'est Calvin qui a fait ça. Ce n'est pas lui, tu le sais. Ce n'est pas son genre, insista-t-elle en fronçant les sourcils. As-tu réellement jeté le pendentif que Paxton t'a offert ?

— Ce n'est pas lui qui me l'a offert. C'est toi.

Bernadette secoua la tête.

— C'était un cadeau de Paxton. Il voulait que tu saches que tu serais toujours dans ses pensées. Pourquoi l'as-tu jeté ?

— Sans doute parce qu'elle est une vraie garce. Et ingrate aussi, marmonna Moira, lui valant un regard sombre de la part de son père.

— C'est une période difficile pour toi, j'imagine, dit Ruben à Bree. Paxton est parti depuis si longtemps que tu le pensais mort. Tu es fâchée qu'il soit resté loin de toi tout ce temps, mais on espère que tu lui pardonneras de ne pas t'avoir donné de nouvelles, que tu le laisseras s'expliquer et que tu abandonneras l'idée de faire ta vie sans lui. Alex comprendra. C'est le cousin de Paxton. Il ne s'immiscera pas entre lui et ton âme sœur.

Bree ne partageait pas son point de vue à cet égard.

— Désolée, mais je ne peux pas faire ce que tu me demandes. Je ne suis pas persuadée que Paxton est de retour. Mais si c'est le cas, j'espère qu'il n'est pas revenu pour moi parce qu'il perdrait son temps. Il n'est rien pour moi, il n'a jamais compté pour moi.

— Tu ne le penses pas vraiment, déclara Bernadette qui se décomposait visiblement.

— Tu te trompes, affirma Bree. Libre à toi de refuser de regarder la vérité en face, mais ton fils n'est pas normal. Je n'aurais jamais été en sécurité avec lui. Il n'avait aucun sentiment pour moi.

— C'est faux ! protesta Bernadette en serrant les poings. Il disait tout le temps qu'il était heureux d'avoir trouvé son âme sœur.

— Je peux te garantir que je n'ai pas eu du tout cette impression quand il m'a dit qu'il vaudrait mieux qu'il me tue.

Un silence lourd suivit cette déclaration.

— Il n'aurait jamais dit ça, affirma Bernadette en secouant la tête. Je ne te crois pas.

— Tu peux croire ce que tu veux. Mais tu ne réussiras pas à me convaincre que tu n'as jamais remarqué qu'il y avait quelque chose qui clochait chez lui. Tu t'es raccrochée à l'espoir qu'il reviendrait pour me revendiquer et tu croyais que je serais capable de le réparer. Tu pensais qu'il guérirait en s'unissant à son âme sœur. Mais ça ne marche pas comme ça.

— Tu le lui dois ! grogna Moira. Tu as pris toute la lumière et il ne lui restait plus…

— Est-ce que j'ai l'air lumineuse, bordel ? grogna Bree.

La porte d'entrée s'ouvrit alors et…

— Bizarre, bizarre que vous soyez venus ici justement quand j'étais occupé ailleurs, dit Alex d'une voix faussement décontractée.

Bree leva les yeux vers lui. Il n'avait pas l'air heureux. Elle était prête à parier que quelqu'un l'avait prévenu par SMS de la présence des Cage à la boutique.

— Je pensais exactement la même chose à l'instant et j'allais leur demander de s'en aller, intervint Greg.

— Paxton est ton cousin, Alex, dit Bernadette. Ton propre cousin ! Comment peux-tu sortir avec son âme sœur ? Il a besoin d'elle et tu le sais.

— Elle a renoncé à lui, lui rappela Alex. Elle ne veut pas de lui. Elle te l'a déjà dit.

Bernadette eut l'air furieuse.

— Tu as perdu ton âme sœur, dit Bernadette. C'est très dur de devoir apprendre à s'en passer et tu le sais. Tu voudrais imposer ça à Paxton ?

— Je vais être très clair : tu peux dire tant que tu veux que Paxton sera malheureux sans Bree, mais cela ne changera rien. Laisse tomber.

— Tu veux que je laisse tomber ? Que j'oublie que tu as volé l'âme sœur de mon fils ?

— Je l'ai volée, tu dis ? C'est comme cela que tu vois la situation ? Vraiment ? Il est parti, il est resté loin d'elle sans jamais donner de nouvelles, sans jamais la contacter. Il l'a abandonnée. C'est ce qu'il a fait de mieux. Il ne voulait pas d'elle. Elle ne comptait pas pour lui.

— Mais il est revenu…

— Peut-être. Mais pas pour la revendiquer ou il l'aurait déjà fait. Tu ne peux pas demander à Bree de rester célibataire toute sa vie juste parce qu'elle aurait dû s'unir à ton fils si la situation avait été différente.

— Paxton est parfaitement normal.

— Tu te sens coupable, c'est ça ? demanda Alex, l'air interrogateur. C'est ce qui te rend aussi déterminée à ne pas voir ce qui cloche chez lui. Certaines personnes croient qu'il n'est pas normal à cause des médicaments que tu as pris quand tu étais enceinte de lui. Tu le penses aussi, c'est ça ? Tu te sens responsable pour tout ce qu'il a fait de mal dans sa vie. Dis-toi bien qu'il est responsable de ses actions, Bernadette. Tu n'as pas gâché sa vie. Il s'en est chargé lui-même.

Ruben prit le bras de sa compagne.

— Viens, dit-il. On perd notre temps ici.

Bernadette regarda Bree puis Alex.

— Vous ne faites plus partie de ma famille. Vous n'existez plus pour moi. Laisse-moi te dire une chose, Alex : elle a trahi mon fils et elle te trahira aussi. Peut-être pas avant qu'il ne t'ait fait payer pour ça. Il sera furieux.

La famille Cage sortit alors de la boutique.

Bree poussa un soupir et se frotta les tempes.

— Sympa, cette petite visite, dit-elle.

Ella posa une main sur son épaule.

— Si cela peut te rassurer, je pense qu'ils ont compris. Bernadette se fait sans doute des illusions, mais elle t'a entendue cette fois. Vraiment.

— Je suis d'accord, déclara Valentina en s'approchant du comptoir. Les Cage savent maintenant que tu es sérieuse. S'ils ont un peu de jugeote, ils vont laisser tomber.

Là était le problème, songea Bree. Les Cage n'avaient jamais été sensés pour tout ce qui concernait Paxton. Jamais.

Chapitre 12

Le lendemain soir, Bree rangeait son tapis de yoga quand elle entendit cogner à la porte. Ça ne pouvait pas être Alex parti récupérer des vêtements pour le lendemain, car il allait passer la nuit chez elle. En outre, il avait pris l'habitude d'entrer sans s'annoncer.

Bree prit le temps de mettre le tapis dans son sac avant d'aller ouvrir. Elle regarda par le judas et fut très étonnée de voir que son visiteur était une personne qu'elle n'avait vraiment pas envie de voir.

Elle ouvrit et esquissa un sourire forcé.

— Bonsoir, Drina ! lança-t-elle.

Si cette fille était venue chez elle pour voir Alex, Bree n'hésiterait pas à lui rentrer dedans.

Vinnie avait discuté longuement avec Drina et avait assuré Alex qu'elle n'allait plus le harceler. Elle avait fait profil bas depuis et Bree espérait sincèrement que cette histoire était enfin réglée. Elle se demanda donc ce que la fille était venue faire chez elle.

— Qu'est-ce que tu veux ? lança-t-elle sans tergiverser.

Drina plaça une mèche de cheveux derrière son oreille.

— J'ai besoin de parler à une oméga. J'ai pensé que tu étais la mieux placée pour me conseiller.

Ah oui ? Elle voulait parler ? Et elle avait choisi de se confier à la copine du type dont elle désirait partager le lit ?

— Je comprends que tu puisses trouver cela un peu étrange, expliqua Drina. Mais écoute-moi, s'il te plaît. C'est à toi que je veux parler parce que les autres omégas vont juste me faire perdre mon temps.

Oh merde !

— Entre, dit Bree en s'écartant pour la laisser passer.

Elle referma la porte et invita la fille à la suivre dans la cuisine. Elle sortit la bouteille de tequila et attrapa deux petits verres dans le placard avant de s'asseoir à l'îlot central.

— Tu veux boire un coup ?

— Ouais, pourquoi pas, répondit Drina.

Elle s'assit en face de Bree et avala son *shot*.

Bree fit de même. Agité, son chat intérieur se mit à faire les cent pas, n'appréciant pas la présence chez elle d'une des anciennes conquêtes d'Alex. D'autant plus qu'il n'était pas persuadé que Drina acceptait d'avoir été larguée. Bree n'était pas ravie non plus, mais il était hors de question pour elle de montrer son embarras à cette garce.

Drina regarda le verre vide qu'elle tenait encore à la main.

— Je bousille toujours tout.

— Comme tout le monde, non ?

Drina s'esclaffa d'un rire ronflant.

— Oui, sans doute.

Elle reposa son verre sur le comptoir.

— Tu sais ce qui nous est arrivé à Giles et à moi, n'est-ce pas ?

Bree acquiesça d'un signe de tête avant de remplir les verres.

— Ça craint !

— Oui. J'avais beaucoup d'affection pour lui. Depuis le début. J'imaginais qu'on allait s'unir et vivre ensemble. En revanche, je ne suis pas trop malheureuse que le processus d'imprégnation se soit inversé. C'est bizarre, non ? Est-ce que cela veut dire que je suis insensible ?

— Tu as droit à tes émotions, répondit Bree en secouant la tête.

— Je ne sais pas pourquoi je ne souffre pas autant que tout le monde se l'imagine, dit Drina avant d'avaler son deuxième *shot*. Giles croit… que je suis amoureuse de quelqu'un d'autre et que c'est ce qui a empêché le lien de se former entre nous. Qu'est-ce que tu en penses ? Est-ce que c'est possible ?

Cette autre personne était sans doute Alex. Bree se demanda si Drina croyait qu'elle ne le devinerait pas ou si elle avait une idée derrière la tête en venant la voir.

— Oui, c'est possible, dit-elle, curieuse de voir où Drina voulait en venir.

Bree avala son *shot* à son tour.

— As-tu des sentiments pour une autre personne ?

— Oui, j'éprouve quelque chose de fort pour un type qui prétend que ce n'est pas réciproque. Je ne le crois pas tout à fait. Pas qu'il me mente, non. Je pense plutôt qu'il se ment à lui-même.

D'accord… Bree commençait à avoir très envie de fracasser son verre sur la tête de la garce.

— J'ai essayé de lui en parler, mais il se ferme. Certains hommes… sont incapables de laisser qui que ce soit entrer dans leur vie. Il est comme ça. Bien honnêtement, je pense que même son âme sœur aurait eu du mal avec lui.

Bree sentit le stress monter en elle. Il y avait sans doute une part de vrai dans ce que disait Drina.

— Je ne suis pas sûre que ce soit la raison pour laquelle le lien d'imprégnation avec Giles s'est délité.

— Je peux t'aider à voir clair dans tes idées, si tu le souhaites.

— D’accord, répondit Drina en se redressant un peu.

Bree posa une main sur la sienne.

— Tu es d’accord ?

— Oui.

Bree baissa ses boucliers. L’esprit de Drina était tellement troublé que Bree eut l’impression que son âme recevait un grand coup de massue. Elle découvrit des angoisses, de la souffrance, de la nostalgie, du désespoir, voire de la désespérance. Bree se sentit agressée par tous ces sentiments et elle en éprouva une sorte de remontée d’acide qui lui coupa le souffle.

— *« un rêve… », « des fraises avec de la crème… », « et tant d’autres choses… »*

Bree fronça les sourcils. La fille chantait dans sa tête comme pour protéger ses pensées. Bree s’apprêtait à relever ses boucliers quand elle sentit autre chose, une émotion un peu plus sombre, que Drina essayait désespérément de cacher et que Bree ne pourrait analyser qu’en fouillant un peu plus profondément au cœur des émotions de cette fille. Elle préféra s’en abstenir.

Elle éleva donc ses boucliers et prit le temps d’examiner la fille. Les rides sur son front et autour de ses yeux s’étaient estompées, ses épaules étaient plus détendues et son regard, plus clair.

— Tu es bien sûre que tu veux que je te dise exactement ce que je pense ? demanda Bree en versant une troisième rasade de tequila dans les verres. Je préfère te poser la question parce que certaines personnes me disent qu’elles veulent connaître mon opinion sans fioritures, mais elles changent d’avis quand je commence à leur révéler des choses désagréables.

— Je veux savoir exactement ce que tu penses. Ne me cache rien.

— D'accord, dit Bree en reposant la bouteille de tequila. Je ne crois pas que c'est le fait que tu sois amoureuse d'un autre homme qui t'a empêchée de t'imprégner complètement avec Giles. À mon avis, si le lien ne s'est pas mis en place, c'est parce que tu le désirais plus que tu ne désirais Giles et cela a suffi à empêcher l'imprégnation. Il faudra que tu te demandes si tu ne fais pas la même chose avec cet autre type. Est-ce que tu l'aimes vraiment ou est-ce que tu es simplement amoureuse de l'amour ? De l'idée de te mettre en couple ?

Drina cligna des yeux à deux reprises.

— Je ne sais pas, dit-elle.

— Je pense que j'ai vu juste. Si tu étais vraiment amoureuse de ce type, tu n'aurais aucun doute.

— Tu as peut-être raison, dit Drina en prenant son verre. Il m'a dit que je ne le connaissais pas vraiment. Mais j'ai beaucoup d'affection pour lui.

— C'est facile de se convaincre qu'on est amoureuse de quelqu'un qu'on ne connaît pas parce qu'on peut le parer de qualités qu'il n'a pas. (Bree avala son *shot* et en savoura les effets.) Si tu connaissais vraiment bien ce type, tu n'éprouverais peut-être pas la même chose pour lui.

— Je ne crois pas, non. Je ne sais pas si je suis amoureuse de lui, mais il compte beaucoup pour moi.

— Pourquoi cours-tu après lui puisqu'il t'a dit qu'il ne s'intéressait pas à toi ? Pourquoi est-ce que tu ne cherches pas plutôt quelqu'un qui a envie de sortir avec toi, de se mettre en couple avec toi ?

— Parce que je ne sais pas vraiment ce qu'il éprouve. Il n'est pas clair avec moi, expliqua Drina en soupirant et en se frottant le front. On sait toutes les deux que je parle d'Alex, n'est-ce pas ?

Bree acquiesça d'un signe de tête.

— Parfois, quand j'allais le voir après mes problèmes avec Giles, il me renvoyait chez moi. Mais d'autres fois, il me laissait entrer et on parlait. On a couché ensemble quelques fois. Cela n'est pas arrivé depuis qu'il sort avec toi, ne t'inquiète pas. Il ne t'a pas trompée. Mais avant que tu… C'était tout l'un ou tout l'autre avec lui. Je ne savais jamais d'avance comment ça se passerait.

» Une fois, il m'a expliqué qu'il gardait ses distances avec moi parce qu'il croyait que je pourrais me remettre en couple avec Giles. Une autre fois, il m'a dit que je devrais le faire. J'avais l'impression que plus je me rapprochais de lui émotionnellement, plus il ressentait le besoin de me repousser. Du moins, c'est ce que j'éprouvais.

» Tu penses sans doute que je te raconte des balivernes, qu'Alex n'aurait jamais gardé notre relation secrète. Il disait qu'il valait mieux être discrets jusqu'à ce que Giles soit passé à autre chose. Alex ne m'a jamais rien promis, je le reconnais, mais je ne sentais pas que notre relation était uniquement basée sur le sexe. Après, il a commencé à sortir avec toi et… Je ne peux pas m'empêcher de penser qu'il l'a fait pour me repousser. Je peux me tromper, bien entendu. Les mecs sont bizarres comme ça. Je suis désolée, je n'aurais pas dû venir t'embêter avec ça.

Bree croisa les bras et résista à la tentation d'obéir aux injonctions de son chat intérieur et de pousser un rugissement pour effrayer cette petite garce.

— Et pourquoi pas après tout ? Tu voulais me faire douter des sentiments d'Alex pour moi, me faire craindre qu'il ne puisse pas s'engager avec moi. Ça n'aurait pas marché si tu étais allée consulter une des autres omégas.

Drina ouvrit et referma la bouche silencieusement. Les propos francs et directs de Bree l'avaient-ils vraiment laissée sans voix ? Cela n'aurait pourtant pas dû être le cas.

Tout le monde savait en effet que Bree n'était pas du genre à tourner autour du pot.

— Je ne dis pas qu'il n'éprouve rien pour toi, reprit Drina. Mais tu dois reconnaître qu'il a du mal à s'engager. Il est incapable d'avoir des relations normales. Il ne sait pas s'ouvrir aux autres.

— Je suppose que je devrais avoir pitié de toi, dit Bree en inclinant la tête de côté.

— Comment ça ?

— Tu as tellement de mal à accepter qu'il ne veuille d'une aventure avec toi que tu t'es autopersuadée qu'il est incapable de se lier. C'est triste. Et pas sympa pour lui. J'imagine que tu n'étais pas contente quand tu as appris qu'on sortait ensemble lui et moi. Tu as été obligée de reconnaître que peut-être tu te mentais à toi-même. Alors tu es venue me raconter n'importe quoi. Je n'aime pas ça, Drina.

La garce serra les lèvres.

— Ah ! Es-tu vraiment sûre que je te mens ?

— Ouais. Alex n'est pas le type le plus honnête que je connaisse, mais jamais il ne coucherait avec une fille aussi cinglée que toi. Tu es vulnérable, tu as les idées embrouillées. Alex n'est pas du genre à profiter d'une fille dans cet état.

— Peut-être ne le connais-tu pas aussi bien que tu le penses.

— Et peut-être devrais-tu arrêter d'essayer de me faire douter. Tu as perdu ton temps ce soir.

— C'est toi qui refuses de regarder la vérité en face !

— Ouh là, ma belle ! Je suis la seule ici ce soir qui s'intéresse à la vérité. Savais-tu que ta voix te trahit chaque fois que tu mens ? C'est juste une petite fausse note. Il faudra que tu travailles un peu plus tes talents de comédienne.

La garce se pencha en avant, la bouche tordue dans un affreux rictus. Puis elle s'immobilisa, ayant apparemment senti la même chose que Bree.

Drina tourna lentement la tête. Elle adressa un sourire maladroit, incertain au type qui arrivait.

— Euh… salut !

— Putain de bordel de merde ! Qu'est-ce que tu fous là ? grogna Alex en entrant dans la cuisine.

— Tu as dit qu'il fallait que je parle à une oméga, protesta Drina en se levant. Tu m'as même conseillé de consulter Bree !

— Arrête tes conneries ! Venir ici ou chez moi, c'est pareil. Et cette fois, tu cherches à attirer mon attention en venant voir ma copine. C'est complètement inacceptable. Je veux que tu t'en ailles. Dégage !

Drina se redressa de toute sa taille.

— Ta copine ? Tu n'es pas sérieux avec elle, je ne te crois pas. Cette fille est l'âme sœur de ton cousin, merde ! Il est revenu et il va la revendiquer.

Le chat de Bree feula. Il préférait croire que c'était Calvin qui avait laissé les colliers sur le comptoir. Comme Bree elle-même d'ailleurs. Et Bree et son chat refusaient tous deux d'accepter que Paxton fût de retour. C'était trop perturbant.

— Tout le monde pense qu'elle va craquer comme sa mère !

— J'ai plutôt l'impression que c'est toi qui t'apprêtes à craquer ! cracha Alex.

Drina souffla, sortit les griffes et tenta d'en assener un coup à Alex. Bree s'interposa rapidement. Elle lui agrippa les bras et les lui maintint derrière elle, lui retournant les mains pour que ses griffes ne touchent que son dos à elle.

— C'était une bien mauvaise idée, dit Bree dont le chat se manifesta par des grognements sourds. C'est l'heure pour toi de partir. Il vaudrait mieux que tu ne remettes jamais les pieds ici. Les lieutenants qui surveillent ma maison seront prévenus de ne pas te laisser passer. Rends-nous service, Drina, concentre-toi sur ta propre vie au lieu de faire une fixation sur Alex.

Les joues de la garce s'empourprèrent.

— Je ne pourrai pas bouger tant que tu ne me relâcheras pas.

— Rentre les griffes et je te laisse partir.

Drina s'exécuta en soufflant encore une fois.

Bree la relâcha très rapidement et la poussa vers la sortie.

— Je suis sérieuse : ne reviens pas chez moi ! dit-elle.

Drina serra les poings et la fusilla du regard.

— Allez vous faire foutre tous les deux ! cracha-t-elle avant de sortir en claquant violemment la porte.

Ulcéré, Alex se tourna vers Bree.

— Pourquoi l'as-tu laissée entrer ?

— Elle m'a dit qu'elle avait besoin de parler à quelqu'un. J'ai décidé de lui accorder le bénéfice du doute. J'ai vite compris qu'elle était venue me voir avec une idée derrière la tête.

— Tu ne l'avais pas tout de suite deviné ?

— Oui, mais bon, je suis une oméga, Alex. Je ne peux pas refuser de voir quelqu'un sans raison valable même s'il s'agit d'une femme qui harcèle mon compagnon, expliqua Bree en s'appuyant contre l'îlot central. La rupture de son lien d'imprégnation l'a laissée avec un sentiment de vide, d'incomplétude, de fragilité, même si elle ne le reconnaîtra jamais. C'est donc logique qu'elle cherche à s'appuyer sur quelqu'un de fort comme toi.

— Je vais en informer Vinnie demain, dit Alex en s'approchant de sa compagne. Il lui avait dit de ne plus venir me harceler et elle a désobéi.

— Pas vraiment, non, puisque c'est à moi qu'elle voulait parler.

— Elle est venue te voir dans le but de me faire du tort, c'est évident. Je vais prévenir les lieutenants qui veillent sur ta maison de ne plus la laisser passer. J'ai déjà dit à Greg de lui interdire l'accès à *La Malle aux trésors*. Si elle t'aborde dans la rue…

— Je vais gérer, Alex, ne t'inquiète pas. Je ne suis pas une petite fleur fragile, tu sais.

— Oui, j'avais cru le remarquer, dit-il en la soulevant et en l'asseyant sur l'îlot, avant de s'installer entre ses jambes écartées. Tu ne peux pas m'empêcher cependant de me faire du souci pour toi. Je ne veux pas que tu aies de problème.

— C'est très sympa de ta part, mais n'oublie pas que je fais partie d'une troupe de chats de Pallas. On est des brutes et tu le sais.

Alex s'esclaffa.

— Je sais, Mila en est la preuve vivante, dit-il avant de redevenir sérieux. Ne laisse pas Drina saper ta confiance en moi. Je l'ai entendue. Rien de ce qu'elle t'a dit n'est vrai. La dernière fois que j'ai couché avec elle, c'était bien avant sa rencontre avec Giles.

— Je le savais, ne t'inquiète pas. Elle m'a agacée, mais elle n'a pas ébranlé ma confiance en toi. Je dois dire cependant que je suis heureuse de voir que tu t'inquiètes. C'est la preuve que tu es bien avec moi.

— Je ne me suis pas encore lassé de toi. On doit être sur la bonne voie.

— Ah ouais ? Tu sais quoi ? Je commence à penser que tu me détestes bien moins qu'avant.

— Oui, peut-être un tout petit peu moins.

Bree s'éventa de la main.

— Tu es beaucoup trop romantique, Alex ! Arrête, tu vas me faire rougir.

— Si je te faisais des déclarations super sentimentales du genre : « Tu es une putain de bougie dans l'obscurité ! », tu t'écroulerais de rire.

Bree s'esclaffa.

— Tu vois, j'ai raison.

— C'est juste que je ne m'attendais pas à ce que tu me sortes un truc pareil.

— Ouais… allez, donne-moi ta bouche. Elle m'a trop manqué.

Bree plaqua ses lèvres contre les siennes et Alex prit immédiatement le contrôle de leur baiser. Il inséra la langue dans sa bouche et la dévora goulûment. Il l'agrippa par les cheveux et positionna sa tête de manière à approfondir leur baiser, à le rendre encore plus brûlant, plus passionné.

Il lui fit ensuite toute une série de petits baisers le long du cou.

— Tu sens la cerise.

— C'est mon nouveau savon.

Alex poussa un petit grognement de plaisir.

— J'aime bien, mais dis-moi : est-ce que tu t'en es servi partout ?

Bree esquissa un petit sourire.

— Peut-être, dit-elle.

— Est-ce que ça veut dire que je ne le découvrirai que quand tu seras allongée sous moi ?

— Il faut d'abord que j'aille dehors me libérer de mes tensions.

— Je vais t'accompagner.

Il glissa les mains sous ses cuisses et la souleva. Elle enroula ses bras et ses jambes autour de lui et il la porta jusqu'à la porte de derrière.

— Après, tu pourras t'installer dans ton fauteuil de relaxation et lire.

— Lire ?

— Oui, mais tu seras nue et je lécherai ton intimité.

— Dans tes rêves.

— Tu as l'air très sérieuse quand tu lis, tu es tellement absorbée par ton bouquin que c'est comme si rien d'autre n'existait pour toi. Alors je suis curieux de savoir si tu peux rester aussi concentrée pendant que je te mange.

Elle n'en serait pas capable, ce qu'Alex découvrit assez vite et à sa très grande satisfaction, l'enfoiré !

Bree fronça les sourcils en entrant à la crèche le lendemain matin et en constatant qu'il n'y avait pas d'autre oméga à part Dani. La Première oméga lui avait envoyé un SMS une demi-heure plus tôt pour la convoquer à une réunion pendant ses heures de travail. Toutes les omégas étaient tenues d'assister à ces réunions. Aucune excuse n'était tolérée. Bree n'avait donc pas l'habitude de se retrouver seule avec la Première oméga.

— Bonjour Bree, la salua Dani d'une voix inexpressive et sur un ton très officiel. Assieds-toi.

Un peu mal à l'aise, Bree s'installa sur une chaise en face d'elle. Son chat intérieur était tendu, perturbé par cette entorse au protocole.

— Qu'est-ce qu'il se passe ? s'enquit Bree.

— J'ai reçu une plainte à ton sujet.

Abasourdie, Bree s'immobilisa.

— Tu es sérieuse là ?

— Malheureusement, oui, répondit Dani en croisant les jambes. Drina est venue me voir hier soir. Elle était en larmes.

La garce était aussi apparemment passée à *La Taverne* où elle avait trop bu et déclaré à qui voulait l'entendre que Bree n'en avait plus pour longtemps. Toute la troupe en parlait. Drina était tellement éméchée que le barman avait dû la raccompagner chez elle aux petites heures du matin.

— De quoi s'est-elle plainte ?

— D'être passée chez toi hier soir pour te demander de l'aide, se confier à toi, te révéler des choses qu'elle n'avait jamais confiées à qui que ce soit et toi, tu as ri.

Bree sentit une de ses paupières frémir.

— J'ai ri ? répéta-t-elle.

— Oui. Et elle m'a dit que tu avais juré de la tuer si elle s'approchait de nouveau d'Alex. Mais, plus grave encore, elle prétend que tu as essayé de lui insuffler de l'énergie négative pour aggraver sa dépression.,

Quelle mythomane, cette garce !

— Et tu l'as crue ?

— Je ne crois pas que tu as voulu lui faire du mal, non. Tu as vu ta mère sombrer dans une telle dépression qu'elle n'a jamais pu en sortir. Je doute que tu souhaites cela à qui que ce soit, même pas à ta pire ennemie.

Ce vote de confiance était quelque peu étonnant, songea Bree.

— En revanche, je n'ai aucun mal à imaginer que tu te sois moquée d'elle et que tu l'aies menacée. D'aucuns trouveraient même cela tout à fait compréhensible. Je ne connais pas une seule fille en effet qui resterait là sans réagir quand une nana essaie de draguer son mec. Je ne pense pas que tu fasses exception à cette règle.

Bree était demeurée parfaitement calme parce qu'elle avait perçu la souffrance de Drina. Elle avait eu l'intention de toute manière de lui faire connaître sa façon de penser si elle n'arrêtait pas de harceler Alex. Elle lui aurait conseillé également de se faire aider.

— Je doute fort que tu veuilles connaître la vérité sur ce qu'il s'est passé, mais à tout hasard, sache que je n'ai pas ri d'elle. Je n'ai pas non plus menacé de la tuer même si son intention en venant me voir était double : me faire douter d'Alex, et attirer son attention. Elle n'a pas tardé à agresser Alex, dès qu'il est arrivé à la fin de notre séance. Il lui a ordonné de s'en aller. Elle a refusé. Je suis intervenue quand elle a sorti les griffes. Je lui ai demandé fermement de partir. Je serais très étonnée si tu me disais que tu n'aurais pas tenté de protéger une personne qui t'est chère dans des circonstances semblables.

— En quoi a consisté ton intervention ? s'enquit Dani, toujours aussi réservée, sur un ton très professionnel.

— Je n'ai pas utilisé mes dons, si c'est cela que tu veux savoir. Je lui ai retenu les bras dans le dos et j'ai maintenu cette prise jusqu'à ce qu'elle rentre les griffes. J'aurais très facilement pu lui faire mal, mais je ne l'ai pas fait.

Dani poussa un soupir et joignit les mains.

— Mon problème, Bree, ce n'est pas que tu aies défendu quelqu'un, mais que tu l'as fait en pleine séance.

— Je te l'ai dit, Dani : la séance était terminée. Drina n'était donc plus qu'une personne lambda qui n'était pas la bienvenue chez moi et qui refusait de partir, une personne susceptible de vouloir faire du mal à Alex.

— Il ne t'a pas demandé d'intervenir, on le sait bien toutes les deux. Il aurait pu la maîtriser sans ton aide.

— Tu veux dire que tu ne m'aurais pas fait part de cette plainte si c'était Alex qui l'avait arrêtée ? Tu ne m'aurais pas dit qu'il aurait fallu que j'intervienne ?

Dani tourna brièvement les yeux vers le mur.

— On sait bien toutes les deux que tu m'aurais critiquée de toute manière, quelle que soit ma réaction. Je ne vais pas chercher à me justifier parce que je n'en ressens pas le besoin. Je ne me suis pas comportée de manière inappropriée. Si tu n'es pas d'accord avec moi, tu n'as qu'à aller en parler à Vinnie. Ce ne serait pas la première fois que tu te plains de moi à notre Alpha, n'est-ce pas ? dit Bree sèchement. Tu pourrais essayer encore une fois de me faire destituer de mes fonctions d'oméga.

Dani souffla fortement.

— Je ne voulais pas faire ça. Il n'y a rien de personnel dans la demande que j'ai faite à Vinnie. Si une autre des omégas avait menacé d'insuffler une émotion à quelqu'un, je l'aurais réprimandée et je l'aurais signalée à Vinnie.

— Puisque les autres omégas n'ont pas cette capacité, on ne connaîtra jamais la vérité. Tu sais très bien que je n'aurais jamais fait ça à moins que ce soit pour me défendre.

Dani haussa les épaules.

— J'aimerais bien le croire, Bree. Mais tu fais parfois des choses… Je me demande si tu gères bien tes dons. Tu es devenue rapidement très puissante et tu es peut-être un peu dépassée. Ce ne doit pas être facile pour toi de lire dans les pensées des autres. Et puis, tu es aussi capable d'insuffler des émotions. Certaines omégas supportent mal leur don. Et encore moins quand elles n'ont personne avec qui échanger à ce sujet. Je me fais du souci pour toi. Vraiment.

Les petits cheveux sur la nuque de Bree se hérissèrent parce qu'elle devinait où la Première oméga voulait en venir.

— Je t'interdis !

Dani écarquilla les yeux.

— Tu m'interdis de quoi ?

— Je t'interdis de monter un dossier contre moi pour faire croire que je suis dépassée, ou que je risque de péter un câble, un truc comme ça pour te débarrasser de moi.

— Tu ne te sens pas dépassée ? Tes boucliers ne faiblissent pas ? Ils ne tombent pas quand tu dors ?

— Non, non et non, déclara Bree en passant une main dans ses cheveux. Bordel de merde ! Je n'aurais jamais imaginé que tu te serais abaissée au point d'essayer de monter un dossier bidon contre moi.

Son chat intérieur n'en revenait tout simplement pas.

— Je ne complote pas contre toi, Bree. Je m'inquiète, c'est tout.

— Tu n'es pas sincère, je refuse de le croire, affirma Bree en éclatant d'un rire ironique en inclinant la tête. Qu'est-ce qui t'est arrivé ? Tu n'as pas toujours été comme ça. C'est un peu comme si tu avais perdu une part de toi en route.

Les traits de Dani se durcirent.

— Je n'ai pas changé.

— Non, c'est faux. Tu ne m'aides pas, tu ne me soutiens pas et tu complotes même activement contre moi. J'aimerais pouvoir rentrer chez moi et me dire que tu vas bien réfléchir à tout ça et changer d'attitude. Mais je n'arrive pas à y croire et ça rend toute cette histoire encore plus triste.

Bree se releva et contourna la table.

Dani se leva à son tour.

— On n'a pas encore fini, dit-elle en attrapant Bree par le bras.

Bree secoua le bras pour lui faire relâcher son étreinte et siffla.

— Tu veux essayer de m'obliger à rester ? Vas-y...

Les joues empourprées, Dani releva le menton.

— Tu vas rester ici parce que je suis la Première oméga et que je te l'ordonne. Tu me dois le respect.

— Qu'as-tu fait pour mériter mon respect ?

Bree sortit de la pièce sans donner le temps à Dani de répondre. L'expression sur son visage était telle que les puéricultrices de la crèche s'écartèrent pour la laisser passer.

Une fois dehors, Bree prit une longue inspiration pour se calmer. Elle ne devait pas laisser les manigances de Dani la perturber, mais elle avait du mal à demeurer calme face à autant de mauvaise foi.

Appuyé contre un lampadaire, Alex l'attendait.

— Qu'est-ce qu'il y a ? demanda-t-il en fronçant les sourcils et en s'approchant d'elle les muscles tendus. Allez, Bree, dis-moi.

La jeune femme inspira longuement avant de répondre.

— C'est juste Dani. Elle ne changera jamais. Je te raconterai tout ça à la boutique.

Elle ne voulait pas risquer que ses camarades de troupe l'entendent.

Ils arrivèrent vite à la bijouterie et Alex la mena jusqu'à son bureau.

— Allez, dis-moi tout, exigea-t-il en croisant les bras.

Bree s'exécuta.

Alex ne put retenir un grognement.

— Quelle garce !

— Elle n'arrête pas de faire des siennes. C'est comme si elle voulait que je la défie en duel ! C'est idiot de sa part parce que je pourrais la battre très facilement même un jour où je ne suis pas en forme.

Un petit muscle tressaillit sur la mâchoire d'Alex.

— Il faut que je parle avec…

— Non, Alex. C'est mon affaire. Tu veux m'aider, je le comprends, mais si tu t'en mêles, j'aurais l'air faible.

— Tu t'attends à ce que je reste à l'écart, que je ne fasse rien ?

— Oui, c'est comme quand Vinnie et toi préférez que je ne vous accompagne pas pour vérifier les pistes que vous avez découvertes.

Alex referma la bouche.

— Ce n'est pas la même chose.

— C'est faux, c'est exactement la même chose. Comparé à tout ce qu'il se passe en ce moment, cette histoire avec Dani n'est qu'une toute petite contrariété, affirma Bree en soupirant et en se frottant le front. Elle n'était pas comme ça avant, tu sais. Elle m'a appris à bien me protéger et à contrôler mes dons. Jusqu'à mes douze ans environ, elle n'était jamais méchante avec moi, elle ne me dénigrait jamais.

— Parce que c'est à cet âge-là que tu as commencé à gagner en puissance. Tout le monde disait que tu deviendrais sans doute plus forte qu'elle. Elle se contentait de sourire et de dire que c'était peu probable. C'était avant que tu découvres que tu avais des dons différents de ceux des autres omégas. Elle n'était pas contente, c'était évident. Elle a donc tenté de les faire considérer comme une tare.

» Elle a passé des années à essayer de te convaincre que tu n'étais pas douée en tant qu'oméga. Mais c'est faux, Bree. Tu n'as pas la même approche qu'elle, c'est tout. Et c'est bon pour la troupe d'avoir plusieurs omégas. Ils peuvent s'adresser à celle avec qui ils se sentent le plus à l'aise. En tant que Première oméga, Dani aurait dû comprendre l'avantage que cela constituait pour la troupe. C'est son rôle après tout de veiller sur le bien de tous. Malheureusement, elle a très peur de perdre sa place.

Tellement qu'elle s'abaissait au point de monter un dossier contre Bree, prétendant qu'elle risquait de craquer sous la pression si on ne la destituait pas de ses fonctions. Oh la garce!

Des coups furent cognés la porte.

— Entrez, cria Alex d'une voix sèche.

Vinnie, Tate et Luke pénétrèrent dans le bureau et refermèrent derrière eux.

— J'espère que vous êtes venus nous dire que vous avez longuement parlé à Drina, dit Alex. Bree revient d'une réunion avec Dani. Il semble que, en plus de toutes les bêtises qu'elle a faites hier, Drina est allée se plaindre de Bree à la Première oméga. J'espère que tu vas pouvoir me rassurer, Vinnie, que tu as réussi à lui faire entendre raison.

L'Alpha poussa un long soupir.

— Drina est partie, dit-il.

Bree cligna des yeux d'étonnement.

— Comment ça? demanda-t-elle.

— Je suis allé chez elle pour lui parler. J'ai frappé à sa porte, mais il n'y a pas eu de réponse, raconta Vinnie. J'ai pensé qu'elle se cachait dans l'espoir d'éviter une punition. Je suis entré avec mon passe-partout et j'ai découvert des signes de lutte. Il y avait même quelques taches de sang sur le tapis.

— Du sang? répéta Bree.

Vinnie le confirma d'un hochement de tête.

— Il y avait aussi des traces de main ensanglantées ici et là. Comme si elle avait été enlevée. Son passeport, son sac et ses vêtements n'ont pas été touchés. On a trouvé son téléphone, mais en mille morceaux. D'après ce qu'on a pu en déduire, Drina est allée voir Dani en partant d'ici. Puis elle est allée à *La Taverne*, a bu un peu trop et dit à tout le monde qu'elle allait te buter un de ces quatre. Elle voulait apparemment soit te flinguer, soit te remettre aux hyènes si elle parvenait à les contacter.

— Et tu penses que je l'ai butée pour protéger Bree ou la venger ? demanda Alex.

Vinnie fronça les sourcils.

— Quoi ? s'exclama-t-il. Mais non. Et personne n'a mentionné ton nom dans cette affaire. En revanche, j'ai beaucoup entendu celui de Paxton. D'après Calvin, il aurait pu avoir vent du comportement de Drina à *La Taverne* hier soir et décider de… l'éliminer.

Bree secoua la tête en signe de dénégation.

— Cette théorie ne se tient pas. Ce serait complètement disproportionné comme réaction. Elle était soûle, Vinnie. Les gens disent n'importe quoi quand ils ont trop bu. Elle me déteste sans doute, mais pas au point de vouloir ma mort.

— C'est possible. En revanche, Paxton ne voit peut-être pas cela du même œil.

— Tu penses que c'est lui qui l'a enlevée ? demanda Alex à Vinnie.

L'Alpha se tordit la bouche.

— Certes, elle avait une bonne raison de fuir, dit-il. Elle se doutait bien que j'allais la punir. Elle aurait pu faire sa valise et s'en aller. Mais elle n'avait pas besoin de simuler un enlèvement. Pour ce qui est de Paxton, il est possible qu'il n'estimait pas utile de l'éliminer, mais je doute qu'il ait besoin d'une raison pour faire du mal à qui que ce soit. C'est un sadique.

Bree balaya la pièce du regard. La petite assemblée semblait partager l'avis de Vinnie : tout le monde avait l'air de croire que Drina avait été enlevée.

Par Paxton.

Bordel de merde !

— Il ne réussira pas à t'atteindre, Bree, affirma Alex. Allez, regarde-moi. Reprends ton souffle.

Ce ne fut qu'à ce moment-là que Bree réalisa que sa respiration était saccadée, trop rapide. Elle prit une longue inspiration dans l'espoir de retrouver un peu son calme. Son chat intérieur était tout aussi agité qu'elle.

— Tu crois aussi qu'il est revenu ? Vraiment ?

Alex posa les mains sur ses épaules.

— Je t'ai dit dans quel horrible état j'ai trouvé Marino et sa réceptionniste. Ils ont été tués par balles avant d'être mutilés. Je me suis demandé… et si ce n'était pas la même personne qui avait fait ça ? Et si le client, forcément Dale Bray, était allé les abattre et détruire toute trace de son lien avec l'agence, et que quelqu'un d'autre y serait allé ultérieurement à la recherche de cette information pour découvrir qu'il arrivait trop tard et, pris d'une grande colère, se déchaîner sur les cadavres ?

Bree se raidit.

— Tu penses que ce deuxième individu pourrait être Paxton ?

Alex hocha lentement la tête.

— S'il est dans les parages, il a eu vent de cet assassinat. Il a peut-être même vu Vinnie interroger le renard. Paxton est un solitaire, lui aussi, et il a peut-être des contacts qui l'ont dirigé vers l'agence de recouvrement avant nous. Il peut très bien y être allé soit pour découvrir l'identité de tes kidnappeurs, soit pour obtenir la confirmation de la responsabilité des hyènes.

— Mais Paxton m'a dit qu'il vaudrait mieux qu'il me tue. S'il voulait ma mort, pourquoi s'inquiéterait-il de ce qu'il m'arrive ?

— Il a dit cela quand vous étiez encore enfants tous les deux. Il en a parlé, c'est tout. Paxton n'a aucune conscience. Cela ne lui aurait fait ni chaud ni froid de buter une gamine de onze ans. Mais il ne l'a pas fait. Il s'est éloigné de toi, pensant probablement que la distance atténuerait l'influence que tu avais sur lui.

Le regard de Vinnie se fit plus acéré.

— C'est tout à fait plausible qu'il ait agi ainsi sans toutefois obtenir le résultat escompté. Une fois qu'on a découvert son âme sœur, on est toujours attiré vers elle sur le plan métaphysique à moins qu'elle ne se soit imprégnée avec quelqu'un d'autre.

— Tout à fait, affirma Alex avant de se tourner vers Bree. Je doute qu'il te veuille du mal. Si c'était le cas, il ne se serait pas introduit chez toi pour y laisser des colliers. Il l'aurait fait pour te tuer. Or il ne t'a jamais encore agressée. C'est sans doute toi la plus en sécurité avec lui.

— Je suis d'accord. Ce sont les autres qui devraient s'inquiéter, déclara Luke en se tournant vers Alex qui se contenta de hausser les épaules.

Vinnie s'avança vers Bree.

— Je vais continuer à faire suivre Calvin. J'ai demandé à mes lieutenants de le surveiller et de noter chacun de ses gestes et de ses déplacements. Après tout, il est tout à fait possible que ce soit lui qui ait mis les colliers chez toi et que Drina ait simplement quitté la troupe. Je préfère ne pas prendre de risque.

— Tu vas également demeurer en alerte au cas où Paxton ferait sa réapparition parce que tu partages l'avis d'Alex, intervint Bree d'une toute petite voix, le ventre noué. Tu penses qu'il est revenu.

L'Alpha poussa un soupir.

— Ouais. C'est pénible à dire, mais je pense que c'est une possibilité.

Bordel de merde !

Chapitre 13

— Penses-tu vraiment que Paxton est de retour ? demanda Ella le lendemain matin au téléphone en soupirant.

Bree sortit sur la terrasse et, éblouie par le soleil, elle plissa les yeux.

— Plusieurs raisons nous poussent à le croire et c'est plausible, je dois le reconnaître. Alex est plutôt convaincant.

Toute cette histoire la rendait si anxieuse qu'elle avait l'impression d'avoir une masse de plomb dans l'estomac.

— Tu préférerais ne pas le croire, c'est ça ?

— Exactement. Et puis même si Paxton apprenait que j'ai officiellement renoncé à lui, je doute que cela le touche beaucoup.

— D'après Moira, il n'est pas du genre à partager.

— Personne ne s'en est jamais pris à aucun de mes ex. En revanche, je n'ai jamais été dans une relation sérieuse avant Alex. Mais personne n'a essayé de le kidnapper ou de lui faire du mal, poursuivit Bree en allant s'asseoir sur un fauteuil de rotin garni d'un coussin moelleux et en faisant attention à ne pas renverser son verre de limonade. Si Paxton est vivant et était devenu assez cinglé pour s'introduire chez moi et y laisser des colliers parce que j'ai renoncé à lui, n'aurait-il pas tenté d'éliminer Alex ?

— C'est possible. Et encore plus si une broutille comme les conneries de Drina suffit à le faire réagir. Il estime peut-être que c'est son devoir d'éliminer toutes les menaces qui pèsent sur toi.

— Et pourtant, Dani n'a jamais été menacée.

— Ouais, mais bon, elle n'a jamais non plus annoncé haut et fort qu'elle voulait te buter. Je ne dis pas non plus que Paxton est de retour. Je dis simplement que Dani fait l'idiote tandis que Drina a déclaré ouvertement vouloir ta mort. Qu'est-ce que Drina t'a dit quand elle est allée te rendre visite ? Tu m'as juste raconté ce qu'il s'est passé après votre séance. J'ai besoin d'un peu plus d'informations.

Ah ! Bree était malheureusement sous le sceau du secret professionnel et elle devait donc garder le silence.

— Je ne peux pas te le dire. Je n'ai pas le droit.

— Toi et ton putain de sens moral !

Bree laissa échapper un ricanement.

— Si je n'en avais pas, je brûlerais en enfer, c'est sûr !

— C'est ton sens moral qui t'a poussée à l'inviter à entrer chez toi. Tu aurais dû l'envoyer polluer l'air ailleurs.

— J'ai fait une erreur en lui accordant le bénéfice du doute, reconnut Bree. (Elle leva son verre à sa bouche et un glaçon lui cogna les lèvres quand elle but une gorgée de limonade.) Tu vas peut-être trouver cela étrange, mais même si Drina harcèle Alex, je ne souhaite pas sa mort.

— Penses-tu que c'est possible que les hyènes l'aient enlevée ? Si un membre de leur clan ou un de leurs informateurs traînait à *La Taverne* comme le renard qui a tenté de te kidnapper, il aurait pu penser qu'elle serait disposée à les aider ou qu'elle pourrait leur être utile.

— C'est possible. Je ne sais pas.

Bree esquissa un demi-sourire en voyant un écureuil courir derrière la clôture de bois entourant son jardin, le séparant du bosquet derrière l'impasse.

— En tout cas, j'espère que le tuyau que mon père a reçu plus tôt s'avérera utile et qu'il découvrira l'emplacement de la base des hyènes.

— Ça n'a malheureusement pas été le cas. Alex vient de m'appeler. Ils n'ont trouvé aucune trace des hyènes.

Alex, Vinnie et les autres étaient donc sur le chemin du retour.

— Merde alors ! Est-ce si difficile de trouver la planque d'un clan de hyènes ?

— Oui. Il semblerait que ce soit presque impossible, soupira Bree en mettant son verre frais contre son front pour se rafraîchir. On devrait parler d'autre chose.

— Je suis absolument d'accord. Est-ce que je t'ai dit que j'ai la preuve que Damian est l'Antéchrist ?

— Euh ? lança Bree.

— Il a le chiffre 666 derrière l'oreille. Il est bien caché, mais je l'ai vu.

— Tu l'as vu ? Ou bien c'est toi qui l'as écrit avec un feutre pendant qu'il dormait ?

— C'est pareil, non ?

Les épaules de Bree furent secouées par un éclat de rire silencieux.

— Tu es complètement folle ! s'exclama-t-elle.

— Je ne suis pas folle, je suis une visionnaire. Allez, regarde tes soucis actuels. Crois-tu vraiment que c'est une coïncidence si le chaos règne dans les parages de Damian ? Eh bien, moi je ne le crois pas. Il t'a peut-être même ciblée exprès pour m'atteindre. Le fils de Satan ourdit de sombres complots quand je suis là pour en subir l'impact.

Ouais, aucun doute, Ella était folle à lier.

— Je ne crois pas que Damian ait quoi que ce soit à voir avec ça.

— Oh, pauvre mortelle ! Tu sous-estimes la portée de ses pouvoirs infernaux, déclara-t-elle. (Bree entendit des bruits de voix étouffées en arrière-plan.) Attends, Grand-mère me demande quelque chose. Je vais devoir y aller. Si Dani ou quelqu'un d'autre vient t'embêter, appelle-moi et je viendrai te défendre.

— Merci, Ella. Tu es formidable !

— Je le sais, répondit la rouquine sur un ton condescendant. Je n'en ai jamais douté !

Bree ricana.

— Allez, on se rappelle plus tard. Salue bien Ingrid de ma part.

Bree raccrocha et posa son téléphone sur la table de la terrasse. Elle se détendait bien dans son jardin. Elle aurait été encore moins anxieuse si sa maison n'était pas placée sous la surveillance des lieutenants de la troupe. Deux d'entre eux patrouillaient d'ailleurs dans les bois jouxtant sa propriété.

C'était rassurant d'une certaine manière de bénéficier d'une protection rapprochée jour et nuit, mais ça l'agaçait aussi beaucoup et la rendait nerveuse. Elle ne craignait pas l'éventuel retour des hyènes. Elle aurait même aimé avoir l'occasion de leur en faire voir des vertes et des pas mûres. En revanche, leur détermination à l'enlever commençait à la stresser. Pourquoi s'intéressaient-elles à Paxton ? Qu'est-ce qu'elles leur voulaient ?

Le plus frustrant pour elle était le fait de ne pas pouvoir entrer chez elle sans craindre de trouver un objet placé là en son absence. Heureusement, il n'y avait rien eu depuis les colliers et personne ne semblait s'être introduit chez elle, grâce sans doute à la vigilance des lieutenants.

Ou peut-être était-ce la preuve que c'était Calvin le responsable et que, étant surveillé constamment, il n'avait pu rien faire d'autre. Bree s'accrochait à cette théorie, mais sans vraiment y croire.

Désirant profiter du jardin, son chat intérieur remonta à la surface. Bree se dit qu'il avait besoin de jouer un peu et elle reposa son verre près de son téléphone sur la table. Une petite demi-heure de liberté lui ferait le plus grand bien.

Elle se leva, se déshabilla et plia ses vêtements qu'elle mit proprement sur la chaise. Elle prit une longue inspiration et laissa émerger son chat.

Le petit animal s'étira longuement et affûta ses griffes sur les planches de la terrasse. Il plissa le nez en humant le parfum des fleurs, des herbes et de la pierre chauffée au soleil.

Il sauta ensuite dans les herbes drues, se faufilant entre les fleurs. Il s'amusa, explora, courut après les insectes et fit fuir les oiseaux. Il se frotta aux pots de fleurs et aux jardinières pour marquer son territoire et déplaça quelques cailloux dans la rocaille.

Puis il sentit qu'il avait assez joué et que Bree voulait reprendre sa place. Il poussa un grognement et sortit de la rocaille. Un filet s'abattit alors sur lui, le piégeant.

Impatient, Alex se hâtait dans la rue en direction de l'impasse. Ce déplacement avait été une véritable perte de temps. Il ne pouvait pas s'empêcher d'être impressionné par les hyènes qui avaient réussi à garder l'emplacement de leur territoire secret tout en étant très énervé à l'idée qu'elles ciblaient Bree, sa copine.

En marchant, il balayait sans cesse la rue et les toits du regard. Vinnie, ses fils et les lieutenants étaient extrêmement vigilants, il le savait. Mais bon, Alex ne pourrait s'empêcher d'être nerveux tant que les hyènes n'auraient pas été retrouvées.

Il cherchait également des traces de Paxton. S'il était revenu, il n'allait pas se contenter de rester tapi dans l'ombre. Il ne s'était pas encore montré, mais il ne resterait pas non plus trop longtemps sous le radar.

Parvenu à l'angle de l'impasse de Bree, Alex fronça les sourcils en voyant les lieutenants retenir un type qui se débattait. Alex se hâta de les rejoindre et reconnut l'odeur d'une hyène.

— Qu'est-ce qu'il se passe, bordel ? grogna-t-il.

— On a surpris ce type qui traînait au coin de la rue. Il surveillait la maison de Bree, répondit un des lieutenants. Il a tenté de s'enfuir quand on s'est approchés de lui. Mais il n'a pas été assez rapide. On l'a ramené ici.

— J'ai appelé Vinnie, expliqua l'autre lieutenant à Alex. Il arrive.

— Je vous le jure, je ne sais pas qui est cette Bree, hurla le captif.

C'était un tout jeune homme, presque un adolescent.

— C'est vrai, ça ? demanda le Premier lieutenant en arquant un sourcil.

— Oui, affirma la hyène. Un couple m'a abordé dans la rue et m'a payé pour regarder fixement cette maison-là. (Il désignait du doigt la maison de Bree.)

La hyène disait vrai, Alex le discernait à son timbre de voix. Pris d'une angoisse, il s'immobilisa et se raidit.

— Quel couple ? voulut-il savoir.

— Un homme et une femme, je ne les connais pas, répondit la hyène. Un couple d'ours polaires.

Alex plissa les yeux. De deux choses l'une : soit le gamin avait inventé la pire des défenses, soit il devait servir de diversion.

— Merde ! s'exclama-t-il alors.

Le cœur battant la chamade, le chat se débattit et attaqua le filet de toutes ses griffes pour tenter de se libérer. En vain. Malheureusement, fait d'une matière épaisse, très résistante, le filet ne se déchira pas.

Le félin entendit des bruits de pas et feula de rage en détectant l'odeur d'un ours polaire. Quelque chose de pointu se planta dans son flanc à travers les mailles du filet. Le chat sursauta et poussa un grognement sourd.

— Tu lui as injecté toute la dose ? demanda une voix grave, rude.

— Oui, répondit une voix de femme. Es-tu prêt ?

— Oui, tu peux ouvrir.

Le chat sortit les griffes. Il ne comprenait pas les paroles de ses agresseurs, ne savait pas ce que lui voulaient ces ours. Il se contenta de se dire que, plus vite il leur trancherait la gorge, mieux ce serait.

Il entendit le bruit d'une fermeture Éclair qui s'ouvre et vit une fente de l'autre côté du filet qui laissait passer un peu de lumière. Il se dirigea rapidement vers cette issue.

Mais il se retrouva dans une cage en métal recouverte d'une couverture sombre.

La porte claqua et fut verrouillée. Le chat était prisonnier.

Il feula, grogna et se jeta si violemment contre la porte qu'elle résonna d'un grand bruit de ferraille, mais elle demeura fermée. Rien n'y faisait, le chat était prisonnier. Contrairement au reste de la cage, la porte n'était pas recouverte de tissu sombre et le chat put apercevoir les ours. Ils reculèrent en le voyant se jeter encore une fois contre la porte.

Bree aurait voulu émerger, le chat le sentit. Elle eut beau essayer plusieurs fois, toutes ses tentatives demeurèrent vaines. Elle était prisonnière de son chat autant que ce dernier l'était de sa cage.

Le chat voulait attaquer, mordre, déchiqueter ses ravisseurs et se rua sur la porte de sa cage une nouvelle fois. Sans succès. Il grogna et promit de se venger un jour si ses ravisseurs ne le libéraient pas sur-le-champ.

— Cette cage est à l'épreuve des métamorphes, fillette, dit le type. Tu ne vas pas réussir à sortir. Et l'injection qu'on t'a administrée devrait te garder dans ta forme animale pendant un bon moment. Ce n'est donc pas la peine d'essayer de te transformer.

— On y va, on y va, lança la femme.

Sans prêter attention aux efforts du chat pour se libérer, le couple se dirigea vers la clôture. La fille grimpa par-dessus et le type monta sur une grande jardinière et passa la cage à sa compagne de l'autre côté avant de la rejoindre.

— Vite avant que quelqu'un remarque son absence, dit-il en reprenant la cage. Garde ton arme à la main et tire sur le premier qui s'approche.

La porte de la cage, que les ours balançaient à bout de bras, était orientée vers la maison et le chat la vit s'éloigner petit à petit à mesure que ses ravisseurs avançaient dans la forêt, passant entre les arbres.

Sachant que des lieutenants patrouillaient dans cette zone, le chat feula et grogna le plus fort possible tout en continuant à se jeter contre les barreaux de sa prison, animé par la panique et l'adrénaline. Il espérait qu'un de ses camarades de troupe vienne à sa rescousse, mais ce ne fut pas le cas.

Bree tenta de nouveau d'émerger, mais ne réussit pas malgré tous ses efforts.

Le cœur cognant à grands coups, le chat continua à se tortiller dans sa cage. Déterminé à retrouver la liberté, il refusait d'abandonner. À force de se propulser contre les parois de sa cage, il s'était blessé au visage et aux pattes, mais il ne prêtait pas attention à la douleur et continuait à chercher à s'évader.

En vain, le chat était incapable de briser…

Il perçut alors un déplacement d'air suivi d'un grand bruit mat.

La femme poussa un cri et les deux ours s'arrêtèrent. La cage tomba par terre, mais ne s'ouvrit pas. Quelque chose de petit, mais lourd chuta au sol.

— Bordel de merde ! lâcha l'ours polaire.

Une lutte sans merci commença. Avaient-ils été rattrapés par un lieutenant ? Le chat l'ignorait. La cage était toujours en grande partie recouverte d'une couverture sombre, ainsi le chat ne voyait pas ce qu'il se passait. Il entendit cependant un bruit qui lui rappela une batte en bois heurtant des os, des claquements de chair, et celui d'un outil acéré découpant la peau.

Les ours grognèrent, lancèrent des jurons et hurlèrent de douleur. L'odeur métallique du sang se répandit dans l'air, masquant les parfums de la forêt.

Le félin aperçut un flingue au sol à faible distance, sans doute celui de la fille qu'elle avait dû laisser tomber. Craignant qu'un des ours ne le voie et l'attrape, le chat continua à se démener pour se libérer.

Les bruits de lutte cessèrent enfin. Les bois auraient été anormalement silencieux sans les faibles gémissements de sa ravisseuse.

Le bruit des pas d'une seule personne se rapprocha de la cage. Le chat s'immobilisa en reconnaissant son odeur familière faite de pommes amères, de bois fumé et de poivre noir.

— Tout va bien, mon petit chat, la rassura une voix venant de derrière. Je vais te sortir de là.

Encore paniqué, le chat feula, cracha et se tortilla comme un animal enragé. La cage bougea et faillit retomber sur le côté. Bree tenta une nouvelle fois d'émerger, mais en vain.

— Je ne vais pas te faire de mal, dit-il. Je veux juste…

Un grand rugissement se fit entendre, et une voix familière : Alex !

Le type derrière la cage poussa un juron.

— Je vais te retrouver bientôt, mon petit chat. Tiens-toi loin de mon cousin, dit-il avant de se barrer.

Un bruit de pas lourds martelant le sol de la forêt se fit entendre au loin, presque aussi rapide que les battements de cœur du chat. Le glouton d'Alex approchait à vive allure. Il allait…

Un petit gémissement attira son attention. Le chat s'immobilisa en entendant quelqu'un s'approcher lentement de lui. Puis il vit une main de femme se tendre non pas vers la cage, mais vers le flingue.

Le chat sentit son cœur rater un battement. L'ourse ne tira pas sur lui, mais pointa son flingue vers l'avant, en direction du glouton.

Le chat feula, mais la fille garda l'arme braquée vers les bois. Les bruits de pas se faisaient de plus en plus audibles et le félin perçut d'autres voix. Le glouton n'était pas seul, mais il menait la charge. Il serait le premier abattu.

Le chat se propulsa contre les barreaux de sa cage qui se balança, encore et encore.

La cage tomba sur le côté au moment même où le chat aperçut le glouton sans pouvoir le prévenir du danger qui le menaçait. Il ne pouvait pas l'aider.

Des coups de feu résonnèrent, six au total. Les balles atteignirent le glouton qui ralentit, mais continua néanmoins à s'approcher de l'ourse polaire. Le chat ne le vit que par-derrière quand il se jeta sur sa ravisseuse. La fille poussa des hurlements qui finirent par s'estomper et son cœur cessa de battre.

Haletant, le glouton s'approcha de la cage en claudiquant. Des craquements d'os se firent entendre et Alex émergea. Allongé sur le côté, il regarda le chat, les yeux brillant de douleur et de soulagement.

— Tu vas bien, soupira-t-il, calmé, en farfouillant pour déverrouiller la porte.

Il réussit enfin à l'ouvrir et se mit sur le dos en grognant.

Reconnaissant l'odeur de son sang, le chat s'approcha de lui et lui lécha le visage. Bree essaya d'émerger. Elle désirait tellement le toucher et le réconforter, mais elle n'y parvenait toujours pas.

— Je vais bien, la rassura-t-il.

Vinnie et d'autres membres de la troupe vinrent les rejoindre en courant.

L'Alpha laissa échapper un juron.

— Vite, dit-il. On va l'amener chez Bree. Est-ce que quelqu'un peut appeler Helena pour lui demander de nous y rejoindre ?

Assise dans le fauteuil de relaxation dans le coin de lecture, Ella dévisageait Alex.

— Je me demande comment quelqu'un peut survivre à six coups de feu mortels.

Bree se le demandait aussi. Cela lui paraissait tout à fait invraisemblable de voir Alex là dans son canapé et d'être assise sur ses genoux.

Valentina avança dans la pièce et se moqua un peu d'Ella.

— Alex est un glouton. Notre espèce ne craint pas les balles. Tu dois le savoir. Allez, dit-elle en tendant un plat à Alex. Il faut que tu manges, que tu fasses le plein d'énergie.

Bree regarda ce qu'elle lui tendait et fronça les sourcils.

— Tu as trouvé de la soupe au poulet et aux nouilles chez moi ?

James ricana.

— C'est incroyable tout ce qu'un glouton parvient à trouver dans un placard de cuisine. C'est magique !

La petite lueur amusée dans son regard disparut quand il se tourna vers Alex. Tout comme Bree, il n'avait pu s'empêcher de grimacer en voyant Helena extirper les balles des chairs d'Alex, une intervention délicate qu'avait suivie Bree sous sa forme féline.

Mais Alex n'avait pas poussé le moindre gémissement ni proféré la moindre injure. Il était demeuré stoïque pendant toute l'opération. Il avait perdu énormément de sang et le chat de Bree était très inquiet.

La jeune femme avait réussi à émerger vingt minutes plus tôt. Elle avait revêtu un short et un tee-shirt et avait répondu calmement aux questions de Vinnie concernant son enlèvement. Elle enrageait intérieurement.

C'était une réaction normale après tout. Son chat avait été drogué, mis en cage et kidnappé dans son propre jardin. Bree avait été incapable de l'aider à s'échapper à cause des putains de drogues ! Pire encore, elle ne pouvait plus nier que Paxton était vivant et dans les parages. Et l'idiot sur les genoux duquel elle se trouvait n'avait rien trouvé de mieux que de sauter devant un flingue pour la venger et avait failli se vider de son sang. Quel bordel !

Son chat était vraiment furieux. Ce n'était pas facile pour lui de voir autant de gens dans son séjour. D'autant plus que ses visiteurs semblaient tous à cran. Leur colère était presque palpable et l'agaçait profondément. Les bruits de voix provenant de l'extérieur n'arrangeaient pas les choses, loin de là.

C'était touchant que tant de gens soient venus s'assurer qu'Alex et elle allaient bien, mais un grand nombre d'entre eux étaient fâchés et voulaient des réponses que personne n'était en mesure de leur donner. Il ne faudrait pas grand-chose pour que la situation dégénère à l'extérieur. Les chats de Pallas avaient tendance à être violents quand ils étaient en colère ou quand ils se sentaient impuissants. Il ne restait plus qu'à espérer que les autres omégas réussissent à calmer le jeu.

Plusieurs camarades de troupe étaient partis traquer Paxton avec Luke et d'autres lieutenants. Bree les aurait volontiers accompagnés si Vinnie n'avait pas insisté pour la questionner.

— Est-ce que quelqu'un a découvert si les ours polaires travaillaient pour Marino ? demanda James.

— En fait, je les ai reconnus, dit Tate, debout à côté de son père devant la cheminée. C'étaient des solitaires, des tueurs à gages. Ils n'ont eu que ce qu'ils méritaient. Ils sont morts dans d'atroces conditions et j'en suis ravi.

Effectivement. Les enfoirés avaient tué deux lieutenants qui patrouillaient dans les bois, dont Benny. Luke avait retrouvé les corps de ses camarades cachés dans les racines d'un vieil arbre.

Bree sentit ses paupières retomber. Elle avait un nœud dans la gorge. Deux de ses camarades de troupe étaient morts en essayant de la protéger. Ce n'était pas sa faute, elle le savait, mais elle ne pouvait s'empêcher de se sentir coupable. Elle en avait mal au ventre.

Ses mains se resserrèrent sur la tasse de thé noir que Valentina lui avait donnée un peu plus tôt. Bree n'en avait même pas bu une gorgée. Elle n'en était pas capable. Elle se sentait malade jusque dans son âme.

— Où est la jeune hyène qui a été payée pour regarder fixement la maison de Bree ? demanda Mila.

— On l'a laissée partir, répondit Vinnie. Le pauvre type ne savait pas pourquoi on lui avait demandé de faire ça. Il n'avait aucune idée de ce que les ours projetaient de faire. Tate a vérifié ses informations personnelles. Il n'appartient pas au Clan Silva. Je pense que les ours ont délibérément choisi une hyène pour faire diversion, en espérant qu'on croit qu'il faisait partie du même clan que les autres enfoirés. Et c'est exactement ce qu'il s'est passé.

Valentina dévisagea l'Alpha.

— Rassure-moi : dis-moi que tu vas retrouver ces hyènes. Tu n'arrêtes pas de répéter que tu t'en occupes. Mais n'es-tu pas un peu paresseux ? Bree a failli être enlevée et mon fils aurait pu être tué. On a perdu deux lieutenants…

— Tu n'as pas besoin de me le rappeler, répondit Vinnie, tendu. J'ai consulté mes sources au sujet de Dale Bray et du clan Silva. J'ai vérifié tous les tuyaux qu'on m'a donnés sur l'emplacement de leur territoire, mais je n'ai encore rien trouvé.

— Ne crois-tu pas que Calvin aurait pu semer les lieutenants chargés de le suivre et s'aventurer dans les bois ? demanda James d'un ton beaucoup moins agressif que celui de sa compagne.

— C'est tout à fait possible, mais j'en doute. Tous les indices nous portent à croire que son jumeau est revenu. Bree n'a pas vu Paxton dans le bois, c'est vrai, mais le type qu'elle a entendu l'a appelée « mon petit chat », comme le faisait son âme sœur.

— Calvin le savait, intervint Ella. Après tout, existe-t-il une meilleure façon de faire croire au retour de son frère que de se faire passer pour lui ?

— J'ai pensé la même chose, affirma Mila. Mais je suis d'accord avec Tate aussi : tout laisse à penser que Paxton est revenu.

Ayant terminé sa soupe, Alex posa la main sur la cuisse de Bree.

— Tu ne vas pas aimer ce que je vais dire, mais je vais te demander de m'écouter jusqu'au bout. Je pense qu'il serait préférable que tu viennes t'installer chez moi pendant un petit moment.

Ouais, Bree s'était attendu à ce qu'il lui dise cela.

— Tu es trop vulnérable ici, ajouta-t-il. C'est plus difficile d'entrer chez moi. Et si quelqu'un réussit à s'introduire dans l'immeuble, il sera tout de suite repéré. En outre, la troupe vient de perdre deux lieutenants. Si Vinnie en met deux autres en faction chez toi pour les remplacer, il aura moins de personnel pour faire le travail normal, ce qui nous affectera tous. Si tu veux rester ici, je vais venir m'installer chez toi et…

— Non, le coupa Bree. Je vais aller chez toi jusqu'à ce que cette histoire soit terminée.

Elle n'appréciait vraiment pas que les hyènes la fassent fuir de chez elle, mais elle ne pouvait pas mettre Alex en danger pour une simple question d'orgueil. Elle ne le supporterait pas s'il lui arrivait quelque chose d'autre.

— Super ! déclara-t-il, ses traits s'adoucissant.

Il pensait qu'elle acceptait sa proposition pour être mieux protégée, Bree le voyait bien. Mais il se trompait. Elle le faisait pour sa sécurité à lui.

Bree avait beau essayer de se convaincre que son sauveur dans les bois était Calvin, elle y parvenait de moins en moins. Elle devait se rendre à l'évidence : ce devait être Paxton qu'elle avait entendu. Il lui avait ordonné de se tenir loin d'Alex. Si le glouton venait s'installer chez elle, même temporairement, Paxton, cet enfoiré, essaierait peut-être de le tuer. Il n'apprécierait pas non plus qu'elle aille s'installer chez Alex, mais il aurait plus de mal à l'atteindre.

Bree n'était pas trop fière de reconnaître qu'elle serait incapable de se détendre et de dormir confortablement dans sa maison tant que cette histoire n'était pas terminée. Si elle restait chez elle, ce serait uniquement pour narguer les enfoirés. Ce ne serait pas très raisonnable.

— On va y aller, déclara Vinnie une demi-heure plus tard environ en se levant. Je veux aller rendre visite aux familles de nos lieutenants morts. Ils étaient célibataires tous les deux, cela vaut mieux, même si leur mort n'en demeure pas moins horriblement triste. Je vous reverrai demain.

Bree raccompagna tout le monde à la porte. Ses camarades de troupe sortirent un à un après lui avoir recommandé de se reposer et de les appeler si Alex ou elle avaient besoin de quoi que ce soit. Puis elle retourna au séjour.

Alex se leva et vint la rejoindre.

— Comment vas-tu ?

— Encore incroyablement furieuse, répondit-elle.

— Tu n'es pas la seule, déclara-t-il en posant sur elle son regard incroyablement perspicace. Arrête de te sentir coupable, bébé. Ce n'est pas ta faute si ces lieutenants sont morts.

— Je le sais, sur le plan intellectuel. Mais…

— Alors n'y pense plus, dit-il en posant la main sur sa mâchoire. Tu n'es pas responsable de ce qu'il s'est passé. Tu m'entends ?

Elle hocha lentement la tête en signe d'assentiment.

— Es-tu sûr de vouloir que je m'installe chez toi ?

— Pourquoi est-ce que je ne le serais pas ?

— Parce que tu n'aimes pas avoir des gens chez toi et je suis une oméga. Il y a souvent des gens qui ont besoin de me parler à des heures indues, où que je sois. Je peux aller crécher chez Ella, si tu préfères.

— Tu viens chez moi, point barre, affirma-t-il avant de l'embrasser passionnément sur la bouche et de lui relâcher la mâchoire. Veux-tu que je t'aide à faire ta valise ?

— Non, non, je m'en occupe.

— Sûre ? Parce que je…

Il s'interrompit en entendant des bruits de voix à l'extérieur.

— Luke et les autres sont de retour. Ils ont fouillé le bois.

— Va leur demander s'ils ont trouvé une trace de… de Paxton, d'accord ?

Les sentiments de Bree étaient partagés : elle avait envie de savoir, mais elle aimerait aussi rester dans l'ignorance.

Alex sembla hésiter.

— Tu veux bien m'attendre seule ici ?

— Il y a des lieutenants partout, tout autour de la maison et il y a beaucoup de membres de la troupe dans l'impasse. Ça va aller.

Alex la regarda longuement avant de hocher la tête.

— Je ne serai pas long, dit-il.

Il s'en alla après lui avoir donné un tendre baiser.

Enfin seule, Bree poussa un long soupir de soulagement et se frotta les tempes. Elle avait vraiment besoin de boire quelque chose. Un pink gin. Ou un *shot* de tequila. Ou de vodka. Ou pourquoi pas les trois ? Elle attendrait d'être chez Alex. Ils se prépareraient quelque chose à boire ensemble et tout irait mieux. Mais elle devait d'abord faire sa valise.

Au lieu de monter préparer ses affaires, elle se laissa tomber dans un fauteuil. Merde ! Deux types étaient morts en voulant la protéger. Ils n'avaient pas mérité ce sort. Benny commençait juste à organiser sa vie. Il avait enfin réussi à séduire Renée après lui avoir fait une cour assidue pendant des semaines.

Bree se dit que Renée s'en voudrait de ne pas lui avoir donné sa chance un peu plus tôt. Les gens tenaient pour acquis qu'ils avaient tout le temps de réfléchir avant de prendre leurs décisions. Mais ce n'était pas toujours le cas.

Les hyènes avaient commis une grave erreur en embauchant ces ours polaires. La troupe avait déjà une dent contre le clan des hyènes, mais avec deux morts, ils n'allaient pas relâcher la pression.

Bree ne savait pas combien de temps elle avait passé dans son fauteuil, le regard perdu dans le vague, tentant de retrouver son calme, mais en vain. La sonnette de sa porte d'entrée la tira de ses rêveries.

Elle fronça les sourcils et alla regarder par le judas. Bordel de merde ! Son chat releva sa lèvre supérieure et découvrit ses crocs.

Chapitre 14

— Bree, ouvre-moi, s'il te plaît, la supplia Mateo. Tu ne veux pas me voir, je le sais, mais j'ai entendu parler de ce qu'il t'était arrivé et j'ai besoin de m'assurer que tu vas bien.

Trop furieuse pour ne pas lui répondre, Bree ouvrit violemment la porte.

— C'est une blague ?

Le jeune homme leva les deux mains.

— Je ne veux pas me disputer avec toi. J'étais inquiet…

— Qu'est-ce que tu veux que ça me fasse ?

— Laisse-moi entrer, s'il te plaît, la supplia-t-il en regardant derrière lui. Il y a trop de monde ici.

Constatant qu'il avait raison, Bree grinça des dents. Elle n'avait vu aucun signe d'Alex, mais il serait bientôt là, elle n'en doutait pas. Elle n'avait aucune envie de laisser Mateo entrer chez elle. Elle avait envie de lui dire d'aller se faire voir ailleurs avant de lui claquer la porte au nez. Mais bon, elle l'agrippa par la chemise et le tira à l'intérieur. Ouais, elle voulait se bagarrer. Et alors ?

Elle referma la porte derrière elle d'un coup de pied et s'approcha de Mateo, prête à en découdre.

— Tu es vraiment culotté de venir comme ça chez moi.

Il recula jusqu'au séjour et se lécha nerveusement les lèvres en voyant que Bree restait tout près de lui.

— Je ne suis pas venu t'énerver.

— Il aurait mieux valu que tu ne viennes pas. Tu as pensé que tu pourrais tenter ta chance, que c'était le meilleur moment pour te pointer parce que tu te doutais bien que je serais contente d'avoir quelqu'un sur qui déverser ma colère.

— Oui, tu as peut-être raison. Je suis un vrai nul, je sais, mais j'avais juste envie de voir par moi-même que tu allais bien. J'étais malheureux de penser que tu te sentirais responsable de la mort de Benny et de Crawford. Je voulais te montrer que j'étais là pour toi. Écoute-moi, j'ai mal agi, je le sais, mais est-ce que tu vas me punir éternellement ?

— Te punir ? répéta-t-elle en s'immobilisant.

— Oui, tu m'as puni en refusant de me voir et de me parler. C'est bon, j'ai compris. Je souffre de ne plus te voir. Je ne peux pas me faire pardonner pour ce que je t'ai fait si tu ne me laisses pas t'approcher.

— Ce n'est pas pour te punir que je refuse de te voir, Mateo. C'est parce que je ne supporte pas ta présence. Il aurait mieux valu que tu restes loin de moi, et je ne mens pas en te disant cela.

Mateo baissa les épaules.

— Je t'ai fait du mal, je le sais. Cela m'obsède, tu ne sauras jamais à quel point. Je ne voulais pas que les choses se passent comme cela, Bree. Je ne sais pas pourquoi j'ai perdu le contrôle. Quand tu as dit que tu ne voudrais jamais de moi pour compagnon, c'était comme si quelqu'un avait pris ma place, comme si j'étais sur le siège arrière d'une voiture que quelqu'un d'autre conduisait. (Le regard torturé, il passa une main dans ses cheveux.) Tu n'as pas besoin de me détester, tu sais, je me hais assez pour deux. Je ne vais pas te demander de me pardonner, mais seulement de me donner une chance de me racheter.

— Tu penses vraiment que je pourrai te pardonner un jour ?

— Je ne sais pas. Je voudrais juste que tu me donnes une chance. (Il s'approcha prudemment de Bree.) Il faut que tu le saches : je n'aurais jamais fait ça si tu ne m'avais pas parlé comme tu l'as fait.

Bree haussa les sourcils et son chat poussa un feulement.

— Parce que c'est ma faute, c'est ça ?

— Non, non, ce n'est pas ce que je voulais dire. Simplement, je ne m'attendais pas à ce que tu me repousses. J'ai été blessé, choqué, gêné. J'avais toujours pensé qu'on finirait par se mettre en couple toi et moi et qu'on ferait tellement de choses ensemble. Bon, je ne rêve plus à ça. Je sentais que je te perdais, que tous mes projets tombaient à l'eau, que mon monde s'évanouissait, que je n'avais plus le contrôle. Et la première chose que j'ai…

Frustrée de constater qu'il refusait de reconnaître ce qu'il avait fait, Bree termina sa phrase pour lui.

— … alors tu as tenté de me revendiquer sans mon autorisation.

Un grognement sourd, rauque, effrayant leur parvint. Bree ferma les yeux. Distraite par la présence de Mateo, elle n'avait pas senti Alex arriver.

Elle se retourna pour lui dire qu'elle allait gérer elle-même la situation et le vit, le cou tendu, les muscles raidis, dévisager Mateo de son regard glacial, morne, effrayant. Elle préféra attendre un peu avant d'attirer son attention.

Alex serra les poings, se sentant envahi par une immense vague de colère qui lui noua le ventre et lui déclencha des démangeaisons au cuir chevelu. Ce ne fut qu'au prix d'efforts terribles qu'il réussit à garder le contrôle de son animal en furie. Son glouton donnait des coups de patte, désirant attaquer, lacérer, déchiqueter le chat de Mateo.

Les muscles brûlants, bandés, Alex s'approcha lentement de l'enfoiré.

— Tu as essayé de la mordre ? lança-t-il sur un ton sec, acerbe, tout de violence contenue.

Il était lui-même étonné d'être capable de parler tant il était furieux.

— De la revendiquer sans son assentiment ? insista-t-il.

Une marque de revendication était toujours très spéciale. À la grande différence de la bague de mariage chez les humains, elle symbolisait un véritable engagement. En effet, il était toujours possible de retirer un bijou ou de dissoudre un mariage. En revanche, l'union entre deux métamorphes était pour la vie. Il était rare qu'un métamorphe survive au décès de son conjoint. La rupture du lien d'union était presque toujours fatale pour le conjoint survivant qui ne souhaitait d'ailleurs plus vivre dans la plupart des cas.

Quand un métamorphe faisait une marque de revendication à sa compagne, cela témoignait de son engagement à l'aimer, la respecter, la chérir et la protéger. Avec cette marque, il promettait de ne jamais la quitter, la négliger ou la tromper. La revendication était donc un moment spécial, sacré même, pour le couple. Ils ne l'oubliaient jamais, se le remémoraient souvent.

Cela ne se produisait qu'une fois dans la vie d'un métamorphe. Si Mateo avait réussi à marquer Bree, il lui aurait volé ce moment. Elle n'aurait jamais pu effacer sa marque. Et quand enfin elle aurait trouvé son vrai compagnon, il l'aurait prise avec la marque d'un autre.

Entrant dans l'espace personnel de Mateo, Alex serra le poing, désireux de le lui balancer dans la gorge, de le massacrer. Malheureusement, s'il s'était laissé aller à le faire, l'enfoiré n'aurait pas été capable de répondre à ses questions.

— Je t'ai posé une question : est-ce que tu as essayé de…

— Je n'avais pas vraiment l'intention de lui faire ça, gémit Mateo en reculant.

Les sourcils froncés, Alex le dévisagea.

— Tu n'avais pas l'intention de lui faire ça, vraiment ? répéta-t-il.

— C'est arrivé comme ça.

Alex découvrit ses crocs.

— Ce genre de chose ne se produit pas comme ça.

— J'étais vexé, en colère, j'ai perdu le contrôle…

— Tous les jours, des gens se vexent ou se mettent en colère, ils perdent le contrôle, mais ils ne tentent pas pour autant de marquer les chairs d'une personne de façon permanente.

Mateo releva les épaules et sembla se ratatiner.

— J'ai perdu le contrôle, dit-il.

Alex s'approcha encore plus de lui.

— Je ne te crois pas, chuchota-t-il.

Le félin se raidit.

— Quoi ? lança-t-il.

— Je pense que tu as voulu la punir de t'avoir rejeté. Tu aimais bien penser qu'elle verrait ta marque tous les jours dans sa glace. Tu te disais que c'était un bon moyen d'éloigner les autres types.

Mateo cligna brièvement des yeux et Alex sut qu'il avait vu juste.

— Enfoiré !

— Mais non, ça ne s'est pas passé comme ça !

— Tu mens, et très mal !

Le chat sortit les griffes.

— Va te faire voir, Devereaux !

Bree se tendit quand Mateo tenta de donner un coup de griffe à Alex, mais sans l'atteindre, le glouton ayant esquivé le coup. Il se jeta alors sur Mateo et donna libre cours à sa colère. Il lui martela le visage, les tempes, la tête, la gorge et les côtes de coups de poing et de pied. La puissance sauvage de ces coups était incroyable. Le chat de Bree feulait et crachait pour encourager Alex. Il aurait voulu participer au combat.

Les peaux furent lacérées, les os, fêlés. L'odeur du sang emplit l'air. Les grognements gutturaux de défi de Mateo se transformèrent rapidement en hurlements de douleur. Il essaya de rendre coup pour coup à Alex, mais ce dernier était beaucoup trop rapide, trop fort. Le glouton le dominait aisément.

Bree envisagea d'intervenir, mais ce serait une erreur, elle s'en doutait. Personne n'osait jamais s'immiscer dans une bagarre entre métamorphes. Et puis, la jeune femme était d'humeur plutôt sanguinaire. Elle avait lu la vérité sur les traits de Mateo, cet homme qui avait été son ami autrefois, mais qui avait délibérément tenté de la marquer pour la punir, pour se venger.

Quand Mateo fut tellement sonné que ses jambes se mirent à flageoler sous son poids, Alex l'empoigna par la gorge et le projeta contre le mur comme s'il n'avait été qu'une poupée de chiffons. Mateo s'effondra au sol, gémissant, en sang.

Alex s'accroupit devant lui.

— Regarde-moi et écoute-moi bien. Bree n'existe plus pour toi. Tu m'as compris ? Tu ne l'appelles plus, tu ne lui envoies plus de SMS. Tu ne l'abordes plus jamais dans la rue. Tu ne poses plus jamais le pied dans l'allée qui mène à sa maison. Tu te tiens loin d'elle, dit-il enfin en détachant toutes les syllabes. C'est compris ?

Une lueur de défi brilla brièvement dans les yeux de Mateo qui gonflaient rapidement. Dieu du ciel ! Ce type était tellement stupide.

— Tu penses que je ne vais pas te buter ? demanda Alex. Que ta vie compte pour moi ? Je pourrais t'égorger là, tout de suite, sans éprouver aucun remords. Crois-moi, je n'hésiterais pas un seul instant si c'est ce que je dois faire pour que tu restes loin de ma compagne. À toi de me dire si je dois le faire.

Mateo secoua légèrement la tête et grimaça.

— Alors tu vas rester loin d'elle ?

— Oui, grogna Mateo.

— Très bien, rétorqua Alex avant de lui balancer un dernier coup de poing à la mâchoire.

Le type sombra immédiatement dans le coaltar. Il roula sur le côté et Bree comprit qu'Alex aurait pu l'assommer dès le début de leur combat, mais qu'il avait eu envie de lui donner une raclée.

Alex se releva et sortit son téléphone de sa poche. Il balaya l'écran du pouce avant de mettre son portable contre son oreille.

— Est-ce que tu patrouilles encore près de la maison de Bree ? Très bien. Je vais laisser un colis pour toi sur le porche arrière. Débarrasse-m'en.

Un colis ? réagit intérieurement Bree.

Alex raccrocha puis rempocha son téléphone et traîna Mateo hors de la pièce comme s'il n'avait pas été plus lourd qu'un cocker. Il ne regarda pas Bree une seule fois.

La jeune femme ne bougea pas. Elle resta au milieu de son séjour, se demandant si c'était normal qu'elle ait autant apprécié de voir Mateo se faire tabasser jusqu'à ce qu'il perde connaissance. *Sans doute*, se dit-elle.

Elle entendit la porte de derrière s'ouvrir, puis le bruit mat d'un objet lourd tombant au sol. Alex dit quelque chose, à un des lieutenants, sans doute. La porte de derrière se referma violemment. Bree sentit son cœur battre la chamade. Alex lui demanderait des explications, elle s'en doutait. Il lui en voulait presque autant qu'à Mateo, elle le sentait.

Alex la rejoignit alors dans le séjour, le corps raidi par la tension, la fixant de son regard sombre, aussi intense qu'un rayon laser. Ouais, il était furieux.

Bree n'avait pas peur, persuadée au plus profond d'elle-même qu'il ne lui ferait jamais de mal. Cela ne l'empêcha pas de s'irriter quand il pénétra dans son espace personnel et se tint devant elle, les pieds bien plantés au sol. Elle refusa de reculer, ce n'était pas son genre.

— Voyons si j'ai bien compris, commença Alex en croisant les bras sur son torse musclé. Un type a essayé de te revendiquer de force et tu t'es dit que tu n'en parlerais à personne.

En gros…

— Ouais…

Les yeux d'Alex lancèrent des éclairs.

— Pourquoi as-tu voulu lui éviter une punition ? Rassure-moi : tu ne le protégeais pas au moins ?

Le chat de Bree sortit une griffe. Il n'appréciait pas le ton de voix d'Alex.

— On a été très amis, lui et moi, à une époque.

— Tu ne dois rien à ce putain d'enfoiré, Bree. Il a trahi ta confiance. Ton amitié. Il a voulu te punir parce que ses sentiments n'étaient pas partagés. Pourquoi as-tu été indulgente avec lui ?

— Je ne m'étais pas rendu compte qu'il avait des sentiments pour moi. J'aurais dû le voir.

Alex fronça les sourcils.

— Quelle différence cela aurait-il fait si tu t'en étais aperçu ? Tu n'aurais pas pu changer ses sentiments quand tu l'as rejeté.

— Mais j'aurais pu lui parler, lui faire gentiment comprendre pourquoi je le rejetais. On n'aurait pas été obligés de se battre comme ça.

— Aurait-il réagi différemment si tu l'avais rejeté gentiment ? Il n'y a pas cinquante-six manières de rejeter quelqu'un, Bree. Ce n'est jamais agréable, quelle que soit la manière dont cela est fait. Mateo a des sentiments pour toi, alors il n'a pas apprécié que tu le rejettes. En revanche, cela n'excuse pas sa réaction. Il aurait dû se comporter comme un homme et s'excuser d'avoir mal interprété la situation plutôt que de s'en prendre à toi et de chercher à se venger du coup porté à son orgueil.

— Je sais, mais…

— Mais rien du tout, Bree ! Tu ne devrais pas être aussi indulgente avec lui. Cette mauvaise réaction a entaché tout ce qu'il a fait pour toi avant. Il n'a pas mal agi parce qu'il souffrait, mais parce qu'il est faible et n'a pas supporté d'être rejeté. C'est son problème, pas le tien. Je refuse de te voir endosser la responsabilité d'une situation qui n'a rien à voir avec toi.

Bree se redressa et serra les poings. Il refusait ? Vraiment ?

— Fais attention, Alex. J'ai eu une journée très difficile.

Elle avait été droguée, enlevée, et obligée de regarder l'homme qu'elle aimait se faire tirer dessus à plusieurs reprises.

— Je ne suis pas d'humeur à entendre des conneries, conclut-elle.

— Ah ouais ? grogna Alex en plissant le front.

— Oui. Alors arrête de râler.

— Je vais arrêter quand tu reconnaîtras la responsabilité de Mateo dans cette histoire.

Bree releva le menton.

— Tu vas arrêter parce que je te l'ai demandé !

— Allez, reconnais la responsabilité de Mateo.

— Va te faire voir, Monsieur je-sais-tout !

Il s'approcha d'elle, la dominant de toute sa taille.

— Allez, reconnais la responsabilité de Mateo, répéta-t-il.

— J'en ai marre. Barre-toi, dit-elle en désignant la porte du doigt.

Il posa une main sur sa gorge et serra.

— Reconnais-le.

Indignée par cette manifestation de dominance, Bree ne put s'empêcher d'être envahie par un désir charnel qui durcit ses tétons et resserra sa féminité. Elle devait être bien perturbée pour réagir ainsi.

— Écoute-moi, Bree. Tu m'appartiens. Complètement. Chaque petit centimètre carré de toi. Personne n'a le droit de te reprocher quoi que ce soit. Même pas toi-même. Et encore moins quand tu n'es pas responsable. Je ne te laisserai pas te faire du mal comme ça. Crois-moi. Alors je te demande de reconnaître la responsabilité de Mateo.

Elle aurait sans doute dû ordonner à Alex de la libérer et d'arrêter de lui donner des ordres même si ça partait d'un bon sentiment.

— Sinon quoi ? s'entendit-elle lui dire à la place.

— Sinon, je te baise tant que tu ne l'auras pas fait.

Bree inspira fortement et sentit son pouls s'accélérer. Elle avait envie de le sentir bouger en elle. Elle avait besoin d'être rassurée qu'il était remis, guéri, après avoir été criblé de tellement de balles qu'il avait fini par ressembler à une passoire ! Elle avait eu peur de le perdre, de le voir mourir sous ses yeux. Elle était encore terrorisée même s'il était là devant elle, bien vivant.

Elle vit ses pupilles se dilater. Il percevait sans doute son désir. Elle en sentait elle-même l'odeur dans l'air ambiant.

— Reconnais-le une bonne fois pour toutes, Bree, lui ordonna-t-il d'une voix rauque qui trahissait son besoin à lui en réaction au sien.

Il lui resserra davantage la gorge.

— Allez, fais-le, insista-t-il.

Elle était mouillée, prête à l'accueillir en elle.

— Va te faire voir, enculé !

Il grogna, se pencha et prit sa bouche, insérant sauvagement la langue entre ses lèvres. Bree sentit son corps… s'embraser littéralement. Elle fut comme parcourue d'étincelles de désirs et ils ne se contrôlèrent plus.

La repoussant contre le mur, Alex déchira son tee-shirt et lui enserra le sein dans une manifestation de possessivité.

— Je vais te prendre.

Il lui arracha son short et elle se débarrassa des derniers lambeaux de son tee-shirt. Il lui retira sa culotte et elle défit sa braguette. Il inséra deux doigts en elle pour s'assurer qu'elle était prête à le recevoir.

— Merde, je ne tiendrai pas longtemps, grogna Alex.

Sans autre préambule, il la souleva, la plaça comme il la voulait et la laissa retomber sur son sexe.

En sentant son membre massif l'emplir ainsi d'un seul coup, Bree s'immobilisa, mais pas Alex. Non, il glissa en elle comme si elle était sienne, la soutenant de ses grandes mains sur ses hanches. Elle ne put qu'enrouler les bras et les jambes autour de lui et se laisser baiser. Et il le fit de manière sauvage, brutale et désespérée.

Elle avait pensé qu'il la titillerait et la taquinerait pour obtenir ce qu'il voulait, mais il était aussi dépassé qu'elle par toutes ces sensations. Il la prit brutalement, comme s'il ne pourrait jamais la pénétrer assez profondément. Bree goûta chaque instant.

Alex lui racla le cou de ses dents acérées, assez pour lui érafler la peau, content de laisser sa marque.

— Ton intimité est parfaite : brûlante, mouillée, serrée. Et par-dessus tout, mienne.

Sentant les ongles de Bree lui caresser la nuque assez fortement pour faire couler son sang, il banda encore plus. Il fut profondément touché par le regard audacieux qu'elle braqua sur lui. Il put y lire comme dans un livre ouvert ; elle se livrait entièrement à lui.

Chaque fois qu'elle avait refusé de reconnaître ce qu'il lui demandait, son attitude de défi avait titillé la colère qu'il ressentait encore. Il ne supportait pas qu'on ait tenté de la lui prendre, d'avoir failli arriver trop tard pour la sauver. Son refus l'avait fait bander tellement qu'il en avait mal. Il avait ensuite perçu l'odeur de son désir et avait compris qu'il ne pourrait pas se retenir bien longtemps. Il ne serait pas capable de lutter contre le désir primal de la prendre, de la baiser pour s'assurer qu'elle était bien là avec lui, saine et sauve.

— Tu sais ce que j'aime faire après avoir déversé ma semence en toi ? lui murmura-t-il à l'oreille. J'aime la regarder couler le long de tes cuisses. Je voudrais que d'autres la voient aussi, qu'ils sachent que jamais tu ne seras à eux.

Bree tenta de parler, mais il plaqua sa bouche brûlante et talentueuse sur la sienne. Elle posa les talons à la base de son échine, perdue dans le bonheur de le sentir glisser en elle, encore et encore. Chacun de ses coups de reins était aussi sauvage et mortel que ses baisers.

Il glissa de nouveau la main sur sa gorge pour affirmer sa possessivité. Elle se hérissa un peu, mais son intimité se referma sur son sexe. Le grognement de puissance et de dominance que poussa Alex fut étouffé par leur baiser et exacerba la tension qui montait en Bree. Alex était très grand et très fort, capable de la maîtriser facilement. Elle n'aurait pas su expliquer pourquoi cela l'excitait.

Il changea un peu sa position et le souffle de Bree se bloqua. Merde ! Il effleurait maintenant son clito à chaque coup de reins. Elle sentit son intimité frémir, se resserrer et le sexe d'Alex palpiter et s'épaissir, l'étirant encore davantage.

Il s'écarta d'elle et poussa un grognement sourd. Ses prunelles sombres se posèrent sur elle, brillantes d'avidité et de possessivité.

— Jouis maintenant Bree. Fais-le pour moi.

Puis il resserra son étreinte sur sa gorge et planta les dents dans son épaule.

Bree entrouvrit la bouche dans un cri silencieux et se sentit parcourue de grandes vagues de plaisir. Elle arqua le dos et sa féminité se referma sur le sexe d'Alex comme un étau. Il garda les dents plantées dans son épaule tout le temps qu'il la prit. Il accéléra la cadence et lui tint la gorge si fermement que c'était un miracle qu'elle puisse encore respirer. Puis il s'enfonça profondément en elle une dernière fois et il explosa.

Ramollie, pantelante, elle se laissa aller contre lui. Alex glissa la main de sa gorge à sa nuque de façon tout aussi possessive. Elle plana sur son petit nuage post-orgasmique pendant qu'Alex lui faisait des baisers dans le cou et léchait sa morsure sur son épaule.

Elle battit des paupières et ouvrit les yeux quand il la déposa tendrement sur le tapis avant de s'allonger à côté d'elle et de baisser les yeux vers ses cuisses, une lueur de satisfaction dans le regard en attendant de voir couler sa semence.

— Je ne trouve pas cela très juste que tu sois encore habillé tandis que je suis à poil.

Alex posa une main sur son ventre en écartant les doigts pour sentir un maximum de peau.

— J'aime te voir nue, pouvoir admirer et toucher ce qui est à moi.

Il glissa la main de son ventre à son sein et à la marque qu'il lui avait faite à l'épaule et la caressa du pouce.

— J'ai failli disjoncter quand j'ai vu le filet dans ton jardin et que j'ai discerné l'odeur des ours polaires. J'ai tout de suite compris que tu avais été enlevée. Mon glouton est remonté à la surface, il m'a obligé à le laisser émerger et il a suivi leur odeur…

— Et il a sauté devant un flingue, ce qui m'a beaucoup énervée. Prends-en bien note.

— Il se fichait du flingue. Il voulait seulement éliminer toutes les menaces qui pesaient sur toi, dit-il avant de l'embrasser dans le cou et de s'emplir les poumons de son odeur. Tu aurais dû me parler de cet incident avec Mateo.

— Tu l'aurais tabassé. Comme tu l'as fait tout à l'heure d'ailleurs.

— Tu ne penses pas qu'il le méritait ?

— Là n'est pas la question. C'est juste que je sais ce que c'est de désirer quelqu'un d'inaccessible.

— Moi aussi. Si tu m'avais rejeté, j'en aurais souffert, mais je n'aurais pas essayé de te marquer contre ton gré. Il n'avait absolument pas le droit de faire ça.

— Tu l'as fait payer.

— C'est vrai. Mais pas assez. Il mérite d'être banni, l'enfoiré !

— Alex… protesta Bree en se raidissant.

— Et si Mateo essaie de marquer la prochaine fille qui le rejette ?

Bree esquissa une grimace. Elle n'avait pas envisagé cette possibilité.

— On ne doit pas laisser ce genre de manquement impuni. S'il n'a pas pris conscience du mal qu'il a fait, il risque de le refaire.

Résignée, Bree poussa un soupir.

— Je vais appeler Vinnie tout à l'heure et le mettre au courant.

— Très bien, dit Alex en plongeant son regard dans le sien. À compter d'aujourd'hui, je veux que tu me dises si quelqu'un menace de te faire du mal. Il ne doit pas y avoir de secrets entre nous, Bree.

— D'accord, dit-elle. Plus de secret.

Satisfait, il hocha brièvement la tête et passa la main dans les cheveux de Bree et les caressa sur toute leur longueur, appréciant leur douceur.

— Tu as fait ta valise ?

— Pas encore.

— Je vais t'aider et on s'en va, dit-il.

Il avait hâte de l'éloigner de cette maison. Elle n'y était pas en sécurité. Elle partageait son avis, il le savait. Cette situation l'horripilait. Elle était chez elle dans cette maison après tout. Elle l'adorait. Mais elle avait été victime d'une effraction et d'une tentative d'enlèvement par des ours polaires. Elle en était sans doute profondément marquée.

— Celui qui était dans le bois m'a dit… commença-t-elle avant de s'interrompre et de fermer les yeux. Paxton m'a dit de rester loin de toi.

Alex sentit un grognement lui monter à la gorge.

— Tant pis pour lui.

— Il n'aimera pas que je m'installe chez toi.

— J'en ai rien à cirer, réagit Alex en agrippant les cheveux de Bree d'une main. Je ne vais pas le laisser nous séparer. Tu n'es pas sienne. Tu ne l'as jamais été. Pas vraiment. Et tu es mienne maintenant. Il doit l'accepter, ou bien il n'a qu'à venir m'en parler. Mais je refuse qu'il te dicte ta conduite. Je ne le laisserai pas t'embrouiller ou jouer avec tes sentiments. C'est compris ?

Bree déglutit bruyamment.

— Oui, j'ai compris, dit-elle.

— Très bien, dit Alex en lui relâchant les cheveux. On va aller faire ta valise.

Bree tenta de ne pas prêter attention aux regards curieux de leurs camarades de troupe. Était-elle étonnée qu'ils semblent sidérés de voir Alex avec un sac à dos tirer une valise très féminine derrière lui ? Non.

Certains de leurs amis eurent l'air agréablement surpris tandis que d'autres semblaient préoccupés, comme si leur relation risquait d'imploser subitement.

Heureusement, les Cage ne les virent pas. Ils auraient pété les plombs et elle aurait été obligée de supporter une autre scène publique. Elle en avait assez eu pour jusqu'à la fin de ses jours.

Même si elle souffrait de devoir partir de chez elle, elle ne pouvait pas faire autrement que reconnaître que c'était nécessaire. Elle espérait simplement qu'Alex ne trouverait pas la cohabitation trop dure. Ce n'était pas évident, encore moins pour un type comme lui, jaloux de sa solitude.

Une fois parvenus à destination, Alex pianota le code d'accès de l'immeuble. La porte s'ouvrit dans un grand bourdonnement. Alex la tira vers lui, fit signe à Bree d'entrer d'abord et la suivit. Ils atteignirent son étage après un court trajet en ascenseur et il la mena chez lui.

Une fois à l'intérieur, Bree balaya les lieux du regard, appréciant la déco moderne, masculine.

— Ça me plaît, dit-elle.

Puis elle le suivit vers sa chambre et l'observa attentivement pour essayer de déterminer si sa présence chez lui le gênait. Il ne semblait pas du tout tendu. Bien au contraire, il avait l'air satisfait, comblé même.

Alex posa la valise près du mur et se tourna vers Bree. L'expression qu'il lut sur son visage le laissa perplexe.

— Quoi ? demanda-t-il.

Elle mit son sac à main sur la commode.

— Je me demande juste si tu es vraiment content de m'avoir chez toi.

— Est-ce que tu trouves que je n'ai pas l'air sûr ? lança-t-il en la rejoignant.

— Non, mais c'est important pour moi que ma présence chez toi ne te mette pas mal à l'aise.

— Mais pas du tout. J'ai même un petit faible pour toi. Parfois. Ça dépend de mon humeur. Et plus particulièrement quand tu es à poil.

Bree esquissa un sourire.

— Mon cœur a du mal à supporter toutes ces déclarations romantiques !

Il l'embrassa sur un coin de la bouche.

— Est-ce que tu as faim ?

— Non, répondit-elle, le ventre noué.

Il embrassa l'autre coin de sa bouche.

— Est-ce que tu es fatiguée ?

— Non.

Elle aperçut alors une cicatrice presque refermée de trou de balle sur le côté de son cou. Elle l'effleura du bout des doigts. Elle aurait tant voulu pouvoir la faire disparaître entièrement.

— La garce ! Je suis contente que ton glouton l'ait massacrée. Elle n'arrêtait pas de tirer et je ne pouvais rien faire pour toi.

Bree ne s'était jamais sentie aussi impuissante.

Elle se mordit la lèvre.

— Est-ce que je pourrais rencontrer ton glouton ? Je voudrais le remercier pour ce qu'il a fait aujourd'hui.

Le regard d'Alex se fit tendre et langoureux.

— Tu n'as pas besoin de le remercier, mais tu peux le rencontrer, bien sûr. Cela fait un moment qu'il a envie de passer un peu de temps avec toi en tête à tête.

Bree regarda Alex se déshabiller rapidement, révélant ses muscles magnifiques et sa peau mate. Ouais, elle allait le marquer, mais un peu plus tard.

— Il est autoritaire et exigeant, mais il ne te fera jamais de mal, je te le jure.

Alex se transforma alors et son animal s'étira paresseusement.

Bree sourit en apercevant les petits yeux sombres et perspicaces du glouton.

— Hé ! toi, dit-elle en s'accroupissant à côté de lui.

Il posa une de ses grosses pattes palmées sur sa cuisse, mais sans l'érafler de ses longues griffes acérées.

— Tu es plus gros que dans mon souvenir, le taquina-t-elle.

Il lui donna quelques petits coups de sa grosse tête.

— Ah oui ! je vois bien là ton côté autoritaire, observa Bree.

Ayant deviné ce qu'il voulait, elle caressa l'épaisse fourrure dans son cou et admira les bandes plus claires qui ornaient sa face et ses flancs. Son pelage était plus soyeux qu'elle l'avait imaginé et incroyablement épais tout en ne masquant pas les muscles solides et la puissance qu'il recouvrait.

— Merci d'avoir sauvé mon chat, dit-elle, sachant qu'Alex transmettrait le sens de ses paroles à son animal.

Mais s'il te plaît, ne saute plus jamais devant une volée de balles.

Il lui farfouilla dans la main de son museau carré avant de la mordiller, le petit enfoiré ! Il ne la blessa pas, elle ne saigna pas, mais…

Elle le repoussa tendrement.

— Non, dit-elle. Tu n'es pas sympa.

Il feignit de grogner et elle gloussa. Puis Alex émergea dans un craquement d'os.

— Si je l'avais laissé faire, il aurait passé toute la nuit à se faire caresser.

Il enroula le bras autour de Bree et l'aida à se relever.

— Il faudra qu'on le laisse passer un peu de temps avec ton chat.

— Bientôt. Il m'a mordue, dit-elle en lui montrant la marque sur sa paume et en prenant un air grognon.

— Je sais, chuchota-t-il en approchant son visage du sien. Et je vais faire comme lui.

Il la poussa dans son lit. Il commença par manger avidement sa féminité avant de la prendre sauvagement. Au moment de jouir, il la mordit dans le creux du cou. Repue, marquée, elle fit une longue et douce sieste à ses côtés avant d'aller à la cuisine préparer à dîner.

Peu après le repas, ils entendirent frapper à la porte. *Sans doute les parents d'Alex venus prendre de nos nouvelles*, pensa Bree. Elle ouvrit et fut étonnée de trouver une femme qu'elle connaissait, les yeux rougis de larmes.

— Renée, dit-elle doucement.

La copine de Benny lui adressa un petit sourire triste.

— Salut, dit-elle. Je voulais te voir.

— Entre, dit Bree en s'écartant pour la laisser passer. Je ne sais pas comment te dire cela sans avoir l'air insensible, mais je ne suis pas très douée pour aider les gens malheureux.

— C'est possible, répondit Renée. Mais j'avais envie de parler avec la personne qui a mis Benny sur le droit chemin. On n'a peut-être pas eu beaucoup de temps ensemble lui et moi, mais on n'en aurait pas eu du tout si tu ne l'avais pas aidé.

Bree poussa un long soupir.

— Alors je vais aller chercher la bouteille de tequila.

— J'espérais justement que tu me le proposes.

Chapitre 15

Le lendemain matin, Bree posa la tête sur la table de la cuisine d'Alex et poussa un gémissement. Son crâne résonnait de battements de tambour et le moindre bruit ne faisait qu'empirer la situation. Bonjour la gueule de bois !

Le café ne l'avait pas beaucoup aidée. Ni d'ailleurs les œufs au bacon et les saucisses que lui avait préparés Alex. Il avait l'air d'avoir du mal à s'empêcher de rire.

Elle eut envie de râler, mais elle se retint tant il avait été formidable la veille au soir, elle devait le reconnaître. Tout de suite après qu'elle avait invité Renée à entrer, Alex lui avait fait un bisou et s'était éclipsé dans la chambre pour les laisser seules. Quand Bree était venu le rejoindre au lit, il regardait quelque chose sur sa tablette et il ne lui avait pas reproché de l'avoir abandonné toute la soirée. Il s'était contenté de la déshabiller pour découvrir l'amour avec elle quand elle avait trop bu.

L'expérience avait été assez fabuleuse pour Bree.

Elle avait essayé de s'excuser de l'avoir laissé seul toute la soirée, mais il lui avait mis un doigt sur les lèvres pour la faire taire.

— C'est ton boulot, je ne t'en veux pas. Je suis là si tu as besoin de moi, sinon, je m'éclipse.

Il était vraiment sympa. Son chat s'était calmé en constatant qu'il acceptait aussi bien son rôle d'oméga et toutes les contraintes liées à son travail.

Quatre grands coups retentirent alors, faisant presque trembler les murs de l'immeuble et résonnant dans la tête de la pauvre Bree. Elle ferma très fort les yeux.

— Est-ce qu'on vient d'être bombardés ? demanda-t-elle.

— Non, répondit Alex, l'air amusé. Il y a quelqu'un à la porte.

— Pouah ! laissa échapper Bree.

Le grincement des pieds de la chaise sur le parquet l'irrita autant que des ongles raclant un tableau noir.

— Je vais aller ouvrir, dit Alex.

Il lui effleura le cou en passant avant de quitter la pièce. Dieu merci ! Il se déplaçait sans bruit.

Elle entendit grincer les charnières de la porte quand il l'ouvrit.

— Bonjour Alex ! Je suis venue voir Bree, entendit-elle.

C'était Dani.

Bree ne put retenir un gémissement. Bordel de merde ! Elle releva péniblement la tête et vit la Première oméga entrer dans la cuisine, dans une tenue impeccable, comme toujours. Le chat de Bree se redressa et poussa un grognement de dépit.

— Bonjour, marmonna Bree.

Elle aurait nettement préféré lui lacérer le visage de quelques coups de griffes bien placés.

Dani la regarda d'un air hautain et poussa un soupir.

— Je parie que tu t'es juré de ne plus jamais boire !

Bree mit un coude sur la table et posa le menton dans sa main.

— J'essaie de ne jamais me mentir à moi-même.

Dani regarda Alex qui était resté là, appuyé contre le comptoir.

— Il faudrait qu'on parle, Bree et moi. Pourrais-tu nous laisser seules, s'il te plaît ?

— Non, dit-il.

Ah ! C'était bien là une réaction de glouton.

La Première oméga poussa un soupir.

— On est chez toi, Alex, j'en ai conscience. Mais avec tout le respect qui t'est dû, je suis venue aborder avec Bree des questions qui ne concernent que les omégas.

— Je m'en fous. Si tu veux parler à Bree, fais-le. Je tiens à te préciser cependant que je ne reçois pas habituellement chez moi des personnes que je n'aime pas et pour qui je n'ai aucun respect.

Bree grimaça intérieurement.

— *Tu es méchant !* énonça-t-elle silencieusement.

Alex haussa les épaules.

Les joues de Dani s'empourprèrent.

— C'était déplacé, dit-elle. Mais bon, comme je n'ai pas non plus beaucoup d'estime pour toi…

— Parle ou dégage.

Dani serra les lèvres, se retourna vers Bree et croisa les bras.

— J'ai appris que Renée était venue te voir hier soir. Comment va-t-elle ?

— Comme n'importe quelle fille qui vient de perdre son compagnon.

Renée lui ayant donné son accord pour qu'elle partage avec les autres omégas ce qu'elle lui avait dit, Bree fit un résumé à Dani.

La Première oméga poussa un soupir et secoua la tête.

— C'est tellement triste. J'organise en ce moment les obsèques de Benny et de Crawford. La cérémonie aura lieu dans deux jours. Est-ce que Renée t'aurait dit par hasard où les parents de Benny voulaient que soient éparpillées ses cendres ?

Bree secoua la tête. Selon une tradition séculaire, les chats de Pallas incinéraient leurs morts.

— Si tu étais venue vingt minutes plus tôt, tu aurais pu le lui demander toi-même.

Dani s'immobilisa.

— Elle a passé la nuit ici ? Oh mon Dieu ! J'espère qu'elle n'a pas une aussi vilaine gueule de bois que toi.

— Eh bien…

Estomaquée, Dani ouvrit grand la bouche.

— Merde ! Elle est venue te voir pour te demander de l'aider à surmonter son chagrin et toi, tu l'as fait boire ?

— On n'était pas complètement soûles. Juste un peu pompettes.

Elles avaient bu un *shot* chaque fois qu'elles se remémoraient un souvenir agréable de Benny. Elles avaient levé leur verre à sa mémoire en reconnaissant qu'il avait été quelqu'un de compliqué.

— On a regardé un film en grignotant pour se détendre. Puis Renée s'est endormie, alors je l'ai installée dans la chambre d'amis d'Alex, le temps qu'elle se remette.

Dani secoua la tête.

— Je ne te comprendrai jamais, dit-elle.

— Est-ce si mal d'affronter le deuil dans le rire plutôt que dans les larmes ? Qu'on ait préféré passer la soirée à célébrer la vie de Benny plutôt qu'à pleurer sa mort ?

— Le deuil est un processus. On ne peut pas le guérir en extirpant une émotion.

— Ce n'est pas ce que j'ai fait. Je me suis servie d'une approche différente de la tienne pour aider Renée. Soyons honnêtes : quoi que je fasse, tu vas me critiquer. (Bree lui adressa un sourire tendu.) Tu peux peut-être lui demander si elle veut porter plainte contre moi. Cela t'aiderait à étoffer le dossier que tu montes contre moi, non ?

— Il n'y a pas de dossier. Ne sois pas parano.

— Je ne le suis pas. Tu cherches à te débarrasser de moi et tu veux que nos camarades pensent que je suis trop instable pour être leur Première oméga. Ils n'attacheraient alors plus d'importance au fait que tu es moins puissante que moi.

— Tu déformes mes propos.

— Je dis les choses comme elles sont. Réfléchis bien avant d'agir. Fais attention à ne pas me mettre plus de pression.

Les yeux de Dani lancèrent des éclairs.

— C'est une menace ?

— Non, un simple conseil. Et j'en tiendrais compte à ta place. Parce que si cela se termine par une bagarre entre toi et moi, c'est moi qui l'emporterai. Tu le sais aussi bien que moi.

— Tu penses qu'il te suffirait de remporter une bataille pour devenir Première oméga ? lança Dani en secouant la tête. Tu ne vas pas me prendre ce poste, Bree. Tes talents d'oméga ont beau se renforcer, cela ne suffit pas. Tu n'as pas les qualités nécessaires pour devenir la Première oméga de la troupe. C'est à peine si tu as celles qu'il faut pour une simple oméga…

— Ça suffit, intervint Alex en s'écartant du comptoir. Dégage.

Dani se redressa.

— C'est à Bree que je parlais.

— Tu la dénigres et cela ne me plaît pas. Je n'autorise personne à parler ainsi à ma compagne. Le fait d'être la Première oméga ne te donne pas ce droit. Alors soit tu pars, soit je te mets dehors.

— Tu n'oserais pas.

— Parce que tu penses que ton rôle au sein de la troupe m'en empêcherait ? Tu te crois protégée ? Eh bien, tu te trompes. D'autant plus que le statut de Première oméga ne te revient plus vraiment de droit. Tu devras l'accepter un jour. Maintenant, sors de chez moi.

Bree ferma un œil, s'attendant à ce que Dani explose, mais non, elle se contenta de tourner les yeux vers le mur et de prendre une longue inspiration, un peu comme si elle ne cherchait pas uniquement à s'oxygéner, mais qu'elle tentait aussi de contrôler toutes ses émotions. Elle expira et afficha un masque de calme glacial. Impressionnante démonstration !

Puis la Première oméga releva le menton, serra les lèvres et lissa son chemisier.

— On reparlera de ça une autre fois, Bree, dit-elle sèchement en gardant tout son calme.

Elle ne partit pas précipitamment, mais sortit lentement de la pièce d'un pas élégant. Elle ne claqua même pas la porte derrière elle en sortant.

Bree se frotta le visage d'une main.

— C'est une journée qui commence vraiment bien ! J'espère qu'elle suivra mon conseil et qu'elle me lâchera un peu la grappe.

— Tu sais bien qu'elle ne le fera pas.

— Je peux toujours espérer, n'est-ce pas ?

Alex lui caressa les cheveux de la main.

— Oui, c'est vrai, dit-il.

Son portable sonna. Il le prit sur le comptoir de la cuisine et balaya l'écran du pouce.

— Oui ? dit-il en décrochant.

Bree eut du mal à s'empêcher d'éclater d'un rire ronflant. Alex n'était même pas capable de répondre par un « allô » normal.

— Très bien. J'arrive, dit-il en se raidissant. Tu rigoles ? (Il jura et ne dit rien pendant un moment avant de se tourner vers Bree.) Oui, je vais le lui dire.

Il raccrocha, les traits durcis.

— Qu'est-ce qu'il se passe ? s'enquit Bree en se levant.

— Vinnie est allé voir Mateo pour l'expulser.

L'Alpha l'avait bien réprimandée au téléphone la veille au soir quand elle lui avait décrit le comportement de Mateo. Il lui avait reproché de ne pas lui en avoir parlé tout de suite après les faits.

— Et alors ?

— Eh bien, il est parti. Il y avait des traces de lutte chez lui et il semble qu'il soit parti sans aucun bagage. Son portable était là, mais en mille miettes.

— Exactement comme Drina, chuchota Bree, son ventre se nouant.

Alex acquiesça d'un signe de tête.

— La rumeur circule déjà qu'il aurait été enlevé par Paxton. Nos camarades de troupe ignorent ce que Mateo t'a fait, mais ils se doutent qu'il t'a profondément choquée. Plusieurs l'ont vu entrer chez toi en trombe après ta tentative d'enlèvement par les ours polaires. Ils croient que Paxton n'a pas apprécié son comportement et a donc décidé de se débarrasser de lui.

— C'est tout à fait possible, dit Bree en se frottant le visage d'une main. J'en veux à Mateo, Alex. Beaucoup. Mais pas assez pour souhaiter le voir entre les mains de Paxton.

Alex mit une main sur l'arrière de sa tête.

— Mais on ne sait pas si Paxton l'a enlevé.

— Tu penses que c'est possible, non ?

— Il se peut que Mateo se soit enfui, mais il est possible aussi qu'il ait été enlevé. Je ne vois personne d'autre que Paxton qui aurait pu vouloir le kidnapper. Calvin était sous surveillance. Ses gardiens disent qu'il n'est pas sorti de chez lui depuis hier matin.

Bree s'agrippa au dossier d'une chaise.

— J'ai tellement peur que Paxton tente de t'enlever.

— Je suis tout le temps avec toi et tu es très bien protégée. Paxton attendra, il ne voudra pas risquer d'être vu.

Bree acquiesça d'un signe de tête.

— Il est très patient de nature.

— Vinnie voulait également que je te dise qu'il avait reçu un autre tuyau concernant l'emplacement du territoire des hyènes. Il va aller voir et je vais l'accompagner. On part dans une heure environ.

Bree serra et desserra les poings.

— Je n'aime pas rester ici quand vous allez sur le terrain.

Alex la comprenait parce qu'il aurait éprouvé la même chose si les rôles avaient été inversés.

— Je sais, dit-il, mais…

— Oui, oui, je sais. Il vaut mieux que je reste ici sous la protection de la troupe.

Alex posa la main sur son cou. La frustration se lisait sur son visage.

— Je comprends votre impatience à toi et à ton chat, dit Alex. Mais bon, ces hyènes sont très dangereuses.

— Je ne suis pas fâchée que Vinnie préfère que je ne m'éloigne pas du territoire de la troupe, mais je suis furieuse de me retrouver dans cette situation, que tu te sois pris six balles parce que ces enfoirés refusent de laisser tomber. Personnellement, je pense que les hyènes vont se manifester elles-mêmes la prochaine fois. L'agence a échoué, de même que l'ancien flic et les ours polaires. À la place de Dale Bray, je me dirais que le temps est venu d'agir sans intermédiaire.

Bree n'avait pas l'air de s'en inquiéter, bien au contraire. Cette idée semblait même lui plaire. Alex plissa les yeux.

— Tu aimerais bien qu'elles s'en prennent directement à toi, c'est ça ?

— Je voudrais les faire payer pour ce qu'elles t'ont fait. Je ne vais jamais oublier que je t'ai vu te vidant de ton sang.

Alex sentit son cœur se serrer.

— Et moi, je ne vais jamais oublier l'image de ton chat drogué se faisant traîner au sol ou bien trimballer dans une cage. Les hyènes vont payer pour ce qu'elles t'ont fait, je te le jure, Bree.

— Tu peux en être sûr ! convint-elle, un grognement venant de son chat lui échappant.

Bree et son chat n'hésiteraient pas un seul instant à tuer les hyènes si l'occasion s'en présentait, il en était persuadé.

Ces enfoirées avaient commis une grave erreur en s'en prenant à des chats de Pallas. Cette espèce était très revancharde. Les hyènes n'étaient déjà plus que des cadavres en devenir. Elles ne le savaient pas encore, mais elles n'allaient pas tarder à le découvrir.

— Est-ce que tu vas manger ça ?

Bree cligna des yeux et sortit de sa rêverie. Cela faisait déjà cinq bonnes minutes au moins qu'elle fixait son *biscotti* du regard. Elle poussa son assiette vers Ella assise en face d'elle au bistrot.

— Tiens, tu peux le manger si tu veux.

Ella serra les lèvres.

— Je ne comprends pas pourquoi tu ne veux pas que je bute cette garce.

Bree avait mis son amie au courant de sa dernière querelle avec Dani et la rouquine était furieuse.

— Je me réserve le plaisir de le faire moi-même, un jour peut-être.

— D'accord, sois égoïste si tu veux, mais arrête un peu au moins de penser à elle !

— Bien honnêtement, elle n'occupe pas beaucoup mes pensées. Je passe beaucoup de temps en ce moment bien assise dans mon fauteuil à essayer de comprendre tout ce qui m'est arrivé dernièrement. Mais sans succès et c'est cela qui m'irrite. (Bree leva alors son gobelet et son visage fut enveloppé de vapeur chaude.) Cette histoire avec Dani ne fait qu'aggraver légèrement la situation.

Elle avait envisagé d'aller faire du shopping pour se changer les idées. Une demi-heure après le départ d'Alex avec Vinnie pour vérifier un autre tuyau, elle avait appelé Ella et l'avait convaincue de l'accompagner à *la Petite boutique de livres*, la librairie de la troupe.

Pour Bree, le meilleur moyen de se changer les idées était de lire un roman. Elle avait donc décidé d'aller acheter des livres. Tant pis si son besoin d'évasion était considéré comme une preuve de lâcheté. Tout le monde avait besoin de distraction de temps à autre. Certains avaient recours à des substances illicites tandis que d'autres choisissaient l'alcool. Bree préférait les livres. Ceux qui trouvaient cela trop enfantin n'avaient qu'à aller s'asseoir sur une torche de jardin !

Même si les lieutenants la surveillaient de près, Alex ne serait pas content de découvrir qu'elle était sortie de chez lui. Tant pis pour lui. Elle était parfaitement en sécurité après tout dans une rue située au milieu du territoire de la troupe, entourée de camarades.

Elle avait trouvé cela très relaxant de prendre son temps dans la librairie. Au début, en tout cas. Puis elle s'était sentie épiée. Ses camarades de troupe ne la lâchaient pas des yeux. Elle les entendait même chuchoter. Ils se demandaient si Paxton était revenu la revendiquer, si elle avait été en contact avec lui ces dernières années, et si ce n'était qu'une question de temps avant que les hyènes ne la retrouvent.

Certains avaient voulu savoir si tout allait bien entre Alex et elle. D'autres lui avaient carrément demandé si elle s'était installée chez lui ou si elle pensait que Paxton était vraiment revenu.

D'habitude, Bree achetait des piles de livres, mais, ce jour-là, elle se contenta de choisir un seul roman avant de se hâter vers la caisse en espérant éviter les questions. Elle paya et se rendit avec Ella au café de la librairie. Elle trouvait très réconfortant de pouvoir s'installer là et de humer ses deux parfums préférés : celui des livres et celui du café. Enfin, d'habitude. C'était bien différent avec tous ces regards braqués sur elle.

Ella croqua dans le *biscotti*.

— Changeons de sujet, veux-tu, dit-elle. Sinon, tu n'arriveras jamais à te détendre. Parlons d'Alex plutôt. Comment se passe votre cohabitation ?

— Je ne sais pas encore. Je n'ai passé qu'une nuit chez lui.

— Je parie que la nuit a été chaude !

— Toujours, avec Alex !

Ella éclata de rire.

— Ça se passe bien ? Les choses ne vont pas trop vite pour toi ?

Bree sentit son front se plisser.

— C'est temporaire.

Ella poussa un soupir et se carra dans son siège en secouant la tête.

— Oh Bree ! dit-elle, l'air un peu triste.

— Quoi ? Mais tu étais là hier soir. Tu l'as entendu me proposer de venir chez lui le temps que cette histoire se règle.

— Écoute-moi, Bree. J'aime beaucoup Alex. Vraiment. Mais je ne suis pas dupe. Ce type est rusé et complètement dénué de principes. Une occasion s'est présentée et il l'a saisie au vol.

— Quelle occasion ? Qu'est-ce que tu racontes ?

— L'occasion de t'inviter à t'installer chez lui, idiote.

Choquée, Bree eut un geste de recul.

— C'est un pas énorme à franchir. Je ne sais pas s'il est prêt à le faire.

— Dis-moi : est-ce qu'il t'a laissée tranquille une minute depuis que tu es chez lui ? Ou bien est-ce qu'il t'a monopolisée ? Est-ce qu'il a envahi ton espace personnel ? Est-ce qu'il s'est mêlé de tes affaires ? Est-ce qu'il a tenté de te protéger contre le monde extérieur ? Les gloutons traînent souvent la patte le temps de prendre une décision. Mais une fois qu'ils l'ont prise, ils agissent très rapidement, à la vitesse de l'éclair, même.

— On a juste décidé de voir où cette relation allait nous mener, c'est tout, insista faiblement Bree.

— Mais non, ma pauvre. Il te laisse croire ça, mais il sait exactement ce qu'il veut avec toi et il y travaille sans relâche.

Bree plissa les yeux et posa sa tasse sur la table à côté du livre qu'elle venait d'acheter.

— Il me fait mon petit déjeuner, me prépare du chocolat chaud quand je lis dans mon coin et me fait couler un bain quand je suis stressée. Il me rend aussi des menus services comme charger mon téléphone quand j'oublie de le faire ou acheter ma marque de café préférée.

— Il s'immisce dans ta vie, il se rend indispensable pour que tu ne puisses plus te passer de lui. Une fois le danger écarté, il va te proposer de s'installer chez toi avec toi. Tu te seras tellement bien habituée à lui que tu te diras « pourquoi pas, après tout… » Allez Bree, on parle d'Alex là ! Tu ne pensais tout de même pas qu'il n'allait pas prendre le contrôle de votre relation.

Bree poussa un soupir.

— J'aurais dû m'en douter, je suppose.

— C'est très bien qu'il pense à toi comme ça. C'est la preuve qu'il prend votre relation au sérieux. Je suis contente parce que je sais que tu tiens beaucoup à lui. Tu ne vas pas le nier, j'espère ?

— Non. Je n'aurais pas accepté de donner une chance à notre relation si je n'avais pas de sentiment pour lui.

— Pauvre fille ! Tu penses vraiment que tu as le choix ? lança Ella en levant les yeux au ciel. Il n'aurait jamais accepté un refus de ta part. Il se serait insinué dans ta vie jour et nuit et il aurait tout fait pour te faire changer d'avis.

— J'ai failli refuser, tu sais ! dit Bree en traçant du bout des doigts le titre légèrement en relief de son roman. J'ai un peu peur que ça ne marche pas entre nous, je l'avoue, mais ça ne me bloque pas avec lui. J'ai envie d'être heureuse. Alex est le genre d'homme à tout faire pour rendre sa compagne heureuse quand il tient à elle.

— Je suis d'accord avec toi sur ce point. Il tient vraiment à toi, ça se voit.

Ella mangea le *biscotti* et les deux filles finirent leur café, puis elles se levèrent et se dirigèrent vers la sortie. Elles passèrent devant les présentoirs de livres, les étagères de best-sellers, le rayon des bricoles, et des clients qui prenaient leur temps, le nez plongé dans un livre. Bree esquissa un sourire en apercevant le coin des bambins, mais elle changea vite d'expression en remarquant Moira qui se dirigeait vers elles.

— Oh putain ! grogna Ella en rejoignant aussitôt Bree.

— Je ne me sens pas assez patiente pour la supporter aujourd'hui !

Quelques instants plus tard, Moira s'arrêta devant les amies et fusilla Bree du regard.

— Est-ce que tu es toujours aussi sûre que mon frère est mort ? Paxton t'a sauvée dans le bois, Bree. C'était bien lui et tu le sais. Et comment l'as-tu remercié ? En t'installant avec un autre homme. Comprends-moi bien : je suis contente que tu sortes avec Alex. Paxton mérite mieux qu'une traînée comme toi.

— C'est étrange, mais j'ai l'impression que tu ne m'aimes pas beaucoup.

Moira croisa les bras.

— Allez, avoue : tu as peur qu'il soit revenu.

— Je suis terrorisée. Vraiment. J'ai les genoux qui tremblent et tout le reste.

— Tu devrais avoir peur. Il va vous punir tous les deux, Alex et toi, de l'avoir trahi ! cria-t-elle en levant les épaules. Tu as raison d'être terrorisée. Je le serais aussi à ta place.

— Tu veux que je te dise quelque chose ? lança Bree en s'approchant d'elle. J'espère qu'il est vraiment revenu, Moira. Et qu'il viendra me voir en personne pour me parler de tout ça. Alors je pourrai faire ce que j'ai toujours su que je devrais faire s'il était encore en vie : le tuer !

Les yeux de Moira lancèrent des éclairs et elle leva le poing en direction de Bree.

Du bras, Bree bloqua son poing et riposta par un coup de tête dans le nez de la garce et entendit craquer les os. Choquée, la garce recula et mit les doigts sur son nez. Le chat de Bree esquissa un grand sourire sauvage.

— Tu m'as cassé le nez, bordel de merde ! gémit Moira.

— Arrête ! dit Bree en voyant Moira s'apprêter à se jeter sur elle. Tu sais très bien que je vais gagner si on se bat.

Moira n'aurait sans doute pas prêté attention à son avertissement si deux lieutenants n'étaient pas venus les séparer et mettre fin à un combat sanglant avant même qu'il ait commencé.

Un des lieutenants éloigna Moira, lui dit qu'il l'amènerait voir Helena. Mais la garce résistait.

— Tu vas me le payer ! hurla-t-elle à Bree, comme tu vas payer pour le mal que tu as fait à mon frère.

— Tu ne tiens pas autant à ton frère que tu essaies de le faire croire, riposta Bree calmement. Difficile de ne pas lui en vouloir, n'est-ce pas ? Il était le fils adoré, il ne faisait jamais rien de mal aux yeux de sa mère. Et puis il y avait Calvin et toi, les « bons » enfants, mais cet enfoiré n'en demeurait pas moins le préféré. Ta mère ne parlait tout le temps que de lui.

» Je parie que tu sentais que vous vous sentiez comme des pièces rapportées. Merde ! Quand on était petits, ta mère s'occupait plus de moi que de vous deux. C'est pour ça que tu me détestes autant, je pense. Ce n'est pas parce que j'ai pris toute la lumière comme tu te plais à le dire, mais parce que tu estimes que je t'ai volé l'attention que ta mère aurait dû t'accorder.

Moira cligna des yeux. Fâchée et… furieuse, elle dévisagea Bree. Elle partit avec les lieutenants sans ajouter quoi que ce soit.

— C'est une vraie garce, déclara Ella. Cela ne va pas plaire à Alex, c'est sûr. Il va avoir du mal à garder son calme quand il va savoir ce qu'il s'est passé.

Les deux copines avaient à peine commencé à se diriger vers l'appartement d'Alex que le portable de Bree sonna.

— C'est Alex, annonça-t-elle en regardant son téléphone qu'elle avait sorti de son sac. Il a dû être tout de suite informé de l'incident avec Moira. (Elle poussa un soupir et décrocha.) Allô !

— Rassure-moi, dis-moi que ce n'est pas vrai que Moira vient de t'affronter, grogna le jeune homme.

Bree se tordit la bouche avant de répondre.

— Tu te sentiras peut-être un peu mieux quand tu auras appris que je lui ai cassé le nez !

Il n'en fut rien.

Assis à la table en face de Bree un peu plus tard le même jour, Alex serra le pied qu'elle avait posé sur sa cuisse en s'asseyant pour dîner.

— Non, je ne veux pas que tu paies pour les courses, déclara-t-il. Point barre.

Un triangle de pizza à la main, Bree arqua un sourcil.

— Oh ! Tu voulais pourtant payer pour mes courses quand tu étais chez moi.

Bree ne supportait pas l'hypocrisie. Elle essaya de retirer son pied, mais Alex ne le relâcha pas.

— Ce n'était pas pareil.

— Comment ça ?

— C'était différent, c'est tout.

— « C'était différent », c'est tout ce que tu trouves à me dire ? lâcha Bree avant de croquer dans sa pizza.

Ce glouton lui avait été envoyé pour la mettre à l'épreuve, c'était la seule explication possible.

— Je mange plus que toi, lui rappela Alex. Toi, tu entames à peine mes provisions. Il n'y a donc aucune raison que tu paies pour quoi que ce soit.

— C'est vrai, soit dit en passant, que ton garde-manger est bien rempli. Mila m'avait pourtant dit qu'il était souvent vide.

— Ça, jamais ! Je lui dis ça pour qu'elle arrête de râler quand je vais dévaliser les réserves de sa meute. Est-ce qu'on pourrait parler de quelque chose qui ne va pas me stresser pour changer ? J'étais déjà passablement énervé parce qu'on a fait chou blanc avec le tuyau de Vinnie. L'histoire avec

Moira n'a rien arrangé et je dois dire que mon humeur ne s'améliore pas.

— Ce n'est pas mon problème, champion.

Bree reposa sa part de pizza dans la boîte et prit une gorgée de soda… pour résister à la tentation de lui jeter sa pizza en plein visage.

Ce n'était pas la faute d'Alex si elle était stressée, mais bien parce qu'il y avait de grandes chances pour que Ruben et Bernadette viennent lui reprocher amèrement d'avoir brisé le nez de leur fille. Cela ne lui plaisait pas et elle estimait qu'Alex ne méritait pas d'avoir à gérer ça chez lui, en plus.

Elle regretta à moitié de ne pas être restée chez elle parce qu'Alex n'aurait pas été confronté à ces bêtises.

— Tu dois avoir hâte de te retrouver seul, non ? lança-t-elle.

— Pourquoi dis-tu cela ? demanda-t-il, perplexe.

— Tu voulais changer de sujet de conversation.

— Mais je ne voulais pas parler d'un truc débile.

— Pourquoi est-ce que tu trouves cela débile ? Ce n'est pas évident de partager un petit appartement avec une autre personne.

Alex haussa les épaules et prit une autre part de pizza.

— On peut s'installer chez toi, si tu préfères. Il faut juste attendre que les menaces qui planent sur toi s'envolent.

Ah ! Ella avait donc raison. Alex ne considérait pas leur cohabitation comme temporaire. Merde ! Elle avait même prédit qu'il allait proposer de s'installer chez Bree.

— Je n'étais pas sûre que tu te sentes prêt à vivre avec moi.

Alex fronça les sourcils.

— Pourquoi ?

— Je crains que tu aies l'impression d'être un peu obligé de sortir avec moi.

— Tu es bête.

Bree se hérissa.

— Tu n'as eu envie de sortir avec moi que le jour où tu as appris que je voulais quitter la troupe.

— J'avais déjà décidé que tu serais mienne. J'ai fait en sorte que ça se produise. C'est la meilleure décision de toute ma vie, déclara-t-il sur le ton de la conversation. Je vais m'installer avec toi parce que c'est ce que je désire. Je veux m'endormir et me réveiller à tes côtés. Pourquoi est-ce que je n'en voudrais pas davantage avec toi ?

Il secoua la tête comme s'il la trouvait bête de croire qu'il pourrait vouloir autre chose et retourna à sa pizza, semblant ne pas se rendre compte qu'il l'avait fait fondre.

Bree ne put que le regarder, bouche bée, ne sachant plus que dire. Il ne lui avait pas fait de grande déclaration romantique. Il s'agissait plutôt d'une sorte de constatation d'ordre pratique. Pourtant, il l'avait émue plus que s'il avait prononcé la petite phrase magique. Son chat le regarda, abasourdi, touché par sa déclaration.

Bree se racla la gorge.

— Eh bien, je suppose…

Elle s'interrompit en entendant frapper à la porte.

Pourvu que ce ne soit pas les Cage, songea-t-elle.

Alex libéra son pied et s'écarta de la table.

— Je vais ouvrir, dit-il.

Bree obligea tous ses muscles à se détendre, un à un. Ce ne fut pas facile.

Puis Alex revint accompagné de Vinnie et de ses deux aînés, Tate et Luke, qui se jetèrent immédiatement sur la pizza, ce qui était à prévoir.

— Rassurez-moi, dites-moi que vous avez trouvé au moins un de nos disparus, lança Bree.

— Je ne demanderais pas mieux, dit Vinnie, un brin dépité. Ne t'inquiète pas, on va continuer à chercher. Je suis venu pour vous parler de deux choses. Tout d'abord, on a réglé le cas de Moira. Elle m'a promis qu'elle ne te dérangerait plus, Bree.

— Si elle s'en prend encore une fois à elle, je m'en occupe personnellement, intervint Alex en retournant s'asseoir à la table. Je suis sérieux, Vinnie, Bree a assez de soucis comme ça sans avoir à affronter Moira et ses bêtises.

— Je suis d'accord. Pour ce qui est de la deuxième chose, dit ensuite l'Alpha en s'appuyant contre le comptoir et en se frottant le menton, j'ai reçu un coup de fil de Nick Axton.

Bree avait rencontré à quelques reprises l'Alpha de la meute Mercure, qui avait énormément de liens avec la meute du Phénix à laquelle appartenait Mila. Quand la meute de Mila organisait des fêtes, elle invitait les membres de la troupe Olympus et ceux de la meute Mercure.

Bree connaissait assez bien la meute Mercure par Madisyn, un chat de Pallas solitaire, et une bonne amie, qui s'était unie à un des lieutenants de cette meute.

— Je ne sais pas si vous êtes au courant, reprit Vinnie, mais Shaya, sa compagne, est une médiatrice. Le conseil des métamorphes lui demande souvent d'intervenir entre des parties qui ne parviennent pas à s'entendre pour essayer d'éviter que le conflit ne dégénère en bataille rangée.

— D'accord, dit Bree en prenant son verre de soda. Pourquoi est-ce important ?

— Parce que Dale Bray a contacté Shaya dernièrement. Il demande à me rencontrer.

La pizza d'Alex lui échappa des mains.

— Et pourquoi, merde !

— Il a dit à Shaya qu'il ne se sentait pas assez à l'aise pour me contacter directement et me demander un rendez-vous parce qu'il croit que je pense qu'il veut du mal à Bree. Il aurait juré à Shaya que ce n'était pas le cas.

Bree plissa les yeux.

— Il a demandé à Shaya d'organiser une réunion parce qu'il pense que tu seras plus à l'aise si tu connais la médiatrice.

Vinnie acquiesça d'un signe de tête.

— C'est ce que je pense, oui. Ce ne peut pas être un piège. Les hyènes ne sont pas assez bêtes pour se servir d'une séance de médiation pour commencer une guerre. Cela ne se fait pas. Et les hyènes ne sont pas stupides. Elles ont bien réussi à garder secret l'emplacement de leur base.

— Cela ne signifie pas pour autant que Dale Bray ne sera pas accompagné d'une délégation importante de ses congénères, intervint Alex.

— On sera prêts à toute éventualité. On aura plusieurs chats de Pallas dans les parages, expliqua Vinnie. Je me fiche de ce que Dale Bray veut nous raconter. Je veux simplement voir l'enfoiré en personne ce qui nous permettra de le faire suivre jusqu'à son territoire. On en connaîtra ainsi l'emplacement.

— Alors tu as accepté de le rencontrer ?

— Oui. C'est prévu pour demain matin. Il faudra que tu prennes ta journée, Bree.

Alex poussa un fort grognement et se leva précipitamment.

— Absolument pas, bordel de merde ! Il est hors de question que je les laisse s'approcher d'elle.

— Dale a demandé qu'elle soit présente à la réunion. C'est à elle surtout qu'il veut parler.

— Je me fous de ce qu'il veut. Elle n'ira pas.

— Je comprends tes réticences, mais je pense que tu exagères un peu Alex. Tu as envie de savoir où se trouve leur territoire, non ?

— Pas assez pour laisser ce type s'approcher de Bree.

Bree se mordit la lèvre. Était-elle surprise par la réaction d'Alex ? Pas du tout. Son instinct de protection s'était exacerbé depuis son enlèvement par les ours polaires et c'était compréhensible. Elle ne pouvait pas lui en vouloir. Il était hors de question cependant pour elle de ne pas assister à cette réunion juste pour le rassurer. Cela valait autant pour lui que pour les autres.

— Je veux que ça s'arrête, Alex, dit-elle. J'en ai marre de toutes ces tentatives d'enlèvement, de voir mes proches risquer de se retrouver dans les tirs croisés. Tu t'es pris six balles, Alex, merde ! Benny et Crawford sont morts d'avoir voulu protéger ma maison. Il faut que ça s'arrête.

Elle ne lui demandait pas son autorisation, elle lui expliquait pourquoi elle ne pouvait pas ne pas assister à cette réunion. Alex le comprit et poussa une volée de jurons en russe.

— Cela ne me plaît pas, Bree. Mais pas du tout !

— Je doute que ça plaise à qui que ce soit. Mais Vinnie a raison : c'est la seule manière de faire sortir les hyènes de l'ombre. Il faut le faire.

— Ça ne sera pas facile de les suivre jusqu'à leur territoire, dit Alex à Vinnie. Elles vont s'y attendre.

— Bien sûr, convint l'Alpha. Je vais donc demander à Farrell de les suivre sous sa forme aviaire. Les hyènes vont tout faire pour semer la voiture, mais elles ne penseront pas à lever le nez.

— Tu as pensé à tout, n'est-ce pas ? observa Alex, visiblement amer.

Bree se leva et alla le rejoindre.

— Il faut que je le fasse, dit-elle.

Il passa tout de même une bonne vingtaine de minutes à tenter de la dissuader. Elle ne s'en étonna pas, elle s'y était attendue. Il valait mieux le laisser s'exprimer. Elle ne dit rien, se contentant de le regarder, le visage inexpressif, lui faisant comprendre par son attitude que sa décision était non négociable. Inutile donc d'essayer d'en discuter avec elle. Elle irait à la réunion, point barre.

Alex finit par pousser un soupir puis il inspira longuement.

— C'est une grosse connerie ! Si elle y va, dit-il à Vinnie, j'y vais aussi. Je resterai tout le temps avec elle. Si une de ces putains de hyènes la touche, je la bute, tant pis pour le règlement.

Vinnie acquiesça d'un signe de tête.

— Je ne m'attendais pas à autre chose de ta part.

Chapitre 16

La légère brise soufflant entre les arbres lui caressa les bras et les jambes, la soulageant un peu de la chaleur étouffante. Elle se déplaça légèrement sur le banc chauffé par le soleil et tendit l'oreille pour essayer de distinguer le bruit d'un moteur de voiture. Elle ne perçut rien d'autre cependant que le pépiement des oiseaux, le bruissement des feuilles et des herbes et le craquement des branches oscillant dans le vent. Elle avait hâte d'en avoir terminé avec cette réunion, mais les hyènes du clan Silva n'étaient toujours pas arrivées.

En règle générale, les rencontres de médiation se déroulaient chez le médiateur, ce qui expliquait la présence de Bree dans cette clairière au milieu du territoire de la meute Mercure, une sorte d'oasis de calme entourée de buissons et de grands arbres majestueux.

Le chat intérieur de la jeune femme se serait senti parfaitement détendu en un autre moment, à l'aise ainsi enveloppé du parfum des aiguilles de pin, de la menthe sauvage et des petites fleurs. Malheureusement, la perspective de se retrouver face à face avec Dale Bray stressait beaucoup Bree. Elle avait hâte que cette histoire se termine. Elle considérait cette rencontre avec les hyènes comme un bon point de départ vers la résolution du conflit.

Elle était assise à une table avec Vinnie, Alex, Tate et Luke, et Greg montait la garde derrière eux. D'autres membres de la troupe se tenaient assez près pour les observer, mais pas assez pour être remarqués ou sentis.

— Tu as l'air remarquablement calme, Bree, je trouve, observa Shaya, assise en bout de table. Les gens sont souvent mal à l'aise à une réunion de médiation parce que leur animal intérieur n'apprécie pas de se retrouver près d'une personne qu'il considère comme son ennemi.

Bree haussa les épaules.

— Mon chat aimerait bien lui arracher quelques lambeaux de peau, sur le crâne de préférence, puis le bâillonner avec avant de lui exciser les testicules à froid pendant qu'il respire encore, sans pouvoir crier.

Shaya adressa alors un sourire à la seule fille membre de son équipe de sécurité.

— C'est pour cela que j'adore les chats de Pallas, lui expliqua-t-elle.

Casey ne put retenir un éclat de rire. La métamorphe vison était accompagnée d'Eli, son compagnon, le Premier lieutenant de la meute. Nick, le compagnon de Shaya était également présent, ainsi que Bracken, le compagnon de Madisyn. Tous les membres de l'équipe de sécurité étaient extrêmement dominants et faisaient honneur à leur réputation : « Tu me cherches, tu meurs ! ».

— Je n'avais jamais entendu le nom de Paxton Cage jusqu'à ce que la hyène en parle à Shaya, expliqua Nick. J'ai appelé un de mes contacts qui m'a donné quelques informations le concernant. J'ai appris des choses… Le décrire comme un tueur sadique est en dessous de la vérité, il semblerait.

— Cette description pourrait s'appliquer à ton vison intérieur, non ? demanda Bracken en se tournant vers Casey.

Serrant les lèvres, Eli fusilla le lieutenant du regard.

— Son animal intérieur n'est pas un tueur sadique, déclara-t-il.

— Allez, mec, il est grand temps que tu regardes la vérité en face ! Pense aux piles de cadavres qu'elle a ramenés à côté de chez toi, des animaux qu'elle tue pour le plaisir ! Avant de jouer au foot avec leur dépouille. Tu ne vas pas me dire que c'est normal ?

— Tu n'es pas content parce que tu t'es fait mordiller encore une fois.

Bracken serra les mâchoires.

— Ce n'était pas qu'une petite morsure ! Cet animal est complètement dingue.

— Si tu veux parler de ça, je suis d'accord pour qu'on aborde la question de tes précieuses petites filles

— Elles ne sont pas dingues. Juste un peu nerveuses.

— Est-ce que tu as rencontré ses filles ? demanda Shaya à Bree.

— Oui, répondit-elle. Madisyn les a amenées il y a quelques mois à *La Malle aux trésors* pour voir Valentina. Elles l'adorent. Elles riaient et chantaient ensemble, et puis tout d'un coup, Regan a plaqué la tête de sa sœur contre la vitrine d'un présentoir. Yasmin a alors poussé un cri de guerre avant de se jeter sur sa sœur qui a hurlé à sa mère d'éloigner « la Chose » d'elle.

Bracken grimaça et détourna le regard.

Nick tordit la bouche.

— Elles sont juste un peu nerveuses, c'est ça, Bracken ?

— Elles ne sont pas sadiques, protesta le lieutenant.

— Moi, mes enfants ne se bagarrent jamais, déclara Eli, fièrement.

— En revanche, ils n'arrêtent pas de se disputer, grommela Casey.

— C'est supportable, au moins, affirma Eli en haussant les épaules.

Sa compagne prit un air interrogateur.

— C'est pour cela que tu les as privés de tablette hier ? demanda-t-elle.

— Ils jouaient à déterminer lequel d'entre eux avait la plus grosse tache sur ses vêtements. Comme si c'était important ! soupira-t-il, exaspéré.

— Comment vont les tiens ? demanda Bree à Shaya.

— Super ! Merci, répondit la femelle Alpha. Cassidy est heureuse avec sa nouvelle meute, mais elle vient souvent nous voir. C'est sympa, parce qu'elle manque beaucoup à Willow.

— J'espère que tu as dit à ta fille d'arrêter de traîner avec Kye. C'est un vrai punk ! marmonna Nick.

— Kye n'est pas un punk ! protesta Shaya en soupirant.

Bree avait déjà rencontré le jeune homme en question, le fils des Alphas de la meute du Phénix. Né Alpha, il avait une assurance peu commune chez un adolescent.

— Pour en revenir à mes enfants, reprit Shaya, Kellen va bien même s'il traverse en ce moment une période où il hait les filles.

Les oreilles de chat de Bree réagirent au bruit lointain d'un moteur de voiture.

— Voilà les hyènes. Elles condescendent enfin à venir nous rejoindre.

Tout le monde redevint sérieux.

— Je comprendrai si tu as envie de te jeter à la gorge de Dale Bray, dit Nick, debout derrière sa compagne, à Vinnie.

— Je ne ferais jamais cela, rétorqua Vinnie. Ce serait manquer de respect envers ta compagne.

Nick regarda Alex qui avait pris place derrière Bree. La jeune femme n'avait pas besoin de se retourner pour savoir qu'il arborait une expression calme et posée qui ne semblait pas tromper l'Alpha de la meute Mercure.

Quelques instants plus tard, Dale Bray et six autres hyènes émergèrent d'entre les arbres. Sentant la colère monter en elle, Bree ne quitta pas l'Alpha des yeux pendant tout le temps qu'il se rendit à la table. En état d'alerte, son chat grogna, prêt à émerger.

L'Alpha des hyènes prit le temps de saluer Vinnie, Shaya et Nick avant de se tourner vers Bree.

— Je suis heureux de te revoir, Mademoiselle Dwyer.

— Ah ? dit seulement la jeune femme, le visage inexpressif.

Dale Bray tordit la bouche.

— Le plaisir n'est sans doute pas partagé, dit-il en s'asseyant en face d'elle.

Deux de ses comparses le rejoignirent, un de chaque côté. D'autres se mirent debout derrière lui. Aucun d'entre eux n'avait l'air agressif. Ils arboraient tous une expression neutre.

Shaya posa les mains sur la table.

— On va pouvoir commencer, dit-elle. Je m'appelle Shaya Critchley-Axton et je suis médiatrice. Je vais diriger la discussion et aider les deux parties ici présentes à expliquer leurs problèmes de manière efficace. Vous êtes libres de partir quand bon vous semblera. Puis-je vous demander de vous présenter ainsi que les personnes qui vous accompagnent ?

— Je m'appelle Dale Bray. Je suis l'Alpha du clan Silva, dit-il.

Il présenta ensuite son Beta, son Premier lieutenant, et les autres lieutenants debout derrière lui.

— Vinnie, dit Shaya en se tournant vers lui, à toi. Veux-tu te présenter ainsi que les personnes qui t'accompagnent.

— Vinnie Devereaux, dit ce dernier en pianotant lentement sur la table. Je suis l'Alpha de la troupe Olympus. À ma gauche se trouve Bree Dwyer, une de mes omégas, et derrière moi, mon Beta et mon Premier lieutenant. Le type derrière Bree est son compagnon.

Dale jeta un coup d'œil du côté d'Alex et écarquilla les yeux. Le fait que Bree était en couple devait suffire en principe pour que Dale Bray comprenne que Paxton ne faisait plus partie de sa vie. Bien entendu, il pouvait toujours croire à un bluff, mais il y avait peu de chance qu'il le dise. En effet, ce n'était jamais une bonne idée d'insulter un glouton parce que cela risquait de se terminer très mal.

— Merci, dit Shaya. Dale, peux-tu nous expliquer pourquoi tu as demandé cette réunion ?

— J'avais deux raisons de le faire, expliqua Dale en regardant Vinnie droit dans les yeux. Tout d'abord, je tiens à affirmer haut et clair que je ne veux aucun mal à Bree Dwyer et que je ne souhaite pas la perturber. J'ai seulement besoin de son aide pour retrouver quelqu'un. C'est tout.

— Bree t'a déjà dit qu'elle ne pouvait pas t'aider, déclara Vinnie. Je ne comprends pas pourquoi tu t'obstines. C'est lassant, à la longue.

Dale poussa un soupir.

— Je comprends ton animosité. J'ai entendu parler des tentatives d'enlèvement dont elle a été victime. Vous m'en croyez responsable, je le sais. Mais je n'ai rien à voir avec cela. Je ne lui veux aucun mal.

— Tu as envoyé un loup-garou m'enlever, dit Bree. Il m'a dit que je n'avais pas le choix, que je devais le suivre. Il allait me faire monter de force dans sa voiture.

Son chat intérieur feula en se rappelant l'incident.

Dale plissa le front.

— Je n'ai jamais dit à Frasier de t'amener de force. Je lui ai simplement expliqué que je désirais te parler.

— Tu m'as parlé au téléphone.

— Oui. Et tu m'as répété ce que tu m'avais dit dans la rue : Paxton Cage est mort. Sauf que tu aurais changé d'avis, d'après la rumeur.

— Je ne sais pas s'il est vivant ou mort. De toute manière, tu perds ton temps avec moi. Je n'ai ni n'ai jamais eu de contact avec Paxton Cage depuis qu'il a quitté la troupe et je ne souhaite absolument pas le revoir. Pourquoi est-ce que tu tiens autant à le contacter ?

Dale posa les coudes sur la table.

— Laissez-moi vous raconter une histoire qui vous aidera à comprendre. Ma fille a été enlevée à l'âge de onze ans, mais son kidnappeur nous l'a rendue à la frontière de notre territoire quelques jours plus tard. Il ne lui avait fait aucun mal, elle n'avait pas une seule égratignure. Elle nous a dit par la suite que son ravisseur lui avait donné à manger, mais qu'il lui avait laissé les yeux bandés tout le temps, ne lui avait presque pas parlé et ne l'avait jamais menacée. Elle n'a pu que nous décrire son odeur aux notes de pomme amère, de bois fumé et de poivre noir.

Bree sentit son ventre se nouer. C'était là l'odeur de Paxton.

— Elle a surpris une conversation téléphonique une fois entre lui et un type du nom de Desmond, poursuivit Dale sur un ton remarquablement neutre compte tenu de ce qu'il racontait. C'est le nom de l'Alpha d'un clan rival de hyènes. On a réussi à capturer l'enfoiré. On a eu du mal à le faire parler, mais il a fini par avouer qu'il avait recruté un métamorphe solitaire pour kidnapper ma fille et la faire mourir dans d'atroces souffrances. Le solitaire en question était un certain Paxton Cage. Il avait la réputation d'être un sadique qui torturait ses victimes jusqu'à ce qu'elles deviennent méconnaissables.

Merde !

— J'avais entendu parler de lui, bien entendu, poursuivit Dale. Il n'avait pas la réputation d'épargner qui que ce soit, mais, d'après Desmond, Paxton avait refusé de tuer ma fille. J'ai remonté sa trace jusqu'à votre troupe. Je voulais le remercier. Et comprendre pourquoi il m'avait rendu ma fille indemne. J'ai découvert qu'il avait une âme sœur qu'il n'avait jamais revendiquée. J'ai essayé d'en apprendre un peu plus sur toi, Bree, et puis j'ai compris : tu es une oméga, comme ma fille.

Bree en eut le souffle coupé et son chat intérieur se raidit.

— Je pense qu'il a été incapable de faire du mal à ma fille parce qu'elle lui a fait penser à toi, et peut-être même à la vie qu'il aurait pu avoir avec toi s'il n'était pas parti, qui sait ? Je crois qu'il a abandonné un mode de vie très lucratif parce qu'il voulait te mériter.

Bree éclata d'un rire ronflant.

— Quelle jolie théorie ! Allez, sers-toi un peu de tes neurones. Si tu disais vrai, il se serait manifesté ouvertement et m'aurait revendiquée. Or, ses instincts ne semblent pas le pousser dans cette direction.

Dale se tordit la bouche et détourna le regard un instant.

— Si Paxton est en vie, ajouta alors Bree, il n'a aucun contact avec moi, alors tout le fric que tu as dépensé pour embaucher des gens pour m'enlever, c'est de l'argent jeté par la fenêtre.

— Ce n'est pas moi qui ai recruté le renard et les ours polaires. Oui, j'ai entendu parler d'eux aussi. Je n'ai aucune raison de te vouloir du mal ou de t'en faire, Bree. Paxton a épargné ma fille. Je n'ai pas l'intention de le remercier en m'en prenant à son âme sœur.

— Tu ne crois pas que c'est drôlement louche que tu cherches Paxton justement au moment où on s'en prend à moi ?

— Oui, effectivement, convint Dale. En revanche je me demande aussi s'il n'y a pas quelqu'un qui profite de la situation pour te mettre en danger en espérant qu'on rejette le blâme sur moi et mon clan. Je ne suis pas ton ennemi, mais tu en as un et j'ai été en contact avec lui.

— Ah oui ? Et qui est-ce ? demanda Bree en plissant les yeux.

— Il ne s'est pas nommé. Je sais simplement qu'il s'agit d'un homme. Les parents de Paxton devraient pouvoir t'en dire un peu plus. Je les ai contactés peu après la première fois où je t'ai parlé. Je leur ai donné ma carte de visite et leur ai demandé de filer mon numéro de téléphone à Paxton s'ils avaient des nouvelles de lui. Quelques jours plus tard, j'ai reçu un appel via un site frauduleux.

— Et que t'a dit ton interlocuteur ? s'enquit Vinnie en plissant les yeux.

— Que tu étais une petite garce et que je ne devrais pas te faire confiance. Que tu es en contact avec Paxton Cage, que tu sais où il se trouve, mais que tu ne le diras jamais. Cette personne avait dû obtenir mon numéro de téléphone des parents de Paxton. Tu n'as qu'à leur demander à qui ils l'ont donné. Tu ne sembles pas me croire, dit-il en observant Bree étroitement. Tu n'as qu'à lire mes émotions.

Bree sentait Alex derrière elle. Il n'avait pas envie qu'elle touche un autre homme, c'était assez évident. En revanche, si elle lisait en Dale, elle pourrait peut-être percevoir certaines de ses pensées ou même entendre quelque chose qui pourrait leur être utile. Elle posa donc une main sur la sienne et abaissa ses boucliers.

Elle découvrit de la curiosité, de la détermination et de l'assurance. Mais de la méfiance aussi. Elle reçut toutes ces émotions comme un coup en pleine poitrine, mais ce n'était pas douloureux puisqu'aucune des émotions n'était négative.

Elle grinça des dents et put lire des bribes des pensées de l'Alpha : *« Je sais que tu peux lire aussi dans les pensées quand tu… » « J'espère que tu perçois la vérité émotionnelle de mes sentiments… » « Je n'ai pas payé le renard et les ours polaires… »*

Le peu de douleur s'étant estompé, elle remonta ses boucliers.

Dale Bray la regarda, l'air curieux.

— Tu ne m'as pas insufflé d'émotion. Tu as ce don, je le sais et je me demandais si tu allais l'utiliser avec moi.

Il l'avait pourtant invitée à le toucher.

— Je ne le fais jamais sans le consentement de l'intéressé. Sauf en cas de légitime défense quand tous les coups sont permis.

— Après t'avoir parlé longuement aujourd'hui, je suis convaincu : tu n'es pas en contact avec Paxton, déclara-t-il en inclinant la tête. Je vais te donner ma carte de visite. Je te demande simplement de lui transmettre mes coordonnées s'il communique avec toi.

Il sortit une carte de sa poche et la déposa sur la table.

Shaya poussa un long soupir.

— Cela met fin à la rencontre. Dale, toi et ton clan partirez les premiers. Vinnie et ses camarades de troupe s'en iront dix minutes plus tard de manière à éviter toute confrontation. Je vous remercie d'être venus à cette réunion.

Les hyènes partirent sans ajouter quoi que ce soit. Alex s'approcha alors de Bree et lui agrippa la nuque. Il se sentait courbaturé d'être resté debout sans bouger, les muscles bandés, sur un pied d'alerte en raison de la proximité de ces gens qui voulaient peut-être la mort de Bree. Ou peut-être pas, il n'avait pas pu le déterminer.

— Ça va ?

— Oui, répondit-elle en hochant la tête. Je suis simplement un peu irritée de ne pas savoir ce que je dois croire.

Alex la comprenait parfaitement.

— Qu'est-ce que tu as vu chez lui ?

— Pas grand-chose : de la détermination, de la curiosité, de l'assurance et de la méfiance.

— As-tu pu lire un peu dans ses pensées ?

— Il a essayé de les diriger vers moi, de communiquer avec moi, si tu veux. Il m'a dit qu'il voulait que je perçoive la vérité émotionnelle de son affirmation quand il a dit que ce n'était pas lui qui avait recruté les solitaires. S'il n'était pas une hyène et donc un menteur éhonté, je le croirais.

— Est-ce qu'on doit croire que sa fille a vraiment été enlevée ou est-ce qu'il nous a menti ? demanda Luke en s'éloignant de la table avec Tate et Greg.

Vinnie se frotta la mâchoire.

— Il semblait sincère, si j'en crois son ton de voix, mais, comme l'a signalé Bree, les hyènes sont connues pour être d'excellentes menteuses.

— S'il dit vrai, si Paxton a vraiment épargné sa fille, je doute qu'il veuille simplement le remercier, lança Alex. Sa fille a beau ne pas avoir été blessée, elle a tout de même été kidnappée. Ce n'est pas bon pour leur réputation de durs à cuire si le kidnappeur est toujours en vie.

Alex ne serait pas clément avec le ravisseur de son enfant, même si le type en question lui rendait le gamin indemne. Il ne le lui pardonnerait jamais. Il ne chercherait donc certes pas à le remercier.

Nick manifesta son accord d'un hochement de tête.

— Cela transmettrait le message que l'éventuel ravisseur d'un des leurs ne risque rien dans la mesure où la victime du rapt est rendue saine et sauve.

— Mais bon, Dale prétend que quelqu'un l'a appelé pour lui dire que Bree savait où se trouvait Paxton. Comment interprètes-tu cela ? Pourquoi est-ce que quelqu'un aurait fait ça ?

Alex posa une main sur le cou de Bree.

— Si c'est réellement arrivé, je pense que c'est une façon d'attirer l'attention sur Bree. Le type voulait que Dale continue à s'intéresser à elle, qu'il la fasse suivre pour qu'on blâme les hyènes s'il lui était arrivé autre chose.

— Donc, si j'ai bien compris, il voulait piéger les hyènes. En partant du principe que Dale nous a dit la vérité, bien entendu.

— C'est une possibilité.

Alex s'en voulut de ne pas y avoir pensé. Bordel de merde !

Un peu plus tard le même jour, Bree était lovée contre Alex dans le canapé pendant que Vinnie faisait le résumé de la rencontre de médiation à Ella et aux parents d'Alex. Bree et son chat intérieurs étaient très nerveux. La tentative de Farrell de suivre les hyènes jusqu'à leur territoire avait échoué. Elles avaient tiré plusieurs coups de feu dans sa direction sans chercher à le toucher, avait-il insisté. Mais très nerveux, l'oiseau avait heurté un tronc d'arbre et était tombé inanimé. Quand il était revenu à lui, les hyènes étaient déjà loin.

— Je suis plutôt sceptique concernant les propos de Dale, intervint James, assis à côté de sa compagne à l'autre bout du canapé. Je doute fort que Paxton hésite à tuer une enfant simplement parce qu'elle est une oméga comme Bree. Il ne la considérait probablement même pas comme une personne.

— Je suis d'accord, déclara Valentina. Cela ne fait aucun sens.

— Paxton n'agit pas rationnellement en règle générale, dit Tate en haussant les épaules et en se tortillant un peu sur la chaise qu'il était allé chercher à la cuisine. Alors pourquoi se serait-il comporté différemment dans ce cas ?

Il avait raison.

Assis dans son fauteuil, Vinnie acquiesça d'un signe de tête.

— C'est une des raisons pour lesquelles il ne faut surtout pas prendre les déclarations de Dale à la légère. La prudence est toujours de mise. Si le responsable est un membre de la troupe, il ne peut s'agir que de l'un des Cage, soit Ruben ou Calvin puisque l'interlocuteur de Dale était un homme. Des lieutenants sont partis les chercher tous les deux. Il est grand temps qu'on discute de ça avec eux. Ils devront m'expliquer pourquoi ils ne m'ont jamais dit que les hyènes les avaient contactés.

— Je veux assister à cette discussion, intervint Alex.

— Oui, j'avais pensé que ce serait le cas, répondit Vinnie en desserrant les poings. Je ne leur dirai pas que Dale m'a informé qu'il leur avait donné sa carte de visite. Je suis curieux de savoir s'ils vont m'en parler.

— Mais ils n'ont aucune raison de s'en prendre à Bree, dit Tate.

— Pas à ce que l'on sache, lança Ella.

Tate poussa un soupir.

— C'est très désagréable de penser qu'un des nôtres aurait pu être mêlé à ça.

Effectivement. Tout le monde voulait se sentir en sécurité au sein de la troupe, mais ce n'était pas toujours évident. Bree croisa les bras.

— Il y a des cons partout, dit-elle.

— Je n'aurais pas pu dire mieux, intervint Luke.

Le téléphone de Vinnie sonna et il le sortit de sa poche.

— Allô ! dit-il en se raidissant. Peux-tu me répéter cela ? (Son visage s'empourpra.) Continue à chercher. (Il raccrocha et rempocha le téléphone.) C'était Farrell.

— Alors ? s'enquit Tate.

— Ruben est parti, répondit l'Alpha.

Bree s'immobilisa et échangea un regard avec Alex.

— Parti ? répéta, Luke, abasourdi.

— Oui. Calvin aussi. Et Bernadette et Moira, ajouta Vinnie, un petit muscle tressaillant dans sa joue. Personne ne les a vus s'en aller, mais ils ne sont plus chez eux.

Alex poussa un juron.

— Est-ce qu'ils ont pris des affaires ?

— Il semblerait que Bernadette, Ruben et Moira ont fait leurs valises avant de partir, expliqua Vinnie. Mais l'appartement de Calvin a été retrouvé dans le même état que ceux de Drina et de Mateo : des taches de sang, le téléphone en mille morceaux, mais tout le reste intact.

— Bordel de merde ! lâcha Alex.

— On n'avait pas informé nos camarades de troupe de cette réunion avec les hyènes, mais les Cage ont pu l'apprendre d'une autre source, dit Luke. Si l'un des Cage est impliqué dans cette histoire, il aurait pu en informer le reste de la famille, ce qui expliquerait qu'ils se soient tous envolés.

— Ils étaient peut-être tous dans le coup, qui sait ? Ils auraient pu en vouloir à Bree parce qu'elle avait renoncé publiquement à Paxton, supputa Tate. Calvin aurait pu décider de monter tout un scénario pour faire croire à son enlèvement et nous mettre sur une fausse piste. Ou bien alors, il a véritablement été enlevé et les autres ont pris peur et ont préféré se barrer.

Bree poussa un grognement.

— Toutes vos théories commencent à me donner le vertige.

Son chat intérieur, aussi embrouillé qu'elle, s'était allongé, le menton posé sur les pattes avant.

— La bonne nouvelle, c'est qu'il se peut que Paxton ne soit pas revenu après tout. Il est peut-être réellement mort, dit James. Les Cage avaient peut-être juste envie de te faire croire qu'il était de retour pour t'effrayer ou te faire du mal.

Si tel était réellement le cas, Bree s'en serait réjouie. Elle ne parvenait pas cependant à le croire. Elle n'était plus sûre de rien.

— Si on part du principe que l'un des Cage est responsable de la tentative d'enlèvement de Bree, est-ce que le fait que toute la famille ait quitté la troupe n'est pas le signe que c'est terminé ? demanda Ella à son père. N'y a-t-il pas une chance qu'il la laisse tranquille dorénavant ?

— Je ne sais pas, dit Vinnie. Mais je ne compterais pas là-dessus.

Chapitre 17

— Allez, on s'en va, lui chuchota Alex à l'oreille en l'agrippant par le bras.

— Pas encore, répondit Bree en fronçant les sourcils.

— Ça fait des heures qu'on est ici.

— Attends encore un peu.

— Mais tu as mal.

« Mal » était un euphémisme. D'habitude, Bree devait poser la main sur une personne pour lire ses émotions, mais quand ces dernières étaient fortes ou violentes, elles se diffusaient dans l'air ambiant. C'était la raison pour laquelle les lieux clos pleins de gens très émus étaient un véritable cauchemar pour les omégas, plus particulièrement quand il s'agissait de cérémonies commémoratives ou de funérailles.

Même avec des boucliers très solides, une oméga ne pouvait pas se protéger contre toutes les énergies déployées dans ce genre de situation. Des vagues de désespoir, de chagrin, de colère, de douleur et de désolation circulaient parmi l'assistance.

Cette énergie négative attaquait les chairs de Bree comme des milliards d'aiguilles émoussées, pénétrant en elle, l'emplissant, lui procurant une douleur lancinante à la poitrine et à la tête. Elle se sentait épuisée au point même de douter d'être capable de se relever toute seule. Elle tenait néanmoins à rester parce qu'elle n'avait pas envie de partir malgré tout.

Plutôt que d'organiser deux veillées funéraires, les familles des défunts avaient décidé d'en organiser une seule chez les parents de Benny. Des parents et amis de Benny et de Crawford étaient disséminés çà et là, tenant des mouchoirs dans leur main et parlant à voix très basse. Certains s'étaient servis au buffet et tenaient une assiette en carton, mais Bree n'était pas capable d'avaler quoi que ce soit tant elle avait le ventre noué.

La plupart des invités étaient des membres de la troupe. Les autres étaient des parents des défunts qui faisaient partie d'autres troupes.

Bree regarda les photos de Benny et de Crawford installées sur la table et entourées de fleurs. Elle sentit les larmes lui monter aux yeux.

— Toutes les autres omégas sont parties et personne ne le leur a reproché, signala Alex. Tu veux rester parce que tu te sens coupable pour leur mort et tu cherches à te punir toi-même.

— Mais non, c'est faux ! protesta-t-elle, fronçant plus que jamais les sourcils.

— Es-tu capable de me regarder droit dans les yeux et de m'affirmer que tu ne te sens pas coupable ?

Bree poussa un soupir, incapable de mentir.

— C'est juste que j'aimerais… On doit tout faire pour que justice leur soit rendue.

— Ce sera fait, je te le promets. Leurs assassins n'en ont plus pour longtemps à vivre, déclara Alex en lui serrant la nuque. Allez, on y va. Tu as besoin de te détendre, de manger, et de te reposer. Ne discute pas. Tu as parlé à Renée, aux parents de Benny et de Crawford et tu as présenté tes respects. On peut s'en aller.

Il lui tint le bras et l'attira vers la sortie.

— Qu'est-ce que tu peux être autoritaire !

— Tu le sais depuis longtemps, bébé, dit Alex en sortant de l'appartement. Reste ici pendant que je cours chercher ta veste. Il fait un peu froid.

— Ne t'inquiète pas. Je n'en ai pas besoin. Il ne me faudra pas beaucoup de temps pour me débarrasser des énergies négatives que j'ai accumulées.

— Tu as aussi besoin d'antalgiques. Attends-moi ici.

Il grimpa les marches deux par deux jusqu'à son étage.

La porte d'un appartement voisin s'ouvrit et Rose, une vieille dame que Bree connaissait, sortit dans le couloir.

— Mais c'est Bree Dwyer ! s'exclama-t-elle en s'approchant d'elle avec un grand sourire. La dernière fois que je t'ai vue, tu avais quel âge ? Treize ans ?

— Oui, par là, je pense, répondit Bree.

Elle avait toujours bien aimé Rose, la grand-tante de Benny et la Première oméga de la troupe quand Bree était enfant. Elle avait intégré la troupe de son fils et de sa belle-fille quand elle avait pris sa retraite et avait été remplacée par une autre oméga que Dani avait évincée ensuite.

— Tu étais déjà une oméga forte à l'époque, mais pas autant qu'aujourd'hui, observa Rose en rejoignant Bree qui s'était appuyée contre le mur. J'ai été obligée d'aller m'allonger un instant. Le chagrin des autres m'affecte terriblement.

Bree acquiesça d'un signe de tête.

— Je suis si triste pour Benny.

Rose poussa un long soupir.

— Moi aussi, ma chérie. C'était quelqu'un de bien. Il ne méritait pas une fin aussi tragique. Je suis contente de savoir que les ours polaires qui lui ont fait ça ont payé pour leurs actions, affirma-t-elle avant de reprendre son souffle et d'esquisser un pauvre petit sourire. Alors, comment vas-tu ?

— Je vais bien. Et toi ?

— Bien, bien, merci. J'ai entendu parler de cette histoire avec les hyènes, de tes problèmes avec les Cage, ainsi que de tes soucis avec Dani.

Bree haussa les épaules. Elle jeta un coup d'œil vers l'escalier, mais Alex n'était pas encore de retour.

— Je n'ai jamais voulu être Première oméga, tu sais, révéla alors Rose en soupirant.

Bree se retourna vers elle.

— Mais tu as fait un si bon boulot !

— Peut-être, mais je n'avais pas envie d'assumer cette responsabilité. J'ai beaucoup résisté. Puis un jour, ma mère m'a prise à l'écart et m'a dit que, je le veuille ou non, j'avais ce don et ma troupe avait besoin de moi. Je pense que tu es dans la même situation aujourd'hui. Tu vas sans doute me dire que ta troupe a déjà une bonne Première oméga ?

— Exactement.

— J'ai connu très peu d'omégas aussi fortes que Dani. Mais toi, tu es encore plus forte qu'elle.

— C'était différent pour toi, la Première oméga de l'époque était prête à te céder sa place.

— Tout à fait, convint Rose. C'est un poste très exigeant. C'est pourquoi la plupart des Première omégas qui prennent leur retraite préfèrent ne plus s'occuper que de leur famille. Tu dois comprendre pourquoi Dani n'a pas envie de quitter son poste.

— Tout à fait. Je me demande simplement si c'est une mauvaise idée qu'elle reste à son poste ?

— Ton chat intérieur ne voudra plus lui obéir, tu le sais bien. Tu finirais par être obligée de la défier en duel un jour.

— Je n'ai pas envie de me battre contre elle. En revanche, je ne détesterais pas lui donner une bonne raclée. Elle a été une vraie garce avec moi dernièrement. Mais je n'irais pas jusqu'au duel. Je veux l'éviter. Dani préférerait mourir plutôt que se soumettre et perdre son poste, selon moi. Je n'ai pas envie de la tuer.

Rose ne put retenir un soupir.

— Dani a laissé son poste la définir. Elle pense qu'elle n'est rien si elle n'est pas Première oméga. C'est arrivé à d'autres dans la même situation. Tu dois te demander si vraiment tu n'as pas envie de ce poste ou si tu as peur que tes détracteurs puissent avoir raison et que tu risques de finir comme ta mère.

Bree détourna le regard.

— Elle était à ramasser à la petite cuillère à la fin de sa vie.

— Ce ne sont pas ses dons qui ont causé sa mort. Ils la dépassaient, c'est vrai, mais plein de gens vivent des choses compliquées sans pour autant mettre fin à leur vie. Tout dépend de la personne et non pas des circonstances. Sinon, les choses se termineraient de la même manière pour tout le monde.

— Tu veux dire qu'elle était faible ?

— Non, pas faible, fragile. Charity avait beaucoup trop d'empathie pour les autres. Elle ne savait pas se refermer. Elle n'était pas capable de dire « non », d'imposer ses limites. Elle était surmenée.

Bree se souvenait bien de cet aspect de la vie de sa mère. Son père râlait d'ailleurs souvent à ce propos, elle s'en souvenait. Il disait qu'elle en faisait trop.

— Des fissures sont apparues dans ses boucliers après qu'un camarade de troupe qu'elle conseillait s'est suicidé, poursuivit Rose. Elle en a assumé toute la responsabilité. Elle disait qu'elle aurait dû être capable de mieux l'aider. Personne ne le lui a reproché, mais elle était persuadée que c'était sa faute et qu'elle ne méritait pas ses dons. Bref, elle s'est complètement laissée aller.

Bree ne se souvenait pas précisément de cet incident. Elle se rappelait cependant comment sa mère s'était repliée sur elle-même, s'était effondrée et avait perdu confiance en ses capacités d'oméga. Oui, elle s'était laissée aller.

— Honnêtement, comment penses-tu qu'elle aurait réagi à cette histoire avec Dani ? demanda Rose.

— Elle m'aurait dit… commença Bree avant de s'interrompre et de pousser un soupir. Elle m'aurait dit que je ne pense qu'à moi et pas assez à la troupe et qu'il était grand temps que je me sorte les doigts du cul.

— Je suis entièrement d'accord. Tu as une force émotionnelle qu'elle n'avait pas et que n'a pas Dani, je le vois. En revanche, il n'y a rien de Paxton en toi, si cela peut te rassurer. Il était vide. Tu es tout le contraire de lui. Tu luttes contre ton destin pour les mauvaises raisons, Bree. Arrête de laisser les actions et les critiques des autres te freiner.

Elles levèrent toutes deux la tête en entendant des bruits de pas dans les escaliers. Alex apparut, une bouteille d'eau dans une main et la veste de Bree dans l'autre.

— Ah, Alex ! dit la vieille dame. Je suis ravie de te voir.

Alex posa la veste sur son épaule et salua Rose d'un bref hochement de tête.

Bree eut du mal à s'empêcher d'éclater de rire. Alex était toujours aussi poli !

Il se tourna vers la jeune femme, glissa la main dans sa poche et lui tendit deux cachets.

— Tiens, prends ça, dit-il.

Très reconnaissante, Bree obtempéra et Alex ouvrit la bouteille pour elle. Elle avala les comprimés avec un peu d'eau et Alex eut l'air satisfait.

— Tiens, mets ta veste, dit-il en l'aidant à l'enfiler.

— Bien, il faut que j'y aille, dit Rose. Faites attention à vous ! Réfléchis bien à ce que je t'ai dit.

La vieille dame adressa un regard peiné à Bree avant d'entrer chez les parents de Benny.

Bree se tourna vers Alex.

— Tu n'es même pas poli avec les vieilles dames ! grommela-t-elle.

— C'est vrai. Qu'est-ce qu'elle t'a dit au juste ?

— Pas mal de trucs. J'ai la migraine et ça m'empêche de tout digérer.

— Alors on va aller dans le jardin de l'immeuble pour que tu puisses te débarrasser de toutes tes énergies négatives. Puis tu vas dormir un peu et on va manger. Et baiser. On pourrait aussi manger en baisant.

— Si tu promets de bien me faire jouir, je me fiche un peu de l'ordre dans lequel on va faire ces choses.

Alex grogna en sentant la féminité de Bree se resserrer autour de son sexe et palpiter quand elle jouit. Bordel de merde ! Il se carra dans son siège et donna quelques coups de reins en attirant Bree contre lui, une fois, puis deux et trois. Il explosa ensuite et se déversa en elle.

Pantelante, elle fondit littéralement contre lui.

— Tu es un véritable athlète de la baise, mec !

— Toujours heureux de rendre service, déclara-t-il en souriant presque avant de poser la main à plat sur son dos. Ne bouge pas. Je veux rester encore un peu en toi.

Repu, il l'embrassa sur la tempe et huma son odeur. Cela le calmait beaucoup de la tenir contre lui, toute molle, parfaitement détendue.

Ils ne dirent pas un seul mot pendant un moment. Ils restèrent assis là et il la caressa des mains, l'effleurant, la titillant, la massant. Du bout des doigts, Bree dessinait des motifs sur son torse et suivait les courbes de son tatouage tribal jusqu'à son épaule.

Quand son sexe ramolli glissa hors d'elle, il la porta jusqu'à la salle de bains. Ils se lavèrent et allèrent s'installer face à face dans le lit.

— Est-ce que tu vas me répéter ce que t'a dit Rose ? demanda Alex en lui caressant le bras.

Bree poussa un grognement.

— Je plane sur mon petit nuage post-orgasmique. Est-ce que ça ne pourrait pas attendre encore un peu ?

Alex lui mordilla la lèvre inférieure.

— Allez, dis-moi, insista-t-il.

— Bon d'accord.

Bree lui narra alors sa conversation avec l'ancienne Première oméga.

— Est-ce qu'elle a raison ? s'enquit Alex. As-tu peur de dégringoler comme ta mère ?

— Charity entendait les pensées des gens. Comme moi.

— Ce n'est pas cela qui l'a fait mourir, Bree. Rose te l'a bien dit : ta mère était fragile. Elle n'avait pas suffisamment d'amour-propre. Ce qui n'est pas ton cas.

Bree baissa les yeux et regarda son cou.

— Quand j'étais petite, je pensais que ses dons d'oméga avaient causé sa mort. Je voulais attribuer son suicide à des causes extérieures parce que je refusais de croire qu'elle ne nous aimait pas assez, mon père et moi, pour régler ses problèmes et rester avec nous.

Détestant entendre sa voix chevroter ainsi, Alex lui massa la nuque.

— Je ne pense pas qu'elle ne vous aimait pas assez. Sa famille comptait beaucoup pour elle, je m'en souviens. Toi et Jim, vous étiez ses priorités.

Bree secoua la tête.

— Elle savait qu'elle le détruirait sans doute en se suicidant et elle l'a fait quand même. Elle savait aussi que s'il mourait je n'aurais plus personne. Pourtant, elle n'en a pas tenu compte, geignit Bree en se mordant la lèvre inférieure. Elle a laissé un mot d'adieu expliquant qu'elle ne supportait plus toutes ces voix, toutes ces énergies. Elle avait l'impression qu'elle ne méritait pas de vivre, d'être aimée. Elle pensait qu'on serait mieux sans elle. Mais c'étaient des conneries tout ça, Alex. Elle tentait simplement d'arranger un peu le simple fait qu'elle voulait arrêter de souffrir.

» La vie devait être dure pour elle avec ses boucliers fissurés, je le comprends. Vraiment. C'était comme aux obsèques de nos camarades. Les omégas absorbent l'énergie de toutes ces émotions négatives. C'est douloureux, ça nous mine. Ma mère aurait pu essayer de réparer ses boucliers, elle aurait pu demander de l'aide aux autres omégas.

Alex lui caressa le dos.

— Je sais ce que c'est quand on a l'impression de ne pas avoir su aider une personne, de se sentir responsable de sa mort.

— Tu penses à Freya ?

— Oui, confirma-t-il. Y a-t-il pire échec que de ne pas avoir réussi à sauver la vie de son âme sœur ? J'en doute. Je n'ai pas été la hauteur avec elle, tant sur le plan physique que sur le plan émotionnel. On entend souvent parler de l'attirance primale et immédiate qui pousse les âmes sœurs l'une vers l'autre quand elles se rencontrent. Dans mon cas, cette attirance était plutôt ténue. Je ne me sentais pas vraiment attiré par Freya. Mon animal intérieur était certes curieux, il voulait passer du temps avec elle, mais je n'ai pas cherché à comprendre son intérêt pour cette fille. (Alex déglutit bruyamment.) Elle méritait mieux que ça.

— Il arrive que des âmes sœurs se côtoient pendant des années sans se reconnaître. Il faut que les âmes sœurs soient ouvertes à la possibilité de s'unir, sinon leur lien n'est pas perceptible, tu le sais bien. Tu aurais pu ne rien sentir la nuit de l'accident si tu n'avais pas été toi-même à moitié inconscient.

— Dès le moment où j'ai senti le lien d'union… ça n'a duré que quelques secondes, Bree. Un court instant qui m'a semblé durer toute une vie. (Il n'oublierait jamais la sensation du lien titillant son esprit, le poussant désespérément à s'unir à Freya.) Et puis le grand vide. Le lien avait disparu et Freya était morte. J'aurais dû être très malheureux, brisé, une épave quoi. Mais ce ne fut pas le cas.

— Sois honnête : tu n'estimais pas avoir le droit de la pleurer parce que tu avais ignoré jusqu'à l'accident qu'elle était ton âme sœur. Il y a aussi le fait de te sentir responsable de sa mort.

— Si notre lien d'union avait été en place, j'aurais pu la sauver.

— Tu aurais pu aussi mourir en essayant de la sauver. Tu n'es pas un guérisseur, Alex. Au mieux, tu aurais peut-être pu la garder en vie jusqu'à l'arrivée d'un guérisseur, mais il aurait fallu qu'il arrive très vite pour sauver une personne aussi gravement blessée. D'après ce que j'ai appris, le guérisseur a mis une demi-heure pour arriver sur les lieux de l'accident. Tu n'aurais pas pu la maintenir en vie aussi longtemps.

Peut-être pas, mais il ne le saurait jamais.

— Je ne me suis jamais senti aussi impuissant de toute ma vie. Elle était là, elle s'étiolait lentement, elle me suppliait du regard, mais je ne pouvais rien pour elle. Le lien s'est manifesté de manière si fugace que je n'ai pas eu le temps de réagir.

— Elle est morte en sachant qu'elle avait trouvé son âme sœur. Cela a dû la réconforter.

Alex cligna des yeux. Il n'avait pas pensé à cela.

— Tu le penses vraiment ?

— Oui, vraiment, dit Bree en lui serrant le bras. Tu as été là pour elle, Alex.

— Ce n'est pas ce que je ressens. Ta mère n'était pas responsable du suicide de son camarade de troupe, mais ce n'est pas ce qu'elle éprouvait. Contrairement à moi. Je n'ai pas de mal à assumer ma culpabilité quand il m'arrive de faire du mal aux autres. J'ai tué, torturé, trahi des gens. Ta mère était lumineuse, généreuse et bonne. Elle n'avait sans doute jamais imaginé qu'elle serait un jour incapable de venir en aide à quelqu'un.

» Le sentiment de ne pas avoir réussi à sauver une vie est quelque chose qui peut te bouffer, t'obliger à remettre ta propre valeur en question et te donner l'impression d'être indigne de vivre. Tu finis par te sentir coupable d'avoir survécu. En plus, tu ne te plains pas de ressentir cela parce que tu estimes que tu le mérites. Alors quand Charity a écrit qu'elle croyait que vous seriez mieux sans elle, qu'elle ne méritait pas d'être aimée, elle le pensait vraiment.

— Peut-être, chuchota Bree en caressant le ventre d'Alex.

Il posa une main sur son menton et plongea son regard dans ses prunelles bleu électrique.

— Mais toi, tu ne vas jamais craquer comme elle. Et sais-tu pourquoi j'en suis persuadé ? C'est parce que ta route a été semée d'embûches et tu les as toutes surmontées sans jamais craquer. Sans jamais faiblir. Tu as tout affronté directement et ça t'a renforcée. Une fille forte comme toi ne va pas flancher sous le poids des responsabilités d'une Première oméga. Tu es trop solide pour ça.

— Tu le crois vraiment, n'est-ce pas ?

Alex fronça les sourcils.

— Oui, merde ! Tu ne penses tout de même pas que je te pousserais à emprunter une voie qui pourrait s'avérer néfaste pour toi ?

— Non.

— Très bien, dit Alex d'une voix rauque, un peu calmé.

Il se mit sur le dos et elle se lova contre lui.

— Allez, dors maintenant, dit-il.

— Mais j'ai déjà dormi pendant des heures. Je ne suis pas fatiguée.

— Mmm, dit-il. Je pourrais te baiser jusqu'à ce que tu te rendormes.

Elle esquissa un sourire.

— Tu peux toujours essayer.

Alex ne se le fit pas dire deux fois. Il réussit.

Bree fut réveillée par un juron étouffé le lendemain matin. L'esprit encore embrouillé par le sommeil, elle ne réagit pas beaucoup. Elle ne fit pas très attention quand Alex sortit du lit. Elle resta allongée là en attendant que le brouillard se dissipe plutôt que d'essayer d'émerger trop vite.

En revanche, son chat intérieur ne partageait pas son avis. Il se manifesta, essaya à plusieurs reprises de la réveiller, de lui signaler quelque chose… d'important. Il n'y avait aucun danger. Non, mais c'était quelque chose d'assez grave pour perturber son chat.

Bree poussa un grognement et ouvrit un œil. Elle avait tiré les rideaux la veille au soir et ne fut donc pas agressée par les rayons du soleil…

Elle comprit alors quelque chose qui la toucha profondément, lui coupa même le souffle. Son cœur se mit à cogner dans sa poitrine. Elle avait l'impression de manquer d'air. Bordel de merde ! Elle portait l'odeur d'Alex.

Son odeur, merde ! Cela ne pouvait signifier qu'une chose : ils avaient commencé à s'imprégner.

Bree se redressa rapidement et passa une main dans sa chevelure emmêlée. Comment était-ce possible ? Pourquoi leur était-ce arrivé si rapidement ? Elle avait pensé que si elle continuait à bien s'entendre avec Alex, ils finiraient par s'imprégner. Plus tard. Mais pas avant que leur relation soit devenue solide, durable. Où était donc passée la longue période d'adaptation nécessaire pour en arriver là ?

Bree entendait Alex se déplacer dans l'appartement. Elle se demanda ce qu'il faisait. Il avait sans doute complètement perdu les pédales. C'était une chose d'être dans une relation sérieuse, mais c'en était une tout autre de sentir le lien d'union se manifester et vous rapprocher d'une autre personne.

Beaucoup de gens avaient des relations sérieuses sans pour autant passer à l'étape suivante, la cohabitation, ou, dans le cas des humains, les fiançailles et le mariage. Alors oui, elle comprenait parfaitement Alex. C'était normal de péter un câble dans ces circonstances. À peine commençait-il à sortir avec elle qu'il se trouvait déjà presque en couple. N'importe qui à sa place aurait été choqué. Il n'était peut-être pas prêt à vivre ça. Il n'avait peut-être jamais eu l'intention de s'unir à elle.

Nerveux, le chat intérieur de Bree se frotta contre elle pour lui apporter du réconfort, mais aussi pour en chercher. Il ne comprenait pas qu'Alex se soit éloigné. Bree et son chat craignaient tous deux qu'il rejette le lien. Après tout, Alex s'était enfui plutôt que de la réveiller et de s'émerveiller avec elle du mélange de leurs odeurs. Cela devait signifier qu'il n'était pas content, non ?

Sentant sa gorge se nouer, Bree ramena ses genoux vers sa poitrine. Elle devait aller le voir, elle avait besoin de savoir ce qu'il ressentait.

Elle prit une longue inspiration pour se calmer. Elle se sentait nerveuse, plus qu'elle ne l'aurait imaginé. Elle éprouvait comme une sensation de brûlure dans la gorge et dans le nez. Elle n'allait pas s'écrouler s'il rejetait leur lien. Non. Elle savait depuis longtemps déjà que la vie n'était pas juste. Elle avait survécu à bien pire que d'être rejetée par Alex Devereaux. Elle survivrait donc à cela aussi. En revanche, porter son odeur sur elle, le sentir à tout moment du jour ou de la nuit serait une véritable torture.

Elle glissa hors du lit et enfila sa robe de chambre. Le temps était venu de faire face à la réalité et d'espérer que ce ne serait pas trop…

Bree se raidit en entendant craquer les lames du parquet derrière la porte de la chambre. Son pouls s'accéléra et elle serra les poings.

Elle sentit son ventre se nouer en voyant Alex entrer dans la chambre et la dévisager avec son regard insondable. La vue de son corps dénudé l'aurait distraite à n'importe quel autre moment. Mais pas là. Parce qu'elle n'avait qu'une chose en tête : il ne veut pas d'une relation avec moi. S'il était heureux, il ne le cacherait pas, non ?

En mode hyper protecteur, son chat intérieur le dévisagea, prêt à attaquer s'il faisait quoi que ce soit de menaçant. Bree avait la gorge nouée de chagrin, les larmes aux yeux. Non, elle n'allait pas pleurer. Ni crier, ni lui faire des reproches. Il n'avait pas demandé qu'ils s'imprègnent. Ce ne serait pas exactement sa faute s'il ne le souhaitait pas. Les gens n'étaient pas toujours maîtres de leurs émotions après tout.

Elle se racla la gorge.

— Ce n'est pas grave si tu n'es pas prêt. Je comprends et je ne t'en voudrai pas. Je ne t'en tiendrai pas rigueur. Mais je vais devoir m'en aller.

— T'en aller ? répéta-t-il de sa voix rauque dépourvue d'émotion. Tu ne veux pas de moi ?

Elle haussa les épaules.

— Je ne veux pas rester avec un type qui ne m'aime pas autant que je l'aime.

Une lueur indéfinissable brilla dans son regard. Il s'approcha lentement de Bree de sa démarche fluide, prédatrice et arqua un sourcil.

— Tu es sûre que c'est le cas ?

Bree cligna des yeux.

— Mais oui. Tu ne veux pas de ce lien.

— Qu'est-ce qui te fait dire ça ?

— Tu n'as pas l'air de t'en réjouir.

Il serra les lèvres.

— Tu veux connaître la vérité ? Ce ne sera pas simple pour toi d'être unie à un type comme moi. Je ne suis pas facile à vivre. On n'a pas encore passé assez de temps ensemble pour que tu saches à quel point je suis embêtant. Tu peux me croire quand je te dis que je ne vais pas me comporter en gentleman et m'éloigner calmement de toi si tu me dis que tu ne veux pas de cette relation. Je suis beaucoup trop égoïste pour cela, déclara-t-il en posant la main sur son cou et en serrant. Tu n'as pas encore compris ? Je ne désire absolument pas connaître la vie sans toi.

Chapitre 18

Alex l'observait étroitement et la vit se raidir anormalement. Elle avait l'air perplexe, comme si elle ne parvenait pas à intégrer ce qu'il venait de lui dire, *comme si elle se répétait ses paroles en boucle*, songea-t-il, se demandant si elle l'avait bien entendu.

Elle croyait vraiment qu'il pourrait la quitter ? Cette fille était folle.

En se réveillant, ils avaient constaté tous les deux que leurs odeurs avaient fusionné. Alex en avait été abasourdi, il n'aurait pas pu le nier. Même avec la preuve sur sa peau, il avait du mal à le croire. Il n'y arrivait tout simplement pas.

Alex aimait tout contrôler dans sa vie. Or l'enclenchement du processus d'imprégnation lui avait fait perdre pied. Il se sentait déséquilibré, au bord de la panique. Heureusement, une grande bouffée de satisfaction toute masculine monta en lui et éclipsa toutes ses autres émotions.

Son instinct de possession exacerbé, il éprouvait le besoin de toucher Bree, de rester avec elle et d'approfondir sa relation avec elle pour renforcer leur lien. Il éprouvait un si violent désir de rester à ses côtés qu'il avait eu du mal à s'extirper du lit. Debout devant elle, il voyait presque les liens métaphysiques se tisser entre eux.

Elle lécha sa lèvre inférieure.

— Tu peux répéter ça ?

— Tu m'as entendu.

Elle secoua rapidement la tête comme si elle essayait d'émerger d'un état de sidération.

— Mais… tu es sorti du lit !

— Je suis allé téléphoner à ma mère pour la prévenir qu'on serait en retard au boulot. J'ai l'intention de te revendiquer pleinement avant qu'on sorte d'ici. Je ne voulais pas te réveiller en passant mon coup de fil. Je voulais le faire en léchant ton intimité de la langue.

Bree en eut le souffle coupé.

— Tu veux me revendiquer ?

— Je me suis retenu très longtemps avec toi parce que je savais au plus profond de moi que ce ne serait pas temporaire entre nous. Je savais que si je réussissais à te séduire, je ne te quitterais plus jamais. Les gloutons ne sont pas doués pour la vie de couple. Mais une fois qu'on a trouvé l'élue de notre cœur, c'est pour de bon.

Alex posa une main sur le cou de Bree, l'étreignit et remarqua la lueur d'espoir hésitant qui vint éclairer le visage de sa compagne. Sa compagne, oui ! Il fut envahi par une nouvelle vague de satisfaction masculine.

— Est-ce que je m'attendais à ce que le processus d'imprégnation démarre aussi vite ? Non. Est-ce que ça m'a choqué ? Oui. En revanche, ce n'est pas une mauvaise surprise, Bree. C'est ce que je souhaite.

— Es-tu sûr que ce n'est pas uniquement ton instinct de possession qui t'embrouille les idées ? Il doit bien se manifester, non ?

Effectivement. Il n'avait jamais imaginé se sentir aussi possessif, éprouver un tel besoin de la marquer, de la faire sienne.

— J'ai toujours été possessif avec toi, mais ce sentiment s'est nettement intensifié.

— Comment est-ce que ton animal réagit ?

— Il te veut. C'est tout. C'est bien, cela signifie qu'on est sur la même longueur d'onde, lui et moi. C'est ce que tu veux aussi, Bree, reconnais-le. Arrête de lutter.

Bree ferma les yeux un court instant. Oui, elle désirait s'unir à Alex. C'était même son désir le plus cher. Elle n'avait pas peur, ne craignait pas la profondeur de cet engagement. Elle n'appréhendait qu'une chose : perdre Alex et tout ce qu'elle avait connu avec lui.

— Il faut que tu sois sûr, Alex.

— Je ne m'engagerais pas dans la vie de couple si je n'étais pas absolument sûr, répondit le jeune homme. C'est toi que je veux. Je veux vivre avec toi. Je ne vais pas te quitter.

Bree déglutit bruyamment. Il cherchait sans doute à la rassurer, mais il y avait quelque chose de dur comme l'acier dans son timbre de voix et Bree ne put oublier à qui elle avait affaire : un glouton dominant. Ces métamorphes étaient par nature des durs à cuire tenaces. Ils ne reculaient jamais, ne laissaient jamais tomber. Ils se battaient pour ce qu'ils voulaient et l'échec n'était pas pour eux envisageable.

Bree se rappelait ce que Valentina lui avait dit à ce sujet : « *Mon fils, Alex, fait très attention à tout ce qui compte pour lui. Il est persévérant. Il aime avoir ce qu'il veut quand il veut, mais il sait aussi être patient quand il le faut pour obtenir ce qu'il désire. Tu peux me croire, il finit toujours par y arriver.* »

Un peu comme si Valentina la prévenait de ce qui l'attendait, songea Bree.

Alex glissa la main sur son cou, lui étreignit la nuque et l'attira contre lui.

— Je veux être avec toi, et toi, tu veux être avec moi. Alors il faut arrêter de se poser des questions, d'accord ? Il est grand temps pour nous de prendre une décision, de nous engager.

Bree avala sa salive et prit une longue inspiration.

— Je suis d'accord si c'est ce que tu veux.

Alex esquissa un sourire.

— C'est tout à fait ce que je veux, ma chérie.

Il plaqua sa bouche sur la sienne dans un baiser doux, profond, enivrant. Un baiser rassurant qui ressemblait à une promesse. Le désir monta alors si violemment en Bree qu'elle en fut abasourdie. Elle s'arqua et gémit contre sa bouche. Alex grogna, passa les doigts dans les longs cheveux de Bree et inclina la tête pour approfondir leur baiser. Toute chamboulée, Bree fut attirée dans un tourbillon de sensations. Elle sentit son corps s'éveiller et son sang bouillir. Bordel de merde ! Elle avait besoin de baiser. Là tout de suite. Sauvagement.

Il lui mordit brutalement la lèvre inférieure.

— Ôte cette putain de robe de chambre !

Elle en frissonna presque en sentant les grognements rauques d'Alex lui caresser la peau, la titillant, la chatouillant. Bree dénoua la ceinture de sa robe de chambre et la laissa retomber au sol.

Alex inspira par le nez et admira son corps.

— Tu es parfaite, dit-il.

Il se pencha pour l'embrasser de nouveau. Audacieuse, confiante, rusée, sa langue dansa avec la sienne.

Elle posa les mains à plat sur son dos solide et planta les griffes dans ses muscles. Elle voulait lacérer ses chairs, le marquer comme sien.

— Vas-y, grogna-t-il. Fais-le.

Il sursauta en sentant ses griffes lui lacérer la peau, laissant derrière elles un sillage de feu et de sang, des marques qui seraient permanentes, il le savait. Son sexe durcit davantage. Son animal poussa un grognement de satisfaction masculine.

Merde ! Le simple fait de savoir qu'il allait revendiquer Bree, faire d'elle sa compagne… Il n'avait jamais bandé aussi dur de toute sa vie, jamais éprouvé un tel désir. Elle serait sienne. Il ne voulait pas aller trop vite. Il tenait à faire de cette matinée un instant qu'ils n'oublieraient jamais.

Alex posa la main sur la gorge de Bree et approcha la bouche de son oreille.

— Je vais te baiser, chuchota-t-il. Sauvagement. Mais avant, je veux que tu prennes mon sexe dans ta bouche.

Elle lui avait refusé cette gâterie jusque-là pour le faire bisquer. Il n'en pouvait plus. Le désir d'union se faisait si violent qu'il avait besoin de la voir avaler sa semence. Son animal partageait son désir. Ils voulaient la marquer de toutes les manières.

Alex s'assit sur le bord du lit.

— Agenouille-toi, dit-il.

Il vit les tétons de Bree durcir.

Elle se mit très lentement sur les genoux entre ses jambes écartées. En baissant la tête, elle fut prise d'une voracité incontrôlable et elle empoigna la base de son long sexe massif d'une main ferme.

— Super ! Prends-moi dans ta bouche maintenant.

Elle obtempéra et il grogna en sentant la chaleur de sa bouche sur son sexe. Il l'agrippa par les cheveux et la maintint en place pendant quelques instants, goûtant ce moment exquis, appréciant de voir ses lèvres enserrer son membre.

— C'est bien. Suce-moi.

Elle le fit et merveilleusement bien. Subjugué, Alex ne détourna pas les yeux. Bree prit littéralement possession de son membre avec sa bouche. Elle le suça fermement et l'aspira de plus en plus fort, plus profondément encore qu'aucune autre femme avant elle.

Elle ne le suça pas comme si elle voulait le faire jouir le plus vite possible. Non, elle s'installa et prit tout son temps, confiante, déterminée et taquine. Chaque fois qu'elle gémissait, grognait ou ronronnait, il craignait de perdre le peu de contrôle qu'il lui restait.

On lui avait souvent fait des gâteries, mais jamais comme ça. Il n'avait jamais été amené aussi rapidement au bord de l'explosion. Bree semblait savoir parfaitement être à la fois charnelle, innocente, libidineuse et joueuse. Elle le léchait et le suçait expertement et avidement tout en levant vers lui de temps à autre des regards timides et espiègles.

Il adorait la voir ainsi absorbée par lui, concentrée uniquement sur lui, sur ses réactions, retenant et refaisant ce qui le faisait gémir, jurer, lui tirer les cheveux ou s'arquer.

L'odeur enivrante de son désir parfuma bientôt l'air ambiant et le fit saliver. Il lui tardait de la savourer, de retrouver sa douceur aux notes épicées qui était un véritable bonheur pour lui.

Alex grogna en sentant son gland heurter le fond de sa gorge. Elle leva la tête vers lui et il aperçut unc pctitc lueur taquine dans le fond de ses yeux. Et elle l'avala. Bordel de merde ! Il sentit ses testicules se resserrer au point d'en avoir mal.

En faisant bien attention de ne pas se retirer, il se releva et l'agrippa encore plus fermement par les cheveux.

— Continue, dit-il. (Il lui donna de rapides coups de reins, lui baisant littéralement la bouche. Il sentit ses testicules remonter dans son corps.) Je vais répandre ma semence dans ta gorge. Je veux que tu la sentes, que tu la goûtes, que tu l'avales.

Il sentit les griffes acérées de Bree pénétrer dans ses cuisses. La sensation de brûlure qu'il éprouva ajouta au plaisir qui montait en lui. Il était fait, il allait perdre le contrôle.

Il plongea son regard dans le sien, ivre de sexe, et s'enfonça profondément dans sa gorge. Il explosa et fut emporté par le tsunami de son orgasme.

— Merde !

Il sentit ses cuisses tressaillir quand il déversa sa semence en longs jets brûlants dans sa bouche.

Percevant la respiration haletante d'Alex, Bree se sentit parfaitement comblée et libéra son sexe. Elle espérait qu'il lui rende la pareille parce qu'elle avait besoin de jouir. Elle sentait son clito frémir, sa féminité se resserrer et ses tétons étaient si durs qu'ils en devenaient douloureux.

— Viens là, dit-il.

Elle se leva et passa les bras autour de son cou. Il fredonna de plaisir et lui caressa tendrement les cheveux avant de l'embrasser délicatement sur la bouche. Puis il la repoussa sur le matelas, ce qui la fit rire.

Il s'agenouilla à côté d'elle.

— Tu es très douée de la bouche, dit-il. (Il lui agrippa les cuisses et les écarta doucement.) Je vais avoir envie de recommencer souvent.

Son regard suivait les caresses qu'il lui prodiguait des mains, ses belles mains fortes et chaudes, partout sur son corps, l'effleurant, la pinçant, la titillant. L'obligeant à attendre.

— Bree, chuchota-t-il, avant de lécher un téton. Ma Bree à moi.

Il lui fit ensuite subir une véritable torture. Il n'y avait pas d'autre mot pour décrire ce qu'il lui imposa. Il lui embrouilla les sens avec ses dents, sa langue, sa bouche. Elle se sentit hyper excitée et sa peau devint ultrasensible. Évitant sa féminité, l'enfoiré, il explora toutes les autres parties de son anatomie. Elle n'en pouvait plus et craignit de jouir sur-le-champ.

— As-tu déjà été prise par-derrière ? demande-t-il sur un ton beaucoup trop désinvolte.

Bree lécha ses lèvres desséchées.

— Non, répondit-elle.

Une lueur de satisfaction brilla dans le regard d'Alex.

— Moi, je le ferai, déclara-t-il.

Il commença enfin à s'occuper de sa féminité. Il la toucha, la lécha, la caressa des doigts jusqu'à ce qu'elle n'en puisse plus et se mette à trembler, à sangloter presque du besoin de jouir.

Elle siffla et lui tira les cheveux.

— Alex, le supplia-t-elle.

Il glissa le long de son corps et s'arrêta le temps de lécher la courbe de son sein.

— Je vais te marquer là, dit-il. Pour que tu te souviennes que ces seins sont à moi. Comme toutes les autres parties de ton corps.

Il planta les dents dans ses chairs et suça.

Bree donna des coups de poing dans le matelas. Elle n'allait plus tenir longtemps, elle le savait.

— Baise-moi, maintenant, merde !

Il lécha la marque qu'il lui avait faite pour soulager la douleur.

— Qu'est-ce qu'il y a, bébé ?

— Tu ne peux pas m'exciter comme ça et t'attendre à ce que je reste polie. Ça ne marche pas comme ça.

Le regard brillant, il lui effleura la bouche des lèvres.

— Tu en as bien besoin, c'est ça ?

Mais enfin ! C'était évident, non ?

Il lui mordilla la lèvre inférieure des dents.

— Mets tes mains derrière les genoux et soulève-les bien haut et bien écartés pour moi, d'accord ?

Enfin ! Bree acquiesça d'un signe de tête et fit ce qu'il lui demandait.

— Oui, c'est ça que je veux. (Encore à genoux, il inséra son gland dans sa féminité.) Regarde-moi.

Il posa une main sur son ventre et la mâchoire serrée, il commença à glisser très lentement en elle.

Son regard de braise posé sur elle, la captivant, il la prévenait qu'il allait la baiser sauvagement. Super !

Il s'immobilisa.

— Dis-moi quelle est la place de mon sexe ?

Bree avala sa salive.

— En moi, répondit-elle.

— C'est cela. En toi, affirma-t-il en s'insérant un tout petit peu plus en elle. Je le glisserai parfois dans ta féminité, parfois dans ta bouche et d'autres fois, dans ton cul.

— Tu es fou si tu penses que je te laisserai me prendre par-derrière.

Elle aurait trop peur qu'il la déchire. Elle fronça les sourcils en le voyant se retirer un peu. Il la punissait d'avoir osé manifester son désaccord.

— Je le ferai, déclara-t-il. Je commencerai par te prendre tout doucement jusqu'à ce que tu t'habitues. Puis je te prendrai plus durement, mais toujours très lentement. Et quand je serai sûr que ça se passe bien, j'accélérerai la cadence et je te baiserai comme si ton cul n'existait que pour ça.

Il lui assena ensuite un grand coup de boutoir.

Le souffle coupé, Bree s'arqua. Dieu du ciel ! Son long sexe massif l'emplissait tellement qu'elle se demandait comment il pouvait la pénétrer tout entière. Elle se sentit soudain complètement prise. Il voulait qu'elle ressente cela, elle le voyait. Qu'elle sache qu'elle lui appartenait. Qu'il la dominait. Qu'elle était sienne.

— Garde les yeux sur moi. Ne jouis pas tant que je ne t'aurai pas dit de le faire.

Il recula, lentement, tout en souplesse avant de donner un grand coup de reins et de l'emplir entièrement. Il le refit. Encore et encore, gardant tout le temps son regard braqué sur le sien. C'était très intime. Douloureusement intime. Elle avait l'impression qu'il voulait voir jusque dans son âme. Comme s'il souhaitait revendiquer ce qu'il y trouverait.

Elle adorait l'expression d'avidité à l'état pur qu'elle lisait dans son regard. Adorait sentir chacune des pulsations de son cœur dans son sexe. Elle appréciait moins cependant le rythme lent qu'il avait adopté.

— Plus vite, Alex.

— Tu veux que j'aille plus vite ?

— Oui. Et plus fort.

— Plus fort comment ?

— Jusqu'à me faire mal.

Un grognement monta dans le torse d'Alex. Il balança les hanches et grinça des dents en sentant la féminité brûlante de Bree se refermer sur son sexe. Putain ! Jamais il n'avait senti de féminité plus étroite.

— Alors donne-moi ta jolie gorge, montre-moi à quel point tu désires que je la marque.

Une lueur de défiance brilla dans son regard. Ce n'était pas étonnant. Aucune métamorphe n'offrait facilement sa gorge.

— J'attends.

Elle ferma les yeux et se lécha les lèvres. Quand elle les rouvrit, la lueur avait disparu. Elle leva la tête et lui offrit son cou. Alex perdit le contrôle.

Il la baisa sauvagement. Il la posséda. La revendiqua. Il la prit et goûta chacun de ses gémissements, et de ses couinements, chacune de ses supplications de la laisser enfin jouir.

Il était ivre d'elle, de son odeur, de sa saveur, de ses petits cris excitants, sans oublier l'étroitesse de sa féminité brûlante. Elle était si belle ainsi abandonnée sous lui.

Alex posa les lèvres sur son oreille sans cesser de la baiser.

— Sens-tu enfin que tu es mienne ? (Elle poussa un grognement rauque qu'il sentit jusque dans ses testicules.) Alors dis-le-moi et je vais te laisser jouir.

— Je suis tienne, grogna-t-elle en s'agrippant à lui. Mais n'oublie pas que tu es mien.

— Je ne serai toujours qu'à toi, déclara Alex.

Il lui agrippa les hanches et l'attira à lui à chacun de ses coups de reins, la baisant sauvagement. Il glissa ensuite le pouce entre ses doux replis et lui caressa le clito adroitement.

— Viens, dit-il.

Elle explosa si fort qu'elle en suffoqua presque. Elle s'arqua et sa tête roula en arrière. Alex sentit son intimité se resserrer sur son sexe et palpiter. Il accéléra la cadence et la prit aussi vite et aussi profondément que possible.

Il la mordit dans le creux du cou et goûta son sang. Il lécha et suça cette blessure qui ne serait jamais confondue avec autre chose qu'une marque de revendication. Il sentit alors les dents acérées de Bree plonger dans son épaule et lui donner une sensation de brûlure qui se propagea jusque dans son sexe.

Il fut assailli par des vagues de plaisir si intenses, si fortes qu'il en eut le souffle coupé et que sa vision s'obscurcit. Il explosa comme un volcan, s'enfouit profondément en elle et y déversa jusqu'à la dernière goutte de sa semence.

Pantelant, il s'écroula sur elle, mais elle ne s'en plaignit pas. Il fut incapable de bouger pendant quelques minutes. Il se retira à contrecœur et se laissa retomber à côté d'elle. Elle se lova contre lui et eut du mal à retrouver son souffle. Il lui caressa le dos du bout des doigts et dessina des petits cercles sur sa peau.

— Ça va ?

Les yeux fermés, elle laissa échapper un petit soupir de bonheur.

— Ouais. Est-ce que je t'ai fait mal en te griffant ?

— Non. Ça pique un peu, mais j'aime ça. Cela me rappelle que tu m'as marqué. Comment va ton chat ?

— Plus détendu que depuis un long moment. Et ton glouton ?

— Très content de lui. Il m'en aurait voulu si je t'avais laissée partir, ce que je n'aurais jamais fait, soit dit en passant. (Il lui caressa les fesses.) Tu sais quoi ?

— Quoi ?

— Je pense que tu avais raison au sujet des corbeaux. Tu m'as dit qu'ils ne croient pas que le destin d'une personne est obligatoirement avec son âme sœur. J'ai toujours pensé que tu devrais être mienne et voilà, tu es mienne maintenant.

Bree sentit sa poitrine se comprimer et elle déglutit bruyamment. Alex se pencha et lui prit la bouche, il la mordilla, la savoura, sans doute inconscient du fait qu'avec cette déclaration il lui avait ravi son âme.

Leurs camarades de troupe commencèrent à les dévisager dès qu'ils émergèrent de l'ascenseur. Ils remarquèrent d'abord la possessivité féroce que manifestait Alex avant d'apercevoir leurs marques de revendication.

Celle de Bree était parfaitement visible. Celle d'Alex était cachée sous son tee-shirt, mais pas les marques de griffe qu'il arborait fièrement sur les bras ainsi qu'une morsure sur la mâchoire que Bree lui avait faite lorsqu'ils avaient baisé la deuxième fois, sous la douche. Alors oui, ils attirèrent les regards.

Aussi décontracté qu'à l'habitude, Alex déambula dans la rue sans prêter attention aux passants. Il était trop occupé à examiner les environs, y compris les toits. En revanche, il ne manqua pas de remarquer le malaise de Bree. Il lui serra la main pour l'encourager et lui caressa les jointures du pouce.

— Ah ! Voilà Kye, dit la jeune femme en apercevant l'adolescent parmi un groupe de jeunes.

Les filles le mataient en salivant presque, mais il ne semblait pas en faire cas. Il n'avait même pas l'air de s'intéresser à elles.

Bree comprenait que les filles le trouvent attirant. Il était beau garçon et, même s'il n'avait que dix-huit ans, il avait déjà tout d'un Alpha : sa manière de se tenir, son assurance évidente, son gabarit impressionnant et son regard rusé.

— J'ai l'impression qu'il a encore grandi depuis la dernière fois que je l'ai vu ! remarqua-t-elle.

Kye se tourna vers eux pile à ce moment-là. Il les salua d'un geste de la tête. Bree lui adressa un sourire, mais Alex se contenta d'un grognement.

— Tu pourrais dire « bonjour », tu n'en mourrais pas ! dit Bree.

— Je sais, répondit Alex sans toutefois saluer le jeune homme. Kye va devoir quitter sa meute dans quelques années pour en fonder une. Chez les chats de Pallas, plusieurs Alphas peuvent cohabiter sans souci, mais ce n'est pas le cas pour les loups-garous.

Bree acquiesça d'un hochement de tête. Elle était triste pour Kye.

Quand ils parvinrent à la bijouterie, Greg leur ouvrit la porte et leur adressa un grand sourire.

— Vous vous êtes unis ! s'exclama-t-il. J'étais sûr que cela finirait par arriver, dit-il en se tournant vers Alex. Je suis content que tu l'aies enfin draguée. Il était plus que temps que tu te réveilles !

Alex l'injuria en russe et, sans plus prêter attention au vigile hilare, il posa une main sur la taille de Bree et la guida à l'intérieur.

Seul dans la boutique, James leva la tête et sursauta.

— Eh ben dis donc ! Quelle bonne nouvelle ! (Il s'approcha d'eux et embrassa Bree sur la joue avant de tapoter Alex dans le dos.) Content de voir que tu as enfin décidé de te bouger le cul, fils.

— Ça n'a jamais été un problème pour moi, protesta Alex.

— Je ne dirais pas cela.

Ils entendirent alors le claquement de hauts talons sur le sol et Valentina émergea de derrière les rideaux. Elle regarda Alex et Bree avant de se tourner vers James et de lui adresser une œillade triomphante.

— Tu vois ? Est-ce que je ne t'avais pas dit il y a des années de cela, qu'il finirait par la revendiquer ? Tu ne m'écoutes jamais. Pourtant, tu sais très bien que je vois tout, mais tu es toujours étonné quand mes prédictions se réalisent. Pourquoi ?

James poussa un soupir.

— Eh bien…

Valentina balaya l'air d'un geste de la main et alla rejoindre Bree.

— Je te considérais déjà comme un membre de ma famille, dit-elle en l'embrassant. Je suis heureuse de voir que c'est maintenant réellement le cas. (Elle relâcha Bree.)

Pourquoi as-tu attendu aussi longtemps pour la revendiquer ? Je ne te comprendrai jamais. Enfin, mieux vaut tard que jamais. Je suis contente que tu aies cessé de faire l'idiot. Aucune mère n'aime voir son fils se comporter en idiot. Vous viendrez dîner tous les deux à la maison ce soir avec James et moi. Je vais faire la cuisine. Nous allons fêter ça.

La porte d'entrée s'ouvrit et Ella entra dans la boutique. Il ne lui fallut pas cinq secondes pour apercevoir la marque de revendication dans le cou de Bree. Elle regarda d'abord son amie puis Alex et aperçut ses marques à lui.

— Vous vous êtes imprégnés ? C'est vraiment génial ! s'exclama-t-elle.

Excitée, elle voulut connaître tous les détails.

— Je suppose que tu as l'intention de passer toute la journée ici ? demanda James à Alex pendant ce temps.

— Oui, c'est ça, confirma Alex.

Ses instincts de protection étaient certes exacerbés, mais il voulait aussi passer plus de temps avec Bree. Il n'aimait pas être loin d'elle et encore moins maintenant qu'ils étaient unis.

Sa mère l'avait prévenu. Il savait depuis longtemps que les gloutons supportaient mal d'être séparés de leur conjoint. C'était même presque une obsession pour eux. Alex n'avait jamais imaginé qu'il serait comme cela, d'autant plus qu'il n'était pas exactement sociable. Or, quand il était loin d'elle… Il n'aimait même pas l'envisager ! Elle était facile à vivre. Elle ne se sentait pas obligée de parler pour combler le silence et n'avait pas besoin d'être toujours en mouvement, ce qui l'aurait vite épuisée.

C'était encore étrange pour Alex cependant d'être partiellement uni. Pas qu'il se sentait nerveux, non. Il éprouvait plutôt un sentiment de complétude qu'il n'avait jamais connu avant.

— Ne reste pas là à ruminer je ne sais quoi, le houspilla Valentina. Tu vas faire fuir les clients si tu fais la moue comme ça.

— Je ne rumine rien, protesta Alex.

Sa mère lui adressa un drôle de regard.

— Est-ce qu'on n'a pas déjà parlé de ça ? lui demanda-t-elle. Je n'aime pas être obligée de répéter toujours les mêmes choses, tu le sais.

Voyant Bree discuter avec Ella, Alex se rapprocha de sa mère.

— On pourrait peut-être remettre notre petite célébration à demain ? Bree est encore fatiguée de la cérémonie d'hier. C'était épuisant pour elle.

— Ça va aller. Notre Bree est très forte.

— Oui, c'est vrai. Mais elle a l'air fatiguée et elle l'est, tu sais. Je te demande juste d'avoir un peu de compassion pour elle.

— De la compassion ? Qu'est-ce que c'est ? Je ne connais pas ce mot. Est-ce que c'est un synonyme de faiblesse ?

Alex poussa un soupir. Ouais bon…

Les heures passèrent et il trouva à s'occuper. Quand il n'était pas dans son bureau, il allait retrouver Greg à la porte ou il aidait les autres employés dans leurs tâches.

La journée se passa assez bien, à part peut-être les nombreux camarades de troupe qui vinrent à la boutique vérifier si la rumeur disait vrai. Vinnie, Ingrid, Tate et Luke arrivèrent peu avant la fermeture de *la Malle aux trésors.*

Esquissant un large sourire, Ingrid s'approcha d'Alex et posa les mains sur son visage.

— Je suis si contente pour toi, dit-elle. Il faut la garder, celle-là. (Elle le relâcha.) Je me faisais du souci pour toi, je le reconnais. Je craignais que tu restes seul. Je ne voulais pas ça pour mon petit-fils préféré.

— Hé! protesta Luke en fronçant les sourcils.

Tate se contenta pour sa part de lever les yeux au ciel.

Vinnie tapota Alex dans le dos.

— Je suis content pour toi. Content surtout que tu te sois enfin bougé le cul.

Alex serra les lèvres.

— Tu es le troisième à me sortir ça.

Vinnie haussa les épaules.

— On le pensait tous, déclara-t-il.

Enfoirés!

Alex et Bree libérèrent leurs animaux intérieurs dans l'espace communautaire avant de rentrer chez le jeune homme.

Le glouton donna des petits coups de tête affectueux au chat qui lui tapota le museau. Ils jouèrent à se poursuivre dans les hautes herbes, grimpèrent dans les arbres et explorèrent leur environnement. Ils purent même se désaltérer dans le petit étang.

Ils jouèrent longtemps, et, fatigués, contents de porter l'odeur de l'autre, ils finirent par reprendre forme humaine.

Chapitre 19

Alex ne s'était pas attendu à se réveiller seul. Il s'était habitué à la présence de Bree dès qu'il ouvrait les yeux, chez lui ou chez elle. Il aimait bien d'ailleurs qu'elle soit la première chose qu'il voit le matin et n'avoir qu'à tendre la main pour la toucher, la caresser, la titiller à la rendre folle de désir. Il ne put empêcher son regard de se parer d'une lueur sombre tandis qu'il déambulait dans son appartement en suivant l'odeur alléchante de sa compagne.

Les oreilles de son animal frémirent quand il détecta une note un peu plus sauvage. Son petit chat avait émergé et n'était pas très loin.

Sentant un regard insistant posé sur lui quand il entra dans la cuisine, Alex leva la tête et cligna les yeux d'étonnement.

— Qu'est-ce que tu fais là ? lança-t-il.

Roulé en boule sur le haut du frigo, sa queue autour de lui, le chat de Pallas leva la tête et lui adressa un regard l'air de dire : « Comment oses-tu respirer le même air que moi ? ».

Alex haussa les épaules.

— D'accord, dit-il.

Le félin bougea une de ses oreilles garnies de petites touffes de fourrure et se recoucha. Il devint vite apparent qu'Alex prendrait son petit déjeuner seul. Cela ne lui plaisait pas trop, il avait pris goût à partager ce repas avec sa compagne.

Grommelant intérieurement, il se fit du café et se servit un bol de céréales, puis un deuxième. Tout en grâce et en souplesse, le petit chat sauta sur la table quand Alex eut fini de manger. Le félin sortit alors les griffes et s'étira majestueusement.

Alex repoussa son assiette et son mug.

— Allez, viens là, petit chat.

Le chat de Bree rentra les griffes, poussa un miaulement offusqué et battit l'air de la queue, sa jolie queue à la pointe noire. Il finit par se redresser et s'approcher d'Alex. Il ne protesta pas quand il le souleva délicatement et l'étreignit contre son torse, même s'il lui adressa un regard agacé.

Alex lui susurra des petits mots doux en le caressant et en admirant les bandes de fourrure crème qui ornaient son menton, sa gorge, et l'intérieur de ses oreilles. Son glouton intérieur appréciait tout particulièrement ses ronronnements. Il adorait le fait que le félin soit tellement à l'aise et détendu tant avec Alex qu'avec son animal intérieur.

Alex compta les petites taches noires sur son front.

— Tu as plus de taches que Mila, observa-t-il.

Le félin lui adressa un regard qui semblait signifier « J'en ai rien à cirer » et Alex ne put retenir un éclat de rire. C'était sans doute bizarre de réagir comme ça, mais il trouvait son mauvais caractère particulièrement attachant.

Il caressa du pouce les petites bandes noires sur les joues du félin.

— Tu es un si joli petit chat.

Son apparence était plutôt étrange, il fallait le reconnaître, mais Alex était suffisamment intelligent pour ne pas le dire.

— Est-ce que tu veux bien laisser Bree me revenir ? demanda-t-il.

Le félin souffla et émit une sorte de feulement contrarié, mais des craquements d'os se produisirent peu après et Bree se retrouva sur ses genoux, nue.

— Ton chat est très doux et câlin avec moi, dit-il en caressant le dos de sa compagne.

— Pfft, dit Bree. Il est grognon et bougon.

— Je n'étais pas content de me réveiller seul, dit-il en lui mordillant la lèvre inférieure pour la punir. Ne sors plus jamais du lit sans d'abord me prévenir.

Bree lui adressa un grand sourire.

— Bonjour à toi aussi. Oui, je vais bien, merci. Et toi ?

Alex poussa un grognement.

— As-tu mangé ? lui demanda-t-il.

— Oui, j'ai avalé une viennoiserie avant de laisser émerger mon chat. Il voulait marquer son territoire encore une fois, sans doute parce qu'on est partiellement imprégnés.

Alex fronça les sourcils. Ce « partiellement » ne lui plaisait pas beaucoup, mais il n'y pouvait rien.

— J'ai eu un peu envie de laisser émerger mon glouton pour le laisser jouer avec ton chat, mais ils sont trop turbulents quand ils sont ensemble. Ils risqueraient de tout saccager et mon glouton dévorerait mes réserves de nourriture.

— Sois honnête, c'est surtout ça qui t'inquiétait, n'est-ce pas ?

— C'est ma bouffe !

Bree éclata de rire.

— Puisqu'il est question de nourriture, reprit Alex, j'ai été réveillé par un SMS de ma mère. Elle a informé mes oncles en Russie de notre union et ils désirent te rencontrer. Ils ont sauté dans le premier avion et elle nous invite à dîner.

— J'ai déjà vu tes oncles quelques fois, mais je n'ai jamais discuté avec eux. Ils ne semblent pas tenir les chats de Pallas en bien haute estime.

— Ils sont beaucoup comme ma grand-mère maternelle. Ils n'ont pas une bien bonne opinion des espèces autres que la leur. Cela explique en partie leur attitude déplorable envers mon père. Ils lui en veulent surtout de ne pas avoir accepté de s'établir en Russie avec ma mère.

Bree fronça les sourcils.

— Mais ils sont sympas avec Mila et elle est aussi un chat de Pallas.

— Ils prétendent qu'elle a une âme de glouton et que son apparence physique ne compte pas pour beaucoup.

— Je vois ! s'exclama Bree, interloquée. Alors ce repas risque d'être compliqué, c'est ça ?

— Exactement. C'est toujours le cas quand mon père et mes oncles se retrouvent à la même table. Tu verras bien.

Quand Bree et Alex arrivèrent chez ses parents ce soir-là, Valentina vint ouvrir avant même qu'ils aient sonné. Elle les fit entrer et les embrassa sur les joues avant de les mener à la cuisine.

Les oncles d'Alex tapèrent dans le dos de leur neveu à plusieurs reprises. Dominic avait toujours trouvé que les trois gloutons ressemblaient aux méchants du film *Matrix* avec leur gabarit et leurs cheveux noirs coiffés vers l'arrière. C'était une excellente comparaison.

Ils étaient assez effrayants tous les trois ensemble. Arrogant, vantard, condescendant, Isaak aimait bien asticoter Valentina. Dimitri, l'air menaçant, était le plus tranquille des trois, mais son sale caractère le faisait démarrer au quart de tour et l'avait entraîné dans plusieurs bagarres dans des bars au fil des ans. Plus petit et plus abordable que ses frères, Sergei était souriant et parlait d'une voix douce qui mettait rapidement tout le monde à l'aise. Sauf que, pendant ce temps, il observait ses interlocuteurs à la recherche de leur point faible et décidait de la manière la plus amusante (pour lui) de les buter.

L'animal d'Alex remonta à la surface, prêt à défendre sa compagne. Il savait que ces hommes ne lui feraient pas de mal, mais ils étaient si impolis qu'Alex paraissait sympa en comparaison.

— Bree, tu te souviens des frères de ma mère, n'est-ce pas ? Isaak, Dimitri et Sergei, dit-il en lui posant une main dans le dos quand il la présenta à ses oncles. Voici ma compagne, Bree.

Isaak arqua un peu les sourcils.

— Ah ? dit-il. Le diminutif de Breasha, je présume. Un beau nom russe, un nom fort.

Alex s'apprêtait à lui expliquer que non, elle s'appelait uniquement « Bree », quand la jeune femme le devança.

— Je suis d'accord, déclara-t-elle. Ravie de faire votre connaissance.

Dimitri poussa un soupir.

— Pourquoi n'as-tu pas choisi une compagne de notre espèce, Aleksandr ? Pourquoi as-tu fait la même erreur impardonnable que ta mère ? Je veux parler de ta décision de prendre un chat de Pallas pour compagne. Notre Valentina aurait pu choisir n'importe qui. Vraiment. Au lieu de quoi, elle a pris ça…

James poussa un grognement.

— Tu ne pourrais pas arrêter avec ces conneries ?

— J'ai entendu un couinement, Valentina, intervint Isaak en inclinant la tête sur le côté. Plutôt aigu. Tu dois avoir un problème de rongeur. Où ranges-tu la mort-aux-rats ? Je vais aller la chercher.

Valentina donna un coup de torchon à son frère.

— Si tu n'arrêtes pas d'asticoter mon compagnon, c'est dans ton assiette que tu vas en trouver, Isaak, grommela-t-elle en fusillant son autre frère du regard. Dimitri, fais attention à ce que tu dis ou barre-toi.

Sergei s'approcha lentement de Bree.

— On ne s'est pas encore parlé, mais je me souviens de tes yeux. Ils sont remarquables.

— Merci, répondit simplement la jeune femme.

Son chat intérieur, très méfiant avec les inconnus, remonta à la surface, le temps que la jeune femme observe ces mâles dominants. *Le félin n'était pas du tout subtil et les autres devaient le sentir*, songea Bree.

Les yeux de Sergei brillaient d'approbation.

— Ton chat est audacieux. Cela me plaît beaucoup. Vraiment.

Dimitri prit le temps de jauger silencieusement la jeune femme avant d'esquisser un sourire.

— Tu es une oméga, observa-t-il. Très puissante.

— Assez forte pour être la Première oméga, intervint Valentina fièrement. Dès que Dani quittera son poste, c'est Bree qui va la remplacer. Mais elle a d'autres chats à fouetter pour le moment. (Elle se tourna vers son fils.) Tu devrais expliquer les problèmes de Bree à tes oncles. Ils pourraient peut-être vous aider.

— Quelle sorte de problèmes ? s'enquit Isaak.

Pendant qu'ils s'installaient tous à table et que Valentina remplissait les verres et les assiettes, Alex fit à ses oncles le résumé de ce qui était arrivé à Bree ces derniers temps.

Dimitri piqua un morceau de steak avec sa fourchette.

— J'ai entendu parler de ce Paxton Cage, mais je ne l'ai jamais rencontré. On m'a dit qu'il était une sorte de fantôme. Personne ne le voit jamais passer et il laisse des cadavres dans son sillage. S'il est dans les parages et qu'il veut ta mort, Breasha, tu n'auras aucune chance contre lui.

Ouais, les gloutons avaient apparemment décidé de lui donner ce nom russe : Breasha.

— Or, maintenant que tu es en couple avec Aleksandr, Paxton n'est peut-être pas aussi désireux de préserver ta vie, dit Sergei. Mais ne te fais pas de souci. Aleksandr te protégera. Les Ivanov prennent soin des leurs.

James soupira et souleva son verre de vin.

— Alex est un Devereaux et vous le savez très bien, signala-t-il.

Sergei ne lui prêta aucune attention.

— Les gloutons sont des protecteurs nés. C'est leur nature. Ils ont ça dans le sang, dans les os, dit Isaak à Bree. Aleksandr est féroce, même pour un glouton. On est très fiers de lui. Ce n'était pas facile pour lui de grandir sans père pour le guider, mais il est devenu quelqu'un de bien.

James serra la mâchoire.

— Il a un père, il est là, devant vous.

Isaak baissa la tête et regarda le plancher.

— Avez-vous entendu ? On aurait dit un couinement.

Valentina resserra son étreinte sur sa fourchette.

— Isaak, ne m'oblige pas à te faire mal.

Bree adressa un sourire de soutien à James, mais le chat de Pallas n'avait pas l'air de se formaliser des pitreries des Ivanov. Il devait en avoir l'habitude.

— On peut peut-être t'aider, Breasha, lança Dimitri. On fouillera les bois près de ta maison. Si Paxton est là ou s'il y a été, on trouvera sa trace. Et si on le repère, on le chope.

James coupa son steak.

— Vous le butez, plutôt, intervint-il.

— N'est-ce pas la même chose ?

— Non, pas du tout. Vous ne libérez jamais vos prisonniers. Vous les bouffez.

— Je t'ai libéré, lui rappela Dimitri.

— Non, je me suis évadé. Puis j'ai fait exploser ta cabane.

Dimitri poussa un soupir nostalgique.

— Elle était tellement bien cette cabane. Elle me manque encore parfois.

— Pour en revenir au sujet précédent, l'un d'entre vous saurait-il nous dire où se terre le clan Silva ? demanda Alex.

Sergei serra les lèvres.

— J'ai peut-être une petite idée. Je vais vérifier et je te le dirai. Maman va venir te voir bientôt, dit-il alors à Valentina.

— Quoi ? lança James en relevant la tête et en fronçant les sourcils.

Sergei ne prêta aucune attention à la réaction de James et s'adressa de nouveau à sa sœur comme si son compagnon n'avait rien dit.

— Elle dit qu'elle a envie de voir ses arrière-petits-enfants.

Valentina souffla.

— Mila ne le permettra pas à moins qu'elle ne s'engage formellement à bien se comporter. Ne fais pas semblant de ne pas comprendre. Maman ne peut pas appeler les jumeaux par les noms qu'elle a elle-même choisis. Ça ne se fait pas. Elle doit utiliser leurs vrais noms.

Isaak fronça les sourcils.

— On ne peut pas le lui reprocher. Ces enfants devraient avoir des noms russes.

— Mais ce n'est pas le cas, déclara Valentina. Alors, à moins que maman l'accepte et arrête de dire à Dillon que tous les loups-garous sont damnés et qu'ils demeureront éternellement seuls dans l'au-delà, Mila va l'empêcher de voir les jumeaux.

— Ce serait le mieux de toute manière, déclara James avant de siroter son verre de vin. Ils n'ont pas besoin de fréquenter un couple aussi dysfonctionnel.

Les trois frères s'offusquèrent illico.

— Tu dois montrer plus de respect à notre mère, dit sèchement Dimitri.

— Je vais lui montrer ce que je veux, oui, rétorqua James en éclatant d'un rire ronflant.

Isaak se leva soudainement.

— Tu ne mérites pas d'être le compagnon de notre sœur, dit-il. C'est une véritable tragédie que le destin t'ait choisi pour elle. Aucune femme ne devrait avoir à subir la honte, la douleur…

Valentina donna un coup de poing sur la table.

— Pourquoi faut-il que cela se termine toujours comme ça quand on mange ensemble ? Vous ne pourriez pas une seule fois être polis envers mon compagnon ?

Isaak grinça des dents.

— Comment peux-tu t'attendre à ce qu'on soit polis avec un chat psychopathe qui oblige notre sœur à vivre en Amérique ? Ce que tu dis est insensé.

— Il ne m'oblige pas à faire quoi que ce soit, déclara Valentina, les dents serrées. Je vis ici parce que je le veux bien.

— Bof, réagit Isaak. Il t'a lavé le cerveau. Il t'a fait croire que c'était toi qui voulais vivre ici. C'est ce que font les psychopathes : ils te font croire ce qu'ils veulent. J'ai l'impression que tu ne connais pas bien le monde où tu habites.

— Je sais une chose et c'est que je vais te planter cette fourchette dans l'œil si tu n'arrêtes pas de faire l'idiot.

James posa une main sur le poing de sa compagne.

— Calme-toi, ma chérie. Ne les laisse pas t'énerver comme ça. Ce n'est pas la peine.

— Là, dit Isaak. N'as-tu pas remarqué la douceur de sa voix quand il te parle, Valentina ? C'est pour t'hypnotiser. Ted Bundy avait le même sourire, tu sais.

Valentina fit un geste brusque de la main.

— C'est fini, décréta-t-elle.

Elle commença alors à discuter rapidement avec ses frères en russe.

Alex se tourna vers Bree et poussa un soupir exaspéré.

— Es-tu contente d'être venue dîner chez mes parents ce soir ? lui demanda-t-il en posant une main sur le dossier de sa chaise.

Bree gloussa. Ouais, en fait, elle était ravie d'être là.

Chapitre 20

Allongée sur le canapé d'Alex le lendemain soir, Bree pianotait sur l'écran de son portable, déterminée à atteindre le niveau supérieur d'un petit jeu étonnamment addictif quand le message « numéro privé » s'afficha. Elle répondit sans tenter de masquer son agacement face à cette interruption intempestive. L'impolitesse notoire d'Alex était peut-être aussi un peu contagieuse.

— Bonjour, mon petit chat.

Bree s'immobilisa un court instant. Son chat intérieur aussi. Le temps semblait s'être arrêté. Puis la jeune femme se redressa et son cœur se mit à battre la chamade. Son chat s'arqua, feula et grogna comme un animal sauvage en cage.

— Ma propre âme sœur ne me dit même pas bonjour ? dit la voix à l'autre bout du fil. Ce n'est pas très sympa.

Bree se retourna et posa les pieds au sol en inspirant longuement par le nez. Si Alex n'était pas sorti pour rapporter un plat à ses parents, elle serait vite allée le retrouver. Elle lui aurait demandé d'écouter la conversation pour l'aider à déterminer lequel des jumeaux l'avait appelé.

Si c'était Calvin, il valait peut-être mieux qu'elle le laisse penser qu'elle croyait parler à Paxton.

— Pourquoi est-ce que tu m'appelles ? demanda-t-elle d'une voix inexpressive.

— Et si j'avais simplement eu envie de parler à mon petit chat ? Peut-être m'as-tu simplement manqué. Il me semble que c'est le cas d'ailleurs. C'est drôle, non ?

— Je mentirais si je te disais que j'éprouve la même chose. J'ai bien fêté ton départ, figure-toi.

Il s'esclaffa. Dieu du ciel ! C'était le rire de Paxton. Celui de Calvin n'était pas aussi rauque ni aussi contrôlé.

— Est-ce que tu sais pourquoi j'ai toujours aimé discuter avec toi ? C'est parce que tu ne fais jamais semblant. Même quand on était jeunes, tu me voyais exactement tel que j'étais. C'est fatigant à la longue de faire mine d'être normal. Je n'avais pas vraiment compris à quel point j'étais vide jusqu'à ce que tu m'insuffles une émotion. Ah ! ai-je pensé alors, la vie est comme ça pour les autres. Comme c'est fascinant !

Bree sentit son ventre se nouer. Elle n'avait jamais dit à qui que ce soit qu'elle avait insufflé une émotion positive à Paxton. Elle l'avait fait une seule fois. Il aurait pu en parler à quelqu'un, à Calvin, par exemple. Pourquoi pas ? Les jumeaux n'avaient pas de secret l'un pour l'autre.

— Tu ne voudrais pas être différent, n'est-ce pas ?

— Non. Les émotions affaiblissent les êtres. Pourquoi est-ce que je souhaiterais être faible ?

— Je devrais peut-être plutôt te demander pourquoi tu es revenu.

— Qui dit que j'étais parti ? Je me suis fait un point d'honneur de venir voir régulièrement où tu en étais. Mon chat se fait du souci pour toi. Il est content quand il sait que tu es en bonne santé et en sécurité. Ne t'inquiète pas, il ne me pousse pas à te revendiquer. Je le soupçonne de penser que tu es plus en sécurité sans moi.

— Il a raison.

— Tu me vexes. Je ne te ferais jamais de mal.

Bree fronça les sourcils.

— Tu m'as dit qu'il vaudrait mieux que tu me tues.

— Je n'étais pas en forme ce jour-là.

Vraiment ? N'importe quoi.

— Où sont Drina et Mateo ?

— Comment est-ce que je le saurais ? Et pourquoi t'en fais-tu pour eux ? J'ai entendu dire que Drina ne te porte pas dans son cœur. Et il s'est manifestement passé quelque chose de fâcheux entre Mateo et toi pour que tu l'écartes complètement de ta vie.

Il n'avait pas parlé d'eux au passé, remarqua Bree.

— Et ta famille ? Où sont tes parents et ta sœur ?

— Comment est-ce que je le saurais ? Et pourquoi t'en fais-tu pour eux ? répéta-t-il. Tu n'es pas en très bons termes avec eux après tout. J'ai l'impression que mon cher frère aurait aimé se rapprocher de toi, mais il ne t'a jamais draguée.

— Tu sembles bien au courant de ce qu'il se passe au sein de la troupe.

— Je te l'ai dit, Bree : je me suis fait un point d'honneur de venir voir régulièrement où tu en étais. C'est assez amusant d'observer les gens, et encore plus quand ils ne se doutent de rien.

— Pourquoi est-ce que tu m'espionnes ? Tu ne veux pas de moi.

— Cela n'a rien à voir avec toi. C'est le lien d'union que je refuse. Je ne comprends pas que les gens ne voient pas à quel point il les restreint. Je ne trouve pas du tout logique de nouer un lien avec une personne qui pourra ensuite contrôler mon état émotionnel, me voler ma force physique et me tuer en mourant.

— Alors, si tu ne me veux pas de mal et si tu ne veux pas non plus me revendiquer, qu'est-ce que tu me veux ?

— Je veux quelque chose de très spécifique et je ne veux pas attendre. Tu devines ce que c'est, j'en suis sûr.

— J'espère que tu veux simplement m'assurer que tu vas sortir de ton trou et t'occuper des hyènes qui n'arrêtent pas de m'envoyer des solitaires pour me buter. C'est ta faute après tout si elles m'embêtent.

— Les hyènes ne sont pas tes véritables ennemies. Je m'attelle à élucider le mystère de leur identité, mais elles ont bien caché leurs traces. Je pense que ce ne sera plus long.

Incapable de rester en place, Bree se releva et marcha jusqu'au tapis devant la cheminée. Aussi nerveux qu'elle, son chat était très agité.

— La plupart de nos camarades de troupe pensent que ta famille a quelque chose à voir avec ça.

— C'est possible. Mes parents et ma sœur n'étaient pas très heureux quand tu leur as clairement fait part de ton intention de vivre sans moi, n'est-ce pas ? C'est pourtant ce que tu fais depuis de nombreuses années. Ne t'inquiète pas, mon petit chat, je vais découvrir qui a essayé de te faire enlever.

— Et ensuite ?

— Je réglerai ce problème, c'est évident.

Bree se retint au manteau de la cheminée.

— As-tu vraiment épargné la fille de Dale Bray ?

— Oui.

— Pourquoi ?

— Parce que quelqu'un m'a offert plus de fric pour lui laisser la vie sauve que mon client ne m'en avait versé pour la torturer et la tuer. Le Beta de Desmond voulait que la petite soit libérée et sache qui avait organisé son enlèvement. Il voulait la mort de son Alpha et il s'est servi de Dale Bray pour la sale besogne.

Bree ferma les yeux. Calvin n'aurait pas été au courant de cette histoire de Desmond à moins que Paxton ne lui ait parlé de ses « contrats », ce qui ne semblait pas plausible. Cela signifiait donc que la personne qu'elle avait au bout du fil ne pouvait être que Paxton. Merde !

Elle ouvrit les yeux et posa une main sur son ventre noué.

— Je vois, dit-elle avant de déglutir bruyamment. Bray croit à tort que tu as craqué quand tu as compris que la gamine était une oméga. Il pense que ça t'a fait penser à moi.

— Cette enfant ne te ressemblait absolument pas. Elle était faible, dit-il sur un ton narquois. Elle n'arrêtait pas de pleurer, de gémir, de me supplier. Tu n'aurais jamais fait ça. Oublie les hyènes. Elles ne sont pas tes ennemies, je te l'ai déjà dit. Le seul danger que tu cours en ce moment vient de mon cousin. (Sa voix se fit plus grave.) Je t'ai dit dans les bois de rester loin de lui, non ?

Bree resserra son étreinte sur le téléphone.

— Je suis réfractaire aux ordres.

— Les gloutons sont égocentriques. Ils pensent toujours à eux d'abord.

— Alors tu as beaucoup d'affinités avec cette espèce.

Il rit de nouveau.

— C'est vrai. C'est pourquoi tu n'aurais pas dû t'imprégner avec lui. Alex n'est pas bon pour toi. Il est froid. Distant. Impitoyable. Il me ressemble beaucoup trop, en fait.

Bree sentit la colère monter en elle et en son chat intérieur.

— Il n'est pas du tout comme toi.

— Mon petit chat, tu sais très bien que c'est faux. Les types comme nous, on est faits pour rester seuls. Tu comptes sans doute beaucoup pour Alex, mais tu ne seras jamais sa priorité. Il ne peut pas éprouver pour toi les mêmes sentiments qu'un type normal. Il est comme moi, il n'a pas d'émotions. Votre lien d'imprégnation n'est que partiel et le demeurera. Il ne se renforcera pas, ne se complétera jamais. Au contraire, il va se fragiliser, se déliter et finir par disparaître entièrement.

Bree sentit ses narines se dilater.

— Tu ne réussiras pas à saper ma confiance en lui si c'est ce que tu cherches.

— Tu ne crois tout de même pas qu'il t'aime ?

Elle imaginait très bien l'enfoiré lever les yeux au ciel en disant cela. Bree ne savait pas si Alex l'aimait, mais elle était sûre de pouvoir compter sur lui.

— Il est très attaché à sa famille, ce qui prouve qu'il ressent des émotions. Contrairement à toi. Tu me fais presque pitié.

— Je n'ai pas besoin de ta pitié, mon petit chat. Personnellement, je ne vois pas ce que l'amour a de si extraordinaire. C'est un sentiment basé sur l'égoïsme. Les gens aiment ce qui leur fait plaisir, les rend heureux ou satisfait leurs besoins. Quand ils changent, ils n'ont plus les mêmes attentes et l'amour s'en va. Beaucoup de couples restent ensemble, oui, c'est vrai. Les conjoints prétendent qu'ils s'aiment tellement qu'ils ne peuvent pas vivre l'un sans l'autre. C'est bien joli tout ça, jusqu'à ce qu'on comprenne qu'ils désirent en fait mourir avant leur conjoint. C'est de l'égoïsme, tu ne trouves pas ? Ces gens-là préfèrent que leur conjoint affronte seul la douleur de la perte et du deuil.

— Tu dis n'importe quoi.

— Non. Je t'explique quelque chose qui se tient, mais tu ne veux pas le reconnaître. Cela ne m'étonne pas, remarque. Les gens préfèrent croire que l'amour est magique et donne un sens à tout. Mais c'est simplement une réaction chimique qui se produit dans notre cerveau. Garde tes illusions si tu préfères, mais ne va pas croire qu'Alex est l'homme idéal pour toi. Tu te trompes. Il n'est pas fait pour toi et ne le sera jamais. Tu dois te débarrasser de lui. (Sa voix se fit menaçante et plus grave encore une fois.) Tu dois retourner chez toi, à ta place.

— Je dois plutôt raccrocher, dit-elle.

— Je vais le tuer s'il le faut. (Cette menace prononcée d'une voix douce fit courir un frisson sur l'échine de Bree.) Tu ne me donneras pas d'autre choix que de le buter si tu ne le quittes pas.

Le chat de Bree gémit et donna quelques coups de griffes dans le vide. Bree serra son poing demeuré libre. Elle aurait voulu en balancer un coup dans la mâchoire de l'enfoiré.

— Ne t'approche pas d'Alex.

— Non, c'est toi qui dois rester loin de lui. Alex n'est pas l'homme qu'il te faut. Si tu tiens à sa vie, débarrasse-toi de lui. Et vite.

La communication fut alors coupée.

Bree regarda son téléphone. Elle avait la main qui tremblait. Elle commençait à croire en la possibilité que Paxton avait quelque chose à voir avec les récents événements. La conversation qu'elle venait d'avoir lui paraissait néanmoins quelque peu irréelle. Elle ne pouvait faire autrement qu'accepter qu'il était bien de retour.

Les jambes flageolantes, elle s'assit sur le tapis. Son chat n'était pas aussi choqué qu'elle. Agité, il ne tenait pas en place. Il était furieux que l'enfoiré respire encore, qu'il ait menacé Bree, son âme sœur, et qu'il veuille la contrôler.

Même si Bree éprouvait la même colère, elle n'arrivait pas à l'extérioriser. Un peu comme si le fait d'accepter la situation lui avait ôté toutes ses forces. Elle n'était plus capable de réagir.

Mais bon, elle n'était pas du genre à se lamenter. Elle gardait toujours le contrôle de ses émotions. Elle aurait bien aimé pour une fois être capable de crier, de hurler, de se libérer de toute sa rage.

Elle posa son téléphone sur le tapis, passa les deux mains dans ses cheveux et ferma les yeux. Elle ne sut jamais combien de temps elle passa comme cela, quelques minutes ou des heures. Elle ne releva la tête que lorsqu'elle entendit la clé tourner dans la serrure.

La porte s'ouvrit, Alex entra et referma derrière lui. Tous ses muscles se raidirent quand il vit Bree assise par terre. Il se hâta de la rejoindre.

— Bree ! Qu'est-ce qu'il y a ? lui demanda-t-il en s'accroupissant à côté d'elle. Tu es blanche comme un linge !

— Paxton m'a appelée. Je n'étais pas sûre que c'était lui au début. Mais bon, il savait des choses que Calvin ignorait. Il savait même que c'était Desmond qui avait organisé l'enlèvement de la fille de Bray. À moins que l'un des participants à la réunion de médiation n'ait révélé ce qu'il s'y était dit. Aucun autre membre de la troupe n'est au courant et n'aurait pu en informer Calvin.

— Chut, dit Alex en lui caressant le bras. Pas si vite, mon bébé. Dis-moi tout. Depuis le début.

Bree prit une longue inspiration et lui raconta toute sa conversation avec Paxton.

— Tu aurais dû m'appeler, dit Alex en s'asseyant avec une jambe de chaque côté de Bree. Je serais rentré tout de suite.

— Je pense que j'avais besoin d'un peu de temps pour digérer tout ça. Qu'est-ce qu'on va faire ?

— On ne va pas lui donner ce qu'il veut, c'est sûr. Je te l'ai dit quand on a commencé à s'imprégner : je ne vais pas te quitter.

— Il m'a dit qu'il te tuerait si je ne te quittais pas.

— Je l'avais deviné. Il ne t'a pas contactée une seule fois depuis son départ. Quelque chose a dû sérieusement l'irriter pour qu'il prenne son téléphone et t'appelle maintenant. Le fait que tu te sois imprégnée avec un autre type a sûrement servi de déclencheur.

— Je n'avais pas imaginé que tu croirais aussi rapidement qu'il s'agissait bien de Paxton.

Alex resserra son étreinte sur ses mollets.

— Sergei m'a appelé, dit-il. Mes oncles ont trouvé la preuve que quelqu'un se planquait dans un arbre derrière chez toi.

Abasourdie, Bree s'immobilisa.

— Tu veux dire que quelqu'un m'épiait ?

— On dirait bien.

Alex sortit son téléphone de sa poche et tapota l'écran du pouce à plusieurs reprises.

— Le type a gravé ce symbole dans une grosse branche. Il est à peine visible, mais Sergei l'a découvert et m'en a envoyé une photo. Regarde.

Elle prit le téléphone et examina le symbole en question. Elle sentit son ventre se nouer.

— C'est un *totenkopf*, chuchota-t-elle.

Une tête de mort utilisée dans le monde entier pour symboliser le danger ou simplement le mépris de la mort.

— Paxton avait un tatouage comme ça derrière l'épaule droite.

— Oui, je m'en souviens. Si le symbole avait été plus visible, je me serais dit que c'était peut-être Calvin qui l'avait gravé là pour que quelqu'un le remarque, pour ajouter du poids à la théorie que Paxton était toujours en vie. Mais il est tout petit et bien caché.

Bree rendit son téléphone à Alex.

— On pourrait en déduire que Paxton a marqué cet arbre pour indiquer qu'il est sien, n'est-ce pas ?

Alex acquiesça d'un signe de tête.

— Ce n'est pas tout. J'ai eu un pressentiment et j'ai demandé à mes oncles de vérifier si ce symbole avait été gravé ailleurs.

— J'espère qu'il n'avait pas marqué d'autres arbres ?

— Non, pas des arbres. Mais tes jardinières, ton porche avant, ta terrasse arrière et la clôture autour de ton jardin. Ce sont de tout petits symboles, bien cachés, mais très présents.

Bree en eut le souffle coupé.

— Est-ce qu'ils ont vérifié l'intérieur de ma maison ?

— Oui, et ils n'ont rien trouvé. Un peu comme si Paxton reconnaissait que c'était chez toi, un espace qui n'appartient qu'à toi et pas à vous deux.

— Sans doute parce qu'il ne veut pas partager sa vie avec moi.

— Exactement. Mais il a marqué l'extérieur comme pour prévenir les autres de se tenir loin.

Cette attitude mettait Alex très en colère. Son animal aussi était furieux qu'un autre mâle marque son territoire, que Paxton estime avoir le droit de le faire.

Bree se frotta les bras.

— J'en suis malade de penser qu'il me regardait me déshabiller. Il nous espionnait aussi sans doute quand on faisait l'amour, je pense, d'après la manière dont il parlait de toi. En revanche, il n'a jamais rien fait. Il ne s'en est pas pris à toi, il ne t'a pas prévenu de rester loin de moi. Je ne comprends pas.

— S'il ne s'en est pas pris à moi, c'est sans doute parce que c'est à toi qu'il en veut et pas à moi. Tu es la seule qui existe pour lui, Bree. Les autres… sont interchangeables pour lui. Regarde les fourmis. Elles se ressemblent toutes.

Aucune d'entre elles ne ressort du lot, ne nous semble menaçante. Elles nous ennuient parfois, mais est-ce qu'on s'en préoccupe ? La plupart du temps, non. Elles nous laissent plutôt indifférents, n'est-ce pas ?

Bree hocha lentement la tête.

— C'est vrai, convint-elle.

— C'est comme cela que Paxton voit tout le monde, sauf toi. Il n'aime pas que je fasse partie de ta vie, sans toutefois en éprouver de la jalousie. Il ne me considère pas comme une menace à la place qu'il t'accorde. Je ne suis qu'un petit sujet de contrariété sans importance pour lui. Il le croit sincèrement. Il trouve que tu ne comprends pas bien la situation.

— Il a menacé de te tuer !

— Parce qu'on a commencé à s'imprégner. Il ne peut plus me considérer comme une quantité négligeable dans ta vie. Ce n'est pas moi qu'il a appelé, mais toi. Il t'a fait part de sa menace envers moi. Je ne compte pas à ses yeux. Il veut juste que je disparaisse. Il ne va essayer de me tuer que si c'est la seule manière de me faire sortir de ta vie. Il n'en tirerait aucun plaisir, un peu comme on écrase un moustique. C'est comme je te l'ai dit : il n'y a que toi qui existes pour lui.

— En revanche, il ne veut pas de moi dans sa vie. Alors pourquoi fait-il tout ça ?

— Parce que, crois-le ou non, tu comptes pour lui. Dans un certain sens… Il part du principe qu'il a une place dans ta vie, que c'est son droit en tant que ton âme sœur. Il ne veut pas te revendiquer, mais il ne veut pas non plus que personne d'autre n'occupe cette place qu'il estime sienne. Il aurait l'impression de se faire remplacer. Rien d'autre ne compte pour lui que ce qu'il veut.

Alex lui prit tendrement les mains et l'attira sur les genoux.

— Viens là, dit-il.

Il l'agrippa par les hanches et l'entoura des bras. Son animal aurait aimé se frotter contre elle pour la calmer, s'il n'avait pas été tellement en colère qu'il ne parvenait à rien faire d'autre que siffler et sortir les griffes.

— Cela t'a ébranlée, non ?

Elle appuya son front contre le sien.

— Je ne suis pas trop étonnée qu'il soit encore en vie. Ce n'est pas cela qui me choque. C'est juste que je préférais quand le doute subsistait. Je pouvais alors me dire qu'il y avait de bonnes chances qu'il soit mort. Or, ce n'est plus possible maintenant et j'ai peur de ce qu'il pourrait te faire.

Alex lui frotta le dos.

— Ne le laisse pas te perturber. Il cherche à t'effrayer parce qu'il pense qu'il pourra plus facilement te manipuler, te contrôler.

Bree releva la tête et se frotta la poitrine pour soulager la douleur qu'elle ressentait.

— Je sais. Je sais aussi que tu es plus costaud et plus fort que lui. Tu pourrais facilement vaincre un chat de Pallas. Méfie-toi tout de même, Alex. Il va s'attaquer à toi en traître. Il…

— Écoute-moi bien, Bree. Paxton ne va pas me tuer. Il ne va pas s'en prendre à moi tout de suite. Il préférerait que ce soit toi qui te débarrasses de moi. Il veut te contrôler, il aime ça. Il ne se manifestera que lorsqu'il aura compris que tu ne te soumettras pas. Je me fiche qu'il s'en prenne à moi. Je ne demande d'ailleurs pas mieux. J'ai envie de mettre la main sur ce petit enfoiré. Quand je l'aurai en face de moi, je vais le massacrer. Je le buterai et il disparaîtra de ta vie pour de bon. Tu n'auras plus jamais à te faire de souci. Ce sera bien, non ?

— Ce sera bien, oui, sauf quand il s'en prendra à toi.

Personne n'aurait attaqué Alex s'il n'avait pas fait partie de sa vie, songea Bree. Elle se sentait coupable et son chat aussi. Ni lui ni elle ne voulaient exposer Alex à ce genre de problèmes. Il aurait dû pouvoir sortir de chez lui sans crainte.

— Je m'en veux tellement de t'avoir attiré tous ces ennuis, dit-elle. Je ne supporte pas que tu te sois pris six balles à cause de moi, que tu aies été obligé de gérer le scandale que Bernadette, Ruben et Moira sont venus provoquer à *la Malle aux trésors*. Je déteste le fait que tu sois obligé de surveiller tes arrières parce qu'un enfoiré nous pourrit la vie. Je me dis parfois que tu vas finir par en avoir marre et que tu vas me quitter. Tu détestes les scènes, je le sais.

Alex fronça les sourcils.

— Pourquoi est-ce que je quitterais la personne dont j'ai besoin ? Tu te fais du souci à propos de trucs vraiment étranges, je trouve, dit-il en posant les mains sur ses joues. Rien de tout cela n'est ta faute. Rien. Tu ne m'as pas tiré dessus, tu n'as pas demandé aux Cage de venir faire une scène. Tu n'as pas envoyé Paxton après moi. Est-ce que je déteste les scènes ? Ouais, je les exècre. En revanche, quand un homme rencontre la femme qui est tout pour lui, il est prêt à affronter un tas de choses pour elle. Tu comprends ?

Bree ne pouvait s'empêcher d'être émue quand il lui disait ce genre de choses sur un ton des plus naturels. Comme s'il s'agissait d'une simple constatation qui ne devrait pas l'affecter. Elle déglutit bruyamment.

— Oui, j'ai compris.

— OK. Arrête de faire l'idiote maintenant. Ça m'énerve.

Bree ne put s'empêcher d'éclater d'un rire ronflant.

Il l'attrapa par la main, se leva et l'aida à se mettre également debout.

— Viens, on va aller mettre Vinnie au courant.

Il garda la main de Bree dans la sienne quand ils quittèrent son immeuble et se dirigèrent vers la boutique d'antiquités de l'Alpha. Bree était prête à parier que tous les camarades qui les virent ainsi s'en étonneraient. Alex n'était pas en effet le genre de type à se promener main dans la main avec une fille.

Ils saluèrent Ingrid… Enfin, Bree la salua, et Alex se contenta d'étreindre fort brièvement sa grand-mère. Puis ils se dirigèrent vers l'appartement situé au-dessus du commerce. Assis à table en face de leur Alpha et de ses fils, ils leur expliquèrent ce qui venait de se produire.

Luke poussa un juron et alla poser sa tasse vide dans l'évier.

— Je préférais imaginer que cet enfoiré était bel et bien mort. Ce n'est vraiment pas de chance.

Vinnie se carra dans sa chaise.

— Si ce qu'il a dit est vrai, il n'est jamais réellement sorti de ta vie, Bree. Il n'en a pas vraiment fait partie, mais il n'était jamais très loin. Il est resté un peu en périphérie, en quelque sorte.

— Je doute fort qu'il se soit manifesté si tu n'avais pas officiellement renoncé à lui, intervint Tate, appuyé contre le chambranle. Je ne pense pas non plus qu'il t'aurait appelée si tu n'avais pas commencé à t'imprégner avec Alex.

— Même si tu t'étais imprégnée avec quelqu'un d'autre, cela n'aurait pas changé grand-chose, supputa Vinnie. Paxton aurait insisté pour que tu te débarrasses de ton compagnon. Il va sans doute disparaître encore une fois dans la nature quand il aura obtenu ce qu'il veut. Bien entendu, on sait tous que ce ne sera pas le cas. Tu ne vas pas quitter Alex. En revanche, Paxton ne le sait pas. Il croira qu'il peut te faire suffisamment peur pour que tu fasses ce qu'il te demande.

— Eh bien, il se trompe, déclara Bree.

Luke se frotta la mâchoire.

— Le fait qu'il soit parfaitement au courant de ce qu'il se passe au sein de la troupe montre qu'il se livre à une surveillance rapprochée, Bree.

— Depuis sa planque dans un arbre, merde ! dit la jeune femme en serrant les poings. C'est tellement glauque !

Vinnie se tourna vers Alex.

— Il va s'en prendre à toi, c'est sûr. Sois vigilant.

Alex releva légèrement le menton.

— Je suis prévenu. Tu n'as pas besoin de t'inquiéter pour moi.

— Ce serait une erreur de le sous-estimer, observa l'Alpha.

— Ne te fais pas de souci, répondit Alex. C'est lui qui se surestime, tu verras. Paxton s'est toujours cru tellement plus fort, plus dur et plus intelligent qu'il ne l'est vraiment. Il n'imaginera pas un seul instant qu'il ne parviendra pas à me buter. Je compte là-dessus. J'ai bien l'intention en effet de lui donner la plus belle raclée de toute sa vie.

— Avant de le tuer ? voulut savoir Vinnie.

— C'est ça, avant de le tuer. Je vais savourer chaque instant.

Chapitre 21

Bree poussa un grognement sourd en lisant le SMS sur l'écran de son téléphone et jeta l'appareil sur la table sans ménagement.

— Il y a un problème ? demanda Alex, occupé à dévorer une deuxième pile de *pancakes*.

Bree ignorait qu'il y en avait chez lui bien qu'elle ait exploré à fond son placard de provisions pour le petit déjeuner. James avait raison : les gloutons étaient capables de faire apparaître toutes sortes de choses dans leur cuisine comme par magie.

— J'ai une réunion avec les autres omégas après le travail, expliqua-t-elle en soupirant avant de prendre sa tasse de café à moitié remplie. Ce n'est jamais bien agréable.

— Je vais t'accompagner jusqu'à la crèche et je t'attendrai dehors.

Bree sentit son ventre se nouer en imaginant Alex l'attendant à la vue de tous, exposé aux attaques. Elle avait la boule au ventre depuis le coup de fil de Paxton deux jours plus tôt et cela ne passait pas. La troupe était en alerte pour le cas où Paxton se manifesterait. Tout le monde savait qu'il était capable de changer d'apparence. Malheureusement, le fait de savoir que toute la troupe demeurait vigilante ne soulageait pas ses angoisses. Chaque fois qu'elle sortait de l'immeuble avec Alex, elle sentait son pouls et sa respiration s'accélérer.

Elle ne parvenait pas à se détendre quand elle était dehors même si elle était entourée de ses camarades de troupe dont plusieurs étaient des lieutenants en faction déguisés en piétons, en laveurs de vitres ou en SDF. Un métamorphe les détecterait aisément, mais c'était le but du jeu. La troupe voulait que Paxton voie que la sécurité avait été resserrée.

Mateo, Drina et la famille Cage n'avaient toujours pas donné signe de vie. Bree commençait à se demander s'ils étaient tous morts. Si c'était le cas, leur mort avait sans doute été violente. Comme pour toutes les victimes de Paxton. Cette pensée ne faisait qu'aggraver son anxiété.

Son chat était également très tendu. Il voulait traquer Paxton et le tuer avant qu'il n'ait pu assassiner son compagnon. Si Bree avait eu une idée de l'endroit où il se planquait, elle aurait même peut-être essayé de s'en charger elle-même. Or, elle ne savait même pas par où commencer à chercher l'enfoiré.

— Tu vas t'embêter si tu restes dehors à m'attendre.

Bree allait aussi beaucoup s'inquiéter pour lui.

Alex haussa les épaules et attaqua son dernier *pancake*.

— Je vais apporter un sachet de bœuf séché.

— Tu dis ça comme si grignoter était un passe-temps pour toi.

— C'en est un.

Il semblait effectivement que ce soit le cas.

— Tu pourrais t'installer dans la salle d'attente de la crèche. Pourquoi pas ?

— Parce que les pleurs et les cris des gamins vont gâcher le bon moment que j'ai l'intention de passer avec mon en-cas.

Quel enfoiré ! C'était une perte de temps de lui demander d'attendre à l'intérieur pour sa sécurité. Son orgueil serait blessé et cela le mettrait de méchante humeur.

C'était pénible. Très pénible. Alex avait beau avoir un côté mauvais garçon, cela n'empêchait pas Bree de se faire du souci pour lui. Paxton le connaissait bien, alors il l'attaquerait par surprise.

Bree se sentait nerveuse, agitée. Elle balayait les environs du regard quand ils sortaient, observant tous les passants. Elle sentait son ventre se nouer quand son téléphone sonnait ou bipait même s'il était fort peu probable que Paxton cherche à la contacter de nouveau. Il lui avait dit ce qu'il avait à lui dire et il s'attendait à ce qu'elle lui obéisse. Puisque Bree n'avait absolument pas l'intention de l'écouter, Alex courait un très grave danger et…

— Arrête.

Bree cligna des yeux, interloquée.

— Qu'est-ce qu'il y a ?

— Arrête, tu te fais du mal, dit Alex en repoussant son assiette vide. Tu ne restes pas en place, tu te mords la lèvre et tu ne sembles pas capable de garder ton joli petit cul posé sur une chaise. Tu n'as plus aucun appétit et tu ne dors pas bien. Arrête de faire une fixation sur ce que Paxton t'a dit. Tu vas attraper un ulcère si tu continues.

C'était facile pour lui ! Bree se leva et alla mettre son mug dans l'évier.

— Si c'était moi qu'il avait menacée de tuer, serais-tu aussi détendu ?

— Je ne te demande pas d'être détendue, mon bébé, dit-il en se levant pour la rejoindre. Je n'aime pas te voir constamment au bord de la crise d'angoisse, c'est tout.

Elle passa une main dans ses cheveux.

— Les deux personnes qui comptaient le plus au monde pour moi ne sont plus. La mort de ma mère a été une épreuve très dure pour moi et celle de mon père m'a fait encore plus souffrir, sans doute parce qu'elle m'a rendue orpheline. Si je te perdais… Je ne sais pas si je survivrais, tu vois ?

Elle sentit sa voix se fêler. Cela lui avait coûté de le reconnaître parce qu'elle n'aimait pas se montrer vulnérable.

Alex poussa un soupir et prit son visage entre ses mains.

— Regarde-moi. Tu ne vas pas me perdre. On a déjà parlé de ça. Il va essayer de me tuer, c'est sûr, mais il ne va pas réussir.

— Ce type est un putain d'assassin, un tueur professionnel. Il fait ce métier parce qu'il aime ça.

— Et moi, qu'est-ce que je suis ? Un Bisounours ? Tu as déjà vu pourtant comment je traite mes ennemis. Tu as également vu mon animal à l'œuvre. Mais tu ne nous as jamais vus nous battre jusqu'à la mort. Tu peux me croire quand je te dis que je ne serai pas une cible facile pour Paxton. Pourquoi crois-tu que ma mère ne se fait pas du tout de souci à mon sujet ? Ce n'est pas pour rien si les gloutons font peur.

» Il ne va pas m'attaquer dans la rue, encore moins ici où nous sommes entourés de camarades de troupe. Si ce n'est pas moi qui le bats à la première tentative, les autres se jetteront sur lui. Il ne va pas courir ce risque.

Il avait raison.

— D'accord. Mais promets-moi de ne plus te faire blesser, dit-elle la voix un peu tremblante. Tu as pris six balles…

— Et je suis encore là. Les gloutons sont très coriaces, affirma-t-il en l'attirant à lui et en l'étreignant dans ses bras. J'espère que tu ne vas pas te mettre à chialer comme une fille. Je suis sérieux, Bree.

Elle sentit ses lèvres frémir. Il avait dit cela comme si la force de sa volonté suffirait pour empêcher ses larmes de couler. Elle posa la tête dans le creux de son épaule.

— Tu es sérieux ?

— Ouais. Je ne veux pas de morve sur mon tee-shirt.

Dieu du ciel ! Il était bien le seul capable de la faire rire quand elle était déprimée.

— Et moi qui croyais que tu pensais à moi et à mes pauvres émotions…

— Je pense en priorité aux taches de morve, mais tes émotions viennent tout de suite après mon tee-shirt, promis.

— Oh là là ! dit-elle en levant la tête et en le regardant dans les yeux. Je vais commencer à penser que tu m'aimes bien.

— Je t'aime presque autant que le bœuf séché. Vraiment…

Bree ne put retenir un sourire.

Une autre femme aurait sans doute regretté qu'Alex ne lui dise pas plein de mots doux pour la rassurer, mais Bree n'en avait pas besoin. Elle préférait les déclarations brutes, bienveillantes et honnêtes qu'Alex lui faisait de loin en loin, même s'il les accompagnait souvent de remarques sur sa stupidité !

Elle lui tapota doucement le torse.

— Tu es presque aussi formidable qu'un granité ! Et je les adore.

— J'aime bien aussi, dit-il en l'examinant, le regard grave avant de hocher la tête, l'air satisfait. Bon, ça va.

— Oui, ça va, dit-elle.

Mais elle avait encore la boule au ventre. Cela n'allait sans doute pas changer jusqu'à ce qu'on ait mis la main sur Paxton. Il ne faudrait pas que ça tarde trop, sinon Bree et son chat allaient péter un câble…

— Très bien, mesdames. Je pense que nous avons terminé, dit Dani en refermant son carnet de notes. Merci à toutes d'être venues et je vous reverrai à la prochaine réunion, si ce n'est avant.

Bree fit comme les autres omégas, elle se leva et se dirigea vers la porte de la salle des employés. Elle avait très hâte de retrouver Alex.

— Bree, dit Dani. Je voudrais te parler.

Génial !

— D'accord, répondit la jeune femme.

Bree patienta, son sac à la main, le temps que ses collègues sortent de la pièce. Dani ne lui avait pas adressé une seule remarque narquoise pendant toute la réunion. Bree n'avait pu s'empêcher de trouver cela étrange. La Première oméga semblait différente ce jour-là. Mieux dans sa peau. Le chat de Bree continuait cependant à l'observer étroitement en sortant et rentrant les griffes.

Quand elles furent enfin seules, Dani contourna la table et leva une main comme pour calmer le jeu.

— Je ne cherche pas la bagarre, dit-elle. Simplement… j'ai une nouvelle à t'annoncer. (Elle se lécha la lèvre inférieure.) Je tenais à t'informer personnellement que j'ai demandé à Vinnie de me transférer à une autre troupe.

Choquée, Bree vacilla presque et cligna des yeux.

— Tu veux changer de troupe ?

— J'ai horreur de devoir le reconnaître, mais je ne peux plus être la Première oméga de cette troupe. Je suis trop jeune pour prendre ma retraite, alors il faut que je trouve une troupe qui a besoin d'une Première oméga comme moi. Je vais bientôt informer tous nos camarades de ma décision. Je tenais cependant à te le dire d'abord. Je voulais que tu sois la première à l'apprendre parce que ma décision va beaucoup t'affecter. Ce ne serait pas juste que tu le découvres à la dernière minute.

Depuis quand est-ce que Dani s'inquiétait de ce qui était juste pour Bree ?

— Qu'est-ce qui a motivé ta décision ?

— J'ai parlé avec Rose. Elle m'a aidée à comprendre mon comportement ces derniers temps. Je ne l'ai pas prise au sérieux au début. Je refusais d'entendre ce qu'elle tentait de me faire comprendre, j'imagine. Je ne voulais pas reconnaître que tu avais raison, que j'avais changé. Et pas pour le mieux. Rose ne m'a pas lâchée jusqu'à ce que je l'écoute vraiment. Elle m'a aidée à comprendre que j'étais devenue égoïste, mesquine et d'autres choses encore, ces derniers temps. (Dani baissa les yeux.) J'ai beaucoup de mal à accepter de quitter le poste auquel j'ai aspiré pendant de nombreuses années.

Bree avait une vague idée du déchirement que ce devait être pour Dani. Elle avait elle-même passé de longues années à rêver à Alex. Elle avait été malheureuse quand elle avait dû se résigner à l'idée qu'il n'était pas pour elle. Si elle avait passé toute sa vie à être persuadée qu'il allait être sien un jour, comme Dani avait imaginé qu'elle serait Première oméga, elle en aurait souffert terriblement. Si une fille avait essayé de lui prendre Alex comme Dani croyait que Bree voulait lui ravir son poste, elle aurait mal réagi.

— Rose m'a aidée à accepter que je pouvais continuer à être Première oméga, mais au sein d'une autre troupe, poursuivit Dani en regardant Bree dans les yeux. La bataille était perdue d'avance pour moi. Je ne t'en voulais pas autant que je devais en avoir l'air. J'en voulais plus que tout au destin. Je trouvais cela tellement injuste qu'une fille qui n'aspirait pas à ce poste allait me le prendre, d'autant plus que je ne l'occupe que depuis une dizaine d'années.

Je m'en suis prise à toi, je me suis mise à te considérer comme la vilaine dans ma tête. C'était vraiment moche de ma part et je m'en excuse.

Merde ! Elle avait l'air tout à fait sincère.

— Je m'étais autopersuadée que je le faisais pour le bien de la troupe. Mais la vérité était que je ne voulais surtout pas perdre mon poste. Ce n'est pas une excuse, je sais. Mais j'ai grandi en pensant que c'était mon destin d'être Première oméga. J'ai été formée pour cela. J'ai tout mis dans mon travail. Ça me… (Elle fronça les sourcils et les larmes lui montèrent aux yeux.) Je ne sais pas qui je suis si je ne suis plus Première oméga.

Bree sentit son cœur se serrer. Sachant que Dani ne réagirait pas très bien à une expression de sympathie, elle mesura ses propos.

— Eh bien, moi je sais qui tu es : tu es un peu garce, à vrai dire. Ce n'est pas exactement une qualité, mais c'est quelque chose que je respecte.

Dani éclata de rire et cligna des yeux pour refouler ses larmes.

— Je vais essayer de l'être un peu moins dorénavant !

— Tu vas y arriver, tu vas voir. Je te souhaite beaucoup de chance pour la suite, conclut Bree, ne sachant trop que dire.

— Merci. Je me suis habituée à l'idée de ce changement. Mes parents vont partir avec moi, alors je ne serai pas seule. Et qui sait ? Peut-être trouverai-je mon âme sœur dans l'autre troupe. Peut-être le destin me pousse-t-il vers elle. Pendant les quelques semaines à venir, il faudra qu'on se voie souvent pour que je te montre ce qu'il y a à faire. C'est assez effrayant d'être la Première oméga au début, mais c'est aussi très spécial. Il ne faut surtout pas tenir le poste pour acquis. (Dani se leva.) J'ai eu tort, Bree. Tu feras une excellente Première oméga. Mais pas meilleure que moi ! (Elle avait dit cela sur le ton de la taquinerie.)

— Je ne vais pas te contredire sur ce point ! répondit Bree en souriant.

Dani gloussa et indiqua la porte du doigt.

— Allez, va-t'en, je suis très occupée.

Bree lui adressa un bref signe de tête avant de se diriger vers la sortie. Elle traversa la crèche et passa entre les minuscules tables et chaises où étaient installés plusieurs bambins. Il y avait des enfants partout, dans des maisons de poupée, assis sur des tapis, fascinés par des jouets colorés, ou jouant à la cuisine tandis que les plus petits faisaient la sieste dans leur lit.

Une fois dehors, Bree retrouva Alex qui parlait au téléphone.

— J'y vais, Mila, dit-il à sa sœur à l'autre bout du fil en apercevant sa compagne, avant de raccrocher.

— Tu es un vrai rustre, le réprimanda Bree en soupirant.

Alex se contenta de hausser les épaules.

— Tout s'est bien passé ? s'enquit-il.

— Oui, dit Bree. J'ai appris quelque chose qui va te faire plaisir. Je te le dirai quand on sera rentrés.

La jeune femme ne voulait pas risquer qu'un camarade de troupe surprenne leur conversation. Elle préférait laisser à Dani le soin d'annoncer officiellement son départ.

— D'accord, dit-il, même si elle vit bien qu'il mourait d'envie d'insister. Allons-y.

Quand ils parvinrent enfin chez lui, elle lui narra son entretien avec la Première oméga pendant qu'il faisait du café.

— J'espérais que Rose parle à Dani, dit Alex quand ils s'installèrent dans le canapé avec leur tasse.

La vieille dame adorait s'immiscer dans les affaires des autres et il comptait sur elle pour parler à la Première oméga.

— Elle est douée pour faire entendre raison aux gens, observa-t-il. Qu'est-ce que tu penses de tout ça ?

Bree exhala longuement.

— Je suis assez soulagée de savoir que je n'aurai plus à me battre avec Dani au sujet du rôle de la Première oméga. Malheureusement, je devrai prendre le poste. Je n'aurai pas le choix.

— Tu vas bien t'en sortir, affirma-t-il, confiant en ce qu'il avançait.

Bree ne souhaitait pas prendre cette responsabilité, mais elle s'y consacrerait corps et âme parce que c'était sa nature.

— Il y aura des mécontents quand je deviendrai la Première oméga.

— Un ou deux, peut-être. (Alex n'hésiterait pas à faire entendre raison à toute personne qui exprimerait une opinion idiote.) La majorité t'acceptera sans souci.

Bree lui adressa un regard sceptique, l'air de dire « ouais, ouais, cause toujours ! ».

— Tu n'as pas l'air consciente de la confiance que t'accordent nos camarades de troupe. Ils apprécient ton approche franche et directe. Ceux qui ont besoin d'être dorlotés pourront toujours s'adresser à une autre oméga. Tu peux me croire quand je dis que tu feras une excellente Première oméga.

— C'est difficile pour moi, mais j'apprécie ta confiance en moi, alors merci.

Alex grogna et posa sa tasse sur un sous-verre.

— J'ai oublié de prendre quelque chose à grignoter. Veux-tu un en-cas ? lui demanda-t-il en se levant.

— Tu viens de manger tout un sachet de bœuf séché.

— Pourquoi me dis-tu quelque chose que je sais déjà ?

Bree poussa un soupir.

— As-tu déjà passé toute une journée sans grignoter ?

Un glouton ? Passer toute une journée sans grignoter ? Elle n'était pas sérieuse ! Alex inclina la tête, un peu perplexe.

— Pourquoi est-ce que tu poses tout le temps des questions idiotes ? C'est quoi le but ?

Il désirait vraiment comprendre ce qu'il se passait dans sa tête.

Bree se contenta de secouer la tête.

— Oublie ça, dit-elle. Fait comme si je n'avais rien dit.

Quelque chose vint alors heurter violemment la vitre épaisse qui se fêla, mais sans casser.

Bree se raidit.

— Qu'est-ce que c'était, merde ?

Le regard rivé sur la vitre, Alex ne dit rien. Il examinait l'objet fiché au centre d'un réseau de fines craquelures. Il balaya ensuite l'extérieur du regard et aperçut un reflet métallique dans une fenêtre ouverte de l'immeuble d'en face.

— Vite, couche-toi par terre !

Il l'agrippa des deux mains, la plaqua au sol sur le dos et se jeta sur elle pour la couvrir quelques millisecondes à peine avant qu'un autre projectile touche la vitre et crée de nouvelles craquelures. Toutes les fenêtres de l'immeuble étaient blindées, Alex le savait, mais cela n'avait aucune importance pour lui. C'était son instinct qui l'avait poussé à protéger Bree de son propre corps.

Furieux, son animal intérieur rugissait. Alex sortit son téléphone pour appeler Tate.

— On tire dans la fenêtre de mon salon, expliqua-t-il. Le tireur est dans le bâtiment de la troupe situé en face du mien, un étage plus bas. (Une autre balle atteignit la vitre et Alex poussa un juron.) Trouve-le.

Il rempocha son téléphone et regarda Bree.

— Ne bouge pas, je reviens.

Les yeux écarquillés, elle le retint par son tee-shirt.

— Non.

— Bree…

— On sait tous les deux que c'est Paxton qui a tiré. Il a habité dans cet immeuble. Il sait que les vitres sont blindées. Il essaie de t'attirer dehors. Tu vas le laisser te manipuler ?

— Je serai en sécurité.

— Super. Alors je viens avec toi.

— Non.

— Si ce n'est pas sécuritaire pour moi, cela vaut pour toi aussi !

— Il ne va pas s'approcher de moi.

— Mais il va peut-être te tirer dessus.

— Réfléchis un peu, Bree. Si je sors, il va traîner un peu, le temps de continuer à tirer et peut-être qu'un membre de la troupe pourra lui mettre la main au collet. Si je ne sors pas, il va tenter de minimiser ses pertes et se barrer.

— Je refuse de te regarder te faire tirer dessus encore une fois. Vraiment. (Elle déglutit bruyamment.) Reste avec moi.

Alex sentit sa terreur par leur lien même s'il n'était que partiellement en place et il fut bouleversé de découvrir ce qu'elle éprouvait pour lui.

— Chut, calme-toi. (La sonnerie de son téléphone se fit entendre. Soulagé de voir que l'appel venait de Vinnie, il décrocha.) Vous l'avez ?

— On est arrivés sur place à temps pour le voir s'enfuir par l'échelle de sécurité, répondit l'Alpha. Les lieutenants l'ont suivi en voiture. Il était à moto.

— Est-ce que c'était bien Paxton ?

— On ne peut pas en être sûrs. Le type portait un casque intégral.

Alex sentit ses narines se dilater.

— J'arrive, dit-il.

— Non, non, lança Vinnie. Je préfère que tu restes à l'intérieur.

Alex sentit un grognement monter dans sa gorge et son animal donna quelques coups de griffes dans l'air.

— Vinnie…

— Il voulait t'attirer dehors. Pour te tirer dessus ou pour te séparer de Bree. Ou peut-être même pour les deux raisons.

— Il ne veut pas la tuer.

— Il veut qu'elle te quitte. Elle ne l'a pas fait. Il est peut-être suffisamment en colère pour désirer lui faire du mal. Ou bien il a décidé de te l'enlever, s'il pense que c'est la seule manière de te faire sortir de sa vie. Il a sans doute aussi enlevé Mateo, Drina et peut-être même Calvin. Penses-tu qu'il hésiterait à prendre la seule personne sur laquelle il estime avoir des droits ?

Alex poussa un juron intérieurement.

— Tu as dit qu'il avait quitté les lieux…

— Oui, c'est vrai. Mais Paxton a toujours été très rusé. Je ne serais pas étonné qu'il revienne sur ses pas pour te descendre ou entrer chez toi enlever Bree.

Cette possibilité lui fit mal à ventre.

— Elle pourra m'attendre chez mes parents.

— Elle ne voudra pas, pas plus que tu ne voudrais te mettre à l'abri pour l'attendre si elle faisait quelque chose de dangereux. Je veux que vous alliez tous les deux chez tes parents. C'est un ordre, Alex. Je passerai un peu plus tard vous mettre au courant de ce qu'on va trouver, conclut-il avant de raccrocher.

Alex poussa une volée de jurons en russe avant de se rasseoir par terre. Il n'était pas très patient de nature, et encore moins quand sa compagne était concernée.

En revanche, il devait reconnaître que Vinnie avait raison : Paxton avait peut-être l'intention de revenir kidnapper Bree. Ce n'était pas très plausible, mais ce n'était pas non plus impossible, il devait en convenir. Plus désireux de protéger sa compagne que de se venger, son animal intérieur le poussait à l'éloigner de son appartement.

— Qu'est-ce que Vinnie t'a dit ? s'enquit Bree en s'asseyant.

Énervé, Alex ne fit pas attention à son timbre de voix et lui donna un résumé de sa conversation avec l'Alpha. Merde ! On avait tiré dans sa fenêtre ! On l'avait ciblé chez lui, devant sa compagne.

Peu importait que les balles ne puissent pas traverser les vitres blindées. Ce n'était pas là le souci. Le problème était qu'il voulait qu'elle se sente en sécurité chez lui. Qu'elle y soit heureuse et détendue. C'était le seul endroit où elle avait l'air à peu près sereine depuis quelques jours. Paxton venait de ruiner cela.

Alex prit la main de Bree.

— Viens, on va aller attendre des nouvelles de Vinnie chez mes parents.

Ce qu'ils firent. Vinnie et Luke vinrent les rejoindre une demi-heure plus tard. Alex avait l'impression de les avoir attendus pendant des heures.

— Est-ce que les lieutenants ont appréhendé Paxton ? demanda Valentina avant même d'avoir refermé la porte.

Un petit muscle tressaillit dans la joue de l'Alpha.

— Non, répondit-il. Il a quitté la route et ils l'ont perdu de vue.

L'Alpha se tourna alors vers Bree assise dans un fauteuil avec à la main une tasse de thé noir qu'elle avait à peine touché.

— Comment te sens-tu, ma chérie ? s'enquit-il.

— J'en ai vraiment marre de ces histoires.

— À qui appartient l'appartement où il était planqué ? s'enquit Alex, debout devant la cheminée, trop agité pour s'asseoir.

— À Mateo, répondit Vinnie. Paxton ne s'y était pas installé, selon toutes apparences. Il semble qu'il ne l'ait utilisé que ce soir en attendant qu'une occasion se présente pour tirer. Personne n'a remarqué qu'un étranger traînait dans les parages et encore moins dans l'immeuble.

— Mon oncle m'a rapporté une rumeur selon laquelle Paxton serait capable d'entrer dans un bâtiment et d'en sortir sans être vu, dit Alex en serrant la mâchoire. Ce serait donc vrai.

— Si on n'avait pas des lieutenants qui patrouillent constamment sur les toits des magasins, il s'y serait sans doute installé pour te tirer dessus quand tu déambulais dans la rue, supputa Luke.

— Il a laissé son arme, mais rien d'autre, ajouta Vinnie en se tournant vers Bree. Il a retiré une photo d'un cadre : toi avec Mateo à une fête. Il l'a déchirée et a fixé la partie où l'on te voit à la fenêtre où il s'était installé pour tirer. Ta photo faisait face à cet immeuble. Comme s'il voulait que tu regardes siffler les balles.

— Je n'essaierais même pas de comprendre la logique du type, dit James. Paxton est le seul à savoir ce qu'il fait.

Le téléphone de Vinnie sonna. Il le sortit de sa poche.

— Ouais ? dit-il en décrochant, la mâchoire serrée. Je vois. D'accord. (Il raccrocha et se tourna vers Alex.) C'était Tate. Je lui ai donné mon passe-partout et lui ai demandé d'aller faire le tour de ton appartement pendant que je venais te rejoindre ici. Il dit que quelqu'un a essayé de forcer ta serrure. Soit Paxton n'a pas réussi à entrer, soit il s'est enfui en entendant quelqu'un arriver.

L'animal intérieur d'Alex s'immobilisa et le jeune homme sentit son ventre se nouer.

— Il est revenu te chercher, dit-il en se tournant vers Bree.

Bordel de merde ! Alex n'avait pas cru que l'enfoiré le ferait.

Bree déglutit bruyamment.

— Il espérait sans doute réussir à me faire peur. Il voulait que je ne me sente plus en sécurité ici, au pire. Il m'a dit au téléphone de retourner chez moi.

— Parce qu'il peut te surveiller plus aisément là-bas, signala Alex. Tu ne vas pas partir.

— Non, convint-elle immédiatement.

Après le départ de Vinnie et de Luke, Alex alla rejoindre Bree.

— On va passer la nuit ici dans mon ancienne chambre pendant que nos amis remplacent la vitre chez moi. Demain…

— On va rentrer chez toi, termina-t-elle. J'y tiens, Alex. Il ne réussira pas à faire en sorte que je me sente en danger avec toi. Cela aurait peut-être marché si tu étais sorti tout à l'heure, mais tu ne l'as pas fait. Vinnie t'a ordonné de rester à l'intérieur, je sais, mais cela n'aurait pas suffi pour que tu le fasses si je ne te l'avais pas demandé aussi. Tu es resté pour moi et cela compte énormément pour moi.

Ce ne serait sans doute pas facile pour Bree de retourner chez lui, songea Alex. Elle risquait de ne pas s'y sentir très à l'aise une fois le choc passé. Il n'allait pas l'obliger à rester. Ils pouvaient tout à fait occuper son ancienne chambre chez ses parents le temps que cette histoire se termine, au besoin.

Ce soir-là, Bree s'endormit très vite. Sans doute à cause de l'adrénaline qui commençait à baisser. Alex la garda pelotonnée contre lui. Il avait besoin de l'avoir tout près de lui, de la sentir avec lui et loin de Paxton.

La seule pensée de Bree entre les mains de cet enfoiré suffisait à lui donner des sueurs froides. En mode protecteur et hyper vigilant, son animal se blottissait contre elle. Personne n'allait lui prendre sa compagne. Personne. Et Dieu vienne en aide à quiconque tenterait de le faire.

Chapitre 22

Le lendemain, Alex regardait sa compagne travailler dans la cuisine. Son animal et lui la surveillaient étroitement depuis qu'ils avaient réintégré son appartement. Bree avait jeté un coup d'œil aux nouvelles vitres, mais son comportement n'avait pas changé. Elle n'était ni anxieuse ni nerveuse, Alex l'aurait su si cela avait été le cas puisqu'il avait commencé à déceler ses émotions par leur lien.

— Tu peux arrêter de me surveiller comme si j'étais une bombe à retardement prête à exploser, dit-elle en versant du pop-corn dans un saladier. Je ne vais pas craquer.

Alex fronça les sourcils.

— Je ne l'ai jamais pensé. Tu es une des personnes les plus fortes que je connaisse. Mais bon, on a tous un seuil de tolérance. Paxton s'est approché du tien hier en tirant sur la fenêtre.

Il s'était attendu à ce qu'elle esquisse une grimace en l'entendant évoquer l'incident, mais elle demeura stoïque. Elle soupira et pivota pour lui faire face.

— Je ne suis pas traumatisée, Alex. J'étais perturbée hier, c'est vrai. Mais aujourd'hui, je suis furieuse. Je lui en veux de t'avoir ciblé, d'avoir essayé de détruire ce qu'il y a de mieux dans ma vie sans oublier le fait que tu t'es fait tirer dessus encore une fois.

» Mais tu sais, je ne me sens pas en danger ici. Les balles n'ont pas traversé la vitre blindée. La serrure qu'il a essayé de crocheter a résisté. Tu ne m'as pas quittée comme il le croyait. Il a déjà souillé ma maison avec ses conneries. Je ne vais pas le laisser faire la même chose chez toi. Tu peux arrêter de me surveiller constamment. Ça nous rend fous, mon chat intérieur et moi.

— Je veux seulement que tu te sentes en sécurité, que tu saches que tu as un abri sûr.

— Je sais. Je suis en sécurité avec toi.

Alex sentit son cœur se serrer.

— Fais attention, mon bébé. Si tu n'arrêtes de me dire des trucs comme ça, tu vas te retrouver penchée au-dessus de l'accoudoir du canapé.

— Plus tard. On va d'abord regarder un film et manger toute cette bouffe. C'est ce qu'on devait faire hier soir avant d'être brutalement interrompus.

Alex avait aussi prévu quelque chose la veille. Il avait eu l'intention de prendre Bree par-derrière. Son instinct de possession avait sans doute été exacerbé par le contact qu'avait eu sa compagne avec son âme sœur et par le fait de savoir que le type en question rôdait toujours dans les parages. Il ressentait par conséquent le besoin de la revendiquer, de faire en sorte que leur lien d'imprégnation se complète.

— D'accord, dit-il. On va faire comme tu veux. Mais je voudrais ajouter un élément à notre soirée.

— Hein ? réagit Bree, curieuse. Tu m'intrigues.

— Je voudrais que tu portes quelque chose.

— Ah ? C'est quoi ?

Sentant le désir circuler dans ses veines, Alex défit les boutons de sa braguette et baissa son jean. Son sexe sortit, massif et dur, et s'appuya contre le joli petit cul qui se présentait à lui.

Penchée au-dessus de l'accoudoir du canapé, Bree tourna la tête et regarda Alex.

— Pourquoi est-ce que j'attends encore ? marmonna-t-elle.

Si les rôles avaient été inversés et qu'elle l'avait fait attendre au bord de l'orgasme beaucoup trop longtemps, il aurait été aussi grognon qu'elle.

Alex inséra son gland dans sa féminité.

— Veux-tu que je te baise maintenant ?

Elle releva la lèvre supérieure.

— Alex, si tu n'arrêtes pas de me taquiner, je ne sais pas ce que je…

Il l'empala littéralement et ne put retenir un gémissement en la sentant se resserrer sur lui, étroite, mouillée, brûlante.

— Tu es mienne, affirma-t-il tendrement. Tu le seras toujours.

Lui maintenant les hanches, il la baisa à grands coups de reins sauvages, impitoyables, possessifs. Sa féminité se refermait sur son sexe, l'aspirant encore et encore. Le parfum enivrant du désir de Bree embaumait l'air. Il le huma avidement, le goûtant presque.

Il était encore plus excité grâce au plug anal qu'il lui avait demandé de porter pendant le film. Il avait eu l'intention d'attendre la fin avant de la prendre, mais n'en avait pas été capable. Alex et son animal intérieur avaient trop hâte de la revendiquer enfin par-derrière.

Alex voulait d'abord la faire jouir et elle n'en était plus bien loin. Il continuait à s'enfouir profondément en elle, incapable de contrôler le désir charnel qui les animait tous deux. Alex était trop brutal, il le savait, mais il avait du mal à penser à quoi que ce soit d'autre que son désir pour elle.

— Ta féminité est tellement avide. C'est bien. J'aime essayer de la satisfaire avec mon sexe.

Bree poussa un gémissement en sentant son membre l'assaillir encore et encore, férocement, impitoyablement. Elle était encore toute tendue après les longs préliminaires qu'Alex lui avait imposés. Elle sentait sa peau hyper sensible, hyper réactive ; ses tétons étaient si durs qu'ils en étaient douloureux ; ils frottaient délicieusement contre les coussins de cuir noir à chacun des coups de reins d'Alex. Chaque coup titillait ses piercings et envoyait des décharges électriques vers son clitoris.

Elle aurait relevé les hanches à la rencontre d'Alex si elle avait pu bouger. Mais il la maintenait immobile de ses mains puissantes et la prenait inlassablement. Elle se sentait bien.

— Viens pour moi, Bree, dit-il en glissant les doigts entre ses doux replis et en lui massant le clito.

Elle explosa alors, traversée de vagues de plaisir brûlant. Elle s'arqua, trembla et hurla, à peine consciente qu'il lui retirait le plug anal et insérait son gland massif en elle.

Encore sous le coup de son orgasme, elle obéit tout de même quand il lui demanda de pousser les hanches à sa rencontre tandis qu'il s'enfouissait en elle par-derrière. Il avançait lentement comme s'il voulait qu'elle sente chaque centimètre de son sexe la pénétrant. Puis il poussa un petit gémissement quand enfin il fut complètement en elle.

Pantelante, Bree cligna plusieurs fois des yeux. Elle n'avait jamais aussi bien senti toute la longueur de son sexe massif. Elle se sentait pleine. Peut-être un peu trop même. Mais elle avait envie de vivre cette expérience jusqu'au bout. C'était important pour Alex et son animal intérieur, mais pour elle aussi, ainsi que pour son chat.

Alex lui caressa le dos et les hanches.

— Ça va ? demanda-t-il.

Elle était si étroite, si brûlante, il sentait son sexe palpiter. La vision de son membre enfoui dans son cul était si excitante qu'il sentit ses testicules se resserrer. Il redoubla de désir pour elle en pensant qu'il était le premier à la prendre ainsi. Et le dernier aussi puisqu'aucun autre homme ne la prendrait jamais ainsi. Elle était sienne.

— Oui, répondit-elle.

Il se retira lentement et grinça des dents en la sentant se resserrer sur lui. Puis il s'enfouit en elle de nouveau, lentement. Il continua à la prendre ainsi doucement. Il vérifiait aussi régulièrement par leur lien qu'elle n'avait pas mal.

— Plus vite, gémit-elle d'une voix vibrant de la même frustration sexuelle qu'il sentait par leur lien.

Il accéléra le rythme, content de voir qu'elle ne souffrait pas.

— Je t'avais dit que je te prendrais ainsi un jour, n'est-ce pas ?

Il augmenta la cadence et la prit de plus en plus vite. Elle était sienne. Il le lui rappelait par chaque coup de reins qu'elle lui appartenait. Elle grogna, s'arqua et tenta de pousser les hanches à sa rencontre. Mais il la maintenait fermement, l'empêchant de bouger. Il prit ce dont il avait besoin et fit tout pour satisfaire son désir à elle.

Il lui assena une tape sur les fesses et Bree sursauta. Que se passait-il, merde ?

— Hé ! Pourquoi m'as-tu tapée ? Je ne t'ai rien fait.

— J'en avais envie, c'est tout. Ce n'était pas pour te punir.

Il le refit. Encore et encore. Ajoutant à toutes les sensations fortes qu'elle éprouvait, exacerbant son excitation.

Il variait les plaisirs, la tapant du plat de la main, ou la main en coupe, ou lui assenant une série de petites tapes rapides et fortes, ou encore une grande tape… Elle ressentit bientôt des picotements et ses terminaisons nerveuses étaient surexcitées.

— Tu es si jolie ainsi, observa-t-il en raclant doucement la peau rosie de ses fesses de ses oncles courts.

Elle siffla en essayant de s'arquer.

— Je vais avoir envie de refaire cela souvent.

Continuant à la prendre, il l'agrippa par les cheveux et lui tourna légèrement la tête pour exposer sa gorge et mieux voir la marque qu'il lui avait faite.

Se sentant au bord de l'orgasme, Alex se plaqua contre elle et lui racla l'épaule des dents.

— Fais-moi jouir en toi, Bree.

Il planta les dents dans ses chairs et la marqua une nouvelle fois. Elle jouit dans un cri étouffé et ses muscles se resserrèrent sur son sexe.

Il poussa un grognement sourd et donna un grand coup de boutoir, s'enfouissant profondément en elle. Il ressentit l'écho de son plaisir à elle par leur lien et cela déclencha son orgasme. Des flammes de plaisir pur le traversèrent. Il explosa et répandit sa semence en elle, la revendiquant comme sienne.

Alex et son animal intérieur se sentaient tous deux repus. Il se laissa retomber sur Bree, ressentant une brûlure à chaque inspiration. Il retira son sexe mollissant et la prit dans ses bras.

— À la douche, dit-il.

Il la souleva et la porta jusqu'à la salle de bains.

Ils se savonnèrent sous le jet d'eau chaude.

— As-tu mal ? voulut-il savoir.

— Un tout petit peu, répondit-elle en prenant le flacon de shampoing. Je t'avais bien dit que tu ne serais pas capable d'attendre la fin du film pour me baiser.

— C'est faux, rétorqua-t-il en lui prenant le flacon et en versant un peu de shampoing dans le creux de sa main. Tu m'as dit que je ne pourrais pas regarder tout le film sans t'amener au lit. (Il lui mit le shampoing sur les cheveux et les lui massa.) On n'est même pas allés au lit.

— Comme tu veux, mec. N'empêche que tu n'as pas été capable de regarder le film jusqu'à la fin.

— Tu savais ce que tu faisais en me parlant de piercings, dit-il en lui rinçant les cheveux. Tu mentais en plus ! Parce que tu ne laisserais jamais une aiguille s'approcher de ton clito, tu le sais. Mais l'image mentale que je me suis faite a suffi à me faire bander tellement que j'en avais mal.

— Tu as bien pris ton pied, manifestement, alors arrête de gémir.

Il se contenta d'éclater d'un rire ronflant.

— C'est mon jour de congé demain. Est-ce qu'il y a quelque chose que tu as envie de faire ?

— Rien de spécial, répondit-il en haussant les épaules.

— On pourrait passer toute la journée au lit et regarder des séries à la télé.

— D'accord.

Bree ne put retenir un sourire, soulagée à l'idée qu'il ne sortirait pas de la journée.

— Super, dit-elle en se mettant du démêlant.

Elle avait toujours chaud et se sentait paresseuse après une séance de sexe passionné, mais c'était différent cette fois. Elle se sentait… sereine. Profondément calme. Son chat aussi d'ailleurs.

Bree soupçonnait que le fait qu'Alex renforce sa revendication lui avait apporté une grande tranquillité, à elle, mais à son chat intérieur aussi. Elle ne craignait plus qu'Alex ne soit pas suffisamment investi dans leur relation. Elle n'avait pas été consciente de cette inquiétude en elle.

Elle ne manquait pas de confiance en lui, mais elle avait parfois du mal à croire qu'elle avait trouvé ce qu'elle désirait ardemment depuis si longtemps.

— Il faut penser à manger aussi. Je propose qu'on se fasse livrer quelque chose.

Dans le monde de Bree, c'était la norme le samedi soir.

— On peut commander des plats thaïlandais, proposa-t-il.

— Tu veux parler de pizza, c'est ça ?

Alex sentit ses lèvres frémir.

— Bien sûr, soupira-t-il. Il secoua la tête. Je n'ai jamais connu personne d'autre qui aimait autant la pizza.

Elle fronça les sourcils.

— Quoi ? Mais la pizza est un aliment essentiel. (Elle rinça le démêlant.) Je t'aimerais encore plus si tu étais une pizza.

— Si j'étais une pizza, tu me boufferais.

— Ce ne serait que justice. Tu me manges presque tous les matins.

Une lueur d'avidité traversa son regard.

— Mmm, c'est vrai, non ? Ça me donne envie de le faire tout de suite.

— Je ne m'y opposerai pas.

Il la fit jouir avec la bouche et lui demanda ensuite de se mettre à genoux et de lui faire une gâterie. Bree était bien d'accord. Puis ils se séchèrent tous les deux et commandèrent de la pizza et des plats thaïlandais.

Quand ils eurent fini de manger, Alex proposa une partie de poker amical. Bree aurait pu refuser, mais le défi qu'elle lut dans les yeux d'Alex la poussa à accepter.

— Tu as triché, grommela Bree en posant une carte sur le tapis du salon une heure plus tard.

Une lueur amusée traversa le regard d'Alex.

— Non, répondit-il. Tu as perdu.

Bree avait bel et bien perdu et elle était très mauvaise perdante. En outre, son chat intérieur était pire qu'elle encore. Elle tenait ce trait de caractère de son père.

— Je regrette qu'on n'ait pas joué au *strip-poker*, lança Alex en rangeant les cartes. Parce que non seulement tu aurais perdu, mais tu serais à poil.

— Va te faire voir !

— Ce n'est qu'un jeu.

Bree hocha lentement la tête.

— Et la mort n'est qu'une longue sieste.

Alex posa le paquet de cartes sur la table.

— Je t'avais prévenue que j'allais gagner, dit-il en la soulevant pour l'installer à califourchon sur ses genoux. Je ne perds jamais au poker.

— Jamais ? Tu n'as pas perdu une seule fois ?

— Non. Même quand je joue contre mes oncles et ils sont très forts.

— Mmm dit Bree. (Elle passa les bras autour de son cou.) Je me sens mieux. (Alex baissa la tête pour mieux admirer la trace d'une morsure qu'il lui avait faite dans le creux du cou.) Oh ! s'exclama Bree. Je viens de détecter une pulsion de grande satisfaction masculine.

Elle aimait beaucoup qu'ils puissent ainsi partager leurs émotions, d'autant plus que cela montrait bien l'évolution du processus d'imprégnation. Elle ressentait parfois comme l'écho d'une émotion ou alors une sorte d'effleurement dans le creux de son ventre. Il arrivait aussi qu'elle ressente une émotion si forte qu'elle avait du mal à déterminer si cela venait d'elle ou de lui.

— Est-ce que cela t'agace que je sache ce que tu ressens ?

— Pourquoi est-ce que ça m'agacerait ? demanda Alex, perplexe.

— Certaines personnes verraient cela comme une violation de leur vie privée.

— Ça me gênerait avec une autre personne, dit-il en entortillant une mèche de ses cheveux autour de son doigt.

— Je craignais de ne pas aimer cela, mais non, ça va.

— Super, dit-il en rejetant ses cheveux sur son dos. La seule chose qui me déplaît dans notre situation est le fait que notre lien ne se soit pas encore complètement mis en place. Je ne suis pas patient de nature. Je veux toujours tout avoir tout de suite.

— C'est vrai ? Je ne l'avais pas remarqué, ironisa Bree.

Alex lui tira les cheveux pour la punir de son impertinence. Il était à la fois perplexe et irrité que leur lien ne soit pas encore complet. Il l'avait entièrement revendiquée. Il s'était ouvert à elle comme avec personne d'autre. Il ne lui cachait rien et ne faisait pas consciemment obstacle au lien d'imprégnation.

Bree était tout aussi honnête et ouverte avec lui et elle prenait son engagement envers lui très au sérieux. Il ne doutait pas de ses sentiments pour lui. Elle ne les cachait ni à lui ni à personne. Ils étaient évidents dans son regard, son sourire, sa voix, tous ses gestes.

Le glouton d'Alex était également perplexe et furieux que le lien ne soit pas complet. *Le chat de Bree semblait éprouver la même chose*, songea Alex.

— Je me demande si je ne fais pas inconsciemment obstacle à la formation de notre lien, dit Bree. Es-tu absolument sûr de ton côté de vouloir t'imprégner avec moi ? Tout cela nous est tombé dessus par surprise.

— Toi et tes questions idiotes ! Je t'ai dit que je voulais ce lien avec toi. Je ne dis que ce que je pense.

— Je sais, mais le fait de désirer quelque chose ne suffit pas. Il faut aussi être prêt à l'accepter. C'est ça que je voulais dire, conclut-elle en inclinant la tête sur le côté. Tu ne t'es jamais demandé si j'avais des doutes ?

— Non. Quand tu t'engages, ce n'est jamais à moitié. Ni moi non plus d'ailleurs.

Alex posa la main sur la nuque de Bree et l'observa de près. Il adorait la regarder. Elle était si belle qu'il en avait parfois le souffle coupé.

— Je n'aurais sans doute pas été aussi ouvert à la possibilité de m'imprégner si Mila et Dominic ne l'avaient pas fait.

— Pourquoi ?

— La relation entre mes parents est très solide, très forte. Ils sont si unis qu'ils donnent envie de suivre leur exemple. J'ignorais que le lien d'imprégnation pouvait être aussi fort que celui des âmes sœurs jusqu'à ce que Mila se mette en couple avec Dominic. De toute manière, Bree, je te veux depuis longtemps et j'aurais trouvé le moyen de faire en sorte que ça marche entre nous.

Bree se mordit la lèvre.

— Tu aurais attendu ton âme sœur si tu ne l'avais pas vu mourir sous tes yeux.

— Tu te trompes, Bree, déclara Alex en secouant la tête.

— Mais…

— Si tu n'avais pas su que Paxton était complètement cinglé, l'aurais-tu attendu ? M'aurais-tu rejeté dans l'espoir de rencontrer un jour ton âme sœur ?

— Non, répondit-elle précipitamment.

Elle n'avait pas eu besoin de réfléchir.

— Alors tu me comprends.

Ouais, elle comprenait. Son chat se calma un peu. Bree ne s'était pas rendu compte qu'il était un peu stressé en attendant la réponse d'Alex.

— Tu t'es demandé si cela pouvait venir de toi ? Si tu avais du mal à accepter de t'imprégner complètement à cause de ce qu'il était arrivé à Freya ? Non pas que je croie que tu bloques consciemment la mise en place de notre lien, non. Mais bon, tu as vu mourir ton âme sœur. C'était un véritable traumatisme qui aurait affecté n'importe qui.

— Oui, c'est vrai, cela m'a marqué. J'ai eu l'impression de ne pas avoir été à la hauteur sur plusieurs plans : je n'avais pas remarqué qu'elle était mon âme sœur, je ne l'avais pas revendiquée, et je n'ai pas été capable de la sauver. En revanche, tout cela ne m'a pas empêché de continuer à vivre. Au contraire, ça m'a donné un véritable coup de fouet et je me suis aperçu que je me trompais de priorité.

» Est-ce que j'ai peur de te voir mourir sous mes yeux un jour ? Oui, mais cela ne m'empêche pas de m'ouvrir à toi. Au contraire, cela me rend encore plus désireux de m'unir à toi. En effet, quand notre lien sera entier, je pourrai te donner de l'énergie pour que tu restes en vie. Et si je meurs en essayant de te sauver, j'aurais au moins pu le faire. J'ai été marqué par la mort de Freya, c'est vrai, mais je ne survivrais pas à la tienne.

Bree sentit son cœur se serrer. Ce genre de déclaration venue du fond du cœur l'émouvait profondément. Son chat aussi d'ailleurs.

— Pour le cas où tu aurais peur de ne jamais être aussi importante pour moi que mon âme sœur, laisse-moi te dire que c'est faux, archifaux.

Bree réfléchit quelques instants.

— Je ne sais pas si c'est un souci pour moi. En tout cas, ce n'est pas conscient. (En effet, Alex ne la laisserait jamais douter de ses sentiments pour elle.) Si c'est moi qui bloque la mise en place du lien, je tiens à ce que tu saches que je ne le fais pas exprès.

— Je sais, Bree. C'est pareil pour moi. (Il lui frotta le dos.) On finira bien par comprendre ce qu'il en est et on réglera le problème, je te le promets. Je n'accepterai rien de moins.

— Tu ne peux pas toujours tout contrôler.

— C'est ce que tu crois.

— Oui.

— Tu dis beaucoup de bêtises aussi.

Elle le fusilla du regard, pour rire.

— Le lien progresse, c'est toujours ça.

— Mais le processus peut s'inverser et on n'y pourrait rien, lui rappela-t-elle. C'est arrivé à Drina et Giles.

— Parce que Drina désirait plus le lien que Giles lui-même, tu l'as dit. Ce n'est pas le cas pour nous, n'est-ce pas ?

— Non, c'est vrai. J'ai le béguin pour toi depuis que j'ai quatorze ans.

Alex cligna des yeux en entendant Bree lui faire involontairement cette déclaration. Tout aussi sonné, son animal se contenta d'incliner la tête.

— Ah oui ? Tu le cachais bien.

Il ne l'avait jamais deviné.

— Je n'avais pas le choix. Tu ne me voyais que comme un membre de ta famille. Je pensais que ça te perturberait beaucoup trop de le savoir. Je n'ai jamais osé rêver que je sortirais un jour avec toi. Même pas quand tu m'as embrassée le soir de mes dix-huit ans. C'est la raison pour laquelle j'ai été si choquée quand tu m'as fait cette déclaration dans la salle des employés.

— Tu ne t'y attendais vraiment pas ?

Bree secoua la tête.

— Je savais que tu me désirais, mais je croyais que c'était uniquement sexuel.

Alex fronça les sourcils.

— Tu savais que tu comptais pour moi.

— Non. Je savais que ma sécurité comptait pour toi, mais je croyais que c'était parce que j'étais l'âme sœur de ton cousin. Je ne pensais pas que tu avais des sentiments pour moi.

Bordel de merde ! Comment aurait-il pu en être autrement ? Elle était tout ce qu'il avait voulu et tout ce dont il avait besoin, mais il ne le savait pas. Il la désirait, l'admirait, l'adorait et lui faisait confiance.

C'était juste que… tout était mieux avec elle. Il pouvait rester allongé à ses côtés sans parler, sans bouger et se sentir d'une grande sérénité. Il ne voulait même pas imaginer à quoi ressemblerait sa vie sans elle. Il tenait beaucoup à ce qu'elle ne doute jamais de ses sentiments pour elle.

Il prit son visage entre ses mains.

— Tu es la seule personne avec qui je souhaite être en couple, déclara-t-il. Je le sais au-delà de tout doute. Si quelque chose t'arrivait, si je te perdais, je ne m'en remettrais pas. Je passerais le restant de mes jours seul.

Bree fronça les sourcils.

— Non, dit-elle. Ne dis pas ça. Je ne voudrais pas que tu restes seul. Je…

— Est-ce que tu trouverais juste que je sorte avec une fille sans m'ouvrir à elle ? Que je passe chaque instant de chaque jour à désirer être avec toi ?

Bree se tut.

— Tu n'es pas mon âme sœur, Bree, c'est vrai. Mais tu aurais dû l'être. Personne ne pourra jamais compter pour moi autant que toi. Personne. Tu comprends ?

Elle acquiesça d'un signe de tête.

— Oui, j'ai compris, dit-elle d'une voix étranglée.

— Super.

Les yeux humides, elle avala sa salive. Elle aurait voulu dire quelque chose d'aussi profond, Alex le voyait bien. Mais elle était trop émue.

Elle lui racla doucement la mâchoire des ongles.

— Si jamais on se retrouve dans un avion en train de se crasher, je t'aiderais à mettre ton masque à oxygène et ton gilet de sauvetage avant d'enfiler les miens.

Alex eut bien envie de sourire.

— Quel admirable dévouement ! dit-il en faisant glisser ses mains de son visage à ses cheveux si soyeux. En revanche, dans un avion en difficulté, on heurterait le sol si violemment que ces masques et ces gilets ne serviraient à rien.

— C'est l'intention qui compte.

— C'est vrai.

Alex l'embrassa, goûta sa saveur addictive et apprécia de la sentir fondre contre lui. Son glouton intérieur poussa un grognement et se frotta contre elle.

— As-tu faim ? demanda-t-il.

— Vraiment pas, répondit-elle. J'ai encore le ventre plein du dîner. Mais toi, tu as encore faim ? Mais ce n'est pas possible !

— Pourquoi pas ?

— Ah, je ne sais pas. Peut-être parce que tu as mangé la moitié de la grande pizza et un repas thaïlandais composé de trois plats suffisants pour nourrir au moins cinq personnes normalement constituées. C'était même assez fascinant à voir.

— Personnellement, j'ai trouvé beaucoup plus fascinant de voir mon sexe dans tes fesses. (Cette vision l'avait captivé et ce souvenir faisait refluer son sang vers la partie basse de son corps.) Je désirais te prendre ainsi depuis avant qu'on soit en couple. Je voulais que toutes les cellules de ton corps m'appartiennent.

— Et pourtant, tu as attendu bien longtemps avant de me draguer. Mais j'ai décidé d'être magnanime et de te pardonner puisque tu me donnes maintenant très souvent des orgasmes fabuleux.

— Tu as bien dit qu'une pauvre fille avait aussi des besoins. Loin de moi l'idée donc de la laisser affamée. Mais en parlant de ça… Je vais devoir te demander de bouger parce qu'il faut que j'aille chercher quelque chose à grignoter.

Bree leva les yeux au ciel.

— Bien sûr. Et je suppose que ce sera du bœuf séché, ce que tu préfères le plus au monde. Je suis flattée de venir tout de suite après.

— Je serais capable d'arrêter le bœuf séché s'il le fallait, pour toi. Toute une journée. Peut-être une demi-journée, tout compte fait. Enfin, je pense.

Elle éclata d'un rire ronflant.

— Je me sens tellement aimée.

— Tant mieux. Parce que c'est le cas.

— Tu es trop chou.

— Allez, bouge.

Bree secoua la tête, se laissa glisser sur le tapis et s'y posa.

— Jamais je n'oserais m'immiscer entre un glouton et son bœuf séché.

Chapitre 23

Un beau matin, quelques jours plus tard, Alex fut étonné de trouver ses oncles attablés devant un café et des viennoiseries dans sa propre cuisine. Il avait détecté leur odeur en traversant l'appartement avec Bree. Il sentit un grognement monter en lui. Comment sa compagne pourrait-elle se sentir en sécurité chez lui si trois personnes qu'elle connaissait à peine parvenaient à s'y introduire sans aucune difficulté ? Malheureusement, personne ne pouvait empêcher un glouton d'aller là où il en avait envie. Mais bon…

Les hommes levèrent les yeux et saluèrent leur neveu et sa compagne d'un petit signe de tête comme s'il était tout à fait normal pour eux d'être là un dimanche matin.

Alex se tourna vers Bree et fut surpris de la voir essayer de contenir un sourire.

— Qu'est-ce que vous faites là ? demanda-t-il à ses oncles ?

— On sait où se trouve le clan Silva, répondit Dimitri, qui avait déjà avalé la moitié de son gâteau. On a pensé que tu serais content d'avoir cette information.

Alex se mit immédiatement en état d'alerte et sentit son glouton se redresser.

— Vous savez où est leur territoire ? dit Bree en s'approchant de la table. Où est-il ?

— Pas très loin de la marina, répondit Dimitri en faisant glisser un bout de papier plié sur la table. En voici les coordonnées.

Alex déplia la feuille et la regarda. Il fut envahi par une montée d'adrénaline. Impatient d'aller chez les hyènes, son animal remonta à la surface. Alex désirait régler cette affaire le plus vite possible. Le plus tôt serait le mieux.

Plus déterminé que jamais, le jeune homme remercia ses oncles d'un signe de tête.

— Avez-vous prévenu Vinnie ?

Isaak fronça les sourcils.

— Pourquoi est-ce qu'on aurait parlé à cet idiot de chat ?

— Fais attention à ce que tu dis, lança Alex. Bree est un chat aussi.

Isaak leva un doigt.

— Mais elle n'est pas idiote. Elle s'est mise en couple avec un glouton. Cela prouve qu'elle est intelligente.

— Et audacieuse, ajouta Sergei. Les gloutons ne sont pas faciles à vivre. Elle ne sera plus jamais en paix.

Alex ne pouvait pas le nier.

— Je vais appeler Vinnie et le mettre au courant.

Il se tourna vers Bree qui le regardait, les yeux écarquillés et brillants d'anticipation.

— Je vais demander à Ella de venir te tenir compagnie le temps qu'on aille là-bas.

Alex ne voulait pas que sa compagne reste seule. Il n'aimait pas être séparé d'elle, mais il n'avait pas le choix. Il devait affronter les hyènes. Il veillerait à ce qu'elles ne l'approchent plus jamais.

— J'ai rendez-vous avec Dani dans une heure, intervint Bree. Elle va m'expliquer les responsabilités de la Première oméga avant de quitter la troupe dans une semaine.

Alex n'aimait pas l'idée que Bree sorte de l'appartement sans lui. Il grinça des dents, se retint de lui ordonner de rester à l'intérieur comme il en avait envie puisque ce serait vain.

— Tu ne peux pas reporter ce rendez-vous ?

— Je pourrais le faire, mais je préfère le maintenir. Si je reste ici, je ne vais pas arrêter de penser à toi, de me demander ce que tu fais et si tu vas bien. Et puis, c'est toi après tout qui as dit que Paxton ne ferait rien en public, non ? Je serai en sécurité.

Alex se frotta la mâchoire.

— Je vais demander à Greg de t'accompagner à la crèche. Il t'attendra dehors.

— D'accord, si tu préfères.

Alex fut soulagé. Il s'était en effet un peu attendu à ce que Bree renâcle un peu. Il n'avait pas eu raison de s'inquiéter. Elle avait beau être têtue, déterminée, elle n'était pas du genre à refuser de faire le nécessaire dans une situation aussi dangereuse.

Ayant besoin de la toucher, il posa la main sur sa nuque. Il appela son Alpha et lui donna les dernières nouvelles.

— Je vais demander à quelques chats de nous accompagner là-bas pour explorer ce territoire, dit Vinnie, l'air très enthousiaste. Est-ce que tu pourrais être prêt à partir dans vingt minutes ?

— Oui, répondit Alex.

— On se retrouve au magasin d'antiquités, dit Vinnie avant de raccrocher.

Bree joignit les mains.

— Qu'est-ce que Vinnie a dit ? demanda-t-elle.

Alex balaya le petit groupe du regard.

— Il va appeler quelques chats. On part dans vingt minutes, annonça-t-il.

— Pourquoi seulement quelques-uns ? s'enquit Isaak, l'air furieux. Pourquoi pas une armée ?

— Parce qu'on ne va pas leur faire la guerre. (Alex eut envie de lever les yeux au ciel tant son oncle avait l'air déçu.) On veut simplement reconnaître les lieux, confirmer la présence des hyènes et leur laisser mon message.

— Une attaque est le meilleur message, signala Isaak.

Ses frères acquiescèrent d'un signe de tête.

— Si Dale Bray a dit vrai à la rencontre de médiation, les hyènes ont seulement envoyé un ex-flic parler à Bree. Rien d'autre.

Alex n'avait pas apprécié que cet enfoiré se soit approché d'elle, et encore moins qu'il ait braqué son flingue sur elle, mais ce n'était pas une raison pour leur faire la guerre.

Il fallait aussi penser aux nombreuses victimes collatérales d'une guerre, aux conjoints, enfants, parents ou frères et sœurs. Alex venait d'assister aux obsèques de deux de ses camarades de troupe et ne souhaitait pas que cela devienne une habitude.

— Alors pourquoi veux-tu y aller ? s'enquit Sergei.

— Parce que je ne crois pas vraiment que les hyènes arrêtent de chercher Paxton. Elles vont sans doute recommencer à harceler Bree. Je veux simplement pénétrer sur leur territoire et leur laisser un petit message pour leur montrer que je suis très fort et qu'il vaut mieux qu'elles se tiennent loin de ma compagne. C'est tout. Je reviendrai ici après.

Les trois oncles d'Alex poussèrent un soupir et leurs épaules retombèrent en même temps. Ils adoraient la bagarre, même sans raison.

— On t'accompagne, annonça Dimitri.

Alex fronça les sourcils.

— Pourquoi ? demanda-t-il.

— Par curiosité, répondit Dimitri en levant son mug.

— Comme vous voulez, répondit Alex en haussant les épaules avant de boire une gorgée de café et d'avaler un gâteau tout entier sans presque le mastiquer.

Il alla très vite à sa chambre pour se préparer, suivi de Bree qui triturait nerveusement son lobe d'oreille.

Alex lui parla en enfilant ses vêtements.

— Ne quitte pas Greg d'une semelle quand tu seras dehors. Quand tu auras fini…

Il ne termina pas sa phrase, se disant que ce n'était peut-être pas la peine de lui demander de revenir chez lui après sa réunion. Il était peu probable que Paxton réussisse à entrer, mais cela ne signifiait pas pour autant qu'il ne tenterait pas le coup. Alex n'avait pas très envie de courir ce risque. Il savait cependant qu'elle ne réagirait pas très bien s'il lui demandait d'aller se réfugier chez ses parents le temps que durerait son absence.

— Après ma réunion avec Dani, je vais aller chez Ella jusqu'à ce que tu rentres, dit Bree en soupirant, détectant les hésitations d'Alex. Je ne veux pas que tu t'inquiètes pour moi pendant que tu t'infiltres dans le territoire souterrain des hyènes.

Alex la rejoignit et posa son front contre le sien pour la remercier.

— Je ne serai pas parti très longtemps.

Bree posa la main sur son torse.

— Quel message as-tu l'intention de leur laisser ?

— Je n'ai pas l'intention de tuer qui que ce soit, si c'est ce que tu penses, expliqua-t-il en replaçant une mèche derrière l'oreille de sa compagne. Je veux simplement leur montrer que je peux entrer sur leur territoire et en sortir sans qu'ils me voient. Je veux qu'ils sachent que je pourrais très bien tuer un des leurs si je le souhaitais.

Bree soupira et lui adressa un doux sourire.

— Fais attention à toi.

— Toujours, ma chérie.

Pendant que la Première oméga lisait ses notes à haute voix, Bree consulta discrètement l'horloge murale. Malheureusement, seule une minute s'était écoulée depuis la dernière fois qu'elle l'avait regardée.

Elle était très mal à l'aise. Elle avait beau essayer de se concentrer sur ce que lui disait Dani, elle avait beaucoup de mal à suivre. Elle perdait même parfois carrément le fil.

Elle avait pensé que cette rencontre serait un bon moyen de se changer les idées. Or elle s'était trompée. Était-ce si étonnant ? Après tout, son compagnon lui avait fait part de son intention d'infiltrer le territoire des hyènes. Seul. Elle avait beaucoup de mal à penser à autre chose. Elle était même obsédée par tous les dangers qu'il allait affronter. Si les hyènes découvraient sa présence et le capturaient…

Elle n'arrêtait pas de triturer ses vêtements, de tourner les pieds, de croiser et de décroiser les jambes. Elle était si agitée qu'elle en avait des démangeaisons, comme si toutes ses terminaisons nerveuses étaient devenues ultrasensibles.

Son chat aussi était tendu. Il avait confiance en Alex, tout comme Bree aussi d'ailleurs. Mais bon, il ne pouvait pas s'empêcher de s'inquiéter pour son compagnon. C'était normal après tout.

Bree avait envisagé d'insister pour accompagner Alex lors de cette mission exploratoire. Elle aurait pu l'attendre avec Vinnie pendant qu'il visitait les terriers, mais, distrait par sa proximité, Alex aurait eu du mal à se concentrer.

Se rendant compte qu'elle triturait ses vêtements, Bree joignit les mains et les posa sur ses genoux. Elle tourna encore une fois les yeux vers l'horloge comme si cela pouvait accélérer la course du temps. Mais non.

Elle avait regardé discrètement son téléphone une ou deux fois, espérant trouver un message d'Alex. Mais rien. Merde ! Le petit groupe n'était peut-être même pas encore arrivé chez les hyènes.

Elle le sentirait si Alex était blessé, non ? Jusque-là, elle n'avait perçu que sa grande détermination. Aucune panique, ni angoisse ou inconfort. Tout allait bien pour lui.

Vraiment. Il donnerait son « message » aux hyènes, il rentrerait chez lui et il finirait la journée tranquillement avec Bree.

— Et c'est presque tout, déclara Dani.

Bree émergea de sa rêverie au moment où la Première oméga refermait son dossier.

Esquissant un faible sourire, elle releva la tête.

— As-tu des questions ? demanda-t-elle à Bree.

— Là tout de suite, non. J'en aurai sans doute plus tard.

— Si c'est le cas, tu pourras toujours m'appeler ou m'envoyer des SMS. Y a-t-il des choses qui t'inquiètent ?

Son seul sujet d'inquiétude pour l'heure était Alex.

— Le plus dur pour moi sera sans doute d'organiser les fêtes et les cérémonies pour la troupe.

— Tu t'en sortiras. J'ai écrit plein de notes pour toi, dit Dani en refermant son stylo. Les autres omégas pourront t'aider si tu as besoin d'un coup de main. Laisse-les faire. Elles aiment se sentir utiles.

— Elles sont malheureuses que tu t'en ailles…

— Mais elles acceptent très bien que tu me remplaces. C'est uniquement en tant qu'amie que je vais leur manquer. Comme tu leur manquerais si tu quittais la troupe.

Bree en doutait sincèrement. Cependant, elle n'allait pas s'en faire avec ça. Ses camarades de troupe n'étaient pas très chaleureux avec elle, elle avait l'habitude. Les gens qui comptaient pour elle tenaient à elle et la respectaient. C'était dommage que la personne la plus importante pour elle était en ce moment même en route pour le territoire des hyènes.

Dani l'observa en inclinant la tête.

— Est-ce que tu vas bien ? Tu as l'air… absente.

Bree lui fit un sourire forcé.

— Je vais bien, affirma-t-elle.

Si elle avait eu confiance en Dani, elle lui aurait parlé de ce qu'il se passait. Même si elles semblaient être arrivées à une sorte… d'entente, ce n'était pas suffisant pour qu'elle lui fasse part de ses idées ou de ses pensées.

— Si c'est le fait de devenir Première oméga qui te stresse, ne t'en fais pas, c'est parfaitement normal. Ces dossiers contiennent tout ce que tu as besoin de savoir au sujet des jeunes omégas et de leur formation ainsi que du travail des omégas en activité. Il y a là également le profil de chacune d'entre elles. Tu n'as qu'à les garder à jour. C'est la meilleure manière de contrôler leur bien-être et leur progrès.

» Te souviens-tu comment je t'ai appris à élever tes boucliers et à contrôler tes dons ? Tu n'auras qu'à faire la même chose avec les jeunes et avec les omégas en formation. Tu ne leur apprendras sans doute pas les mêmes méthodes que moi pour aider les autres, ajouta Dani en souriant. Tu les aideras à trouver leur propre approche, je pense. Le travail de Première oméga est loin d'être facile, mais il procure de grandes satisfactions personnelles.

— Je voulais te dire : je suis désolée que tu éprouves le besoin de quitter la troupe. Je ne trouve pas ça juste que la Première oméga doive obligatoirement être la plus puissante. Le poste devrait plutôt revenir à la plus compétente. Je tenais à te dire que j'avais moi-même décidé de quitter la troupe.

— C'est vrai ? Pourquoi es-tu revenue sur ta décision ?

— Alex m'a demandé de rester. Il avait envie de voir si ça pouvait coller entre nous.

Dani esquissa un petit sourire.

— Est-ce qu'il t'a demandé de rester ? Ou bien est-ce qu'il te l'a ordonné ?

— Peut-être un peu des deux. Mais c'est juste…

La porte s'ouvrit violemment et alla cogner contre le mur. Quatre inconnus firent irruption dans la pièce, le flingue à la main.

Choquée, Bree ne réagit pas tout de suite. Puis elle se leva précipitamment et ressentit une douleur à la poitrine. Merde ! Une fléchette ! Elle l'arracha, mais quatre autres vinrent se ficher dans ses chairs.

Elle rugit, sauta par-dessus la table et se jeta sur un des types. Des bras musclés l'agrippèrent par-derrière et l'immobilisèrent. Un autre type lui mit une cagoule. Une odeur doucereuse assaillit ses sens.

Si les tranquillisants qu'on lui avait injectés ne lui avaient pas brouillé la vue, elle aurait sans doute pu lutter contre les effets du chloroforme. Elle aurait pu se transformer et se battre. Mais elle fut prise de vertiges et l'obscurité se fit.

Elle s'affaissa, plus ou moins consciente de Dani qui gémissait de douleur, tabassée par les enfoirés à en croire les bruits qu'elle percevait. Bree aurait aimé pouvoir leur crier de la laisser tranquille, mais elle était incapable de parler et ses paupières se refermaient bien malgré elle. Elle n'arrivait pas à se transformer et à libérer son chat qui feulait et crachait tant il était en colère. Bree sombra dans l'inconscience.

Allongé dans l'herbe sous de vieux arbres, Alex jeta un coup d'œil au-dessus d'un tronc couché et examina la vaste clairière devant lui.

— C'est là, c'est sûr, chuchota-t-il à ses oncles et à ses camarades de troupe. L'odeur des hyènes a beau être ténue, elle est bien présente.

Les senteurs de menthe sauvage, de cèdre et d'aiguilles de pin ne parvenaient pas à la masquer.

— La frontière doit être à quelques mètres devant nous tout au plus, dit Sergei. On voit des fils déclencheurs. Il doit y en avoir tout autour du périmètre.

Alex n'en fit pas cas. Il avait l'habitude de pénétrer dans des enceintes sécurisées. Il l'avait fait des milliers de fois. Rien ne l'arrêtait, ni serrure, ni système d'alarme, ni capteur ou un quelconque équipement de sécurité.

Il inspira et sentit l'adrénaline circuler en lui, exacerbant ses sens, le préparant à l'action. Il n'avait pas peur. Il se sentait parfaitement à l'aise. Gonflé à bloc, son animal intérieur avait hâte de bouger.

— Je parie que les hyènes garent leur voiture dans ce hangar décrépi… (Vinnie s'interrompit en entendant une sorte de bruissement.) Rassure-moi, tu n'es pas en train de bouffer là ? demanda-t-il à Dimitri en fronçant les sourcils.

Le glouton haussa les épaules et lui montra une poignée de petites baies.

— J'avais faim et j'ai vu ça…

— Eh bien, intervint Tate. Il ne reste plus qu'à trouver l'entrée du souterrain. Je ne serais pas étonné qu'elle soit justement dans ce hangar pour permettre aux hyènes d'accéder directement à leurs véhicules.

— Je pense comme toi, dit Vinnie. L'endroit est probablement truffé de mines terrestres et d'autres pièges. Es-tu sûr de vouloir y aller seul, Alex ? On ne sait pas combien de hyènes il y a dans le souterrain et on ne connaît pas l'étendue du réseau de galeries.

— Je m'en occupe, répondit Alex. J'ai juste besoin de…

Il s'arrêta de parler, sonné par un grand choc qui perturba son rythme cardiaque et le tétanisa. Il avait l'impression d'être paralysé, d'être figé sur place.

Vinnie posa la main sur son bras.

— Ça va, Alex ? demanda-t-il.

Une immense colère le saisit alors soudainement, libérant ses muscles. Il avait besoin de bouger, de mordre, de blesser… quelqu'un. Son cœur battait si fort qu'il en avait presque mal.

Il se sentit vaciller, sa vision s'obscurcit, ses idées s'embrouillèrent, son corps faiblissait. Le monde se flouta et il eut l'impression de devenir de plus en plus léger.

Il essaya de parler, mais aucun son ne jaillit de sa bouche. L'obscurité se fit puis… Il en émergea brusquement et prit une longue inspiration.

— Merde ! Qu'est-ce qu'il t'arrive, Alex ? demanda Vinnie.

Il ne répondit pas, continuant à respirer à grands coups irréguliers, comme quelqu'un qui a failli se noyer.

— Qu'est-ce qu'il s'est passé, merde ?

— Bree a un problème, répondit-il enfin sentant un nœud d'inquiétude se former dans son ventre. Je la sens par notre lien, mais je n'arrive pas à détecter ses émotions. Elle doit être inconsciente.

Espérant se tromper, il sortit son téléphone de sa poche et l'appela, la main tremblante. Rien. Il composa ensuite le numéro de Greg. Rien non plus. Son animal intérieur faillit péter un câble. Il rugit, ragea et donna quelques coups de griffes dans les airs.

— Luke, va voir comment va Bree, dit Vinnie qui avait appelé son fils. Elle est à la crèche avec Dani.

— Dis-lui qu'elle est dans la salle des employés, intervint Alex.

— Elle est dans la salle des employés, répéta l'Alpha. Greg est censé la surveiller. Super. Fais vite. (Il raccrocha.) Luke nous rappelle.

— Qu'est-ce que tu as senti au juste ? s'enquit Isaak.

— Un choc, la colère et l'inquiétude, puis elle est tombée dans les vapes. Comme si elle avait été droguée.

Pour la première fois de sa vie, Alex ressentit de la peur. Une peur terrible, épouvantable qui lui laissa un goût de métal dans la bouche.

— Il se peut que ce soit Paxton qui l'ait enlevée.

— Ce n'est pas sûr, dit Vinnie.

— Cela lui ressemblerait tout à fait de profiter du fait que je ne sois pas avec elle pour l'enlever, observa Alex en ouvrant et refermant les poings. Ce type est un opportuniste, tu le sais bien.

Des grincements de charnières leur parvinrent alors et ils virent deux types ouvrir les portes du bâtiment. Ils parlaient rapidement, mais Alex était trop loin pour les entendre.

— Il se passe quelque chose, dit Dimitri. Je vois plusieurs voitures dans le hangar et toutes sont vides sauf une. Il y a un homme au volant.

Alex refit le numéro de Greg en regardant distraitement ce qu'il se passait. Il plissa les yeux en voyant quatre types qui lui étaient familiers se diriger vers la voiture dont le moteur tournait. Celui de devant parlait au téléphone.

— C'est Dale Bray et les hommes qui l'accompagnaient à la réunion de médiation, observa Tate. Ils ont l'air pressés.

Le téléphone de Vinnie vibra. L'Alpha regarda l'écran.

— C'est Luke, dit-il en balayant l'écran du pouce. Est-ce que vous l'avez trouvée ?

Alex s'immobilisa, le regard braqué sur Vinnie. Dans un état de panique, son animal s'immobilisa.

— Qu'est-ce qu'il y a ? demanda-t-il.

Vinnie posa son téléphone sur ses genoux.

— Il faut que tu restes calme, Alex.

— Qu'est-ce qu'il a dit, bordel de merde ! hurla Alex.

— Bree n'est pas là.

— Pas là ?

Le glouton d'Alex poussa un long rugissement qui résonna dans la tête du jeune homme.

— Bree a été enlevée avec Dani. Greg semble avoir été drogué. Il est allongé dans un canapé à l'accueil, l'air de dormir, mais il est inconscient. D'après Luke, l'odeur des hyènes est très forte dans la pièce.

Alex éprouva une réelle terreur qui lui comprima le torse en même temps qu'un intense sentiment de colère lui nouait le ventre. Il se tourna vers le hangar pile au moment où une voiture blanche en émergeait.

— Le salaud ! cria-t-il.

Vinnie l'attrapa par le bras.

— Non, Alex… dit-il.

— Il l'a enlevée.

— Tu ne peux pas courir après une voiture, tu le sais bien. Sers-toi de ta tête. Ne te précipite pas. Tu ne dois pas perdre le contrôle. Il faut que tu gardes tes esprits. Bree a besoin de toi. Alors oublie ta colère ou tu vas faire des bêtises et elle en paiera le prix.

Alex avait rarement fait quelque chose d'aussi difficile. Il prit une longue inspiration pour se calmer et ne bougea pas. Bordel de merde ! Vinnie avait raison.

» Bray a sans doute embauché des gens pour l'enlever et il va les rejoindre. Tu veux la retrouver ? On n'a qu'à suivre cette voiture, mais il faut y aller prudemment. Vas-y, toi, Farrell, dit Vinnie à son lieutenant. Sois discret. On va essayer de suivre ton aigle avec le SUV, mais il est probable qu'on te perde de vue à un moment donné même si tu ne voles pas trop haut. Appelle-nous dès que la voiture se sera arrêtée.

Farrell se transforma rapidement et s'envola, un téléphone dans les serres.

Isaak mit une main sur l'épaule de son neveu.

— Ne t'inquiète pas, Alex. On va retrouver ta Breasha. Il faut écouter cet idiot de chat et suivre l'Alpha des hyènes. Après, on le tue. Ce sera chouette, non ?

Bree cligna des yeux avant de les ouvrir. Mais sa vision était floutée et elle plissa le front. Merde ! Elle se sentait mal. Elle avait froid sur un côté du corps et elle était toute courbaturée. Elle avait un horrible mal de tête lancinant. Elle n'avait vraiment pas envie d'entendre son chat intérieur feuler et cracher. Et pourquoi avait-elle la bouche si sèche et collante ? Beurk ! Elle voulut se lécher les lèvres et reconnut le goût du coton.

Merde ! Elle avait été bâillonnée. Pieds et poings liés, elle était allongée sur le sol froid. Son cœur battait la chamade et elle avait la nausée.

— Allez, debout ! tonna une voix masculine grave et familière.

Elle reconnut également l'odeur du type.

Elle cligna des yeux à plusieurs reprises pour éclaircir sa vision et vit, accroupi devant elle, ce putain de Dale Bray, une seringue à la main.

— J'ai été obligé de te faire une piqûre pour te réveiller, expliqua-t-il.

Elle paniqua. Elle avait l'impression de ne plus être capable de respirer avec toutes ces cordes qui l'enserraient. Son pouls s'accéléra et elle sentit l'adrénaline circuler dans ses veines.

Elle balaya les environs du regard. Elle était à l'arrière d'un van sans doute garé dans une des galeries de son territoire.

— C'est un réel plaisir de t'avoir parmi nous, Mademoiselle Dwyer, dit Dale.

Il échangea ensuite un regard avec un grand baraqué, un véritable géant debout près des portes ouvertes du véhicule. Le type tenait un pistolet tranquillisant à la main.

Merde. Il fallait qu'elle se libère ! Qu'elle parte. Mais pas avant d'avoir démoli cet enfoiré.

— Ce n'est pas la peine de gaspiller ton énergie à essayer de couper ces liens, expliqua Dale. Ils sont à l'épreuve des métamorphes.

Bree sortit tout de même les griffes et essaya de les trancher. En vain. Elle rentra les griffes et ferma les poings. Elle avait des picotements dans les pieds et les mains, sa circulation sanguine ayant été coupée par les liens.

Elle se raidit en entendant des gémissements.

— Je suis désolé ! J'ai omis de te dire que tu n'étais pas seule.

Dale se poussa sur le côté, mais resta accroupi. Bree vit alors Dani. Merde ! Elle était allongée de l'autre côté du van, bâillonnée, ligotée et couverte de bleus. Elle avait été sauvagement battue, mais ses blessures commençaient déjà à guérir.

Le regard fiévreux, elle se tourna vers Bree. Sa bouche se tordait dans tous les sens derrière le bâillon et ses propos étaient inintelligibles.

Bree inspira longuement par le nez. Elle fut frappée par des effluves de poussière, de métal et d'huile à moteur. Elle jeta un coup d'œil du côté des portes du van, s'attendant à apercevoir des galeries. Or, ils étaient garés dans une sorte de hangar en tôle ondulée et elle crut apercevoir des appareils rouillés, des étagères industrielles et une sorte de chaîne de montage. Il devait y avoir beaucoup d'autres choses, mais c'était tout ce qu'elle voyait.

— Je vais te retirer ton bâillon maintenant, dit Dale. Tu peux crier autant que tu veux, personne ne t'entendra. En revanche, si tu cries, je ne supporterai pas le bruit et je serai obligé de t'injecter un truc pour te faire taire.

Il la débâillonna, lui éraflant la joue au passage.

Bree ouvrit et referma la bouche. Elle ne cria pas. Elle trouvait suffisamment désagréable d'être ligotée. Elle se sentirait encore plus vulnérable si elle était replongée dans l'inconscience.

Dale lui examina le visage. Bree éclata intérieurement d'un rire ronflant. Jamais en effet elle ne montrerait ses sentiments à cet enfoiré. Elle ne lui donnerait pas d'armes qu'il pourrait retourner contre elle.

— Tu es si méprisante, dit-il. Et tu n'as même pas peur.

Elle était anxieuse, mais pas craintive. Son chat était parfaitement calme. Comme elle, il comptait sur Alex pour venir les sortir de ce pétrin.

Bree sentait les émotions de son compagnon. Il paniquait un peu, mais il éprouvait surtout de la colère et de la détermination. Aucune confusion ni incertitude. Il savait où elle se trouvait et il allait venir la chercher. Elle devait distraire la hyène en l'attendant.

Elle se lécha les lèvres pour les humecter. Elle aurait voulu se frotter la tempe. Elle avait tellement mal au crâne.

— Je te l'ai déjà dit : j'ignore où se trouve Paxton.

— Je te crois. Je pense que tu m'as dit la vérité à la réunion de médiation. Mais il y a eu du nouveau depuis, n'est-ce pas ? Il t'a appelée, m'ont signalé mes sources. Qu'est-ce qu'il t'a dit ?

— Rien qui puisse t'éclairer sur l'emplacement de sa planque. C'était donc à la fois inutile et idiot de m'enlever.

Dale se leva.

— Je ne t'ai pas amenée ici uniquement dans le but de t'interroger.

Bree étrécit les yeux.

— Qu'est-ce que tu me veux ?

Dale Bray déboutonna les poignets de sa chemise.

— Quand on n'arrive pas à trouver un type, le plus simple c'est de le faire venir.

— Tu penses pouvoir l'attirer ici ?

— S'il te surveille de près, il sait déjà que tu as été enlevée. Il entendra dire que l'odeur des hyènes flottait sur le lieu de ton enlèvement. (Il remonta ses manches.) Il devinera où je t'ai amenée.

— Tu penses qu'il saura que tu m'as conduite ici ?

— Peut-être pas précisément ici, non. On n'est pas très loin de chez moi. Il va d'abord essayer de passer par les galeries. Il croira que tu es retenue là. Les membres de mon clan l'attendent. Je suis persuadé qu'il se souvient de l'emplacement de mon territoire. Mais bon, cela fait bien longtemps qu'il a enlevé ma fille dans le hangar où je gare mes véhicules.

— Tu vas le tuer.

— Je suis content qu'il ait relâché ma fille. En revanche, il est hors de question que je sois clément envers un type qui a enlevé mon enfant. Je ne tolérerai pas que d'autres imaginent pouvoir faire la même chose. Je suis désolé que tu aies été prise dans cette embrouille. Plus vite il arrivera, plus vite tu seras libérée.

Elle éclata d'un rire narquois.

— Tu ne vas pas me libérer parce que Vinnie n'oubliera jamais que tu as kidnappé un de ses chats et tu le sais.

Tu vas me tuer et tu feras disparaître mon cadavre en espérant qu'on ne remonte jamais ta piste. Mais il le fera. En revanche, ce n'est pas lui qui te tuera, mais Alex. Je suis curieuse : quand as-tu commencé à penser que c'était une bonne idée d'enlever la compagne d'un glouton ?

Dale s'immobilisa pendant quelques instants avant d'esquisser un grand sourire.

— Au début, je pensais que vous faisiez semblant de sortir ensemble pour énerver Paxton et l'obliger à se montrer. Ce n'est que lorsque mes hyènes t'ont conduite ici que j'ai reconnu l'odeur du glouton sur toi. Malheureusement, c'était trop tard pour faire marche arrière. Je n'ai pas d'autre choix que d'exécuter mon plan.

— C'est un très mauvais plan. Tu avais tort de croire que je ferais un bon appât. Paxton ne va pas sacrifier sa vie pour moi.

— J'espère que tu te trompes parce que j'en ai marre d'attendre pour me venger. S'il ne vient pas ici ce soir, je serai obligé de te tuer à sa place. Cela enverra un bon message au reste du monde : « Tu me cherches, je bute ta compagne. » Ça me convient tout à fait.

— Alex te tuera ainsi que tous tes proches pour me venger. Ça me convient tout à fait aussi.

Dale Bray lui adressa un sourire moqueur.

— Il ne sait pas où tu es.

— Il me trouvera.

Dale la regarda, l'air songeur.

— Tu penses vraiment qu'il va venir te sauver ?

— Je ne le pense pas, je le sais. Si tu veux mon avis, il est déjà là.

Dale cligna des yeux, puis il adressa un sourire suffisant à son camarade de clan.

— Je ne sais pas ce que tu en penses, mais moi, je tremble comme une feuille.

L'autre hyène lui rendit son sourire, mais il avait la mâchoire serrée et les muscles raidis. Il ne semblait pas vraiment partager la confiance de son Alpha.

Dale poussa un soupir.

— Ma chère Mademoiselle Dwyer, tes camarades de troupe vont effectivement sentir mes hyènes dans la salle des employés et sauront que je t'ai enlevée. En revanche, ils ne connaissent pas l'emplacement de mon territoire et ne pourront donc pas venir te chercher. Ils ne penseront même pas à venir ici.

Bree envisagea de lui dire qu'Alex savait très bien où se trouvait son refuge, mais elle craignait que Dale décide de la buter avant de s'enfuir.

— Je suppose que tu as décidé qu'il était temps pour toi de ne plus avoir recours à des solitaires pour faire ton sale boulot.

Dale fronça les sourcils.

— Je te l'ai dit à la réunion de médiation. Ce n'est pas moi qui ai embauché les solitaires.

— Tu as également dit que tu ne voulais aucun mal à Paxton.

— J'ai menti à ce propos, mais pas au sujet des solitaires. J'ai vraiment reçu un coup de fil d'un type qui jurait haut et fort savoir où se trouvait Paxton. Je n'ai rien à voir avec cette histoire de solitaires qui s'en sont pris à toi. Je sais depuis peu qui l'a fait. Ils m'ont contacté pour me proposer de m'aider à mettre la main sur toi. Ils ont eu l'amabilité de mettre ton garde du corps HS pendant que mes hyènes t'enlevaient à la crèche un peu plus tôt.

Dale cessa de parler un instant et sourit.

— Veux-tu savoir qui sont ces gens ? Tu ne devrais pas être trop étonnée. Mais je ne sais pas. Tout dépend des conclusions auxquelles tu es arrivée. Tu veux un indice ?

Chapitre 24

— Il y avait déjà un van et deux voitures là-bas quand Dale Bray est arrivé, expliqua Farrell en indiquant l'entrepôt entouré d'une haute clôture électrique ornée d'un panneau « entrée interdite ». Quand Bray est descendu de son véhicule pour aller ouvrir le portail, le chauffeur du van lui a crié qu'elle sentait le glouton, qu'elle s'était donc réellement imprégnée avec le type.

Alex sentit un petit muscle tressaillir dans sa joue.

— Continue, dit-il.

— Bray s'est immobilisé pendant quelques instants, poursuivit Farrell. Puis il a haussé les épaules et déclaré qu'il était trop tard pour faire marche arrière. Les quatre véhicules ont franchi le portail et sont entrés dans l'entrepôt par un immense quai de livraison. J'ai préféré ne pas trop m'approcher des fenêtres pour ne pas être vu. Alors je ne sais pas ce qu'il se passe.

— Ils ont Bree, c'est sûr. C'est tout ce que j'ai besoin de savoir, dit Alex.

Il avait l'air tendu, mais il se sentait très dynamique et énergique. Sa respiration était lente et calme, mais il n'était pas décontracté. Sa colère, d'abord violente et sauvage, était devenue froide et calculatrice. Il était de nouveau capable de réfléchir, de se concentrer, de planifier, et, surtout, de contrôler sa panique et sa terreur.

En revanche, son animal intérieur n'était pas dans le même état. Il fulminait et grognait. Furieux, il ne tenait pas en place.

— Ils doivent avoir Dani dans le van aussi, supputa Tate. Dale a dû prévoir ces deux voitures pour l'accompagner pour le cas où nos camarades de troupe les auraient vus enlever les deux filles et auraient décidé de les suivre. Ils ont sans doute enlevé Dani en croyant que Bree serait plus disposée à parler s'ils prenaient une de ses camarades de troupe en otage.

— Est-ce qu'elle est encore inconsciente ? demanda Vinnie à Alex.

— Non, répondit-il. Elle est réveillée. Elle est un peu anxieuse, mais je ne détecte pas de peur. Elle est très en colère, mais pleine d'espoir.

— Elle t'attend, dit Isaak. Et tu es là. Les hyènes vont payer pour leur connerie. Ils n'auraient pas dû enlever notre Breasha.

Une silhouette émergea de l'ombre et Farrell sursauta.

— J'ai vérifié tout le périmètre de la clôture, expliqua Dimitri. Il y a plusieurs types armés dehors et d'autres aussi sans doute à l'intérieur. Est-ce que vous êtes sûrs que Bree est là ?

— Oui, si on en croit les échanges que Farrell a entendus entre les hyènes, répondit Alex.

Dimitri lui adressa un regard sombre.

— Est-ce qu'on peut faire la guerre maintenant ? demanda-t-il.

— Oui. On peut buter tout le monde à l'extérieur et à l'intérieur de cet entrepôt à part Bree et Dani.

— Ça me va.

— Toi, le chat débile, tu peux rester ici et appeler les renforts, au besoin, dit Isaak en toisant Vinnie.

— N'importe quoi ! s'offusqua Vinnie.

— Tu es incapable d'entrer dans cet entrepôt sans être repéré. Tu vas déclencher tous les détecteurs et toutes les alarmes avec tes pattes de chat balourd, déclara Isaak, narquois. Allons-y, mon neveu. Ta petite compagne t'attend.

— Allez, Mademoiselle Dwyer, je suis sûr que tu veux au moins un indice, non ? dit Dale en s'approchant de Dani et en lui retirant son bâillon. Donne-lui-en un, toi, la Première oméga.

Haletante, les joues empourprées, Dani le fusilla du regard.

— Tu n'étais pas censé dire à tes hommes de m'enlever aussi. Ils devaient me tabasser juste un peu pour que j'aie l'air de m'être débattue. Tu aurais dû…

— Tu t'es servie de moi, grommela Dale en la regardant avec mépris. Tu m'as menti, tu as voulu m'utiliser comme émissaire. Pensais-tu que j'allais l'oublier ?

Dani blêmit.

— Tu ne vas pas me tuer pour ça ?

— C'est exactement ce que j'ai l'intention de faire.

Bree eut l'impression d'avoir reçu un coup de masse. Elle sentit son visage s'affaisser.

— C'est toi qui as embauché les solitaires ? cria-t-elle.

Dani serra les lèvres.

— Tu me gênais. Tu détruisais tout ce que j'avais construit.

Bree rougit de colère. Qu'est-ce qu'elle venait d'entendre là, merde !

— Rassure-moi : dis-moi que tu ne voulais pas me faire buter juste pour conserver ton poste ?

— Ce poste est tout pour moi. C'est ma vie. Je savais que je serais obligée de démissionner un jour, mais je ne pensais pas devoir le faire avant plusieurs dizaines d'années. Et toi, tu es venue tout gâcher.

Oh ! Bree avait envie de lui donner la raclée de sa vie. Furieux, son chat poussa un grognement sourd.

— Pourquoi ne m'as-tu pas simplement fait buter ? Pourquoi me faire enlever ?

— Je ne voulais pas te tuer au départ. Je n'y peux rien, tu es plus forte que moi et tu vas encore gagner en puissance. J'ai pensé que si je réussissais à te stresser, à te perturber émotionnellement, tu ne contrôlerais plus bien ton don et tu finirais par échouer, dit-elle avant de renifler. Je n'aurais fait qu'accélérer un peu le processus qui aurait débuté quand tu serais devenue Première oméga. Ce poste ne convient pas à tout le monde. Certaines personnes n'arrivent pas à assumer la charge de travail. Tu n'aurais pas tenu le coup.

Abasourdie, Bree ne put que la regarder, les yeux écarquillés. La garce était persuadée que ses actions étaient justifiées.

— Je savais à quel point tu voulais croire que Paxton était mort, alors j'ai pensé que ça te déstabiliserait de penser qu'il était revenu. C'est Bernadette qui a eu l'idée de laisser les colliers chez toi et de faire appel à l'agence de recouvrement.

— Attends ! Tu veux dire que tu as collaboré avec elle ?

Cette histoire était vraiment pourrie !

— Je n'avais pas assez de fric pour embaucher un solitaire. Leurs services coûtent très cher, tu sais. Je recevais Bernadette pour la conseiller une fois par semaine. Elle me parlait tout le temps de Paxton. Je lui ai dit que je pensais que, si tu semblais en danger, il y avait des chances pour que son fils intervienne pour te sauver. Elle a trouvé que c'était une bonne idée et elle était toute contente. Personnellement j'espérais simplement ajouter un peu de précarité dans ta vie pour te secouer. J'avais l'intention de t'aider à te remettre une fois que tu aurais perdu le contrôle de tes dons.

Elle estimait avoir eu une bonne idée !

— J'étais convaincue que, quand les gens verraient que tu ne tenais pas le coup, ils comprendraient que le poste de Première oméga me revenait de droit. Je dois reconnaître que tu es plus solide et plus équilibrée que je ne le croyais. J'ai donc renchéri un peu, je t'ai envoyé d'autres solitaires, mais rien ne t'ébranlait. Non seulement les gens ne t'évitaient pas, ils remarquaient même ta force et te consultaient de plus en plus.

Très affectée, Bree lui adressa un sourire narquois.

— Es-tu capable de percevoir autre chose que tes propres désirs et tes propres besoins ? Est-ce que tu penses un peu à tout le mal que tu as fait ? Il y a même eu des morts…

— Personne n'était censé mourir, déclara sèchement Dani, une lueur farouche dans le regard. Ce qui est arrivé à Benny et à Crawford n'était pas prévu.

— Mais c'est arrivé. Deux innocents sont morts à cause de toi.

Dani détourna le regard.

— Ils connaissaient la dangerosité de leur métier. Ils préféraient mourir au travail que tranquillement dans leur lit. Heureusement, ils n'avaient ni compagne ni enfant. Renée avait beaucoup d'affection pour Benny, mais elle peut encore trouver son âme sœur.

— Il y a des femmes qui attendent leur âme sœur et ne sauront jamais qu'elle est morte à cause de ta soif de pouvoir.

— Cela ne signifie pas qu'elles n'auront jamais de compagnon. Elles pourront s'imprégner. Cela a bien marché pour toi après tout, non ?

Alors ces morts n'étaient pas trop graves…

Dégoûtée, Bree retroussa la lèvre supérieure.

— Tu es pourrie à l'intérieur, n'est-ce pas ?

— Pourrie ? Non. En revanche, on a tous une part d'obscurité en nous. Même les omégas. Personne ne peut rester longtemps au pouvoir s'il n'est pas assez rusé pour éviter de se faire évincer. Je ne te voulais aucun mal. J'ai simplement essayé de manipuler un petit peu la situation.

— Pourtant, tu m'as vendue aux hyènes.

— Parce que tu ne craquais pas ! Tôt ou tard, tu aurais découvert mon rôle dans cette histoire et j'aurais été exécutée ! (Elle releva le menton.) Tu peux me juger autant que tu veux, mais j'ai fait ce que j'estimais le mieux pour la troupe.

— N'importe quoi ! Tu étais motivée par ta soif de pouvoir. Par le respect que les autres te montraient. Et par le prestige du poste. Tu ne supportais pas l'idée de redevenir une simple oméga.

— Je te l'ai dit : tu n'aurais pas bien géré les responsabilités d'une Première oméga. Je fais ce travail depuis un bon moment et je le fais très bien. Les gens me font confiance, ils m'écoutent. Ils savent qu'ils comptent pour moi. Mais toi, tu t'en fiches. Tu ne devrais pas occuper ce poste. Tu n'en veux même pas. Moi, je suis à l'aise dans ce poste. Je suis née pour ça. La troupe ne te choisirait pas comme Première oméga si on lui donnait le choix.

Bree bougea ses doigts devenus presque insensibles.

— Tu n'arrêtes pas de dire que tu es tellement meilleure que moi. Mais tu ne crois pas que c'est un signe de faiblesse de t'accrocher au pouvoir comme ça ?

— Non, parce que je l'ai mérité. J'en fais bon usage. Je m'en sers pour le bien de la troupe. Mais toi… Tu ne penses qu'à toi et à tes propres intérêts.

— Tu oses me dire ça ? Vraiment ! Dieu du ciel ! Tu n'avais pas l'intention de quitter la troupe. Tu as juste voulu montrer à tout le monde qu'on s'entendait bien pour que personne ne te soupçonne d'avoir organisé ma « disparition ».

Une expression semblant signifier « ouais, bon… » traversa le visage de Dani.

— Qu'est-ce qui est arrivé à Drina et à Mateo ?

— Je les ai convaincus de s'en aller. Cela n'a pas été bien difficile. Ils savaient en effet que Vinnie leur en voudrait à mort et qu'ils seraient expulsés. J'ai pensé que leur disparition te ferait croire d'autant plus au retour de Paxton. C'est Drina qui a eu l'idée des traces de sang.

— Mais attends… Tu dis que Bernadette t'a aidée, mais Dale a parlé d'une voix d'homme au téléphone.

— J'ai payé Giuseppe Marino pour qu'il passe ce coup de fil. Quand Bernadette a entendu dire que tu allais rencontrer les hyènes, elle a paniqué. Elle se doutait bien que les hyènes te diraient qu'elles avaient le numéro de téléphone de Dale, et que tu la soupçonnerais. Elle a tout avoué à Ruben, Moira et Calvin. Elle espérait qu'ils acceptent de partir avec elle. Il semblerait que ce soit le cas.

— Est-ce que c'est toi qui as tiré dans les vitres d'Alex ?

— Non. Je ne sais pas qui a fait ça. Comme j'ignore qui t'a aidée dans les bois et qui t'a appelée en se faisant passer pour Paxton. C'est Bernadette et moi qui avons laissé les colliers chez toi et j'ai embauché les solitaires. C'est tout. C'est sans doute lui qui a tiré sur l'appartement d'Alex, dit-elle en désignant Dale du menton.

Dale leva les mains en montrant les paumes, l'air très amusé par cette conversation.

— Oh non ! ce n'était pas moi. Je ne suis pas assez bête pour tirer sur un glouton.

— En revanche, tu as été assez stupide pour enlever sa compagne, lui rappela Dani.

— Malheureusement pour Mademoiselle Dwyer, Alex ne pourra rien faire.

— Il va venir me chercher, affirma Bree.

Dale lui adressa un regard plein de pitié.

— Il ne sait même pas que tu es ici, déclara-t-il.

Un grand cri retentit alors à l'extérieur de l'entrepôt, suivi d'un grognement terrifiant. Bree esquissa un sourire.

Dale se tourna vers Vern.

— Va voir ce qu'il se passe, ordonna-t-il.

Le lieutenant sortit du van et referma les portes derrière lui, mais pas avant que Bree ait pu remarquer un éclair de peur dans son regard. Super. Son chat montra les crocs dans un grand sourire sauvage.

— Il est là, chuchota Dani, l'air effrayé, le teint pâle.

Sa réaction était compréhensible. Elle connaissait Alex. Il la ferait souffrir quand il découvrirait l'ampleur de sa trahison, elle le savait. Mourir tuée par un glouton n'était pas un sort enviable.

— Il vaudrait mieux qu'on parte d'ici, dit-elle à Dale.

— Ta gueule ! répondit-il.

L'air un peu moins sûr de lui, Dale se tourna vers les portes, tendit une main derrière lui et prit un flingue qu'il avait glissé dans la taille de pantalon. Il pointa ensuite son arme sur Bree, le regard rivé sur les portes.

Ils savaient tous que Dale ne la tuerait pas. Elle était un otage très important. Elle était son sauf-conduit, mais il n'hésiterait pas à tirer pour la blesser, l'enfoiré.

— Il faut qu'on parte, Dale, insista Dani. Il va nous tuer tous les deux si…

— Ta gueule ! hurla Dale en détachant les syllabes et en resserrant son étreinte sur son arme. Il y a plusieurs types bien formés et bien armés qui patrouillent dehors. Personne ne pourra passer, pas même un glouton.

Il pouvait toujours rêver.

— *Qui a dit qu'il viendrait seul?* songea Bree.

Bree devait reconnaître cependant qu'il était peu probable qu'il soit venu avec des chats de Pallas. Les félins savaient être discrets quand il le fallait, mais ils n'étaient pas très patients. Ils préféraient se lancer directement dans la bagarre toutes griffes dehors.

La sueur perlant à son front, Dale ne dit rien. Il continuait à regarder les portes. Des cris gutturaux et des hurlements de douleur leur parvenaient jusque dans le van.

La porte du chauffeur fut ouverte violemment et quelqu'un sauta à l'intérieur.

Dale pivota pour faire face à son agresseur et pointa instinctivement son flingue vers lui.

— Ne bouge pas, cria-t-il.

La gorge serrée, Bree se retourna le mieux qu'elle put et chercha à voir entre les appuie-tête. Abasourdie, elle cligna des yeux.

— Calvin ? dit-elle.

Il ne la regarda même pas. Il fixa la hyène du regard, la tête légèrement inclinée sur le côté.

— Ce n'était pas exactement ta meilleure idée, n'est-ce pas Bray ? Mais bon, tu as toujours eu l'arrogance de penser que tu étais le plus malin. Tu dois être très déçu aujourd'hui de découvrir que ce n'est pas le cas.

Bree se raidit. Elle sentit un froid glacial s'abattre sur elle et fut prise de démangeaisons. En effet, Calvin n'était pas du tout lui-même. Sa façon de s'exprimer, sa gestuelle, ses yeux ternes… Ce n'était pas lui.

C'était Paxton.

Bree sentit son monde s'écrouler. Ce n'était pas possible, ça ne pouvait pas être lui. Elle aurait éprouvé un violent désir d'union si Paxton avait pris la place de son frère. Il fallait que ce type soit Calvin se présentant comme Paxton pour déstabiliser Dale et le lancer sur une mauvaise piste.

— Paxton, murmura Dani en écarquillant les yeux.

— Ah ! Mais voilà l'acolyte de ma mère, ironisa-t-il en se tournant vers elle.

Dale éclata d'un rire narquois.

— Depuis combien de temps te fais-tu passer pour ton jumeau ? demanda-t-il.

— Un bon moment, répondit Paxton. Ce n'était pas bien compliqué.

Bree prit une longue inspiration hachée. Elle sentit la bile lui remonter à la gorge et lui brûler la langue. Non, ce n'était pas vrai. Ce ne pouvait pas être lui.

— Je ne le crois pas, chuchota-t-elle.

— C'est bien moi, mon petit chat, et tu le sais. Tu refuses de le croire, c'est tout.

Bree avala sa salive avec difficulté. Ce n'était pas possible. À moins qu'il ait trouvé le moyen de réprimer le désir d'union ? Le fait qu'il ait rejeté son âme sœur avait-il suffi ?

Peut-être. Elle aurait dû envisager cette possibilité avant. Calvin et Paxton étaient des jumeaux identiques, certes, mais il y avait énormément de différences entre eux.

Tout bien considéré, Paxton aurait très facilement pu modifier sa coiffure, perdre un peu de muscle, se laisser pousser la barbe et se faire tatouer les bras. Et pour ce qui était de se faire passer pour Calvin… Paxton avait toujours bien su tromper les autres. Qui connaissait mieux que lui son jumeau ? Qui mieux que lui était capable de le remplacer dans tous les aspects de sa vie ?

Bree s'apprêta à appeler Alex, mais préféra garder le silence. Non, si c'était vraiment Paxton, il était armé. Il ne serait pas intervenu à moins d'être sûr de s'en sortir vivant. Il adorerait avoir une occasion de se débarrasser de son cousin. Elle n'allait pas la lui donner.

— Comment as-tu su où se trouvait ton âme sœur ? demanda Dale.

— J'ai installé un traceur de géolocalisation sur son téléphone, il y a très longtemps.

Il l'épiait ? Il surveillait ses moindres déplacements ? Bordel de merde !

Paxton poussa un soupir.

— Je suis désolé, Bray, mais je n'ai pas le temps de jouer avec toi. Je dois sortir Bree d'ici pendant que les gloutons sont occupés ailleurs.

Quoi ? Les gloutons au pluriel ?

Dale secoua la tête.

— La personne qui va mourir ici… commença-t-il.

Son corps tressauta quand deux balles traversèrent les appuie-tête et pénétrèrent dans son front. La hyène retomba comme une pierre.

Paxton se tourna vers Dani et leva son arme.

— Ma vie était très agréable jusqu'à ce que vous commenciez à manigancer ensemble, toi et ma mère. Tout le monde s'est mis à parler de moi, à me surveiller, ou à surveiller Calvin plutôt devrais-je dire, et mon petit chat. Je ne pouvais presque plus l'approcher, et encore moins après que j'ai été accusé d'avoir laissé les putains de colliers chez elle.

Dani se recroquevilla.

— Je ne sais pas de quoi tu parles. Je…

— Tu le sais très bien. Ma mère m'a raconté comment elle avait mis les colliers dans un carton avec des vieux pulls à moi pendant quelques jours dans l'espoir qu'ils s'imprègnent de mon odeur. Tout le monde a pensé que je m'étais introduit chez Bree alors que ma mère n'avait fait qu'ouvrir une fenêtre et tendre la main pour les mettre sur le comptoir de Bree. Elle avait laissé une toute petite trace de son odeur, mais elle avait disparu quand Bree est rentrée chez elle plus tard, sans doute à cause de la fenêtre laissée ouverte. Un coup bien monté.

Bree en fut renversée. Oui, elle avait été eue. Elle se demanda si c'était Bernadette aussi qui avait placé l'autre collier sur le bord de sa fenêtre.

Les yeux grands ouverts, Dani déglutit bruyamment.

— Je ne faisais que… dit-elle.

— Tu me mettais en danger. Tu vas payer pour ça. C'est dommage que nous n'ayons pas plus de temps. J'aurais aimé t'entendre crier, dit-il.

Il tira alors une balle dans le front de Dani, mais il y eut très peu de bruit, son arme étant équipée d'un silencieux.

Paxton tourna ensuite vers Bree son regard mort qu'une petite lueur traversa sans qu'elle pût l'identifier tellement elle avait été fugace.

— Bonjour, mon petit chat, dit Paxton.

Repoussé par sa voix, le chat intérieur de Bree feula et cracha. Bree se tortilla, grogna et chercha à se défaire de ses liens.

— Ne t'approche pas de moi, cria-t-elle.

— Tout doux, tout doux, dit-il pour la calmer en s'installant derrière le volant. Ou continue à crier si tu veux pour appeler mon cousin à l'aide. Mais bon, on sait tous les deux comment cela va se terminer pour lui. (Il referma la porte du van.) C'est vraiment sympa, les hyènes ont laissé les clés sur le contact.

Le van démarra et Bree perçut toutes les vibrations dans son corps. Puis le véhicule avança, vite et bruyamment, prenant un virage serré après l'autre. Quand Bree cessa de voir les lumières de l'entrepôt, elle comprit qu'ils en étaient sortis.

Quelque chose de lourd atterrit alors sur le toit.

Paxton avait dû freiner brutalement parce que le véhicule s'arrêta dans un crissement de pneus et Bree faillit rouler sur le plancher. Un corps glissa alors du toit du van sur le capot.

— Putain ! grogna Paxton.

Il sauta par-dessus le dossier du siège et se mit à califourchon sur Bree après l'avoir retournée sur le ventre. Les portes arrière s'ouvrirent violemment.

— Alex, chuchota Bree, sentant son cœur rater un battement.

Il resta là, le regard dur et froid, la bouche étirée en un rictus cruel. Il ne bougea pas, sans doute parce que Paxton avait braqué son arme sur l'arrière du crâne de Bree. Elle sentait la pointe du canon posé sur sa tête.

Paxton éclata d'un rire froid et méchant.

— Je t'ai vu dans le rétroviseur latéral. Tu te dirigeais vers la porte arrière. Tu l'as retrouvée beaucoup plus vite que je ne croyais. Je te remercie d'avoir occupé les hyènes comme ça.

— Ce n'est pas Calvin, le prévint Bree.

— Ouais, je vois ça, répondit Alex. (Il contrôlait bien sa voix, mais elle n'en demeurait pas moins menaçante. Les narines dilatées, il dévisageait Paxton sans ciller.) Tu ne vas pas la tuer.

— Je n'aimerais pas être obligé de le faire, déclara Paxton. Mais si tu veux savoir si je le ferais pour t'empêcher de te mettre en couple avec elle, la réponse est « oui ». Je le ferais sans aucune hésitation. Et encore plus si je risque de ne pas sortir vivant de cette histoire. Je ne réagis pas bien quand je suis acculé au pied du mur.

Il disait vrai, Bree le savait. Paxton n'hésiterait pas à tirer sur le premier qui bougerait, elle ou quelqu'un d'autre. Merde, merde, merde ! Si elle avait pu toucher la peau de Paxton, elle aurait pu lui insuffler de l'énergie positive pour neutraliser sa colère et son mépris. Elle aurait détourné son attention avec des émotions qu'il n'avait jamais éprouvées : le bonheur, la paix, l'empathie. Si elle réussissait à le distraire une seule petite minute, Alex pourrait intervenir.

Alex n'était manifestement pas seul parce que ce n'était pas lui qui avait roulé du toit du véhicule. Son collègue pourrait faire quelque chose si Bree parvenait à occuper Paxton, à le faire parler. Il avait toujours aimé s'écouter. Comme sa mère.

— Pourquoi n'ai-je jamais éprouvé le désir d'union avec toi ? s'enquit-elle.

— Mon pauvre petit chat, le désir d'union n'est pas un phénomène strictement sexuel. Il se produit quand l'âme d'un métamorphe reconnaît sa moitié, la personne qui est tout pour lui, qui satisfera ses désirs et ses besoins. Mais ton âme a reconnu que sa moitié était trop sombre et trop brisée pour s'unir à elle. Ton âme avait compris que je rejetais complètement la notion de couple, alors elle n'a jamais fait d'effort pour nous unir.

Ouais, c'était plausible. Son âme n'avait jamais aspiré à le retrouver. Paxton la laissait indifférente.

— Est-ce que Calvin est mort ?

— Ne t'inquiète pas, il n'a pas souffert, répondit Paxton.

Est-ce qu'il la prenait pour une idiote ?

— Je ne te crois pas.

Paxton gloussa.

— Je ne pense pas que tu aies envie d'entendre les détails sanglants de sa mort.

— Depuis combien de temps est-ce que tu te fais passer pour lui ?

— Cela fait quatre ans environ.

Depuis que Paxton avait mystérieusement disparu alors.

— C'était triste de voir que vous me cherchiez tandis que j'étais là.

L'animal d'Alex poussa un grognement en voyant le sourire moqueur de l'enfoiré. Alex conserva un visage inexpressif. Le félin aurait trop aimé le voir réagir et Alex refusait de lui donner ce plaisir.

Alex n'avait jamais imaginé qu'il connaîtrait un jour la peur. Or, c'était la deuxième fois ce soir-là qu'il éprouvait ce sentiment. Il risquait de se retrouver tétanisé comme quand Freya était morte. Il s'en souvenait comme si c'était arrivé la veille. Il refusait de revivre cela, de voir la vie s'éteindre dans les yeux de Bree.

S'il la perdait, il ne lui resterait plus rien. Il ne bougea donc pas. Il n'osa pas.

Paxton n'avait pas du tout l'air nerveux. Il n'était pas bête. Il savait qu'Alex n'était pas seul et il se doutait que le van était encerclé. Mais la main qui tenait le flingue braqué sur Bree était sûre. Alors soit il contrôlait la situation, soit il se fichait de mourir dans la mesure où Bree ne lui survivrait pas.

Le ventre d'Alex se noua à cette pensée. Son animal intérieur s'impatientait. Il comprenait la nécessité de demeurer immobile, mais il n'aimait pas ça. Ses jambes tremblaient du besoin de se ruer sur son ennemi, de l'attaquer et de le tuer.

— Tu te dis sans doute que tu aurais dû deviner que c'était moi, n'est-ce pas Alex ? lança-t-il avec un sourire moqueur. J'espère que tu ne t'en veux pas trop. Personne d'autre ne l'a soupçonné. Même pas mes idiots de parents. Je n'ai jamais connu personne de plus rasoir que ces deux-là !

— Est-ce que tu les as butés aussi ?

Alex s'étonna que sa voix soit aussi posée avec cette sensation d'avoir le torse comprimé dans un étau.

— Ma mère était morte dès l'instant où elle m'a avoué avoir trempé dans des magouilles avec Dani, dit-il en indiquant le cadavre de la Première oméga.

— Je vais te donner la version abrégée, dit Bree qui sentait la perplexité d'Alex par leur lien. Bernadette et Dani ont comploté ensemble. Ce sont elles qui ont embauché les solitaires.

Dire qu'il avait laissé sa compagne seule avec la Première oméga ! Alex serra les poings. Il aurait dû rester avec elle. Refuser de la quitter. Il ne serait pas retrouvé dans cette fâcheuse posture.

— Ma mère voulait qu'on s'enfuie toute la famille ensemble, tu sais, poursuivit Paxton. Cela t'étonnera sans doute d'apprendre que Moira n'était pas d'accord, mon petit chat. Je ne pense pas que ta mort l'affectera. Mais elle ne supportait pas que notre pauvre mère ne pense encore et toujours qu'à moi. Même moi, je n'en pouvais plus de l'entendre parler de moi tout le temps. Alors je peux comprendre ma sœur.

» Elle a sans doute quitté la troupe de sa propre initiative. Veux-tu savoir ce que je pense ? Elle a eu peur que les gens la soupçonnent d'avoir comploté avec Bernadette quand ils découvriraient son rôle dans cette histoire. D'autant plus que tout le monde savait qu'elle ne te portait pas dans son cœur.

— C'est toi qui as tiré dans les fenêtres d'Alex, n'est-ce pas ? s'enquit Bree.

— C'était ta faute ! Je t'avais dit de te tenir loin de lui, mais tu ne m'as pas écouté.

Le chat de Bree montra les crocs, furieux qu'il ait osé tirer sur Alex, et de se sentir aussi impuissant. Il voulait attaquer ce type qu'il n'avait jamais considéré comme son autre moitié. Il n'avait jamais été qu'un… Quelque chose vint interrompre le flux des pensées de Bree. Elle sentait que le canon du flingue n'était plus appuyé contre sa tête. Il devait encore être braqué sur elle, sinon quelqu'un aurait déjà fait quelque chose. Mais bon, un peu trop sûr de lui, cet enfoiré de Paxton était moins concentré sur elle.

Alex l'avait remarqué aussi, Bree était prête à le parier. Il devait miser sur le fait qu'il se détendrait encore un peu plus. Si seulement Bree parvenait à détourner son attention…

— Tu aurais dû te douter que je n'étais pas du genre à obéir aveuglément aux ordres, déclara-t-elle.

— Ouais, peut-être. Est-ce que c'est toi qui lui as déconseillé de sortir après que j'ai tiré dans les fenêtres ? Je parie que oui. Les instincts d'Alex l'auraient poussé à se hâter de sortir pour essayer de me trouver et m'affronter.

— Pourquoi es-tu revenu à la troupe ? s'enquit Alex.

Bree eut l'impression qu'il n'aimait pas que Paxton lui accorde trop d'attention.

— Pour me rapprocher de mon petit chat, bien sûr. On est liés, elle et moi. Même sans lien d'union, nos destins sont entrelacés. Je ressens toujours le désir d'être près d'elle. Tu n'aurais jamais dû la toucher, Alex. Jamais. Tu le savais pourtant, mais tu l'as fait quand même.

Une petite veine tressaillit sur la tempe d'Alex.

— Qu'est-ce que ça peut te faire ? Tu ne veux pas d'elle.

Paxton poussa un soupir.

— Ah, les métamorphes ! dit-il. Ils attachent une telle importance au couple. Aucun d'entre vous ne semble penser à la faiblesse que cela constitue. Je n'ai pas envie de revendiquer Bree, c'est vrai. En revanche, si je laisse un autre type le faire, il faudra que ce soit quelqu'un de méritant et ce n'est pas ton cas.

— Tu ne laisseras jamais personne la revendiquer. Tu la considères comme un jouet que tu refuses de prêter.

— Qu'est-ce qu'elle est pour toi ?

— Elle est tout pour moi.

Bree sentit son cœur se serrer. Elle était vraiment amoureuse de ce type impoli et autoritaire.

— C'est faux. Freya était tout pour toi, objecta Paxton. Il était déjà trop tard quand tu l'as découvert. Tout comme tu ignorais que j'étais là jusqu'à ce qu'il soit trop tard. Pareil. Tu n'es pas très doué pour protéger tes compagnes, il me semble.

Alex poussa un grognement, si fort qu'il ressemblait à un moteur de bateau.

Manifestement ravi de son effet, Paxton éclata de rire. Ouais, il n'était plus du tout concentré.

— Alors, laissez-moi vous dire ce qu'il va se passer. Vous allez tous reculer. Oui, Alex, tu n'es pas venu seul, je le sais. Vous allez monter dans vos voitures et vous allez partir. Il y en aura un au moins qui va revenir sur ses pas, je m'en doute. Mais d'ici là, j'aurai mon petit chat sur le siège passager à côté de moi. Si j'entends quelqu'un s'approcher, je la bute.

Bree déglutit bruyamment.

— Ne l'écoute pas, Alex. Il va me tuer ou me garder prisonnière quelque part. Et aucune de ces deux perspectives ne me plaît.

Son compagnon ne la regarda même pas. Il continuait à fusiller Paxton du regard, le cou tendu, les muscles bandés.

— Qu'est-ce que tu choisis, Alex ? demanda Paxton. Est-ce qu'on va partir ensemble, elle et moi, ou est-ce qu'on va mourir ensemble ? Personnellement, je pense que…

Le van se coucha subitement sur le côté comme s'il avait été renversé par un violent coup de vent. Bree fut projetée contre la paroi latérale qui se retrouva sous elle et se cogna brutalement la tête, la hanche et l'épaule, lui occasionnant une violente douleur. Un poids lourd atterrit sur elle, lui coupant le souffle.

Elle sentit alors de la peau contre ses paumes. C'était Paxton !

Sans hésiter, elle lui transmit de l'énergie positive, espérant de toutes ses forces qu'il n'appuie pas sur la gâchette. Elle l'entendit prendre son souffle et…

Des gens se précipitèrent dans le van et Bree fut libérée du poids de son âme sœur. Quelqu'un la traîna hors du véhicule.

Vinnie l'étreignit ensuite en poussant un long grognement.

— Tout va bien maintenant, ma chérie, dit l'Alpha en tentant de lui retirer ses liens qui ne se détendirent même pas. Mais qu'est-ce que…

Un corps fut projeté hors du van comme un rebut lancé dans une poubelle, et atterrit sur le sol avec un craquement sinistre. Paxton grogna et se frotta l'arrière de la tête.

Un rugissement guttural et terrifiant traversa l'air, donnant la chair de poule à Bree. Un glouton surgit du véhicule, le poil hérissé. Alex.

CHAPITRE 25

— Enfoiré ! cria Paxton au glouton en se remettant sur pied.

Il ne se transforma pas. Bree ne s'en étonna pas. Cette histoire était entre lui et Alex. Il ne voulait pas que son chat s'en mêle. Il voulait vaincre son cousin lui-même.

Le glouton fusilla Paxton du regard de ses petits yeux cruels. Puis il se jeta sur lui et le fit chuter au sol sans effort. Il referma ensuite ses mâchoires puissantes sur la jambe de son ennemi, le souleva et le lança contre les barbelés.

Vinnie ne put s'empêcher de tressaillir.

— Aïe ! dit-il. Il a dû avoir mal.

Paxton toussa et tenta de se relever. Le glouton lui assena un grand coup de patte sur la tête qui lui laissa des traces sanguinolentes sur le crâne et le visage. Il n'avait pas frappé assez fort pour le tuer, ce qu'il aurait pu faire aisément.

Bree comprit que cela n'allait pas être une simple exécution. Paxton allait subir une belle correction. Alex avait l'intention de le punir. Son animal ne s'arrêterait que quand il serait réduit en bouillie.

Paxton siffla furieusement et se releva non sans mal.

— Tu es mort, déclara-t-il.

Il attaqua le glouton comme s'il l'avait surpris en train de baiser sa propre mère. Il le martela de coups de pied et de poing, le lacéra de ses griffes.

Paxton était plus rapide et plus fort qu'avait imaginé Bree. Mais le glouton résista à tous ses coups et se défendit bec et ongles. Il fit d'ailleurs plusieurs fois mouche.

Derrière l'odeur métallique du sang, Bree reconnut celle de la douleur, de la colère et de la haine. Son chat en était tout excité. Il feula, cracha et encouragea l'animal d'Alex. Bree aurait juré qu'elle ressentait les rugissements féroces du glouton jusque dans ses os.

Dimitri les rejoignit, Vinnie et elle.

— Tiens, dit-il en tranchant aisément les liens qui la retenaient. Rien ne résiste aux pouvoirs des gloutons, quoi que prétendent les autres espèces.

Pendant tout le temps que Dimitri et son Alpha la libéraient, Bree ne quitta pas Alex des yeux. Elle put enfin se redresser, mais elle avait mal partout. Elle ne prêta pas attention à la douleur ni aux picotements qu'elle éprouvait dans ses extrémités à mesure que se rétablissait sa circulation. Elle se concentrait entièrement sur la bagarre.

Les yeux luisant de rage, Paxton se jeta sur le glouton toutes griffes dehors. L'animal se redressa sur ses pattes arrière et donna un grand coup de ses grosses pattes palmées. Paxton chuta au sol comme une pierre.

Le glouton ne lui donna pas le temps de se relever. Il se remit sur ses quatre pattes, se jeta sur le ventre de Paxton et le lacéra de ses longues griffes incurvées, lui arrachant de grands lambeaux de peau.

— Ah ! Il passe enfin aux choses sérieuses, dit Vinnie.

Rugissant et se tordant de douleur, Paxton ramena un genou et en assena un coup au ventre du glouton. L'animal réagit à peine, mais Paxton n'abandonna pas. Il frappa le glouton et le griffa au museau, à la tête, au cou et sur les flancs.

Bree tressaillit chaque fois que Paxton plantait les griffes dans les chairs de son compagnon. C'était peut-être à cause de l'adrénaline ou bien de l'épaisseur de sa fourrure et de sa peau, mais le glouton continuait à se battre comme s'il était insensible à la douleur.

Poussant des rugissements sourds et graves, le glouton déchiqueta sauvagement sa proie. Il en tirait manifestement un grand plaisir. Il lacéra son ennemi de ses longues griffes et planta ses dents acérées dans ses chairs jusqu'à lui briser les os.

Les rugissements de colère de Paxton se transformèrent bientôt en cris de douleur. Il commença à ralentir, ses coups portèrent moins, son pouls se fit irrégulier et sa voix se cassa.

Il saignait abondamment et n'en avait plus pour très longtemps. Son regard mort depuis si longtemps semblait luire de souffrance. Bree comprit qu'il voulait qu'elle assiste à sa mort, qu'elle demeure à jamais hantée par ce moment.

Au lieu de quoi elle se tourna vers le glouton, juste à temps pour le voir sauter à pieds joints sur la tête de Paxton et l'écrabouiller comme s'il s'agissait d'une citrouille.

Bon, c'était fait.

Bree s'attendait à ressentir au moins un peu de chagrin tout au fond d'elle-même. Paxton était son âme sœur après tout. Mais elle n'éprouva rien du tout. Elle était même plutôt soulagée par sa mort. Elle ne l'avait jamais considéré comme sien.

Haletant, le glouton s'éloigna du cadavre déchiqueté de Paxton. Il se tourna vers Bree, le museau et la fourrure ensanglantés. S'attendait-il à ce qu'elle ait peur, ou à ce qu'elle le rejette ? Elle espérait que ce ne soit pas le cas.

Bree s'accroupit et sourit en le regardant s'approcher d'elle. Elle le caressa là où il n'y avait pas de sang.

— Merci d'être venu me sauver encore une fois, dit-elle.

Il se lécha le museau et poussa un grognement. Peut-être lui disait-il « de rien », elle n'en était pas sûre. Elle entendit des craquements d'os et il se transforma. Alex l'étreignit fortement, enfouit son visage dans son cou et la huma longuement.

Elle lui rendit son étreinte, mais en se retenant un peu de peur de lui faire mal, avec toutes ses blessures. Son chat se colla contre lui pour le réconforter.

— On va t'emmener chez le guérisseur.

— Chut ! dit-il, toujours aussi brusque.

Venant d'Alex, cela équivalait à dire : « Je suis si heureux que tu sois vivante et je ne peux pas vivre sans toi. »

Elle l'embrassa sur la joue.

— Je vais te dire la même chose qu'à ton animal : « Merci d'être venu me sauver. »

— Tais-toi.

— D'accord, dit-elle en souriant.

Vinnie les rejoignit.

— On va te conduire chez Helena ou Sam pour leur demander de guérir tes blessures, Alex. Elles ne semblent pas trop graves, mais il y en a beaucoup. Tu perds pas mal de sang.

— Ce n'est rien, intervint Sergei. Alex est un glouton. Perdre un peu de sang ne nous a jamais fait de mal. Vous êtes tellement bêtes, vous les chats, vous ne connaissez rien à rien.

— Ce n'est peut-être pas une bonne idée d'insulter mon espèce avec Alex qui éprouve le besoin de protéger sa compagne, dit Vinnie. Peut-être as-tu oublié que Bree est un chat de Pallas, elle aussi ?

Sergei posa sur lui un regard froid.

— Breasha n'est pas un chat de Pallas, c'est un glouton.

Vinnie fronça les sourcils.

— Quoi ?

— Est-ce que tu as remarqué qu'elle est restée très calme même avec une arme braquée sur sa tête ? Elle n'a pas pleurniché ni tremblé. Breasha a l'âme d'un glouton. Alors c'est un glouton.

Dimitri, qui mangeait ce qui ressemblait à des baies, et Isaak hochèrent tous deux la tête.

Vinnie poussa un soupir.

— Bree est un chat de Pallas. Son nom est Bree, insista-t-il.

— Je commence à penser que tes oncles me considèrent comme un membre de la famille, chuchota Bree à l'oreille d'Alex.

— Chut, dit-il de nouveau, encore sous le coup de l'émotion.

— Désolée, répondit-elle.

Elle resta sur ses genoux pendant tout le trajet du retour parce qu'il insista. Les parents d'Alex, Mila, Dominic, Ella et Helena les attendaient tous chez lui. Valentina s'y était introduite et avait laissé entrer les autres.

Helena le guérit pendant que Valentina servait du thé noir et des gâteaux à tout le monde. Les oncles d'Alex les engloutirent presque tous. Alex ne dit rien, laissant aux autres le soin de raconter les événements. Cependant, il ne put s'empêcher de proférer un juron quand il apprit que Paxton avait mis une balise GPS sur le téléphone de Bree.

Bree ne pouvait s'empêcher d'être triste pour Vinnie et James qui découvraient que leur sœur avait participé à un complot contre elle. Mila et Alex en souffraient aussi, mais les deux frères le prirent vraiment très mal.

Alex ne s'éloigna pas une seconde de Bree. Soit il lui tenait la main ou alors il posait une main sur sa nuque, sur sa cuisse ou autour de ses épaules.

Elle le surprit plusieurs fois à la dévisager comme s'il avait peur qu'elle disparaisse s'il la quittait des yeux. Chaque fois qu'elle lui adressait un sourire ou lui demandait s'il allait bien, il lui disait de se taire. Elle commença à trouver que c'était moins amusant quand il le fit encore plus tard sous la douche avec elle.

Debout sur le tapis de bain, elle s'emmitoufla dans un drap de bain moelleux.

— Est-ce que tu pourrais arrêter de broyer du noir ? C'est lourd à la longue.

— Comment peux-tu dire cela ? Tu as été droguée, enlevée, bâillonnée et ligotée ! Merde ! Tu as eu une arme braquée sur toi deux fois ! Et…

— Tu es venu, conclut-elle à sa place. Je suis ici maintenant. Avec toi. Saine et sauve. Grâce à toi. Alors pourrais-tu arrêter de râler et de me dire de me taire tout le temps. Tu as beaucoup de chance que je t'aime, mec !

Tout d'un coup il se calma.

— Tu m'aimes ?

— Qui pose des questions idiotes maintenant ?

Il passa les deux mains dans ses cheveux et plongea son regard dans le sien.

— Tu m'aimes, c'est vrai ?

Elle poussa un soupir.

— Oui, idiot, dit-elle.

Il la serra encore une fois très fort dans ses bras et enfouit la tête dans le creux de son cou.

— Merde ! Je t'aime tellement, chuchota-t-il tout bas, mais elle l'entendit. Répète-le.

C'était un ordre.

— Pourquoi ?

Il redressa la tête et posa sur elle un regard envoûtant.

— Fais-le, insista-t-il.

— D'accord. Je t'aime.

Il grogna, se pencha et lui prit la bouche dans un baiser passionné. Il la dévora littéralement. Elle se retrouva vite allongée au sol et il s'enfouit profondément en elle. Il la baisa lentement en la regardant tout le temps dans les yeux. Elle jouit rapidement dans un cri étouffé et passa les jambes autour de lui. Le sexe frémissant, il explosa à son tour en grognant son nom. Puis il se laissa retomber sur elle.

Il était très lourd, mais elle ne se plaignit pas. Elle lui effleura le dos et ils restèrent là longtemps, tremblant et haletant, chacun de ses souffles lui caressant le cou.

— Tu ne dois jamais me quitter, Bree, lui murmura-t-il d'une voix rauque.

Elle l'entoura des bras et l'étreignit.

— Je ne te quitterai jamais. Mais tu ne dois pas non plus me quitter.

Il releva la tête et leurs regards se croisèrent.

— Cela n'arrivera jamais. Jamais.

— Super. C'est réglé donc.

Elle gémit contre sa bouche quand il l'embrassa lentement, langoureusement. Il embrassait tellement bien qu'elle en perdait tous ses moyens.

Il glissa une main dans son dos et se releva en la gardant contre lui.

Elle enroula ses membres autour de lui.

— On va au lit, dit-il.

Alex fut tiré du sommeil par une douleur fulgurante qui lui traversa la tête et la poitrine. Il se recroquevilla et la douleur s'estompa rapidement. Il l'oublia très vite quand il comprit ce qu'il venait de se passer : leur lien d'imprégnation s'était mis complètement en place.

Abasourdi, Alex regarda sa compagne qui se réveillait aussi. Elle était très étonnée, il le sentit par leur lien.

— Que s'est-il passé ? demanda-t-il, le cœur battant la chamade. Je ne me plains pas, loin de là, que notre lien se soit mis en place, mais je me demande pourquoi c'est arrivé maintenant.

— Eh bien, j'ai pensé…

Il se recoucha sur le côté face à elle.

— Qu'est-ce que tu as pensé ?

— J'ai fait un drôle de rêve, dit-elle. Paxton te tirait dessus et ça m'a réveillé. J'étais allongée là dans le noir et je repensais à ce qu'il s'est passé, au fait qu'il n'était plus là, qu'il n'allait plus jamais revenir, qu'il ne pouvait plus me pourrir la vie et que le plus important c'était que tu étais en sécurité maintenant.

Alex fronça les sourcils. Il se disait que sa sécurité n'était pas plus importante que celle de Bree.

— Et puis après, je me suis dit que… le destin n'était pas aussi étrange que je le croyais. Il m'a réservé une âme sœur vraiment tordue et m'a pris mes parents à un très jeune âge. C'est la raison pour laquelle j'avais peur qu'il ne me laisse pas te garder, qu'il ne me laisse pas être heureuse. Je m'attendais toujours à te perdre un jour et je ne m'en rendais même pas compte. Cela devait m'empêcher de m'imprégner complètement avec toi, expliqua-t-elle en se mordant la lèvre. Je suis désolée.

— Pourquoi ? demanda-t-il. Je ne peux pas te reprocher de ne pas avoir eu confiance en ton destin. Il t'a ménagé une route semée d'embûches pendant des années.

Elle lui sourit.

— En revanche, je ne pouvais pas espérer mieux comme compensation !

L'animal d'Alex émit un grognement de satisfaction. Puis Alex étreignit Bree et l'embrassa, goûtant sa saveur enivrante. Il lui caressa le dos et posa une main sur sa tête. Il ne put s'empêcher de repenser au flingue braqué sur ce joli crâne. Il se raidit et resserra son étreinte.

— Qu'est-ce qu'il y a ? s'enquit-elle.

— Quand j'ai vu cette arme sur ta tête… je me suis senti tellement impuissant. Je ne pouvais rien faire d'autre que laisser cet enfoiré vider son sac.

— Il n'est plus là, Alex. C'est fini, dit-elle en lui caressant le torse. Après avoir vu ton glouton se déchaîner sur lui, je comprends que tu n'avais pas peur qu'il t'agresse.

— Je t'avais dit qu'il ne réussirait pas à me tuer, mais tu n'as pas voulu m'écouter.

Bree renifla, n'appréciant pas qu'il lui fasse ainsi la leçon.

— Je pense que mon chat pourrait te battre.

Il lui adressa un regard rempli de pitié.

— Il pourrait sans doute me faire mal, je le reconnais volontiers. Mais il n'a aucune chance de… il s'interrompit pour pousser un cri de douleur quand elle se servit de ses orteils pour lui tirer le poil des jambes. Garde tes jolis pieds pour toi !

Bree sentit son visage se plisser.

— Ils ne sont pas jolis. Personne n'a de jolis pieds, sauf peut-être les bébés. C'est vraiment trop mignon les petits petons de bébés. Est-ce que tu veux avoir des gamins ?

— Seulement si on les a à des décennies d'écart. Et seulement des garçons.

— Pourquoi que des garçons ?

— Parce que je tuerais tous les garçons qui s'approcheraient de mes filles, alors il vaut mieux que je n'en ai pas. (Il posa une main à plat sur son ventre.) Tu vas laisser mes bébés pousser là-dedans ?

— Nos bébés, oui. Oh mon Dieu ! Tu viens de sourire.

Il adopta une expression plus sombre que d'habitude.

— C'est faux, protesta-t-il.

— C'est vrai, je te le jure. Bon d'accord, ta bouche s'est incurvée un tout petit peu sur un côté, mais ça compte.

— Ma bouche ne s'est pas incurvée.

— Écoute mec, je te le dis, tu as souri. C'était un sourire un peu rouillé, mais je prends ce qui passe.

— Je ne souris jamais, déclara-t-il en fronçant les sourcils.

— Je l'ai vu de mes propres yeux, Devereaux. Tu as souri.

Alex poussa un grognement, sans doute à cause du ton de voix un peu trop satisfait de sa compagne.

— Est-ce qu'on t'a déjà dit que tu étais une vraie chipie ?

Elle serra les lèvres.

— Non.

— Mais plein de gens l'ont pensé, j'en suis sûr.

— Hé, ce n'est pas sympa ça, dit-elle en lui tapotant le torse.

— Je ne suis pas sympa.

— Oui, mais chez toi, c'est assez attachant. Ça te va bien.

— Ouais, si tu veux, grogna-t-il en rejetant les couvertures. Je vais me chercher un truc à bouffer. J'ai faim.

— Oh ! Quelle surprise ! Je ne m'en serais pas doutée.

Chapitre 26

Un mois plus tard

— Je ne savais pas que Madisyn avait une aussi jolie voix, dit Evander en mettant de la craie sur l'extrémité de sa queue de billard. Elle fait un duo bien agréable avec Mila.

Bree se tourna vers les deux filles sur la scène du karaoké et acquiesça d'un signe de tête.

— Je suis d'accord avec toi, dit-elle.

Les gens sur la piste de danse partageaient leur avis, à en croire leurs cris d'encouragement.

Alex, qui se tenait derrière Bree et avait passé les bras autour d'elle, poussa un grognement.

Greg se redressa après avoir envoyé une bille dans une poche.

— Tu n'apprécies pas la soirée, Alex ?

— Je ne me plains pas de la bouffe, répondit Alex. C'est déjà pas mal, non ?

— Ouais, ça peut aller, répondit Greg en souriant.

Bree éclata d'un rire narquois. Alex, ce gros gourmand, avait avalé un gratin tout entier en plus d'avoir dévoré des ailes de poulet, de la salade de pommes de terre, des lasagnes et plein d'autres choses.

Bree aurait sans doute dû trouver cela un peu étrange de fêter son union avec Alex à *La Taverne*, où, dans la ruelle derrière, un renard avait tenté de la kidnapper. Mais bon, la troupe se réunissait toujours là pour célébrer les grandes occasions et Bree refusait de laisser Dani, Bernadette ou qui que ce soit d'autre gâcher son plaisir.

C'était pour la même raison d'ailleurs qu'elle avait décidé de réintégrer sa maison tout de suite. Elle n'était plus en danger depuis la disparition de Paxton et de toutes les autres menaces qui planaient sur elle. Alex avait poncé les marques que Paxton avait gravées tout autour de sa maison. Il ne se plaignait pas d'avoir quitté son appartement, alors tout allait pour le mieux.

— Allez, lui chuchota-t-il à l'oreille. On s'en va.

Bree poussa un soupir en se retournant pour lui faire face.

— Tu n'aimes pas trop faire la fête, je le sais. Mais bon, on est venus célébrer notre union.

— On peut tout aussi bien le faire à la maison. Tous les deux, à poil. Je bande depuis qu'on est partis, ajouta-t-il en poussant un petit grognement qui lui caressa doucement la peau. J'ai besoin d'être en toi.

Bordel de merde ! Elle était incapable de résister à sa voix, qu'elle trouvait tellement sexy.

— Pourrais-tu arrêter de penser au sexe tout le temps ?

— Tu ne peux pas mettre des hauts talons terriblement sexy et t'attendre à ce que je ne fantasme pas sur toi à poil avec ces chaussures aux pieds, dit-il, le regard brûlant de désir. Quand j'aurai fini de te prendre, tu ne seras plus capable de bouger !

Bree sentit le désir monter en elle.

— Attends encore quelques heures. S'il te plaît !

— Bon, d'accord. Deux heures, mais pas plus.

— D'accord, deux heures, répéta-t-elle en levant les yeux au ciel.

Elle n'était pas étonnée que son compagnon n'ait pas envie de rester longtemps à cette soirée en leur honneur. Il n'était pas sociable. *La Taverne* était bondée. Il y avait beaucoup de monde sur la piste de danse et toutes les tables étaient prises. Il y avait également des gens au bar et les jeux avaient été pris d'assaut. Des fêtards qui avaient trop bu s'étaient même endormis.

Des enfants couraient dans tous les sens et chipaient les verres qui traînaient. Ils avaient déjà été grondés, mais rien n'y faisait.

Il y avait énormément de bruit. Les DJ alternaient la musique de danse avec le karaoké, mais le volume sonore ne variait pas. Les bouteilles sautaient presque sur les tables. Il y avait aussi le bruit des pieds de chaises sur le parquet en plus des cris et des éclats de rire.

Toutes les surfaces avaient été envahies de bouteilles, de verres et d'assiettes en carton. La table du buffet avait été prise d'assaut par les gloutons. Bree s'étonna qu'il reste de la nourriture.

C'était un chaos organisé, de l'avis de la jeune femme. Pour sa part, Alex ne supportait pas ce genre de soirée. Il ne pourrait pas rester très longtemps sans avoir envie de tordre le cou à quelqu'un.

Le chat intérieur de Bree commençait à stresser avec toutes les odeurs de bière, d'alcool, de laque pour les cheveux, de viande grillée, de nourriture salée, et ce n'était que le début ! Autrement, le félin s'amusait bien.

Des cris aigus, des hurlements et des sifflements attirèrent l'attention de Bree. Elle leva la tête et vit Emilia et Dillon qui se battaient sur la piste de danse. Le plus grave était qu'un cercle de jeunes s'était formé autour d'eux et qu'ils scandaient : « Battez-vous ! ».

Dominic alla séparer les jumeaux et dit à tous les enfants d'aller s'amuser ailleurs. Ils le dévisagèrent l'air de dire : « Mais on s'amusait bien justement jusqu'à ce que tu viennes t'en mêler ! ».

Bree éclata d'un rire ronflant. Elle s'apprêtait à raconter à Alex ce qu'elle venait de voir quand elle aperçut Ella qui venait les rejoindre.

— Hé ! les salua la rouquine. Est-ce que tu as l'intention de libérer un peu Bree, Alex ?

— Non, rétorqua-t-il.

— Il faut que vous alliez remercier tout le monde d'être venu, lui rappela Ella.

— Mais je n'en ai pas envie, grommela Alex. Je ne voulais pas de fête.

Bree lui lança un regard noir.

— Ce que tu viens de dire est méchant et ingrat.

— Je m'en fous.

— Alors tu n'as qu'à rester ici et je vais faire le tour avec Bree, suggéra Ella.

— Et si je refuse ?

— Ne fais pas l'idiot ! lança Ella en mettant les mains sur les hanches.

— Va énerver quelqu'un d'autre, Ella.

Greg et Bree levèrent tous deux les yeux au ciel en voyant les cousins se chamailler. Se sentant coupable, le lieutenant ne semblait pas très à l'aise avec eux depuis que Bree avait été enlevée par les hyènes.

Exaspérée, Ella gémit longuement.

— Allez, Alex, ne fait pas l'andouille.

Damian s'approcha alors d'eux et fronça les sourcils en se tournant vers sa sœur.

— Ça va ? lui demanda-t-il. Parce que tu as cette expression que tu prends chaque fois que tu t'apprêtes à faire quelque chose qui risque de te conduire tout droit en prison.

Ella éclata d'un rire narquois.

— Écoute-moi, fils de Satan, je n'ai pas besoin de ta négativité là tout de suite. Va jouer ailleurs avec tes pouvoirs sombres et tes vilains sorts.

Damian serra les lèvres.

— Tu devrais apprendre à mieux contrôler tes névroses, Ella.

Elle releva le menton.

— Tu peux nier tes véritables origines tant que tu voudras, mais on sait pertinemment tous les deux que tu es venu annoncer la fin des temps et je ne vais pas faire semblant de ne pas le savoir.

— Oh mon Dieu ! Quand est-ce que tu vas te sortir la tête de ton gros cul ?

Ella rejeta la tête en arrière et ouvrit grand la bouche.

— Je n'ai pas un gros cul ! protesta-t-elle.

— Alors pourquoi est-ce qu'il tremblote comme de la gelée quand tu bouges ? Et je ne parle pas de tes bajoues !

— La vie avec l'Antéchrist fait vieillir prématurément.

Damian leva les bras.

— Tu es un cas désespéré, dit-il. C'est vrai. Bree, il n'est pas trop tard pour toi : éloigne-toi au plus vite de cette garce. Elle est complètement folle.

Ella plissa les yeux.

— Tu tentes de m'isoler pour que personne ne remarque ma disparition quand tu m'auras livrée en sacrifice à Belzébuth.

Damian la dévisagea, l'air dépassé, avant de secouer la tête.

— C'est trop. Vraiment, déclara-t-il avant de pivoter et de s'en aller.

Ella souffla et se retourna vers Bree.

— Alors ? On le fait ce tour de salle ?

Résistant difficilement à la tentation d'étrangler sa cousine, Alex poussa un long soupir.

— Bon d'accord, dit-il. Je vais le faire avec Bree.

La seule manière pour lui de survivre à cette épreuve était de rester aux côtés de sa compagne. Il n'avait pas l'intention de se séparer d'elle.

Alex et Bree firent donc le tour de *La Taverne* et s'entretinrent avec les différents groupes. Il restait devant elle pour lui éviter d'être bousculée et de se faire marcher sur les pieds. Il y avait beaucoup de talons aiguilles ce soir-là !

Ils finirent par retrouver la famille d'Alex qui s'était regroupée au bar et saluèrent tout le monde.

— Tu as hâte de partir, dit Mila à Alex, ça se voit.

— J'étais prêt à partir exactement une minute après être arrivé, grommela Alex.

Mila s'apprêtait à dire autre chose, mais elle en fut distraite en apercevant des gens dont la présence l'étonna.

— Je suis surprise de voir les parents de Dani, dit-elle en arquant les sourcils. Ils doivent être un peu mal à l'aise. J'imagine qu'ils savent que leur fille a trahi Bree uniquement dans le but de conserver son poste. Je me mets à leur place. Après tout, notre propre tante a joué un rôle dans cette histoire et c'est difficile à vivre.

Alex était bien d'accord. Bernadette s'en était prise à sa compagne. Il ne pouvait s'empêcher de penser qu'il aurait dû s'en apercevoir et intervenir avant que la situation ne dégénère. Bree trouvait que c'était idiot et l'accusait même d'aimer assumer la responsabilité de problèmes qui n'étaient pas les siens. Or c'était faux.

James et Vinnie avaient du mal à pardonner à leur sœur. Personne ne pensait que la famille d'Alex aurait dû soupçonner Bernadette, tout comme personne ne tenait les parents de Dani pour responsables du rôle de leur fille dans cette histoire. Au contraire, ils avaient reçu beaucoup de soutien.

Les membres de la troupe auraient sans doute aussi bien entouré Moira si elle n'avait pas disparu. Elle avait envoyé un SMS à Vinnie pour lui annoncer qu'elle quittait définitivement la troupe et qu'elle ne se sentait pas la force de revoir ses camarades après ce qu'avait fait sa mère. Compte tenu du fait que Moira n'avait prévenu personne quand Bernadette lui avait avoué qu'elle avait comploté avec Dani, personne n'avait été dévasté par son départ.

Mateo et Drina ne répondaient pas aux appels de leurs camarades, alors personne ne savait s'ils avaient l'intention de revenir. C'était peu probable, vu que Vinnie les bannirait sans doute. Cela arrangerait tout le monde s'ils ne revenaient pas.

— C'était logique que Dani et Bernadette unissent leurs forces, dit Valentina. Les personnes faibles sont souvent attirées les unes par les autres. Comme des aimants. Et vous savez combien je déteste les faibles.

— Pourtant, tu as invité Skeletor et son esclave, intervint James.

Un éclair traversa le regard de Valentina.

— James Devereaux, quand vas-tu arrêter d'appeler ma mère Skeletor ?

— Quand elle arrêtera de m'appeler Andras.

— C'est juste un petit nom affectueux qu'elle te donne. Est-ce sa faute si ce nom te va bien ?

— Ne va pas croire que je ne sais pas que c'est le nom du Grand Marquis des Enfers !

Bree avait beaucoup de mal à s'empêcher de rire.

— Est-ce que vous passez une bonne soirée ? demanda Bree à Vinnie, Tate et Luke.

— Il y a de la bière et de la bonne bouffe, alors on ne se plaint pas, répondit Luke.

— Est-ce que tu comptes contribuer bientôt à l'expansion de la troupe ? demanda Vinnie à Bree en baissant les yeux vers son ventre.

— On aura des garçons, déclara Alex en prenant Bree par la taille. Ils viendront quand ils seront prêts, avec une bonne dizaine d'années d'écart si possible.

Il n'avait pas envie d'avoir des enfants qui se chamailleraient autant qu'Ella et Damian.

— C'est préférable, déclara Luke. On se serait beaucoup mieux entendus, Tate et moi, si on avait été d'âge moins rapproché.

Tate fit une grimace.

— Tu crois ça ? demanda-t-il. Vraiment ?

Luke serra les lèvres.

— Tu ne le penses pas ?

— J'ai surtout du mal à imaginer de bien m'entendre avec un mec qui a chié dans mon placard.

— Ça ne serait pas arrivé si tu n'avais pas essayé de me mettre la tête dans les toilettes.

Tate haussa les épaules.

— C'était le meilleur moyen que j'avais trouvé pour te noyer.

Vinnie se racla la gorge.

— Alors, Bree, comment trouves-tu le poste de Première oméga ?

— C'est encore trop nouveau pour moi. Je n'ai pas eu le temps de m'habituer, répondit-elle. Mais je fais de mon mieux.

— On ne peut pas t'en demander plus, déclara Alex.

Les autres omégas avaient beaucoup mieux accepté sa promotion qu'elle l'avait imaginé. Alex se demandait si c'était parce qu'elles regrettaient d'avoir défendu Dani qui s'était révélée folle à lier.

— Ouh là ! Les voilà ! s'exclama James.

Alex suivit son regard et vit ses grands-parents maternels franchir le seuil de *La Taverne*. Bree ne les avait pas encore rencontrés puisqu'ils venaient d'arriver aux États-Unis.

La grand-mère d'Alex sourit en voyant son petit-fils.

— Ah ! Mon Aleksandr, comme tu es beau ! Tu dois être Breasha, dit-elle en se tournant vers Bree. Je suis Olga et voici mon compagnon, Petya.

Bree fronça les sourcils en le voyant.

— Il va bien ? demanda-t-elle. Il bave et il a le regard vide.

Olga plissa le nez.

— Ah… comment dit-on déjà ? Il a un peu trop abusé des drogues.

— Tu veux dire que tu abuses de lui en lui filant des drogues, intervint James.

Olga haussa une épaule.

— C'est la même chose, non ?

— Absolument pas, dit James en se penchant vers Alex pour lui chuchoter à l'oreille. Olga est dysfonctionnelle. Et quand on parle du diable…

Isaak les rejoignit et adressa un grand sourire à Bree.

— Ah, Breasha ! Comme tu es belle ! s'exclama-t-il avant de se tourner vers Alex. Tu as fait le bon choix. Cette fille a tout : elle est belle, forte et audacieuse. Comme toutes les filles de notre espèce.

— Bree est un chat de Pallas, soupira James.

Isaak lui adressa un regard noir.

— Elle a l'âme d'un glouton, tout comme notre Milena. Tu es jaloux, c'est tout. Pauvre chat pitoyable…

— Bien honnêtement, je n'ai jamais eu envie de te ressembler, déclara James.

— Parce que les psychopathes aiment ce qu'ils sont. Charles Manson en est le parfait exemple.

— Tu me compares à Charles Manson ?

— Il était manipulateur et enjôleur. Il n'avait aucun mal à duper les femmes. La ressemblance est frappante. Quand notre sœur trouvera enfin la force de te quitter, elle retournera en Russie et on te pointera du doigt en riant. Avant de te bouffer. Qu'est-ce que tu en dis ?

— Qu'est-ce que je peux dire d'autre à cela à part : « Grandis un peu ! ».

Isaak s'approcha de James et Valentina se mit à l'engueuler en russe. Comme d'habitude.

Alex en avait vraiment marre de tout ça et dut déployer d'énormes efforts pour rester là à bavarder avec ses grands-parents quand il avait juste envie de se barrer.

— Est-ce qu'on peut partir maintenant ? chuchota-t-il à l'oreille de Bree quand Olga et Petya allèrent consulter la liste de chansons du karaoké.

— Il ne nous reste plus que quelques personnes à remercier, répondit-elle en lui tapotant le torse.

Ils terminaient leurs remerciements quand une jolie rouquine leur fit un grand signe de la main. Quand Alex et Bree se furent suffisamment approchés, elle serra chaleureusement la jeune femme dans ses bras.

— Je vous félicite pour votre union, dit Shaya.

— Merci de nous avoir invités, ajouta Taryn, la femelle Alpha de Mila.

La femelle Alpha de la meute Mercure observa longuement Alex et Bree en esquissant un sourire rêveur.

— Vous allez si bien ensemble, remarqua-t-elle. Mais pourquoi Alex arbore-t-il cette expression sombre sur le visage ? Ça va, Alex ?

Comme à contrecœur, il répondit d'un simple grognement.

Bree le fusilla du regard.

— Ne sois pas impoli, lui lança-t-elle.

Shaya gloussa.

— Ne t'en fais pas, on a l'habitude. Bien honnêtement, Nick n'est pas plus sociable qu'Alex. N'est-ce pas ? lança-t-elle en se tournant vers son compagnon.

L'Alpha n'écoutait pas sa compagne, trop occupé à dévisager Kye qui venait de s'approcher avec un petit groupe d'ados, dont Willow et Savannah, la fille adoptive de Tao et Riley.

Kye salua Nick d'un signe de tête, mais ne baissa pas les yeux ni ne détourna le regard sans pour autant avoir l'air prétentieux ou défiant. C'était plutôt comme s'il pensait : « Oui, oui, je sais. Tu es un grand méchant loup, un Alpha, mais j'en suis un aussi et je connais ma force. »

— Papa ! lança Willow, arrête de fusiller Kye du regard.

— C'est lui qui a commencé, répondit Nick en fronçant les sourcils.

— Quel gamin tu es ! gémit Willow.

— Je suis sérieux : est-ce qu'on peut y aller maintenant ? chuchota Alex à l'oreille de Bree en lui serrant la hanche.

— Il nous reste quelques personnes à remercier, répondit-elle.

Il lui adressa un regard désespéré.

— Ils savent que tu es reconnaissante. Et à moins que tu aies envie d'entendre ma grand-mère et mes oncles démolir Kalinka au karaoké, il faut qu'on y aille, dit-il en désignant du doigt la petite scène où les quatre gloutons parlaient au DJ.

— D'accord, soupira Bree.

Quelqu'un tenta d'attirer leur attention quand Alex guida Bree vers la sortie, mais il ignora le groupe.

Une fois à l'extérieur, Bree eut du mal à s'empêcher de rire quand elle vit son compagnon aspirer de grandes goulées d'air comme s'il venait de passer plusieurs années enfermé dans un bunker. Elle l'entendit même, elle l'aurait juré, marmonner quelque chose qui ressemblait à : « Bordel de merde ! Il était grand temps que ça s'arrête ! ». Ils se mirent ensuite en route.

Ils arrivèrent à la maison quelques minutes plus tard. C'était bien chez eux désormais. Et ils n'avaient plus besoin de surveillance continue, pour le plus grand bonheur de Bree.

Alex l'attrapa par le poignet et la fit pivoter pour qu'elle lui fasse face.

Le regard brûlant, les narines dilatées, il poussa un grognement sourd.

— Enlève tout, mais garde tes chaussures, lui ordonna-t-il.

— On vient juste de rentrer, dit-elle pour l'asticoter un peu. On pourrait peut-être attendre…

— Tu m'as entendu, Bree. Je me suis exprimé très clairement. Fais ce que je t'ai dit.

Merde ! Sa voix basse, son ton autoritaire l'excitèrent terriblement. Elle l'aurait nié, bien entendu, si on lui avait posé la question. Bree s'exécuta donc fébrilement. Il la suivit du regard, appréciant chaque petit centimètre carré de peau qu'elle dénudait.

— À toi maintenant, dit-elle une fois dévêtue.

— Pas tout de suite, dit Alex.

Il pénétra dans son espace personnel, l'agrippa par les cheveux et enroula une main autour de sa gorge. Les tétons de Bree durcirent et elle sentit son intimité se resserrer.

— Garde les bras sur les côtés, Bree. Je ne veux pas tu me touches tout de suite. D'accord ?

Il aspira le lobe de son oreille et le suça délicatement.

— As-tu seulement une idée de combien cela m'excite de savoir que tu es mienne ?

Son haleine chaude fit dresser les petits poils sur la nuque de Bree.

— Mais là, j'en ai été privé, dit-il.

— Juste quelques heures.

— Ça ne fait rien. J'aime te prendre quand j'en ai envie. Ne me prive plus jamais comme ça.

Il baissa la tête et plaqua sa bouche contre la sienne. Il l'embrassa goulûment. Son baiser était une promesse de toutes sortes de choses plus sexy les unes que les autres et le corps de Bree s'embrasa d'un besoin si violent qu'elle en fut toute remuée.

Il lui mordit la lèvre, lui suça la langue. Puis il se relança dans son baiser, allant de tendre à violent, de lent à rapide, la laissant complètement déstabilisée. Il planta les doigts dans son cuir chevelu et elle ressentit jusque dans son clito les petits éclairs de plaisir et de douleur qu'il déclencha.

L'air ambiant s'alourdit de l'excitation qui montait en elle. Ses hormones s'agitèrent et ses nerfs furent vite à vif.

Il s'écarta d'elle et grogna de plaisir.

— J'adore sentir ton pouls s'accélérer sous mon pouce et humer le parfum de ton désir. Je le goûte presque.

Bree arqua un sourcil.

— Pourquoi te contentes-tu de « presque » ? Pourquoi ne pas le goûter vraiment ?

— Je vais le faire. Bientôt.

— Je préférerais tout de suite. Pourquoi attendre ?

— Je sais, dit-il en libérant ses cheveux. J'aimerais pouvoir te dire que ton avis compte pour moi.

— Enfoiré !

— N'oublie pas de garder les bras sur les côtés.

Alex glissa alors un doigt entre ses replis et grogna en sentant sa douceur brûlante. Son sexe massif, dur, se plaqua contre sa braguette.

— Tu es si délicieusement mouillée. J'ai tellement hâte de m'enfouir en toi, dit-il avant de lui racler la lèvre inférieure des dents. Aucune autre femme ne m'a jamais fait jouir comme toi.

— Je n'ai pas très envie de t'écouter parler d'autres femmes.

— Aucune d'entre elles n'a jamais compté pour moi. Mais toi… Tu es tout ce dont j'ai besoin. Tu m'es essentielle. Irremplaçable, dit-il en enroulant la main autour de sa gorge et en posant l'autre sur sa féminité. Je ferai tout ce que je veux avec toi et tu vas me laisser faire.

Bree se lécha les lèvres.

— Pourquoi est-ce que je te laisserais faire ?

— Parce que tu le veux. Parce que tu vas aimer ça. Et parce que je vais te faire jouir encore et encore.

Il glissa alors les doigts en elle et donna quelques petits coups. Elle s'arqua de plaisir. Il grogna en sentant sa féminité se refermer sur ses doigts. Douloureux à force d'avoir envie de s'insérer en elle, son sexe frémit.

— Je veux d'abord te regarder jouir.

Bree gémit tandis qu'il la caressait expertement. Il la titillait et glissait les doigts en elle, faisant monter la tension. Il lui maintint la gorge de l'autre main et garda le regard braqué sur elle.

Juste comme elle s'apprêtait à le rabrouer vertement parce qu'il n'arrêtait pas de la titiller, il commença à enfouir les doigts en elle avec plus de force. Il les incurva, les inséra plus profondément et caressa son point sensible à chaque passage. Bree gémit, proche de l'explosion.

Elle était terriblement excitée avec son regard rivé sur elle, sa main sur sa gorge et ses doigts qui la caressaient. Elle ne pourrait plus attendre, elle allait jouir.

— Allez, jouis maintenant pour moi, lui dit-il en caressant fermement son clito du pouce.

Elle n'eut pas besoin de plus pour exploser littéralement.

Les genoux flageolants, elle poussa un grand cri et son intimité se referma sur les doigts d'Alex. Elle sentit ses ongles pénétrer dans la paume de ses mains tellement elle les tenait serrées. Puis, pantelante, elle se laissa retomber contre lui.

Alex retira ses doigts, la souleva et la transporta dans la cuisine où il la posa sur l'îlot central.

— Allonge-toi. Très bien. Maintenant, écarte les cuisses, lui dit-il. Ouais, comme ça.

N'ayant pas encore tout à fait retrouvé son souffle, Bree le regarda savourer la vision qui s'offrait à lui. Ses yeux sombres s'emplirent d'une satisfaction toute masculine et d'un instinct de propriété enivrant.

— Tes tétons sont si durs, observa-t-il.

Il posa ses mains, dures et possessives, sur ses seins.

— Ils emplissent parfaitement mes mains, dit-il. Ils sont si doux.

Puis il se pencha et aspira un de ses tétons et le suça.

Bree s'arqua, l'agrippa par les cheveux. Il aspira son sein davantage dans sa bouche et le taquina adroitement de la langue et des dents avant de passer à l'autre téton. Quand ses deux tétons frémirent de douleur et de plaisir, il commença à tracer un chemin de petits baisers jusqu'à son ventre.

Il retira ses mains de ses cheveux et les posa à plat sur l'îlot.

— Laisse tes mains comme ça, lui ordonna-t-il.

Il se redressa, lui souleva les hanches et referma la bouche sur sa féminité.

Elle inspira fortement. De sa langue talentueuse, il la lécha, la titilla, la caressa, l'effleura lui donnant envie de toujours plus. Il lui faisait toujours ce même effet. Il la transformait en une créature brûlante et débordante de désir qui ne pensait plus qu'à une seule chose : qu'il s'enfouisse en elle.

Aucun autre homme n'avait fait réagir son corps ainsi, ni n'avait exacerbé son désir au point où elle en pleurait presque. Elle allait jouir et…

— Non, dit Alex en la reposant tendrement sur l'îlot et en l'aidant à se rasseoir. Je ne veux pas que tu jouisses tant que je ne serai pas enfoui profondément en toi.

Il avait tellement besoin d'être en elle qu'il en tremblait presque.

Il défit les boutons de sa braguette et baissa son jean. Son sexe jaillit, massif, dur et frémissant. Il étreignit Bree contre lui.

— Enroule-toi autour de moi, bébé.

Dès qu'elle le fit, il positionna son gland à l'entrée de son intimité et lui agrippa les cuisses fermement.

— Veux-tu que je te baise maintenant ?

Bree le mordit dans le creux du cou.

Il poussa un cri guttural et s'enfouit profondément en elle. La tête de Bree retomba en arrière et son intimité brûlante lui enserra si fermement le sexe qu'il s'étonna de ne pas en voir des étoiles. Il perdit alors le contrôle.

Il la prit violemment. Elle était sienne et le serait toujours. C'était leur destin. Les petits couinements de Bree l'excitèrent davantage. Chacun de ses soubresauts l'atteignit dans son sexe. Sa manière de s'agripper à lui, de lui racler la nuque et le dos de ses ongles, de planter ses talons à la base de son échine exacerbait son désir de jouir en elle.

Il adopta une cadence effrénée et lui chuchota des mots doux à l'oreille, lui dit combien il aimait qu'elle soit sienne, qu'elle était parfaite pour lui et qu'il voulait l'entendre crier.

— Je vais jouir, Alex.

Il le savait. Il sentait son intimité devenir plus chaude, plus serrée.

— Tu veux que je te fasse jouir ? Que je répande ma semence en toi ?

— Oui ! Oui !

— Est-ce que tu m'aimes ?

Elle déglutit bruyamment.

— Il n'y a que toi. Pour toujours.

Ces paroles furent comme un déclencheur pour lui. Il sentit l'explosion se rapprocher.

— Alors vas-y !

Il planta les dents dans son cou et lui pinça le téton. La tête penchée en arrière, la féminité frémissante, elle explosa en poussant un grand cri.

Ils furent tous deux assaillis de vagues de plaisir. La vision obscurcie, la cadence d'Alex se fit plus hésitante. Puis il s'enfouit profondément en Bree une dernière fois et il déversa jet après jet sa semence en elle.

Pantelant, tremblant du contrecoup, il lui embrassa la tempe. Repue, Bree s'était enroulée autour de lui, le corps détendu et chaud comme de la cire fondue.

— Tu es réveillée ?

— Oui, je pense, marmonna-t-elle.

Alex ne se retira pas tout de suite, désirant rester en elle un peu plus longtemps. Il s'assit sur un tabouret et l'installa à califourchon sur lui. Son ventre choisit ce moment pour crier famine avec des grands borborygmes.

— Je me demande comment tu peux avoir encore faim avec tout ce que tu as bouffé à *La Taverne*.

— Ça m'a creusé de te baiser.

Bree éclata d'un rire ronflant.

— Ouais, ouais, dit-elle en se redressant et en s'étirant langoureusement. C'était une bonne manière de finir notre soirée.

— On est loin d'avoir fini de fêter. J'ai juste besoin de me sustenter. Je vais aller chercher de la glace à la pâte de cookies qu'on va manger dans le canapé. Puis je vais te baiser de nouveau.

— On a de la glace à la pâte de cookies ?

Alex haussa les épaules.

— Oui, au congélateur.

— Je n'en ai pas vu quand j'ai regardé tout à l'heure. Quand l'as-tu achetée ?

— Ce n'est pas moi qui en ai acheté. Elle était déjà là.

Bree ne se souvenait pas d'en avoir acheté. Le glouton devait avoir des pouvoirs magiques. C'était la seule explication possible, elle en était persuadée.

— Tu sais quoi ? Je laisse tomber.

— D'accord.

Il lui caressa le bras du bout des doigts et marmonna quelque chose de doux en russe qui lui fit durcir les tétons encore une fois.

— Qu'est-ce que tu disais ? demanda-t-elle en souriant.

— Que tu avais la peau tellement douce.

— J'aime bien quand tu parles russe. Même si tu utilises plutôt cette langue pour jurer d'habitude.

Il approcha ses lèvres de son oreille et lui murmura autre chose en russe. Bree en frissonna délicieusement.

— Qu'est-ce que ça voulait dire ?

— Que tu es la personne avec laquelle je veux passer le reste de ma vie, et que je veux te garder prisonnière sous la couette quand je pète.

Bree le dévisagea.

— Si ce n'est pas de l'amour, alors je n'y connais rien, dit-elle en enroulant les bras autour de son cou. Si jamais on se retrouve naufragés au milieu de l'océan et qu'un requin s'approche de toi, je le distrairai le temps que tu t'enfuies. Mais si c'est un dauphin, tu devras te débrouiller seul. Parce que ces bêtes-là sont vraiment trop tordues !

— Après des déclarations comme ça, comment pourrais-je douter de ton amour ?

— C'est vrai, non ? lança-t-elle en inclinant la tête. Penses-tu que tu m'aimeras encore plus que le bœuf séché un jour ?

— Voilà que tu recommences à me poser des questions stupides.

— C'est juste pour savoir.

— Écoute, le bœuf séché et moi, ça remonte à très loin. Tellement que je n'imagine pas devoir m'en séparer un jour. Toi, tu es tout pour moi. Tu fais partie de ma vie comme si tu étais mon âme sœur. Je t'aime et cela ne changera jamais, je le sais. Je sais au plus profond de moi-même que rien ne comptera jamais plus pour moi que toi.

— Même pas le bœuf séché ?

— Même pas, confirma-t-il en serrant les lèvres. Si jamais tu étais d'accord pour que j'en prenne au lit, je ne refuserais pas. Ça pourrait être rigolo.

— Je serais trop jalouse de l'attention que tu lui accorderais. Tu risquerais de m'oublier.

— Pas vraiment. Mais ouais, je pourrais t'oublier… hé ! Ne siffle pas. C'est très impoli, tu sais.

— Je m'en fous.

Remerciements

J'ai tant de gens à remercier...

Mon mari, mes enfants, ma sœur qui est aussi mon assistante. Vous êtes tous extraordinaires et je n'y arriverais pas sans votre soutien et vos encouragements. Merci d'être là pour moi !

Je tiens également à remercier mes amis de Montlake Romance, parce que, même si j'ai décidé d'autopublier ce tome, je leur suis extrêmement reconnaissante pour tous les bons conseils qu'ils m'ont prodigués pour ces séries.

Je n'oublie pas mes lecteurs qui ont droit à toute ma gratitude. Vous êtes les meilleurs ! Tous autant que vous êtes, que vous ayez lu un seul tome, plusieurs ou toutes mes séries !

Je vous adore !

S :)

Achevé d'imprimer en octobre 2020
Par CPI Brodard & Taupin à La Flèche
N° d'impression : 3041097
Dépôt légal : novembre 2020
Imprimé en France
81123940-1